二見文庫

月夜に輝く涙

リズ・カーライル／川副智子＝訳

The Devil You Know
by
Liz Carlyle

我が友にして編集者、
ローレン・マッケナに捧ぐ

あなたの変わらぬ支援とかぎりなき熱意に感謝します。

家系図

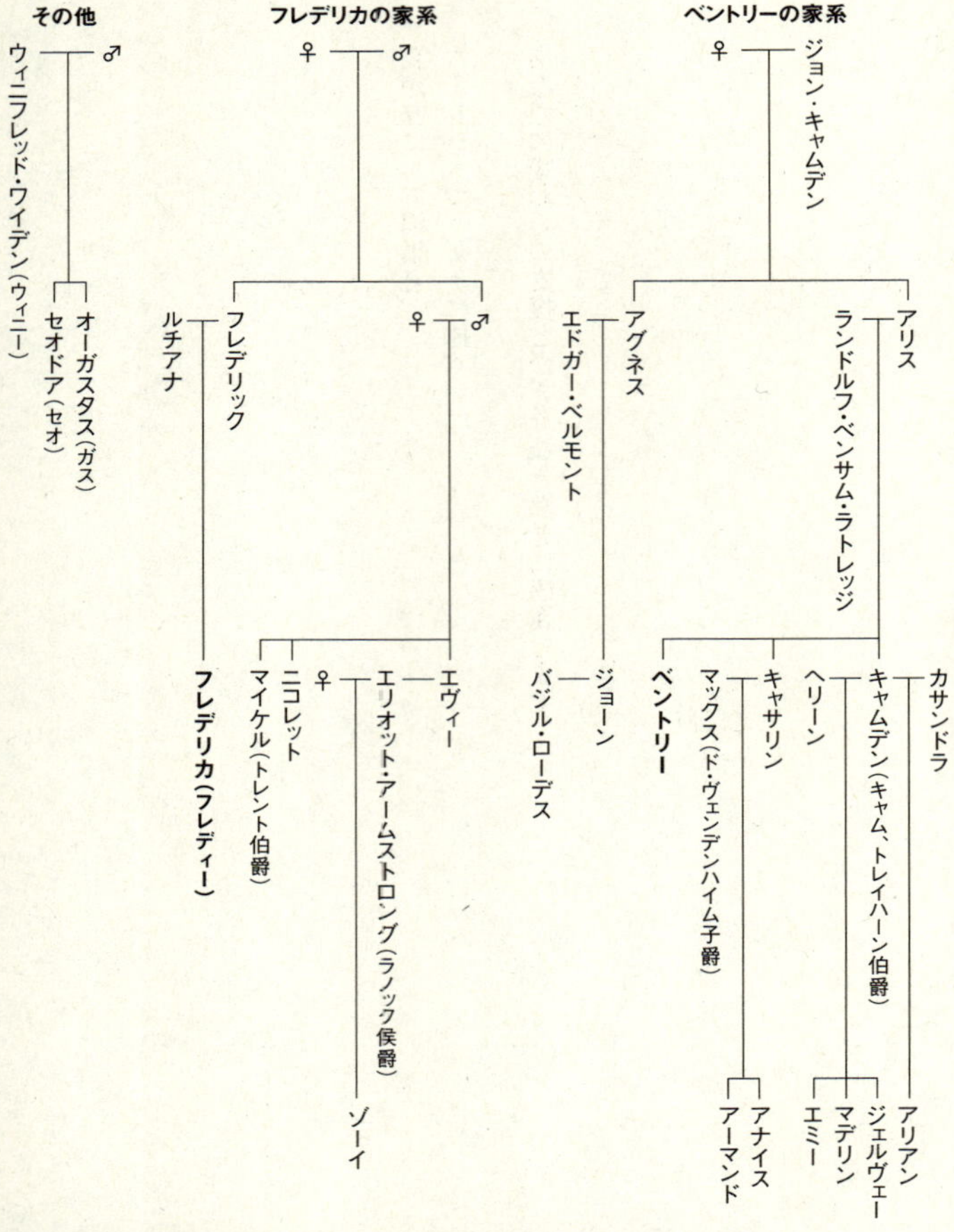

※この家系図は、他の作品の内容に関係するため一部簡略化しており、完全なものではありません。

月夜に輝く涙

登　場　人　物　紹　介

フレデリカ（フレディー）・ダヴィレス	陸軍将校の娘。庶子
ベントリー・ラトレッジ	ラトレッジ家の次男
エヴィー	フレデリカの従姉
エリオット・アームストロング	エヴィーの夫。フレデリカの後見人。ラノック侯爵
ゾーイ	エリオットの娘
マイケル	フレデリカの従兄。トレント伯爵
ウィニフレッド（ウィニー）・ワイデン	エヴィーの友人で元家庭教師。ラノック侯爵家と親戚づきあい
オーガスタス（ガス）	ウィニーの長男
セオドア（セオ）	ウィニーの次男
キャムデン（キャム）	ベントリーの兄。トレイハーン伯爵
ヘリーン	キャムデンの妻
ジョーン	ベントリーの従妹
バジル・ローデス	ジョーンの夫。教区牧師
キャサリン	ベントリーの姉
マックス・ド・ローアン	キャサリンの夫。ド・ヴェンデンハイム子爵
シニョーラ・カステッリ	マックスの祖母
ジョニー・エロウズ	フレデリカの元恋人
マクラウド	スコットランド人執事
クウィーニー	元娼婦の使用人
ジョージ・ケンブル（ケム）	ラノック侯爵の元従者。小売店主

プロローグ　哀しみの物語の幕が開く

みなさんは普遍的な真理というものを信じるでしょうか？　使い古しのリネンのように時代を経て家族から家族へ受け継がれた忠告を、信念を、あるいは教訓を。吟遊詩人《ザ・バード》、ウィリアム・シェイクスピアは、この世界はすべてひとつの舞台で、人間はみな役者にすぎないと言いました。これに同意するなら、現にわたしたちの多くが同意していますが、ランドルフ・ベンサム・ラトレッジのできそこないの人生は、見かた次第で喜劇とも悲劇とも呼ばれるものでした。

それは、彼の放蕩《ほうとう》の相手にとっては金が持ちこたえるかぎり喜劇であり、彼の妻や子や債《さい》務《む》者にとっては悲劇、わけてもカーテンコールが延々と続く悲劇だったのですが、当の紳士《ジェントルマン》（この言葉はゆるやかな意味合いで使用しなければなりません）があるとき、自分の人生は大がかりな道化芝居だと冗談まじりに言い放ちました。その芝居の題はいみじくも『道楽者のなりゆき』――題をつけるとすればそうなったでしょう。どこぞの名もなき風刺漫画家にその題を横取りされなければ。

この一族の幾世代にもわたる物語の幕開けははるか昔、征服王ウィリアム一世のイングランド上陸より八十年ほどまえにさかのぼります。市場町チッピング・キャムデン出身の野心的な小作農が牛の牽《ひ》く古い荷馬車に全財産を積み、ぎいぎい車輪を軋《きし》ませながら田園地帯へ旅に出たのが始まりでした。この冒険の旅の理由を後生の人々は知りません。イングランド人《サクソン》の小作農のほとんどが揺りかごから棺桶まで、ひとつの土地を離れずに暮らしていた時代の出来事です。でも、小作農は遠くへ行ったわけではありません。直線距離にすれば、わずか二十マイル南への移動だったということがわたしたちにはわかっています。にもかかわらず、その二十マイルの距離が彼の一族の運命を永遠に変えたということも。

旅する小作農はキャムデンのジョンと呼ばれていました。伝説にいわく、コルン川の緑深き流域に達したジョンは、鮮やかな緑の絨毯《じゅうたん》を広げたように原野と接するその低地で休息を取ることにして、雄牛の装具をはずし、荷馬車から降りると、数ある鍬《くわ》の第一挺《てい》を肥沃な土壌に深く叩きこみました。こうして、貴族と農民の中間に位置する階層、あの高慢な郷紳《ジェントリー》へと昇りつめる一族の歴史が始まったのです。

それほどにすばらしい土地を一介のイングランド人がいかにして手に入れたのかは謎のままです。実直な労働の賜物《たまもの》か、悪賢くペテンでも仕掛けたのか、はたまた結婚という奥の手を使ったのか。ともあれ、そののち幾世紀にもわたって、彼の子孫は骨身を惜しまず働いて、小さいながらも頑丈な家々と、整然たる村落と、強力な〝羊毛教会《ウール・チャーチ》〟を築きました。こんな呼び名があるのは、教会堂のアーチの要石《キーストーン》と燭台にかかった費用がことごとく羊毛の産地コッツウォルズのいわゆる共通通貨によって賄《まかな》われたからでした。

六世紀を経たころ——それよりだいぶまえに、どういうわけだかキャムデン《Campden》の綴りからpの文字が消えてCamdenとなり——キャムデン家に生まれ落ちたもうひとりのジョンが、さらなる大計画を思いつきます。彼は、一族の運命を決する最初の鍬が土に叩きこまれたという伝説が残るその場所に、羊毛で儲けた金を投じて立派な領主屋敷《マナーハウス》を造りました。同時代の同地域のマナーハウスの例に漏れず、その屋敷も焦がしバター色で、どこまでも左右対称、あくまでも優美、大仰かつ完璧に均整が取られたものでした。村人が畏敬の念に打たれて立ち尽くしたのも無理からぬこと。刻み目のある柱と急勾配《こうばい》の屋根をしつらえ、聖ミカエル教区教会を文字どおり背後に配したシャルコート・コートは、この野心的な一族が勤勉をもって獲得した富と権勢の象徴だったのですから。

しかし、幸運の潮の目と歴史の歯車はキャムデン一族に抗《あらが》うよう運命づけられていたようです。ほぼ二世紀ののち、今ひとりのジョン・キャムデンがシャルコートに生を受けると、時を同じくして、大きな不安の時代が始まりました。財力が底を突いたわけではないのに、長く続いた梅毒《ばいどく》とペストと市民の不安は、キャムデン一族という大木から枝という枝を剥《は》ぎ取りました。おまけに、この最後のジョン・キャムデンは、四十年の歳月を費やして、それとほぼ同数の妻を娶《めと》り、瀕死の名門の世継ぎをもうけるべく努めたという因果《いんが》な男で、ついにはその家族の剣の最後のひと突きに励む最中に心臓発作を起こしてしまいました。

二日後、天井が樽の内側のようにカーブした、だだっぴろい寝室で彼が目覚めると、双子の娘の姿がありました。右側にいるのがアリス、左側にいるのがアグネス。ジョン・キャムデンの死の床《とこ》となるべきベッドにかがみこんだふたりは、哀しみに暮れる天使のようで、彼自身もその運命をすでに悟っていました。マットレスの幅はひどく狭く、娘たちの髪はこれ以上ないというほど柔らかくふわふわ、ふたりは文字どおり互いの髪を梳《と》かし合っています。父親は娘たちの髪に窒息させられるところをぼんやりと思い浮かべ、追い払うような仕種《しぐさ》をしました。従順な娘たちはすぐさま飛びのいたのですが、運悪く、アリスの髪に挿した櫛《くし》がアグネスの髪に引っかかり、もつれた髪をほどくためにふたりは大変な苦労をしなくてはなりませんでした。

驚きのあまり声もなく格闘する娘ふたり。その姿を眺めながら、突然、これが神の啓示であることを悟ったジョン・キャムデンは、造物主が彼に残した最後の力を振り絞って、オックスフォードの事務弁護士のもとへ遣いをやり、周到な内容の遺言書を作成しました。この遺言書が大きな傷口を作り、彼の遺産を両断し、八世紀にわたって彼の一族が大いなる誇りとともに領有してきた土地が真っぷたつに分断されることになったのです。ふたりの娘のうち十五分早く生まれたアリスがシャルコートの相続人とされ、どちらかというと内気で用心深い性格のアグネスには、シャルコートからだいぶ離れた領地が遺されました。

ジョン・キャムデンの臨終《りんじゅう》の願いはただひとつ、娘たちの子孫の血族婚姻によりキャムデン家の家督をふたたび結び合わせてくれ——ふたたびもつれさせるという解釈もできますが。けれど、それ以上に重要な遺言がありました。彼はこう言い遺したのです。一族の土地は一片たりとも手放してはならぬ、もし、そのようなことがあれば、自分の魂は永遠に休まらないだろうと。

アリスはほどなくシャルコートへ移り住み、社交界にデビューした最初のシーズンの最初の週に、ある男性に見初《みそ》められました。イングランド広しといえど彼ほど魅力的な、また彼ほど放埒《ほうらつ》な男はいないと、彼を知るだれもが思うその相手と、裕福で愚かなアリスは激しい恋に落ち、結婚式の鐘は途切れることなく鳴り響きました。だが、やがて、当のランドルフ・ラトレッジがキャムデン家の八百年の勤勉な労働の成果を荒廃へと導きはじめます。

無残な過ちだったこの結婚により三人の子が誕生するころには、ふたたび結び合わせるべき家督はあらかた失われていました。ジョン・キャムデンの亡霊はどこにも見あたりませんでした。一方のアグネスはどうかといえば、ふさわしい相手と結婚し、自分に与えられた半分の領地に城塞のような館を建てて、みずからの人生を堅実に生きていました。とはいえ、名高い一族の首座にアリスがついたことへの腹立ちはいまだ消えず、悪名高き義兄の存在も、姉の苦しみも認めようとはしませんでした——。

＊

「こんなしけたところにいい買い手がつくわけがないな」ある雨の午後、客間の窓からシャルコートの前庭を眇《すがめ》で見やりながら、ランドルフは妻に言った。「神が鵞鳥《がちょう》に授けた程度の分別があれば、こんなじめじめした侘《わ》びしい土地に住みたいとはだれも思わないだろうよ」

アリスはブロケード張りのソファの背に弱々しく頭をあずけ、おくるみの下の乳飲み子の位置をそっと変えた。「だって、今は春ですもの、ランドルフ。キャムがよく言うでしょ、春の雨には感謝しなければいけないって。それにシャルコートを売ることはできないわ。抵当に入れるのさえ許されないの。そうしたことはみんな父上の遺言で決められているのだから。シャルコートはいつかキャムのものになるのよ。あなただって結婚するときから知っていたはずよ」

「いつかなどと泣き言めかして言うのはよせ、アリス」ランドルフは苦々しげに言うと、革張りの肘掛け椅子にどっかりと腰をおろした。「家屋敷がすべてきみの可愛い王子のものになるのはそう先のことじゃない。請け合うよ。大麻煙草がすぐにも手にはいらなければ、わたしは退屈のあまり死んでしまうだろうからな」

アリスは疲れた目で夫を見た。「少しはキャムやキャサリンと一緒に遊んでくれてもいいんじゃないかしら」アリスの視線は、両親から離れた部屋の隅でバックギャモンの盤に身を乗りだしている子どもたちに移った。ブーツに包まれた長い脚をテーブルの下に伸ばした青年と、兄の脚の上で両足をぶらぶらさせている少女に。ふたりの横の床に置かれているのは一ダース揃いの銅製の深鍋のひとつ。ボードゲームに夢中のふたりは、頭上の屋根のうるさい雨漏りの音に気づいていないようだった。

ランドルフは鼻を鳴らして妻のほうを向くと、棘《とげ》のある口調で言った。「なあきみ、邪魔をする気は毛頭ないよ。あそこにいる退屈な自営農《ヨーマン》はきみの立派な作品だ。あいつがきみの願いどおりの救済者であることを神に祈ろう。この悲惨な領地は切実に救済を必要としているんだからな。こましゃくれた娘のほうは、可愛いにはちがいないが、所詮《しょせん》……」

所詮、女は女だ。

この最後の非難は口には出されず、アリス・ラトレッジはまたもため息をついた。産後の肥立《ひだ》ちの悪さによる深い疲労に逆らう力もなく、目が閉じるにまかせ、ちょっとのあいだ、まどろんだのか——近ごろよくそういうことがあるのだ——体を揺する赤ん坊の金切り声ではっと目覚めた。アリスの乳房はいつもすぐに乳が尽きてしまうらしく、赤ん坊は絶えず欲求不満の泣き声を漏らしていた。

「欲の深い小悪魔め」ランドルフの声高な笑いが聞こえた。「おまえは満足ってことを知らないんだな、ええ、坊主？　女とはそういうものだがな」

アリスが無理して目を開くと、夫は彼女の寝椅子の上にかがみこみ、両手を赤ん坊のほうに差しだしていた。拒む力が出ないので、アリスはいつものように為す術《すべ》なく赤ん坊を取り上げられ、赤ん坊はしきりに両腕を振り、うれしそうに喉を鳴らして父親の手に移った。ランドルフは、片膝に赤ん坊を乗せて思いきりぴょんぴょん飛び跳ねさせると、酒場の下品な歌を口ずさんで、あっというまに泣きやませた。アリスは目が閉じそうになるのをこらえ、赤ん坊を取り返そうと両手を突きだした。「やめてちょうだい、ランドルフ！　そんな、お行儀の悪いこと。胸が悪くなるようなあなたの悪癖にこの子をさらすつもりはありませんから」

なおも赤ん坊を膝の上でぴょんぴょんさせながら、ランドルフは不機嫌をむきだしにして威圧的な一瞥《いちべつ》を妻に投げた。「黙れ、アリス。こいつはわたしの子だ。聞こえるか？　あっちの小僧と小娘はきみの手にかかってしまったが、こいつはまだだ！　幸いにも！　ほうら、この目を見ろ！　この笑い顔を見ろ！　神にかけて、こいつはわたしの魂と好みを受け継いでいる」

「そうでないことを祈るわ」

妻の反駁《はんばく》にランドルフは頭をのけぞらせて笑った。「いや、アリス、潔《いさぎよ》く降伏したほうがよさそうだぞ。きみはほかのふたりについては思いどおりにできたが、このまるまる太った小悪魔はわたしと同じ名前と気性をもっているんだ。だから、こいつはわたしの好きなように育てる」ランドルフはそこで、わざとらしいほどゆっくりと妻に視線を這わせた。「それを止める力はきみにはない」

アリスの空《から》の両手が脇に落ちた。彼女の人生そのもののように空っぽなままで。アリスの人生から生まれた善きものは子どもたちだけだった。キャムデンと、キャサリンと、この子と。ランドルフの言うとおりなのだ。いまいましいけれど、そのとおり。アリスの余命は幾ばくもなく、そのことを彼女自身、恐ろしいほど自覚していた。それがなんだというのでしょう？　神よ、それがなんなのでしょう？

キャムデンには、つねに正しいおこないができるよう自制心を植え付けたつもりだった。キャサリンの優しい性質と素朴な美しさはいずれ善良な夫を彼女に与えることでしょう。こうした苦しみや悩みから彼女を引き離してくれる人を。でも、この赤ん坊は？　わたしの可愛いベントリーは？　わたしが逝《い》ってしまったら、この子はどうなるの？　哀しみと不安がふたたびアリスを呑みこみ、尽きせぬ涙の泉があふれでた。

1 無視されたミセス・ワイデンの忠告

「待てば海路の日和《ひより》あり」フレデリカ・ダヴィレスはつぶやいた。諺《ことわざ》が悪態に聞こえるような口ぶりで。たぶん、ずっと昔にフランス語の授業で教わったことの断片なのだろうが、フレデリカは今もそれをくり返し頭のなかで唱えていて、しまいにはいらいらしてきた。この苛立ちは、いつかピカデリーのとある店のショーウィンドウの針金でさえずっていた、あの緑と黄の羽をもつ小鳥を見たときに感じた苛立ちと似ている。待てば海路の日和あり。なんて愚かしい諺かしら。そのうえ、おぞましい嘘でもある。

憂鬱な思いで厩舎《きゆうしや》の戸の上段の扉から、見るともなく長々と夜を見つめていたフレデリカは、背中をぐっとそらすと、吹っきったような足取りで雛壇《ひなだん》式の庭園に向かって歩きだした。歩きながら、乗馬用の鞭《むち》でせわしなく太腿を打った。鞭が送りこむ音なき痛みがどうにか涙を押しとどめた。さっきの馬鹿げた諺もこの数ヵ月、同じ役目を果たしてくれていた。惨《みじ》めなデビューとなったロンドンの社交シーズンのあいだ、あの言葉は希望のよすがだったし、ここエセックスに戻ってからも、ジョニーの大陸巡遊旅行からの帰還を待ちわびる心の支えとなっていた。

とにかく、辛抱強さだけでここまで来た。ゾーイや幼い子どもたちと一緒にスコットランドへ行けばよかったのに、そうはせず、ウィニーおばと彼女の息子たちのもとにとどまった。でも、結局、ジョニーとはもうおしまい。きらめく月明かりの下、フレデリカは顔に触れる毒人参《にんじん》の枝を押しのけ、乗馬靴で砂利の地面を穿《うが》ちながら小径《こみち》を突き進んだ。雛壇の一番下では草木はまだ自然のままに生い茂っている。遠くの高い位置の裏戸のそばに、だれかが置いていった手提げランプの火が見える。その火明かりを歓迎の印と受け止めればよいものを、そんなふうには思えない。

夜気はひんやりとしているが湿気はなく、土の香りでむせ返るようだ。気持ちを落ち着けるために、もう一度、息を吸った。すると不意に、絶望に打ちのめされそうになった。胸が詰まって肩が震えそうになるのを必死で我慢して、歩調を速めた。絶望よりは怒りの感情のほうがまだまし。実際、彼女は怒っていた。執念深く怒りつづけていた。だれかを傷つけてやりたいという激しい欲求が恐ろしいほどに高まっている。ロンドンから帰ってきたのは、きちんとした理由があったからではない。すっかり誤解していたから。懇願の言葉を耳もとで囁《ささや》いたり、思わせぶりな視線をよこしたりしたくせに、ジョニーには結婚の意思がまるでないとわかったからだ。

フレデリカはふと足を止めた。月光のなかにぼうっと現われた石段のつぎのひと続きはほ

の？　とんど目にはいっていなかった。どうしてあんなひどい誤解をしたの？　なんて馬鹿だった

それはわたしが愚かな小娘だから。

そうよね、現実は厳しいのよね？　エセックスに戻ってきても、環境が身に馴染《なじ》んでいるというだけで、ロンドンとちっとも変わらなかった。社交界は、こんな田舎の下級地主でさえ、わたしを見下す理由をかならず見つける。フレデリカは突如、都会にいたときと同じ無力感に襲われた。今、気がついたことによって、心のなかのなにかが折れた。乗馬靴が、みずからの意思をもっているように、つぎに現われた常緑樹の大枝に強烈な一撃を加え、枝葉の切れ端を闇に撒《ま》き散らした。怒りを解き放つと奇妙な満足を覚えた。もううんざり。完璧であることにも、とことん……自分を抑えつけることにも。だから、小径や石段に接する草木を容赦なく何度も打ち払い、ずんずん雛壇を昇った。

「彼はわたしを愛してなんかいないのよ！」歯を食いしばり、左手にあるビャクシンに一撃を加えた。「愛してないの！　まるで！　まったく！」裸の枝を広げて連なるレンギョウも犠牲となり、乾燥した小枝がばらばらと周囲に飛び散った。櫟《いちい》の幹はしなって闇に消えた。常緑樹のきつい匂いに包囲されてもなお、月の光を浴びた灌木に怒りをぶちまけながら進んだ。熱い涙がこみ上げる。ああ、ジョニー！　彼の言葉を……わたしはてっきり……

でも、早合点だったらしい。

彼は五月に従妹《いとこ》と結婚することになっている。父の命令だと彼は言った。狂おしいほどきみを愛しているし、昔からずっと愛していたけれども、勘当の危険を冒すことはできないと。勘当されれば財産権を失って、立派な領主屋敷も失ってしまうからだと。

自分には潤沢《じゅんたく》な持参金があるとフレデリカが言っても無駄だった。ジョニーの従妹の持参金はその上をいっているのかもしれない。喉が詰まって、問いただすことはついにできなかった。するとジョニーは寂しげな笑みを浮かべ、彼女の手に口づけをし、永遠の別れを告げた。

けれど、フレデリカには彼が口にしなかったこともいやというほど聞こえていた。彼女は高潔なるジェントリー階級に属するエロウズ家にふさわしい名門の血筋ではない――イングランドの出身でさえない。彼女の従兄弟《いとこ》たちには爵位も財産も権勢もあるのに彼女自身は卑しい出自《しゅつじ》、つまり庶子《しょし》――それも外国人の血を引く天涯孤独な庶子――なのだ。これはイングランドでは最悪の出自といえた。少なくとも今夜はそう思える。

早くも庭園の最上段に達しようとしていた。そこは低い石垣に縁取られ、ツゲの植えこみが側面に立ち並んでいた。裏戸の脇に吊り下げられた手提げランプの火がまだ揺らめいて、淡い黄色の光が敷石にこぼれている。フレデリカは鞭を引き寄せると、手近なツゲに最後のひと振りをくれた。

「なんなんだ！」しわがれた男の叫び声がした。

フレデリカは反射的に片手で口を押さえて飛びのいた。

植えこみのうしろから大柄な暗い人影が現われた。慌てふためいて両手でズボンのまえを閉じている。「くそっ、フレディーか！」男は火のついた両切り葉巻を口にくわえたまま怒鳴った。「卒中を起こさせる気なのか？」

心臓が喉までせり上がった。まえかがみになって暗がりを覗《のぞ》きこむ。すると、ズボンの前ボタンを留めている男の指にはめられた見覚えのある金の印章指輪が、月光を受けてきらっと光るのが見えた。「まあ、なんてこと！　ベントリー・ラトレッジ、あなたなの？　いったいなにをしてるの？」

ベントリー・ラトレッジは豪快な笑い声をあげて、最後のボタンを留め終えた。「なにをしてるように見える？　可愛いフレディー？」葉巻を挟んだ歯をゆるめて言うと、石垣に腰を斜めにもたせかけた。「次回は多少の警告を心がけてくれよ」

「呆れたわ、ラトレッジ！　テスはそのための壺をあなたのベッドの下に用意しておかなかったの？」

しかし、最初のショックが治まると、気恥ずかしさもさほどではなくなった。ベントリー・ラトレッジは昔からの知り合いといってもいい。彼はフレデリカの〝いとこ〟のガスの親友で、いつも訪問客でいっぱいのチャタム・ロッジの人気者だ。ラトレッジはけしからぬ放蕩者だとウィニーおばがよく声高に言っているのを耳にするけれども、そんなときのおばの目はいつだってきらきら光っている。ウィニーはほかにもいろいろと、未婚の淑女の耳に入れてはいけないことをしゃべる人なのだ。

いずれにせよ、小耳に挟んだそれらの話が事実なのは微塵《みじん》も疑っていなかった。ラトレッジは長身でハンサムな男だった。目は柔らかな茶色。意地悪そうな笑みを口もとに浮かべ、豊かな黒髪をつねに必要以上に長く伸ばしている。今あらためて思い返すと、彼は年を追うごとにハンサムになっていくようだ。体もひとまわりもふたまわりも大きくなり、身幅も広くなっている。それに力持ちでもあり、クリスマスの翌日のボクシング・デイにはヤドリギの下でつかまえられた。ウェストにまわされた彼の大きな両手の親指が触れ合わんばかりだったのを思い出す。それから彼はフレデリカの体を苦もなく高々と抱き上げてぐるんぐるんとまわし、キスをした。それも、唇へのちゃんとした口づけを。

もっとも、そういうことはなんの意味ももたなかった。ラトレッジは毎年、クリスマス・シーズンになると、レディと冠される女を片っ端からつかまえてはキスしているのだから（クリスマスの飾りのヤドリギの下にいる異性にキスをしてもいいという風習がある）――ウィニーおば、従姉のエヴィー、それに、ゾーイも例外ではなかった。庶子とはいえ、ゾーイの父親はかのラノック卿なので、ほかのだれもキスするなどという大胆な真似はできないのに。でも、今年のクリスマスでは、まわりにだれもいないところを見計らってフレデリカをつかまえ、例によってチュッと音をたててすばやいキスをし、そのあと、なぜだか彼はためらうようなそぶりをみせた。体をまわすのをほとんど忘れてしまったようだった。と、キスがどことなく優しくなった。互いの唇がこころもち開いたようだった。それから、彼はもどかしいほどゆっくりと彼女の体をおろした。体と体がかすかに触れ合った。彼の目はいっときもフレデリカの目から離れなかった。つま先が床に着いたとき、フレデリカは全身に火照《ほて》りを感じ、なんだか妙な気持ちになったが、彼はすぐさま顔をそむけた。ヤドリギの下でラトレッジに――というより男性にキスをされたのはあれが最後だった。

今夜にかぎってそんなことを思い出すなんて。やはりあんなことがあったからね。ジョニーにまつわる哀しみがまたも胸によみがえる。「脅かしてごめんなさい、ラトレッジ」ぎこちなく乗馬靴をいじくりながらフレデリカは言った。「だけど、もう真夜中を過ぎてるのよ。もう寝てるのがふつうじゃない？」

「へえ、ぼくの場合もそれがふつうなのかな？」にやりと笑いかける彼の真っ白い大きな歯が月明かりに映える。「そういうきみはどうなんだい？　こんな深夜に厩舎から戻ってくるとは？　幸運なその男はだれなんだ？」

フレデリカは一瞬息ができなくなり、「あなたの知ったことじゃないわ」と、やっとのことで言い返した。

ラトレッジは石垣から腰を滑らせ、やや危なっかしい立ちかたをした。「教えろよ、フレディー！」と、ブーツの片足の踵《かかと》で葉巻を踏みつぶしながら尋ねた。「相手はエロウズ家の息子なんだろ？　ケンブリッジの男どもはついてるな！」

　この冷やかしの言葉がナイフのように胸を突き刺した。すみやかに深々と。フレデリカは石段の手すりの軸柱に片手を置いて体を支えた。「なぜそうやっていつもわたしをからかわなくちゃいけないの、ラトレッジ？」涙をこらえるために軽蔑をこめた強い口調で言った。「それになぜ、悪い噂を立てられてるときだけ、チャタム・ロッジへやってくるの？　お相手の夫の目を避けるため？　それをいうなら、どうしてひとりで庭園をぶらついたりしてるの？　わたしよりましな話し相手を見つけられないの？」

　ランプの明かりに照らされたラトレッジは、片方の眉を吊り上げると、ゆったりとした身のこなしでフレデリカに近づいた。「ちょうど一服終えようとしていたところだったのさ、フレディー」と、さっきより優しく言う。「きみのいとこたちと〈ローサム・アームズ〉から戻るのが遅くなった。ただそれだけだ。で、トレント卿に少しばかりこの庭園を散歩させたほうがいいんじゃないかとガスが言いだした。最後はガスとセオでトレントをベッドまで引きずっていったけどね。可哀相にトレントのやつは明日、罪の償《つぐな》いをさせられるぞ、賭けてもいい」

　フレデリカはスカートの衣擦《きぬず》れの音とともにラトレッジの脇を通り過ぎ、最後の三段を昇った。「罪ですって？」彼に背中を向けたまま言い返した。「残りのあなたたちは吹き溜まりの雪ほどにも潔白なんでしょうね、きっと」

「もうよそう、フレディー!」ラトレッジは声をあげて笑い、彼女の肩をそっとつかんで、顔を自分のほうに振り向かせた。「いったいどんな悪魔がきみの心にはいりこんだんだ?」

そのとき、彼は気づいた。フレデリカにもそれがわかった。彼の目の輝きがゆっくりと消えていったから。「おい、フレディー、どうした?」彼女のウールの乗馬服に片手を食いこませて訊くと、もう一方の手で顎をすくい上げ、親指の腹で目の下をぬぐう。「泣いてるのか? なぜだ? だれに泣かされた? そいつの名前を言ってみろ。夜明けまでにかならずその男の息の根を止めてやる」

その言葉を聞いたとたん、フレデリカは泣き笑いの状態に陥った。わたしが頼めばラトレッジならやりかねない。ジョニーを殺すかもしれない——せめて手足の一本ももぐかもしれない。今や涙が堰《せき》を切ったようにあふれた。

彼は短いため息をつくと、彼女の手を取り、ぐいと引き寄せた。その拍子に彼女の帽子が草の上に落ちた。「しぃー、フレディー、しぃー」赤子を寝かしつけるような調子で言いながら、力強い腕を彼女の腰に巻きつけた。「泣くな、いい子だ。泣いちゃだめだ。からかったりしてすまない。悪かった。だから泣かないでくれ」

同情されて、もっとひどいことになった。あるいはよくなったのかもしれない。自分でもよくわからなかった。いずれにせよ、フレデリカはおいおい泣きながら両腕を彼の首にまわした。ラトレッジは大きな手を彼女の背中に置いて、そろそろと上下にさすりはじめた。力強く重たい手だ。フレデリカはだれかに触れられることを求めていた。それがキリスト教世界きっての放蕩者、ベントリー・ラトレッジだということはたいして問題ではなかった。だれもが彼を好きにならずにはいられない。しかも、彼は不行状を重ねていても、いつでもわたしの気分をなごませてくれる。横柄《おうへい》だったり、よそよそしかったり、冷たかったりしたことは一度もない。彼はいつでも……あるがままのベントリーだった。

彼はフレデリカの背中を叩いて、「しぃー、しぃー」と、なおも声をかけた。

「ああ、ベントリー、わたし、惨めでたまらないの！」フレデリカはべそをかき、さらには彼の折り襟に顔をうずめて哀れっぽくすすり泣くという、めったにない贅沢を自分に許した。ラトレッジは馬と煙草と強すぎるブランデーの匂いがしたが、腕の力強さと感触は当然のように男らしかった。

でも、ほんとうなら抱擁の相手はジョニーであるはずなのに。

そんな思いが不意討ちのように頭をよぎった。フレデリカはもう一度息継ぎをし、またも身を震わせて嗚咽《おえつ》した。するとラトレッジは彼女の頭を自分の顎の下にしっかりと押しこみ、体が重なるようにきつく抱き寄せた。「なにがあったんだ、フレディー？」唇で彼女の髪をかすめながら小声で尋ねる。「だれかがきみを傷つけたのか？　だれなんだ、そいつは？このベントリーの兄貴にはいつでもなんでも打ち明けられるだろ」

その瞬間、フレデリカは彼の言うとおりだと思った。ベントリー・ラトレッジこそ、人が信頼して秘密を打ち明けられる紳士だと。おそらく彼は種類を問わず人生に起こりうる邪悪な出来事を見尽くしているだろうし、秘密を守る術も身につけているのだから。「そい……そい……そいつはジョニー・エロウズよ」と、泣きじゃくりながら言った。「彼はわたしとは、けっ、結婚したくないって」

彼の手の動きが止まるのが感じられた。彼の指が背中に食いこむのが。「あの卑怯者！」ラトレッジは声を荒らげずに毒づいた。「偽善者め！　きみが髪をアップに結ってからこのかた、ずっと追いかけまわしていたくせに」

「そうよ、わかってるわ！」フレデリカは彼の外套《がいとう》に顔を押しつけてむせび泣いた。「だけど、ジョニーのお父さまがけっ、結婚……する相手は従妹でなくてはいけないとおっしゃってるのよ！」

「ほう、ジョニーのお父さまがそうおっしゃってるのか！」嘲りの声がラトレッジの広い胸板に響いた。「なるほど、あいつの父親はもったいをつけた気取り屋だからな！　ジョニー・エロウズはきみにはふさわしくない。きみの半分の価値もない。いつもガスとそう言ってるんだ。おまけに根性なしだってことも、これでわかっただろ」

フレデリカはふたたび鼻をすすりあげた。「どういう意味？」

ラトレッジは彼女の体をもう少し自分のほうへ抱き寄せた。「いいか、フレディー、きみのために戦おうとしない男なんて愚か者だ」彼はそうつぶやくと、今度はフレデリカの頭を軽く叩いた。「ぼくがあいつの立場に置かれたら断固戦うぞ。まあ、そういう立場じゃないから、戦うってことはないだろうけど。つまり、今言おうとしているのは、ジョニー・エロウズがタマなし野郎で――おっと、失礼、フレディー。だが、とにかくやつがそんな意気地なしなら、もっといい男を選べ。いくらでも選びようがあるさ」

しかし、フレデリカはラトレッジの粗いウールの外套に押しつけた頭を振るばかりだった。

「でも、わたしを求める男性なんかほかに現われやしないもの。わかってるの！　ロンドンでまるまる一シーズンを過ごしても、ひとりの紳士にも結婚を申し込まれなかったわ。わたしにそれだけの価値がないと思われてるからよ。わたしが嫡出《ちゃくしゅつ》の子じゃないから。だから、故郷に帰ってジョニーと……結婚するほうがたやすいだろうと思ったの。だけど、ジョニーでさえ、わたしとは結婚したがらない！　わたしはこのまま萎《しな》びた老嬢になって死んでいくしかない運命なんだわ」

ラトレッジの体がこわばるのがわかった。「黙るんだ、フレディー」それはあきらかに叱責の言葉だった。「きみのいとこのガスは今年のロンドンの社交シーズンを通じて一番きれいなのはきみだったと言ってたぞ。都会の洒落者《しゃれ》どもはきみにはもう婚約者がいると聞かされたんだと。でなけりゃ、きみの後見人のラノック卿に恫喝《どうかつ》されたのかもしれないな」

「まさか、エリオットがそんなこと！」フレデリカは泣きじゃくった。「理由というなら母よ。それに――それに、そのことを乗り越えられるほどきれいな女なんてどこにもいない」

「たわごとだね！」彼の声が不自然に詰まった。「きみはどんな障害も充分乗り越えられるくらいきれいだよ。ぼくの言うことを信じろ、なにせぼくは、飽き飽きするほど女を知ってる。それだけはだれにも負けない男だぜ」

その言葉にフレデリカは顔を起こし、彼の顔のほうに向けたが、すぐに後悔した。ラトレッジが自分を見つめるまなざしに息苦しくなってしまったのだ。もはや彼の口もとに笑みはなく、濃い茶色の目には不思議なほど優しい表情が浮かんでいる。ボクシング・デイに見せたのと同じ目だ。

ふたりのあいだにぎこちない沈黙が流れた。あとになっても、どうしてそんなことをしたのか自分でもわからないのだが、フレデリカはそこでつま先立ちになり、自分の胸をラトレッジの胸にぴったり押しつけた。しかも、おかしなことに、そうしながら頭にあったのはジョニーだった。というより、どうしてジョニーなどに無駄な時間を費やしてしまったのかと考えていた。フレデリカはもうじき十九歳になる。人生の経験を積む準備はできている。本物の人生の経験を。おそらく彼の言うことは正しいのだろう。ジョニーは自分にはふさわしくないのだろう。彼女の心の隅の卑劣な部分がジョニーに後悔させたがっていた。ジョニーの脚の骨を折ってくれとほんとうに頼むべきかと考えていた。が、頭のほとんどの部分はすでにジョニーのことなど忘れ去り、ベントリー・ラトレッジの手と口が自分の手と口に触れた数週間まえの記憶をたぐろうとしていた。

「ベントリー?」なぜだか声がひどくかすれた。「このまえのクリスマスのことを覚えてる?」

彼はちょっとのあいだ黙りこんだ。「たぶんね、フレディー。なぜだい?」

「だからつまり、わたしに……キスしたときのことは? ボクシング・デイに」

彼はゆっくりと深く息を吸いこんだ。「ああ、うっすらと」

「素敵だったわ」フレデリカは告白した。「今、考えてたの。またあんな――あんなキスをしてくれないかしらって」

長く重苦しい沈黙が流れた。「あまりいい考えじゃないな、フレディー」ようやく彼は答えた。

彼が拒むとは不思議だった。「どうして? わたしはきっと……きっと、あなたにとっても、ちょっぴりはよかったんだろうと思ったのに」

「もちろん、よかったさ」

「だったら、もう一度して。お願い、ベントリー?」

彼の抵抗は長続きしなかった。「ああ、くそ、フレディー!」と、喉がふさがったような声で言ってから、今度は喉の奥で柔らかな声をたて、頭を下げて彼女の唇に自分の唇を近づけた。

これからは草陰で用を足すときは、よほど注意しなければ。ベントリーは頭に書き留めた。明瞭な思考はそれが最後だったにちがいない。つぎの瞬間には唇がフレデリカの唇をかすめていた。ただ、どういうわけか、ブランデーでいくらか頭が曇っていても、優しいキスをしてやろうという冷静さは失っていなかった。フレデリカの心の傷と困惑を感じ取りながら、ベントリーは口づけをし、片手の掌《てのひら》を広げて彼女の頭にあてがった。唇を重ねたままそっと滑らせていくと、息を呑む音とともに彼女の唇が開いた。フレデリカは好奇心いっぱいの処女らしいキスをした。どの動きもおぼつかないのだが、可愛らしい。ほんとうに可愛い。ここでやるべきは、自分には魅力があると彼女に自信をもたせることだけだ。ベントリーは自分自身に言い聞かせた。

ところが、これがどうにも難しい。フレデリカはじつに性的魅力にあふれていた。おまけに、蜂蜜色の温かい肌と黒髪には野性的な美しさもある。そんな彼女の魅力には三、四年まえから気づいていた。そうすると、頭のなかで邪念が暴れはじめ、好色な犬にでもなったような気分を味わった。フレデリカに対するあしらい——からかい——が用心深くなり、彼女を妹扱いするようになったのはそのためだ。もっとも、これは妹に対するキスとはちがうではないか。

踏みとどまるべきだと思った。だが、これまで多くの罪を犯したときと同様に、ベントリーは踏みとどまらなかった。ひとたび始めるや、すばらしすぎてやめるにやめられなくなった。彼は空いているほうの手を下におろしてフレデリカの背中を支え、体を密着させるよう穏やかにうながしながら、舌を彼女の口のなかに差し入れた。フレデリカのあえぎとともに冷たい空気が彼の口に流れこんだ。彼女にはこれが正真正銘の初体験なのだという現実を痛感せざるをえない。それでも今は自分から両腕を彼の首に巻きつけ、体を押しつけて、女としての紛れもない欲望を示している。誘っているのだ――ベントリーは女に誘われて拒絶したことはただの一度もない男である。

なお悪いことにフレデリカは彼の愛撫に応えはじめた。ゆるやかに、しなやかに、舌を彼の舌の上に滑らせてから、口のなかにもぐりこませ、信じがたいほど官能的な声を喉の奥から漏らした。そんな声を出さないでくれというのがベントリーの本心だった。思わず祈りをつぶやいたかもしれない。奇跡でも起これば、自分の口を彼女の口から引き剝がし、部屋に戻る不屈の勇気を見いだせたかもしれない。ベッドまでたどり着けたかもしれない。自分ひとりで。

しかし、自制心はけっしてベントリーの長所ではなかった。フレデリカのキスが濃厚になるにつれ、彼女の髪にくぐらせた手に力が加わった。彼女の顔を荒々しく傾けて自分の顔で完全にうずめ、喉の曲線をあらわにさせた。その喉にキスをしてから、高く美しい額に唇を横切らせ、頰をなぞっておりた。フレデリカがまたもあえぐと、お返しに両手で彼女の体をまさぐった。処女の純潔を口で奪いつつ、腰まわりを、背骨の上から下までを、尻のたっぷりした膨らみを手で愛撫した。

ベントリーはところかまわずキスの雨を降らせた。扇情的な暗い靄《もや》のなかに頭を泳がせて。どうしたわけかフレデリカに会うといつも疼《うず》きのようなものを感じてしまう。なにがなんでも欲しいという気持ちが湧いてくる。これは、放蕩生活を続けるなかで消えたも同然の感情だった。彼女の無邪気さがそうさせるのだろう。まだ男の手が触れていない女への欲情なのだろう。だが、片手を尻の下に滑らせ、さらにぐっと引き寄せて体を完全に合わせると、フレデリカの息遣いは即座に速まり、優美な鼻孔が開いた。いよいよ難儀なことになりそうだと、ベントリーはとっさに悟った。思えば、この娘に魅惑されずにいられたころから長い月日が経っている。

まずい、じつにまずい。これは絶対に許されないことだ。彼女にもガスにも申し訳が立たない。いかに罪深い男といえども、このベントリーは彼らの忠実な友なのだから。

と、フレデリカが唐突に唇を離し、彼をぎょっとさせた。「ベントリー」彼女は囁いた。

「わたしがきれいだとほんとうに思う？　魅力があると？　わたしを欲しいと思う？」

ベントリーは暗闇のなかでフレデリカをじっと見つめた。「決まってるじゃないか。フレディー！　きみがこれ以上魅力的だったら、夜明けにラノック卿と決闘することになるかもしれない」

フレデリカは自信なげに唇を舐め、「一緒に来て」と、ふたたび囁き声で言った。急《せ》った言葉が口からこぼれ出るというふうだ。「ここに長居はできないわ。だれかに見られるかもしれない」

ベントリーは生け贄《いにえ》にされる子羊のごとく——趣味の悪い喩《たと》えだが——フレデリカに手を引かれて石段を降り、一段低くなった庭園の草陰にはいった。フレデリカがこちらを向き、エキゾチックな非の打ち所のない容貌を月の斜光にさらしたときには、早くも後悔が芽生えていた。そうだ、その眉なのだ。突如、合点がいった。フレデリカのその眉が昔から好きだったのだ。自制がもうひと目盛りはずれた。

フレデリカがこんなことをしているのは心が傷ついているからだと自分に思い出させようとした。若い女とはそういうものだと。そういう場面にはしょっちゅう遭遇するが、自分としてはなるべく避けてきた。彼の拍手はいつも歳のいった女で、年増《としま》の女は分別をもっているから、すぐにまたつぎの恋人が現われて、傷ついたプライドの痛みをやわらげてくれると思うことができる。が、可哀相に若いフレデリカにはそれがわからない。だからそう説いてやるのは自分の義務だろう。

フレデリカはまたしても体を押しつけてきた。ベントリーは両手を震わせながらも彼女の肩にしっかりと置いて大きく一回体を揺すり、警告を口にした。「だめだ、フレディー。こんなことをしちゃいけない。ぼくのような男と暗がりに身を隠すなんて」

フレデリカは彼を見た。うぶな娘と蠱惑《こわく》的な女が相半ばするまなざしで。「わたしが欲しくないの?」

「そりゃ欲しいさ、とっても」ベントリーはやっとのことで兄がするような軽いキスをした。彼女の鼻の頭に。「気が狂いそうなほど欲しい。可能なかぎり最悪の方法できみを自分のものにしたいと思ってるさ。さあ、これでぼくに失望しただろう、フレディー。もう帰れ。ベッドでおやすみ。ひとりでね」

フレデリカは無言で手を伸ばし、彼の指に指を絡めた。いたずらっぽい笑みを浮かべて彼を引っぱり、錬鉄《れんてつ》製のベンチに座らせると、キスをせがむように顔を向けた。まいった、この子はやはり美しい。しばらくチャタムに顔を出さなかったので、そのあいだはこの美しさを思い出さないようにしていられたが。しかも、今は彼女のほうからキスをせがんでいる。

「だめだよ」

「いいの。ねえ、お願い」

そこでベントリーは彼女の願いを聞き入れた。名うての放蕩者も形なしだが、自分の口の下の彼女の口をつぶさんばかりに激しく求めた。その荒々しさが感覚的なショックを与えられるとでもいうように。乱暴に、無遠慮に、彼女の頭をのけぞらせ、同時に体を自分のほうへ引き寄せた。それから重心を移して、彼女の体をベンチと自分の体のあいだに挟みこんだ。そうしておけば、いきり立ったペニスの重みに彼女が気づかぬはずはないから。そして、キスをしまくった。優しさが消え去って本能的な欲望だけが残るまで。こうなると、もはやゲームではなくなり、荒い息に胸がはずんだ。舌を彼女の口に突き入れたのは、いわば非常警報だった。ほんとうはなにを欲しているか、なにが欲しくてたまらないかを知らせる明白なサインだ。それでも、フレデリカはひるまなかった。

ベントリーはどうにかこうにか唇を離した。「フレディー、よせ！」喉を絞められたような妙な声になった。「これはクリスマスのキスじゃない。もうそんなのじゃない。やめなくてはだめだ。ここまでだ」

フレデリカはじっと彼を見据えた。突如として確信を得たような、不意に悟ったような目つきで。そこにはもう少女はいなかった。息が詰まるような喉音を漏らしながら、ベントリーは彼女の喉のきめ細やかな肌にあてた口を開き、唇を上下に行きつ戻りつさせた。

「可愛いフレディー」胸からむしり取られるようにして、その呼び名が口に出た。「いいか、きみの唇がもう一度触れたら――顔をそっとかすめるぐらいだとしても――誓ってもいい、ぼくはもう自分を止められなくなる。きみを草の上に押し倒し、きみをファッ――」ベントリーは目をぎゅっとつぶり、頭を振った。「きみの体に……行儀の悪いことをしてしまうだろう」

フレデリカはベントリーの耳に唇を押しあてて囁いた。「ベントリー、もううんざりなのよ、お行儀のいいことには。あなたはわたしが干上がって老いた処女のまま死んだほうがいいの？」

「なんてことを言うんだ」ベントリーは小声で言った。その言いまわしが神を冒瀆《ぼうとく》するように聞こえなかったのは生まれてこのかたはじめてだったけれど。

先に外套を脱いだのはフレディーだった。ベントリーもすぐさまあとに続いた。外套と一緒に自制心の最後のひとかけらも脱ぎ捨てた。フレデリカに対する欲望は生き物のように息づいていて、封じこめるのは不可能だった。そのことをもう一度考えるより先に、すばやい動作で彼女の口をふたたび開かせ、ブラウスのボタンをはずしにかかった。これまで何百回、何千回と踏んだ手順だ。多くは暗闇で、酒に酔って。つまり、今よりは酩酊《めいてい》した状態で。なのに、手が震え、予想外に手間取った。

ベントリーの指がブラウスのボタンをまさぐりはじめた瞬間、フレデリカは彼の目的に気づいた。自分を偽ることはできない。フレデリカは心のなかで言った。気づかないふりをすることはできない。この責任を彼に押しつけることも。

自分にはわかっているのだから。わかっていて、それでもかまわないと思っているのだから。自分が棄てようとしているものがなんなのかも、漠然とだが頭に描いていた。ただ、ジョニーはこのベントリー・ラトレッジのようなキスをしてきたことは一度もなかった。ひょっとしたら――いや、きっとそうだと今は思う――ジョニーはこういうキスのしかたを知らなかったのではないかしら。ほとんどの男性は知らないのではないかしら。

ベントリーは放蕩者だ。これからもそれは変わらないだろう。でも、わたしを欲しているのはまちがいない。永遠に実現しない結婚のために純潔を守るのはもううんざりだった。フレデリカにも欲望はあった。体を流れる血潮のなかで、ときに熱い炎のように燃え上がる感情も。彼女自身がまだ知りえぬ、理解もできぬ感情。内なる炎。ベントリーにはそれがきっとわかるのだろうと、なぜだか直感した。

「フレディー」彼が声を詰まらせてその言葉を発すると、涼やかな風が胸を吹き抜けた。「フレディー、頼むから、なんとか言ってくれ。こういうのは苦手なんだ。ノーとひとこと言ってくれ。ぼくを止めてくれ」

しかし、フレデリカは黙って頭をかがめ、一日ぶん伸びた彼の顎ひげに頬をすり寄せた。ひどくちくちくして、それがとても気持ちよかった。ベントリーは男らしい匂いがした。煙草と石鹸と汗が混じり合った匂いが。

「ああ、ちくしょう」ベントリーは震える両手でフレデリカのキャンブリック地のブラウスを肩から脱がせ、草むらに投げた。

乳房にかかる彼の熱い息が感じられた。彼はそれから口を開いて乳房をふくみ、キスを始めた——吸いついたのだ——シュミーズの薄い生地を通して。彼は乳首を歯でくわえて何度も吸いあげ、ゆるやかで甘美な刺激をフレデリカの全身に送りこんだ。この拷問に耐えきれなくなると、フレデリカは体を弓なりにして、張りつめた哀訴《あいそ》の声を小さく漏らした。が、ベントリーは喉で低い声を発して、今度はもう一方の乳房へ関心を向け、また吸いはじめた。硬くなった乳首がシュミーズの生地に淫《みだ》らに貼りつくまで。

　それは熱く、性急で、怖いほどだった。彼は広げた両の掌《てのひら》で彼女の背中を支え、自分に押しつけた。彼の髪の匂いが鼻をくすぐる。衣服から漂う欲情した彼の芯の匂いも。フレデリカは自分のほうからも彼に触れたい思いに駆られ、その方法を知らないことが恥ずかしくなった。が、彼の手がウエストをおりてウールの重々しいスカートをつかむと、体がぶるぶる震えだした。ベントリーは苦もなくスカートを腿のところまでめくり上げ、ひと声うめいてから、さらに上へ手を進めた。唇を乳房に残したまま、彼女の両脚のあいだに片手をそっと差し入れた。

「フレディー、いいのかい？　ぼくがなにを訊いてるかわかるか？　わかるならイエスと言ってくれ。あるいはノーと。頼む」切羽詰まった懇願だ。

　フレデリカは両手をベントリーの広い胸板まで滑らせ、目を上げて彼の目を見つめた。彼の欲望の証しとして、たくましい筋肉が手の下で小刻みに震えていた。「イエス」と答えた。優しく、だが、はっきりとその語を舌に載せた。

「ああ、フレディー、自殺行為だぞ」ふたりともに堅い冬草の上に倒れこみ、ベントリーは彼女の体の重みを胸で受け止めた。フレデリカは彼の上に寝そべる形になった。腿の片方が硬く盛り上がって脈打つ個所に押しつけられた。ズボンの前立ての下のその部分には気づいていた。それがなんだかも知っていた。田舎育ちの彼女には大勢のいとこがいたから。ベントリーの胸で両手の指を広げると、乱れた髪を透かして彼を見おろした。

ベントリーはその髪にそっと指をくぐらせて、彼女の顔から払うと、一瞬の逡巡を見せてから、力強く彼女を自分のほうに引き寄せ、舌を絡ませる長いキスをした。

彼がキスを終わらせたときには、フレデリカは激しくあえいでいた。ベントリーは優雅に身を返して横向きになり、今度は自分が上になった。情熱の為すがまま、ブーツとストッキングとズロースが剝ぎ取られた。夜の冷気が体をさっと撫でた。ベントリーは力強い前腕で自分の体重を支えつつ、のしかかってきた。彼の顔が陰になった。

彼の目も。ああ、もう一度、その目を見たかったのに。おかしなことに、彼がどんなに温かい目をしているかに今までまったく気づかなかった。「イエス」フレデリカがもう一度言うと、ベントリーの片手がズボンのボタンへ向かい、手早くはずした。闇のなかでフレデリカにはほとんどなにも見えなかったが、そのほうがいいのかもしれないと思った。腿のあいだに彼の手が滑りこみ、肌に直接触れてくるのがわかる。彼は満足げなうめき声をあげ、片膝でそろそろと彼女の両脚を大きく開かせた。「おお、神よ、フレディー」苦しげな囁き。「正しいことができますように」

フレデリカはもうなにも言わず、ただ、屹立《きつりつ》したものの硬く熱い重みを自分の体に感じていた。瞬間的なパニックに襲われたのはそのときだ。ベントリーはそれを察したのか、頭を低くして、彼女の耳を唇でかすめた。「きみがやめろと言えば、やめてもいい。やめられる」

自分を納得させようとしているかのような口ぶりだ。フレデリカはかぶりを振った。髪が草をこするのが感じられる。「いいえ、いや」あえぎながらそう言って、ベントリーをつかまえようと両手をやみくもに差しだした。「わたしを奪って。わたしに与えて。ああ、ベントリー。わたしはちっともかまわないから。なにがあっても平気だから」その刹那《せつな》、フレデリカは真実を語っていた。ベントリーの肉体が与えてくれるはずの快楽を彼女は求めていた。それを欲しながら、同時に恐れてもいた。けれど、待つのはもううんざりだ。体を流れる熱い血が今、激しく脈打っている。彼の体の重みで固い地面に押さえつけられ、身動きが取れない。彼の脚が両脚をさらに押し広げた。

ベントリーの動きはいささか性急に過ぎた。またも苦しげに息を吸いこむ音を聞き取り、彼はそのことに気づいた。そこで冷徹にいったん自分を制し、重心を移して指を一本、ついで二本、彼女のカールした柔らかな陰毛にくぐらせた。痛いほどに彼女に欲情していた。この娘のことは少女のころから知りすぎている。それでもやはり、彼女が欲しい。それに今は、初々《ういうい》しい処女の肉体に自分を見失っていた――見失いかけていた。指の愛撫を進めながら、招くような熱を帯びた奥へ滑りこんだ。一本の指先が多彩な動きでクリトリスをこすりはじめると、フレデリカはあえぎ声を漏らした。やがてそれがすすり泣きに変わり、その声が、自分がこれからしようとしていることの意味合いを彼に思い出させた。

要するにこういうことなんだぞ、おまえ。ベントリーは内心で自分を戒《いまし》めた。これをすれば結婚したも同じだ。未熟な青い林檎《りんご》にとっつかまるんだ。教区牧師の仕掛けた強力な鼠捕りの罠に掛かって逃げられなくなるんだぞ。

いや、そうはならないかもしれない。

フレデリカの家系は――多少、既成の枠からはずれているし、彼女自身、ベントリーを迎え入れるほど愚かではないかもしれなかった。彼女のいとこたちはベントリーを殺してやると息巻くだろう。ガスはまちがいなく殺しにくる。ラノックに仕留められる確率は大だ。しかし、一方でぞっとすることも頭に浮かんだ。たった一回のフレデリカとの関係にそれほどの価値があるだろうか。夜の音と落ち葉の匂いが波のように打ち寄せ、自分の体の下になった女をことさら意識させた。

彼女は欲望に濡れ、よがり声さえあげている。そう思うと、信じがたい征服欲に駆られた。彼女を組み伏せて身悶えさせたい。息を殺した控えめな声を耳もとで聞きたい。いや、そうではないだろう。もっと甘い声が聞けるはずだ。わかっていても、やはり恐ろしかった。痛がるだろうか？　泣かせてしまうだろうか？　そんなことにでもなったら耐えられそうにない。

つぎにベントリーが指を二本ともなかへ滑りこませると、フレディーはうっと声をあげた。

いたわりをこめて的確に指を出し入れしながら、彼は一回ごとに奥へ進めていった。やがて、自然が彼女の内部に張った薄い肉の壁に触れた。すると不意に、いまだかつて感じたことのない猛々《たけだけ》しさが身内にこみ上げ、その壁を破りたくなった。彼女を自分のものにするのだ。自分のものに。狂った指令が煉瓦《れんが》の壁のように頭に襲いかかった。彼女はほかの男にはまだ触れられていない。彼女は自分のものだと主張したい、そこにある繊細な障害物を突き破って彼女と交わり、自力で奪いたいという差し迫った欲求が、稲妻のごとく彼の全身をつらぬいた。

もはや一刻の猶予もならない。ベントリーは片手をついて、フレデリカの肩の上で上体を支えると、もう一方の手でペニスを受け、彼女のなめらかな肉の襞《ひだ》を探った。驚いたことに、フレデリカも彼に呼応して高まってきていた。そこはベントリーがこらえきれなくなりそうなほど潤《うるお》っていた。

「気を楽にして、いいね、気楽にいこう」彼は囁いた。「もうだめだ。フレディー。させてくれ。頼む――」

つぎの段階を踏まぬわけにはいかないことはむろんわかっている。それでもベントリーは抗い、ほとんど無意識のうちに腰をうしろへ引こうとした。激しくも無邪気な動きでベントリーを追いかけながら、フレデリカの肉体は彼とともに高みへ向かっている。彼女の指の爪が肩の肉に食いこんだ。ベントリーは彼女の尻を地面の草に強く押しつけたが、彼女がまた息が詰まったようなうめき声を発してのけぞると、彼女のなかに途中まではいった。

フレデリカは頭を激しく振って、なにかを囁いた。懇願か？　せがんでいるのか？　ああ、可愛い天使、あまりの美しさに死んでもいいと思うほどだ。ベントリーはそこで歓喜の小さな叫びをあげると、一気に彼女を突き刺した。そのあとはほとんど記憶になかった。それはずいぶんと奇妙なことだった。彼はふだん女と交わるときには他人事《ひとごと》のように醒めた目で自分を観察している。観察したから納得がいくわけでもないくせに。

だが今回は、あたかも熱と光につらぬかれて彼女のなかに送りこまれたかのようだった。努力はした、ああ、くそ、自制しようとあれだけ努力したのに。ベントリーは目をぎゅっとつぶり、草に指をもぐらせた。その下の土にまで。でも、自分に取り憑《つ》いたとしか思えないすさまじい欲望を食い止めることはできなかった。

溺れてしまったのだ。フレデリカの汚れのない完璧な柔らかさに。彼女の敏感な肉は彼を惹きつけ、彼の体から生命の芯を吸い取ろうとした。彼は何度も押し入った。この行為を彼女のためにすばらしいものにしたかった――いや、する必要があった。彼女は彼を所有し、彼とひとつになった。でも、彼女を最後まで一緒に連れていくことはできないのではないかと不安だった。数秒間で終わるかもしれないし、何時間も続くかもしれないのだから。そのとき、急を告げるフレデリカの甘い声がかすかに聞こえた。片脚を彼の腰に巻きつけ、自分の体を彼のほうへ引き寄せようとしているのが感じられる。ぎこちなく素朴な、だからこそ美しい動きで。ああ、なんという美しさだ。今度はベントリーの腕が——全身が——震えだした。

フレデリカはまたも苦しげな哀願の声を漏らしながら、身を弓なりにした。それから、口を開いて無音の叫びを発した。絶頂に達した声を。ラ・プティットゥ・モール。小さな死。そこにいたってベントリーの頭のなかですべてが解き放たれた。速度をゆるめようとは、引き延ばそうとは、一度も思わなかった。そのかわりに、激しい震えに身をまかせた。彼女を突き上げる往復運動が始まり、ついに、強烈な光の爆発が脳で起こった。熱く貪欲なベントリーの種が内からほとばしり、彼のものだという印をフレデリカのなかに残した。

2　消えた客人の怪

爪の裏に土が挟まっていた。

ベントリーは枕の上の頭の位置を変えたが、夜明けの微光のなかでもそれが見えた。これはいささかみっともない。いくら身なりにかまわない男でも目覚ましにひとしきり体を振りながら片手を伸ばす。すると今度は指の節についた草の染みが目にはいった。心臓が揺らぎ、胃が凝《しこ》った。絶望のうめきとともに寝返りを打つと、まどろむ子猫のように枕を抱きかかえて丸くなっているフレディーの姿が見えた。

彼女の枕に、彼女の部屋。

絶望が警戒に変わった。ベントリーはベッドから跳ね起きた。おまけに素っ裸であることにも気がついた。が、踝《くるぶし》になにかが引っかかっている。なんと下穿《したば》きだ。足を振ってそれを落としてから、ベッドの自分の側に脱ぎ散らかされた歴然たる証拠の山を呆然と見おろした。まるで死に直面した男のように、自分の人生が――少なくとも最期の六時間が――目のまえをよぎった。それから、ありとあらゆる細部が鉛の錘《おもり》のようにずっしりと心にのしかかった。ベントリーは蠟燭《ろうそく》を灯して椅子に腰をおろし、両手で頭をかかえこんだ。

なんということを。ワイデン兄弟と〈ローサム・アームズ〉まで繰りだしたことは覚えている。若いトレント卿を一緒に連れていったことも、深酒をして、トレントについ度の過ぎた遊びをさせてしまったことも。酒場の商売女をトレントのために買ったことも思い出した。豊満な胸をした赤毛の女だった。ところが、トレントは拒んだ。〝ぼくの母親といっても通るぐらいの年増じゃないか〟と、顔を真っ赤にして文句を言ったのだ。

そこでベントリーは女のプライドを守るために彼女と二階の部屋へしけこみ、新たに支払いをして自分が女と寝ることにした。そして、それまでに飲んだ酒の量を考えると超がつくほど立派に事を運びつつあった。トレントは酒場のそこかしこで吐きまくって男を下げており、その非常事態によってベントリーはまたも階下へ呼び戻される羽目となった。ズボンをまだ脱いでいなかったのはまだしも幸運だったが。もっとも、女は彼が日ごろ相手にしているような商売女だったので、そのとき途中でやめたおかげでフレディーに梅毒を移さずにすんだのだとしたら、幸運中の幸運ということになるかもしれない。

フレディー。ああ、フレディー。

その記憶もよみがえってきた。痛みを伴って鮮明に。昨夜、庭園でフレディーとああいうことになったあと、彼女と別れがたくなった――いや、あのまま別れることはできなかった。それは紳士にあるまじきふるまいと思われた。いや、自分にそう言って聞かせた。教会に認められていない立場で若い娘の純潔を奪うことにとてつもなく重い意味があるとでもいうように。で、彼女をここまで送ってきた。寝室という、ごく私的な場所まで。彼女はふたりでしたことの印を風呂で洗い流したいだろうと思いながら。で、そのまま立ち去っていれば、罪の意識にさいなまれて自分のベッドで輾転《てんてん》反側しているであろうときに、またしても性の誘惑に屈してしまったというわけだ。

奇妙なのだが、自分の奥深くにあるなにかが彼女の衣服を脱がせたがっていた。きちんとそれをおこなって、彼女を愛でたいと願っていた。自分が手に入れた、この勇敢にして美しきものを。が、フレディーの虚勢はすでに剝がれていた。彼女は突如として恥ずかしそうなそぶりを見せた。そこで彼女をなだめ、もう一度口づけをした。ゆっくりと時間をかけて。フレディーはそれに応えて、もう一度とろけた。それでよかったのだ。ふたりとも自制心をなくしているうちは。

ベントリーはふたたび彼女と交わった。だが、今度は優しさをこめて。手と口を使って。彼女の悦びのあえぎが静かに闇に沈み、彼女の体がこの両腕に収まるまで。そしてまた、立ち去ることができなくなった。しかし、もう朝になってしまった。なにか手を打たなければ。だが、なにを？　いや、どうすればいいんだ？　両手で顔をこすりながら、ベントリーは部屋のなかをまる一周して円を描いた。フレディーの部屋は屋敷の一番古い一画にある羨望の塔の間《タワールーム》の一室だった。天井を支える頑丈な太い梁《はり》は経年のため黒ずんで、夜明けの淡い光ではほとんど目で見分けられない。両開きの窓は脇庭に面していて、菱形をした波打つ板ガラスが採光を待ちわびている。その窓がなければ、ベントリーは石の円のなかに囚われたも同然だった——いろいろな意味において。

それでも、ここから逃げだすのを引き止めているのは自尊心以外の何物でもなかった。実際、よくよく考えてみると、自分が出ていったほうが——せめて互いの熱した気分が冷めるまで——万事うまくいくかもしれないとも思えた。それにしても、まずはフレデリカと話さなくてはならない。ベントリーはベッドのほうへ戻り、フレデイーの裸の肩に片手を置いてみた。だが彼女は身じろぎもせず、無理に起こすのはためらわれた。罪の意識があるからそう思うのだということは認めざるをえないが、眠っている彼女から発せられる穏やかな美しさも、起こすのをためらう理由のひとつだった。

なにもかもが不思議でならない。フレディーは長いこと、ほんの小娘にすぎなかった。ベントリーを振り向かせるような女ではまったくなかったのだ。処女を抱いたことはなかった。彼が抱くのは性的に経験豊富な女だけで、年増の女が彼の好みだった。世知《せち》に長《た》けた女が。それに、事をすませたら後腐れなく女のまえから消えたかった。二日続けてなどというのは稀なことで、女と肌を合わせずに二日過ごすこともまた稀だった。ベントリーは——彼の兄がよく皮肉るように——こと女に関しては筋金入りの節操なしなのだ。

そんな男にも一度だけ、愛人をもち、その女と離れられなくなるという愚かな経験があり、そのときの記憶はいまだに彼の胸をむかつかせていた。情婦を囲ったことも一度だけある。心底そうしたかったわけではなく、ただその女が好きだったから。また、彼が苦もなくメアリに提供できる人生が、彼女の現実の暮らしよりもずっとすばらしく思えたからだった。けれど、結局は悲惨な結末を迎えてメアリとも別れた。

ならば、なぜフレディーと？　ここ数年、彼女は一度ならずベントリーの目を惹いていて、そのことにベントリーはしばしば警戒心を覚えはじめていた。今も上掛けの下になった彼女の尻の優美な曲線が見て取れる。規則正しい寝息のリズムが聞き取れる。それは不思議なくらい彼の気分を落ち着かせた。フレディーの長く豊かな髪はほどかれて——ピンやリボンを自分が抜き取ったのを彼はぼんやりと思い起こした——漆黒の滝のように枕に広がり、黒みの強い睫毛《まつげ》はいつも情熱的な輝きを放つオリーブ色の肌に扇形に伏せられている。色白で青い目をした従兄弟たちとの共通点は奇妙なほど彼女にはなかった。フレディーの父親、フレデリックがトレントの叔父の陸軍将校で、婚約者とその女《ひと》が産んだ子を残してポルトガルで名誉の死を遂げたことはむろんベントリーも知っている。

フレディーは眠りながら笑みを浮かべて身をくねらせると、枕にもう少し深く顔をうずめた。またしても恋慕の奇妙な痛みを覚えたベントリーは、ベッドから離れて暖炉のほうへ行った。素っ裸のまま、炉床にひざまずき、夜のあいだに灰におおわれた炉火をかき混ぜた。

暖炉と向かい合わせに置かれているのは駄馬一頭ほども嵩《かさ》がある衣装箪笥。そのとなりには金箔をかぶせたひどく華奢《きゃしゃ》な風情の木製の書き物机。ベントリーはもう一度部屋のなかを見まわし、ほかにすることも思いつかないので下穿きを穿いた。それから、書き物机の上に置かれた枝付き燭台の蠟燭に火を灯した。

机にはインクと真っさらな便箋の束が用意されていた。かなりの枚数と思われる紙を丸めて暖炉の火に投げこんでから、やっとなんとか満足のいくものを書き終えた。満足するしかなかった。紙が尽きてしまったのだから。そこで彼は椅子に深く掛けなおし、その最後の一枚を蠟燭の明かりのほうへ向けた。握りしめた紙が震えているのを見て、はっとした。

くそっ。自分の文字を目で追いながら、ベントリーは胸の内でつぶやいた。そこに書き連ねたのは男の手を震わせてしかるべき言葉だ。手が震えるばかりか軽い吐き気さえ覚えた。しかし、ほかにどうすることもできない。フレデリカに悪評を立てるわけにはいかない。彼女の家族に対する責任もある。彼らはどう思うだろう? 自分はどうしたいのか?

ベントリーは小さな椅子に背中をあずけて考えこんだ。なにが自分の望みなのかということを。重い荷物を背負わず、拘束もされず、人生を泳ぎたいのか。責任というものをいっさい取らずに。そうした生きかたしか彼は知らなかった。ただそれだけを望んでいた。あるいは期待して生きてきたのだ。それに、フレディーがぼくを望むとはかぎらない。彼はそう考えて自分を安心させようとした。彼女はいっときの悦び以外のものをぼくに求めてはいない。

だろう？　そうでないとしても――かりに恋愛感情が芽生えたとしても――そんなものはラノック卿がいつでも短剣を抜いて始末できる。その短剣はつぎにこちらへ向けられる。いいだろう、どうせ死人も同然の身だ――あるいは、婚姻証明書の署名のインクが乾くやいなや死んでいるだろう。ざまはない。命知らずのラトレッジが聞いて呆れる。最後はこういうことになる運命だったのだ。そう納得して肩をすくめると、彼は便箋を折りたたみ、ふと思いついたようにそれにキスをして、窓台に立てかけた。自分の泊まっている部屋へ忍び足で戻り、風呂にはいって着替えをし、避けられぬ事態を待ち受けるつもりだった。ドアのノブに片手を掛けるところまでいった。が、やはり、立ち去りかねた。

ベントリーはため息をついてベッドへ引き返し、フレデリカの髪に手を触れた。そのときだ、ドアの向こうの階段吹き抜けの底のほうから、耳障りなけたたましい音が聞こえたのは。まずい。伸ばした手が凍りつき、心臓が疾走を始めた。召使いだろうか？　そうにちがいない。モップ用のバケツの音か？　いや、そうじゃない。石炭バケツだろう。ベントリーの視線が窓に飛んだ。陽光が射しかけている。逃げ道はない。今にも召使いが火を熾《おこ》しにやってきて、フレディーは容赦なく眠りから覚まされるだろう。

またも、けたたましい音がした。今度はもっと近くで。ベントリーはなかばやけくそに大股で両開きの窓まで行くと、錠をはずして窓を大きく開いた。ここは三階だ。シャクナゲとヒイラギが下に見える。上等だ。事後にもっとひどい目に遭った経験もある。少なくとも今回は、女の怒り狂った夫に銃を背中に突きつけられているわけではない。ブーツと衣服をひっつかんで腕に抱えると、夜明けの光のなかに投げこみ、そのあとから自分も窓台にのぼった。飛び降りた瞬間の記憶はないのだが、飛び降りたにちがいなかった。鈍く重い音とともに着地し、小枝やら植えこみの葉やらが四方に飛び散ったから。

しかし、その音を聞いた者はいなかったようだ。これは不幸中の幸いだった。たっぷり二分間かけて肺に息を吸い戻すことができたから。右の肺は変な角度に曲がっているようだが、破れてはいない。顔から血が流れている。疑う余地なき生温かいものが片方のこめかみを伝って、ぽとりぽとりと落ちている。ベントリーは肘をついて用心深く起き上がった。エセックスの景色が頭のまわりでぐるぐるとまわりはじめた。まるで、ゆっくりとバランスを失っていく独楽《こま》になったような感じだった。

なんとか立ち上がり、蔓《つる》を広げた蔦《つた》のなかからブーツと外套を探しだした。タイツの片一方がヒイラギの小枝に引っかかっている。ズボンは庭園の小径を飛び越えて芝生に着地していた。大急ぎで回収し、すばやく穿いた。窓のほうをちらっと振り返ったとき、二重カーテンの内側の白いレースを隙間風がとらえて窓の外に膨らませた。やはり、だれかが部屋のドアを開けてはいってきたのだ。あやうく膝が抜けそうになった。

あいにくとそこでベントリーの頭に浮かんだのは、屋敷から逃げだした以上、もう戻ることは適わないということだった。頭が正常に働いていれば、ツゲの植えこみの下を這ってあと戻りし、酔いつぶれて意識を失っていたという言い訳を思いついただろう。ベントリーの常日頃の生活ぶりを思えば、なんの不自然もなく受け止められただろう。ところが、頭が正常に働いていなかったから、そこで彼はどうしようもなく愚かな行動を取ったのだ。

二日酔いのせいだったのかもしれない。あるいは良心が咎《とが》めたのか、はたまた軽い脳震盪《のうしんとう》でも起こしたのか。そうでなければ——これだけはどうしても認めたくなかったが——避けられぬ事態に対する月並みな怯えがあったからか。が、彼の心を駆り立てたものがなんであれ、そのときは、足を引きずりながらでも厩舎の方向へ歩きはじめるのが最善の代案だと思われた。ひたすら歩き、厩舎に着いたら馬をつなぎ、エセックスから去るのが最善の策だと。

チャタム・ロッジの人々は十中八九気づかないだろうし、心配もしないだろうと。招かれてもいないのに、あるいは知らせもしないで彼がふらりと訪れるのは珍しいことではなかったから。それに、朝食がすんだらすぐに発つとガスに直接言ってある。最近生まれた姪っ子の洗礼式があり、なぜだかわからないが名付け親になるように頼まれたので、二日後にはシャルコート・コートへ行っていなければならず、フレディーへの書き置きでも、このあとの自分の居場所をごく簡単に教えていた。

そうだ、それですべての説明がつく。しかも、そつなく説明がつく。手紙に残した言葉はそつがないうえに自信に満ちており、申し出を律儀《りちぎ》に感じさせるだけの正直さもあった。注意深くしたためたその数行の文章からは、不安や疑念をはらんだ言葉はただの一語も見いだせなかった。きみの返事を待つ、とベントリーは書いた。そして、フレディーが彼を地上で一番幸福な男にしてくれることを望んだ。いや、望むと書いた。

というわけで、まもなく地上で一番幸福になるであろう男は、クラヴァットを首にひょいと引っかけ、自分の馬を探しにいった。しかし、角を曲がったところで、またしても風が起こって彼の髪をなぶり、外套の裾をはためかせた。結婚と欲情と不安に頭も心も乱されていたベントリーは顔を伏せ、厩舎を目指して黙々と歩を進めるだけで、風がほかのものを、外套の裾よりはるかに大事なものをつかまえたことに気づくよしもなかった。折りたたまれた一枚の紙がフレデリカの部屋のカーテンをすり抜けて飛んでいったことに。その紙は自由の身になった蝶のごとく、くるりくるりと旋回しながら羽ばたいて庭園の上空をさすらい、芝生を越え、森のかなたへ消えた。

チャタム・ロッジの朝の食卓はやや控えめな騒乱の様相を呈するのがつねだった。というのも、この一家は大所帯で多忙なうえに形式張らない家風だったから。毎朝八時から八時半まで、湯気の立つ深鉢をいくつも載せてぐらつく盆が厨房《ちゅうぼう》の階段を昇り降りして運ばれ、食器台を経由せず直接テーブルにどかどかと置かれた。「お腹をすかした大勢の若い殿方が駆けずりまわっているのですからそのほうが安全なのです」というのが、実利主義の権化、家政婦《ハウスキーパー》のミセス・ペンワージーの言いぶんだった。

しかしながら、この日、大きなテーブルに用意された朝食の席はわずか六人ぶんで、一家の長老、ミセス・ウィニフレッド・ワイデンはまだ席についておらず、食堂の窓辺を行ったり来たりしながら手紙に顔を近づけ、ぶつぶつひとり言をつぶやいていた。「んまあ！」突如、彼女が笑いだした。「なんてことかしら！」

「お鍋が参ります！」ミセス・ペンワージーが歌うような調子で言い、蓋《ふた》付きの鍋をテーブルにどかんと置いた。「熱々の赤インゲン豆でございます！」

この掛け声にもウィニーは邪魔されなかった。「お聞きなさいよ！」彼女はテーブルを囲む三人の若者に向かって言った。「レディ・ブランドのお手紙によると、先週、王さまの猟犬たちが一頭の牡鹿を追いかけて、パディントン（ロンドン西北部の旧首都区）の中心から運河の向こうまで駆けていき、最後は教会のなかにはいってしまったんですって！」

「噂話には事欠かないですね、母上？」ガス・ワイデンがぼそりと言った。ガスはいとこのトレント伯爵を目で追いつつ、弟のセオが蓋を取った卓上鍋で湯気を吹いている山盛りの赤インゲン豆の上にトレントが粗相をしないよう祈っていた。

「それから、こんな話もあるの！」ガスとセオの母はレディ・ブランドの手紙の向きをちょっと変えて陽射しにかざした。「ここに書いてある馬車造り《コーチビルダー》は――ええと、この名前はなんて読むんだったかしら、セオドア？」ウィニーは息子のセオに向けて手紙を差しだした。

セオは手紙に目をやった。「シリビア」と答えを返し、赤インゲン豆をフォークですくい上げて自分の皿に落とした。「ジョージ・シリビア。ベリー・ストリートで貸し馬車の商売を繁盛させてる男です」

ウィニーは息子が可愛くてたまらないというように微笑んだ。「そうだったわ、シリビア。とにかく、とっても胡散臭《うさん》いじゃないの。だって、レディ・ブランドがおっしゃるには、シリビアはこんなものを造って……」

セオは早くも口を動かしながら、指を突きだしてパチンと鳴らした。

ウィニーはセオの手に手紙を取らせた。

「乗合馬車《オムニバス》っていうんですよ、母上」セオは文面に視線をやりながら、口のなかのものを飲みこんだ。「パリのあっちこっちを走ってます。ガスとぼくも一度乗りました」

「あなた、乗ったの、ほんとうに?」ウィニーは驚きの声をあげた。「でも、こちらのそれはニュー・ロードを往復して、一度に二十人もの乗客を乗せるんですってよ。一シリング六ペンスも取って!」

「屋根なら一シリングで乗れますよ」セオはそう言って、トレント卿マイケルに流し目を送った。「あそこはかなり肝っ玉の据わった男どもの指定席と言えそうだな、そうだろ、マイケル? むろん押し合いへし合いで、海に出た船みたいに揺れるけど、おまえなら――あれ、どうかした?」セオは燻製ニシンの最後のひと切れをフォークに刺して持ち上げたまま話していたが、まだ汁の切れていないそのニシンを、トレント卿に向かって突きだした。「悪いね、マイケル、これが欲しかったのかい?」

うっと喉が詰まるような小さな音をたてて、トレント卿は目をつぶった。ウィニーは即座に手紙を投げ捨て、彼に駆け寄った。深鉢一杯のゆで卵を運んできたミセス・ペンワージーをすんでのところでかわして。「マイケル!」ピンクの衣装で押しつぶさんばかりに若者におおいかぶさり、芝居がかった身振りで彼の額《ひたい》に片手を添えた。「まあ、大変。ひどい顔をして! 熱でもあるのかしら? 喉が痛む? 胸はどう? ああ、どうか、今、病気になったりしないでちょうだい! あなたにはまだ跡継ぎがいないのだから!」

「跡継ぎ?」マイケルがむせながら訊き返した。

「ちょっと気分が悪くなっただけじゃありませんか、母上、死にかけてるわけじゃない」とセオ。

「それでも、エリオットはわたしの落ち度だと考えるでしょうよ!」とウィニー。「わたしがあなたたちをきちんと見張っていなかったからだろうと、怖い顔をして言うでしょうよ。でもね、実際のところ、そのように努力したという自信はありますよ」

うしろめたくてこう言っているのは明白だった。ウィニーがお目付役として手ぬるいのは周知の事実だ。みずからの役目から容易に気をそらされてしまうのはだれもが知っていた。

「マイケルだってもう少しで成人なんです、母上」ガスが思い出させた。「それに、エヴィーもエリオットも母上がだれかを見張ることを期待してはいないと思いますよ」

マイケルはウィニーのそばで切れ切れに息を吸いこんだ。「大騒ぎしないでください、ウィニー」なんとかそう言うと、椅子をそっとうしろへ押した。「胃弱の気があるんです」

セオはフォークをいとこのほうに向けた。「階上《うえ》へ戻って休んだほうがいいぞ、おまえ」

マイケルがふらふらと立ち上がると、ウィニーは自分の席に沈みこんだ。ふたりの息子を交互に見やるウィニーは心得顔になった。「なるほど、そういうことなのね」マイケルが声の届かぬところまで行くと不機嫌をあらわにした。「もう！　もう！　とぼけるのはおよしなさい！　まだ若いマイケルは自堕落なあなたたちと同じようにはいかないんですからね。ベントリー・ラトレッジも同罪だわ！　彼も首を絞めてやらなくちゃ！　ところで、あのならず者はどこへ行ったの？」

ガスとセオは肩をすくめた。ちょうどそこへフレデリカが影のように食卓に現われた。「おはようございます」兄弟はさっと立ち上がり、セオが彼女の椅子を引いた。「マイケルを探してるなら、階段ですれちがったけど」

「いや、マイケルはいいんだ」セオはきっぱりと言った。「ベントリーだよ。母上が彼を殺すと息巻いてるのさ」

フレデリカは息を呑んだ。「そんな、だめよ！」と、いったんおろした腰を浮かして言う。「絶対にだめよ、ウィニー、彼はちっとも――つまり、あれは全部わたしの――」

ウィニーは最後まで言わせなかった。「まあまあ、こんな不良連中をかばうなんて優しい子ね。でも、ベントリーは不道徳な悪い男よ。それに、ゆうべは四人とも酔っぱらってたのをあなただってよく知ってるでしょ」

「ええ」フレデリカは椅子に腰を戻し、震える手を隠した。

そのとき、またもミセス・ペンワージーがコーヒーポットを手にせわしげに階段を昇ってくると、フレデリカの肩先から器用にポットを傾けた。「ミスター・ラトレッジをお探しですか、ミセス・ワイデン？」茶色の液体を一定の速度でそそぎながら尋ねた。「いえね、なんだか変なんですが、テスが言うには、旅行鞄を置いたままお帰りになったそうですよ。おまけに、ベッドでお休みになった跡もないんですから！」

フレデリカは不意に息が詰まったようだった。セオが如才なく手を伸ばして背中を叩いてやると、やっとあえぎ声を漏らした。「大丈夫かい、フレディー？」

フレデリカは目を潤ませて片手の甲を口に押しあて、視線を落とした。「み、みんなはミスター・ラトレッジはどうしたんだと思う？」

「それはいささか難問だな」ガスが思案するように言った。

セオはまたも頬張ったものを飲みくだした。「でも、ゆうべはちゃんと〈アームズ〉から帰ってきたはずだぞ。ぼくたちとは庭園で別れて――」

「〈ローサム・アームズ〉へ行ったの？」ウィニーが甲高い声で割りこんだ。「あの今にも倒れそうな安酒場へ？」

ガスは引きつった笑みを浮かべた。「ええ、母上。とにかく、ぼくらは彼より先に階上《うえ》へ上がったんですよ」ガスは弟のほうを向いた。「セオ、玄関扉の閂《かんぬき》を掛けなかったろうな？」

「だれかが掛けたんですわ！」ミセス・ペンワージーが階段のほうから抑揚たっぷりに叫んだ。「今朝は掛けられてましたもの」

「フレディー！」ガスはぎょっとしてフレディーに目をやった。「フレディー、ひょっとしてきみ、ゆうべ遅くに外に出てやしなかっただろうな？」

フレディーの下唇がわなわなと震えはじめた。「な、なにが言いたいの？」

ガスは不思議そうにフレデリカを見た。「べつに、フレディー。なにも言いたいわけじゃないさ。きみがときどき夜の散歩に出るのを知ってるから訊いただけだ」ガスは母親に気づかれないように、テーブルを挟んでフレデリカに目配せを送った。「で、塔の扉の掛け金をはずしたままにしたのかもしれないと思ってさ。それだったら、むしろよかったなと。ときどきそうするだろ？」

ウィニーはそんなことはどうでもいいと言いたげに片手を払った。「この子はゆうべ頭痛がするので早くに床についたじゃないの」と、息子に思い出させた。「夕食がすむとすぐに。覚えてないの？」

「そうだったね」ガスは即答した。「それで、フレディー、もうすっかりいいのかい？」

しかし、セオはフレデリカの頭痛の仮病には関心を示さず、口を挟んだ。「つまり、ゆうべは客人を締めだしてしまったということか？　結局そういうことなのか？」

「馬鹿なことをおっしゃい」ウィニーは苛立たしげな手振りでトーストパン立てを求めながら言った。「ベントリー・ラトレッジはお客さまじゃありません」

　ガスは声をあげて笑いだした。「でも、彼を厩舎で寝かせてしまったかもしれないと考えたら、ぞっとしませんか、母上？」

　今度はセオが馬鹿笑いする番だった。「ほほう！　あいつのことだ、まさか厩舎で寝たりはしなかっただろうよ、大丈夫！〈ローサム・アームズ〉へ引き返して、前払いした例の赤毛女と寝たにちがいない」

「まったくもう、セオ！」ウィニーは恐れおののいた。「思い出してちょうだい。このテーブルにはうぶな子がいるってことを」

　セオは無邪気にテーブルを見まわした。「だれのこと？　ああ、フレディーか」

　だが、フレデリカはセオの言葉に侮辱を受けたようには見えなかった。ことさらうぶにも見えなかった。ただ、ひどく具合が悪そうだった。彼女は不自然なほど唐突にテーブルから離れた。「ご、ごめんなさい」弱々しい声。「頭痛がぶり返したらしいわ」それだけ言うと、食堂から飛びだした。

　ウィニーは心配そうな顔をして、母性を示す雌鶏じみた声をたてた。「んまあ、どうしましょう。マイケルのつぎはフレディーなの？　ひょっとしたら、ほんとうになにか悪い病気が流行《はや》ってるんじゃないのかしら！」

3　放蕩息子の帰還

「親愛なるみなさま、あなたがたはこの子に洗礼を受けさせるべくここに集《つど》いました。主イエス・キリストが慈悲深くも彼らを受け入れ、罪を取り除いてくださるよう祈りました」宝石のような色の光を浴びて、牧師のミスター・バジル・ローデスが一本調子に唱えた。その目は一定の間隔で祈禱書《きとう》に落ちている。

ベントリー・ラトレッジは教区牧師と向かい合わせに立ち、一心に耳を傾けようとしていた。が、ベントリーのよい心構えはたいていそうなのだが、ここでも長続きしなかった。洗礼式の最中、彼はややもすると――べつの表現をすれば疑いの余地なく――自分がどこにいるのかわからなくなり、母方の一族の代々の洗礼に用いられてきたノルマン様式の角張った洗礼盤から視線を泳がせていた。気がつくと身廊の先を、さらにアーチの向こうを見つめていた。やがて祭壇の奥の暗がりのどこかに目の焦点が結ばれると、頭をめぐる考えもまた暗い陰の部分をさまよいはじめた。

この場所、すなわち聖ミカエル教会の思い出はほとんどなかった。洗礼や婚礼で折節に訪れたことはもちろんあるのだが。また、ラトレッジ家には過酷な人生を送って若死にする者が多かったので、一族の葬礼ではそれこそたびたび訪れた。この場所のなによりの特質はかび臭い讃美歌集と湿気を帯びた冷たい石が醸《かも》す匂いだ。二十六年の人生のほとんどをこの教会の落とす影のなかで生きてきたにもかかわらず、いまだに馴染むことができない。祈禱書に綴られた文章の穏やかな抑揚はまるで外国語を聞いているかのようだし、ステンドグラスを通して床の敷石に散り広がった光線は、別世界のものといってもいい。ベントリーの父は熱心に教会へかよう信者ではなく、彼も父のその習慣に倣っていた。

バジルが大きな咳払いをした。「あなたは使徒信条に示されたキリスト教の教えを信じますか?」教区牧師はおごそかな口調で言った。「この子がその教えによって導かれるよう努力しますか?」

かたわらに立つ姉のキャサリンがベントリーを軽く突いた。ベントリーははっとして姉と目を合わせ、ぎこちない応答をした。「あ――ああ、信じます。神の力添えにより、その……そのように努力します」

牧師の唇が軽い苛立ちを表わして引き結ばれた。「この子が神を畏れ敬う心をもって育てられるよう努力しますか?」祈禱書に目を戻しながら問いを続けた。「また神の聖なる意思と掟に従うよう努力しますか?」

「あ、はい――努力します」ベントリーはどうにか答えた。「神の力添えによって」そこで目をきつく閉じ、稲妻に打たれて死ぬのを待った。

しかし、稲妻に打たれることはなかった。ほんとうは打たれるべきだったのだろうが。あんなありそうもない信仰文書からの、あんな怪しげな誓いの言葉を述べたのだから。バジルも彼が稲妻に打たれることを期待していたようだった。というのも、ベントリーのおかげで牧師もかなり動揺していたから。それでもバジルはなんとか立ち直って先を続け、最後には手を伸ばして、ベントリーの義姉のヘリーンから赤ん坊を受け取った。

赤ん坊を腕に抱いて、洗礼式のガウンを注意深く自分の肘に掛けると、バジルはふたたびベントリーを見て言った。「この子の名前を」

ベントリーは一瞬、恐慌をきたした。「えー……アリスです」彼の母と同じ名なのだから、それぐらいはわかる。祈禱書の余白に走り書きした文字に必死で目を落としたが、指の汗が文字をにじませていた。「アリス・マリー・エメリン・ラトレッジ」一語一語を大急ぎで追って読みあげた。正しく読めていることを祈りながら。それでよかったにちがいない。ヘリーンが誇らしげな笑みをよこしたところをみると。

「アリス・マリー・エメリン・ラトレッジ」バジルは復唱し、洗礼盤に指を浸してから、赤ん坊の額に十字を切った。「父と子と精霊の名において、あなたに洗礼を授けます。アーメン」

ところが、肝腎のエミーが冷たい水に不服を申し立てた。身をこわばらせて耳をつんざくような声をあげると、片手の拳でバジルの鼻にパンチを食らわせ、眼鏡の位置をずらしてしまった。慌てた教区牧師は、腕の長さいっぱいに赤ん坊を突きだそうとするような動きを見せた。が、エミーは牧師のまとったサープリスをすばやくつかみ、この窮状の解決をバジルに求めた。ヘリーンが進みでて、申し訳なさそうな顔でエミーの手をこじあけ、白いリネンの布を引っぱりだした。

神の力添えがあったのだ。ベントリーは内心で言った。さすがラトレッジの血筋を引いた子だ。

ほどなく儀式がすみ、一同は教会から冬の陽射しのなかに出た。ベントリーの兄のトレイハーン卿がエミーを抱いて先導した。エミーは今はいくらかおとなしくなっていた。姉のキャサリンと従妹のジョーンが子どもたちを集めて外に導いた。子どもたちは池で跳ねる鮮やかな色の魚よろしく陽射しのなかに飛びだした。ジョーンは内気な笑みを浮かべて戻ってくると、親しげにベントリーの腕に自分の腕を通した。ふたりが静かな声でしばらくしゃべっているあいだ、キャムとヘリーンの夫妻はみんなからの祝福を受けていた。

美しい従妹と会うのはうれしかった。元気で幸せそうな彼女を見るのはなおさらうれしい。しかも、彼の早とちりでなければ、彼女はまたも身ごもっているらしい。フレディーと思いがけずこういうことになるまでは、彼が結婚を考えた唯一の女性はジョーンだ。ジョーンがバジルと駆け落ちをしてくれたことによって、ジョーンもバジルもこの愚かな男から救われたのを今は神に感謝したい気持ちだった。

「ベルヴューに着いたらすぐに電話して」ジョーンは優しく言った。「あそこならたっぷり歩けるし、たっぷり話もできるでしょ、ベントリー。あなたに話しておかなくてはならない秘密があるの。なんだか昔に戻ったみたいになりそうだけれど」

「ああ」ベントリーは静かに応じた。「昔に戻ったみたいだよ、ジョーン」

歳の差はたった二ヵ月。ベントリーとジョーンはかつて、互いの秘密をなんでも打ち明けていたが、あのころはふたりともまだ子どもで、あのような子ども時代に自分がもう一度耐えられるかどうかわからない。ジョーンはベントリーの腕から腕を抜くと、彼のそばを離れて自分のたくさんの子どもたちのひとりを追いかけた。夫のバジルは小さな人だかりに慈愛のまなざしを送りつづけている。教会の扉から最後のひとりがやっと出てきた。

村の噂好きな年配の女性たちは当然ながら非難めいた渋い顔をベントリーに向けていた。それでいて彼女たちは順ぐりに――ほかの者が見ていないと判断したときには――雌鶏のような声をあげて彼のクラヴァットを手で伸ばし、彼の犯した道徳的な罪をおおらかな心で赦すとばかりに頰にキスまでしてくる。

なにも知らないからだ。

今の彼はほかのすべての罪よりほんの少し重い罪を負っていた。いや、ひとつを除いてすべての、というべきかもしれない。むろん、フレディーにしたことは厳密には道徳的な罪にあたらないけれども、かぎりなくそれに近く感じられる。あれから三日経ち、ベントリーは首切り斧が落とされるのを待つことに疲れていた。悪い知らせが届くのにどうしてこんなに手間取るのか不思議でならない。

　フレディーがウィニー・ワイデンに洗いざらい告白して涙に暮れている姿が目に見えるようだ。ウィニーが金切り声をあげて、さめざめと泣き、しかるのちにラノック卿に宛ててヒステリックな手紙をしたためているところも目に浮かぶ。ラノックの四輪馬車がスコットランドから猛烈なスピードで取って返すところも、到着したラノックが両刃《もろは》の大剣を磨いているところも。さらに自分自身が、あの厄介なスコットランドの短剣の一刀を背中に突きつけられ、睾丸を縄できつく縛りあげられ、血反吐《へど》を吐きながら身廊を進まされている姿も。

結婚。妻。囚われの身。

　神よ、我を助けたまえ。

　突然、冷たい指が頬にそっと触れた。目をしばたたいて見おろすと、義姉のヘリーンだった。思いやるように温かなまなざしを向けている。「やっぱり来てくれたのね、ベントリー。来てくれると思ってたわ」

　そういうふうに信頼されていることがときどき少しうっとうしくなるんだよ。ベントリーは心でつぶやきながらも口には出さず、鼻を鳴らした。「今回はべらぼうに運がよかったね、ヘリーン」身震いするような風がつと吹き抜け、ベントリーは目を上げた。鐘楼の落とす影のなかに自分たちが立っているとわかった。ほかの人々は帰路につきはじめていた。村の出入口《ゲート》のほうへ列を成して向かうか、教会墓地を取り巻くシャルコートへの径を歩くかしている。ベントリーは兄の妻に視線を戻し、腕を差しだした。

ヘリーンはもう一度にっこり笑って、彼の腕を取った。ふたりは遠くに見える人々を追うように墓碑のあいだを黙々と歩いた。教会墓地は厚い木の扉がはめこまれた石壁でシャルコートの果樹園と隔てられていた。ベントリーは義姉に手を貸してその扉を抜けてから、うしろを振り向き、扉を押して閉めた。

「ベントリー、気のせいかもしれないけれど、あなた、足を引いてるんじゃないの？」ベントリーが閂を掛けると、ヘリーンは言った。

「膝を捻挫《ねんざ》してしまったんだ」ベントリーは認めた。

「まあ、大変！」ヘリーンは彼の脚を見つめた。「どうしてまた？」

ベントリーは不機嫌な目つきで義姉を見返した。「義姉《ねえ》さんには関係ないよ」

ヘリーンは肩をすくめて受け流し、ふたたび彼の腕を取ると、話題を変えた。「あなた変わったわ、ベントリー、新年に会ったときから」と、しみじみした調子で言う。「いつもより口数が少ないし、ちょっと怖いみたい。なんだかあなたらしくないんですもの。なにかあったわけじゃないわよね？」

ベントリーは我知らず拳を握りしめていた。「兄さんに訊いてくるように言われたのかい、ヘリーン?」声が低く、口調も険しくなった。「審問が始まってるのかな?」

義姉はさっと身を引いた。ベントリーが襲いかかってきたとでもいうように。「呆れた《ノン・ド・デュ》!」ヘリーンは静かな声で毒づいた。「どうしてそんなことを? だれかの様子がなんとなくおかしいことにキャムが気づくとでも思ってるの? おおかたの男性と同じように、あの人にわかるのは目に見える事実だけよ」

そうか。それがそもそもぼくを悩ませているのかもしれない。どこからともなくその考えが頭に浮かんだが、口に出す寸前で言葉を呑みこんだ。彼は歩調をゆるめて立ち止まり、外套の袖に置かれたヘリーンの手を包んだ。

「許してくれ、ヘリーン。不当な非難だった」

ふたりは押し黙ったまま、ゆっくりとした足取りで果樹園を通り抜けた。足の下で冬草がぱりぱりと砕け、頭上では裸の枝が賑やかな音をたてた。キャサリンもキャムもほかの人々ももう丘の上まで行っている。ヘリーンには今さら早足でみんなを追いかけようという気はないようだった。そこでベントリーも彼女に合わせて速度を落とし、いささかなりと気持ちが鎮まるにまかせた。

ベントリーを物思いから呼び覚まそうとするように、彼の腕をつかむヘリーンの手に力がこもった。「お願いだから、そんなふうに黙りこまないで。心配になるじゃないの。あなたの冒険譚を聞かせてちょうだい。とりあえず、婦人に聞かせられる話をね。ロンドンからまっすぐこっちへ来たの？」

「まあ、そんなところさ」ベントリーは腰をかがめ、ヘリーンの外套の裾にくっついた小枝を取った。「エセックスに二、三日滞在してたんだが、ハムステッドに立ち寄って旅行鞄に着替えを詰め、それからこっちへ」

ヘリーンは微笑んだ。「だから洗礼式にふさわしい服装をしてるのね、なるほど。とっても素敵よ」

「ほぼ礼儀に適ってるという意味かな？」ベントリーは空を見上げ、陽射しに目を細めた。「兄さんも大いに満足するだろう」

ヘリーンはこれには答えず、考えにふけるような調子で続けた。「社交シーズンが近づいてるわね、ベントリー。そのあいだはロンドンで過ごすつもり？」

「なんだって？　デビューする淑女たちをお出迎えするために？」ベントリーは吹きだし、手に持った小枝を細かく折っては、歩きながら自分の肩越しにうしろへ投げはじめた。「そんな気はまるでないよ」

「でも、せっかくだから愉しめばいいのに、ベントリー。お友達はロンドンへ行かないの？　出会いを求めてみたらどう？――つまり――新しい出会いを」

ベントリーはぎろりと義姉を見た。「おいおい、ヘリーン。ぼくを結婚させようという魂胆かい？」

これを聞いてヘリーンも吹きだした。「まさか、そんなこと！　あなたは結婚には不向きなタイプだもの、ベントリー。上流階級のお友達との交遊を深めることを考えてもいいんじゃないかと思っただけよ。わかるでしょ」

ベントリーは径の途中で不意に立ち止まった。「よりにもよってきみの口からそんな言葉を聞くとは信じられないな、ヘリーン。きみのすばらしい平等主義になにが起こったんだい？　それに、ぼくの友人たちはみんながみんな無節操なわけじゃない。キャムがそう思わせたがっているほどには。たとえば、オーガスタス・ワイデンなどはね。彼は名実ともに立派な紳士だ」

「まさにそこよ、わたしが言いたいのは」ヘリーンは穏やかに主張した。「彼や彼の弟のセオドアは立派な紳士のようね。彼らとの交遊をもっと深めるべきだわ。もちろん、ふたりとも社交シーズンにはロンドンへ行こうと思ってるでしょうし」

「そうかな？」ベントリーは奇妙な一瞥を投げた。「彼らは無理やり行かされてるんだと思ってたけど」

ヘリーンは優美な身のこなしでぬかるみをよけた。「ラノック卿のご長女が今年、社交界にデビューなさるはずよ」

ベントリーは仰天した。「あのゾーイ・アームストロングが？　ゾーイはまだほんの子どもじゃなかったっけ、ヘリーン！」

「あら、ほんのといっても、十七歳にはなってるでしょう」

ゾーイとフレディーの歳の差がわずか一歳か二歳なのを思い出し、罪悪感が胸を刺した。しかも、ゾーイはまだ子どもとしか思えない。フレディーが社交界にデビューした去年の春、書斎の机に置かれていた招待状がぼんやりと思い出された。丁重に辞退はしたものの驚きを禁じえなかった。フレディーは幼すぎて社交界にデビューするのは無理だと決めつけた。

が、実際の彼女は幼すぎるどころかすっかり成熟していて、だからこそ欲情を覚えたのではないか。それで自分でもどぎまぎしたのだが、今となっては恥じ入るばかりだ。急にひどく歳を取ったような気分になった。

「それじゃ、あなたもそうするわね？」ヘリーンの明るい声で思考が途切れた。「シーズン中はロンドンに滞在して、招待を受けたら、せめて何件かはお受けなさいね？」

「そんな気はないと言ってるだろう、ヘリーン」ベントリーはヘリーンの腕を優しく引っぱって歩調を速めた。

ところが、これまた急に怖気《おぞけ》立った。現実には、社交シーズンのパーティに出席するもしないも、もはや選択肢がないかもしれないのだ。招待状が送られてくるころにはもう結婚している可能性が高いのだから。結婚したとたん、男は自分自身であることと同時に社会の一員たることを求められる。さまざまな場に顔を出すことが重大な役目となる。まずは、みすぼらしい酒場やいかがわしい売春宿から繰りだそうなどと図々しい考えをもつやつはどこにもいない。男の公の場での不品行は妻の対面を傷つけるのだから。

自分とてそこまで図々しい真似はできない、とベントリーは侘びしく諦めた。そうするかわりに、如才ない社交術や既婚者の分別と折り合いをつけつつ、従来の道楽の相伴《しょうばん》にあずかる術を身につけなくてはならないのだろうと。せめてそれだけはフレディーに対して義務を負っていると。そういうわけで、すこぶる寛大な男が弱みにつけこまれたような心持ちを味わいながら、彼は丘の上までの残りの道のりを歩いたのだった。

ウィニー・ワイデンは新着の手紙を丁寧に折り畳むと、応接室のティーテーブルに置いた。「あと五週間！」ぱちぱちと音をたてる暖炉を眺めるともなく眺めながら、ウィニーは感嘆の声をあげた。「んまあ！　やるべきことが山ほどあるわ！　洗濯女中《ランドリー・メイド》をもうひとり雇わなくてはね。仕立て屋にも通知をしなくては。淡いブルーのシルクをひと巻き、ゾーイのために取り置きしてもらわなくては。それと、帽子に、手袋に……」

ピアノのまえのセオは一音符も飛ばすことなく、部屋の反対側にいる兄を見つめて目をぐるりとまわしてみせた。ガスはフレデリカと一戦交えていたチェス盤から目を上げ、さりげなく尋ねた。「あと五週間でなにがあるんです？　母上はいつも会話を自分ひとりで完結させようとするからな」

フレデリカは早くも絶望の淵に落とされ、力なく椅子の背にもたれた。「おばさまが読んでるのは従妹のエヴィーからの手紙よ」と、声を落として言う。「エヴィーとエリオットがスコットランドから帰ってくるの」

「そうしたら、わたしたちもすぐにロンドンへ行かなくてはならないのよ」ウィニーは苦しげに言い足した。「ゾーイの社交界の支度があるのに、時間がほとんどないの！　それにフレディー、あなたもよ！　去年と同じ夜会服なんて絶対にだめですからね」

フレディーはぞっとしてチェス盤からおばのほうに顔を向けた。「夜会服？　わたしも？」

しかし、ウィニーはすでに見積もりを始めていた。「最低でも六週間はかかるわ」指にチェックマークをつける仕種をしながらつぶやいた。「あの象牙色のシルクのドレスは、襟の襞飾《ルーシュ》りを取ればなんとかなるかしらね。まあ、あなたの場合は今年がお披露目《ひろめ》というわけではないんだし」

ガスがナイトの駒を危険なまでにクイーンのそばへ移動させたが、フレディーはまったく関心を示さなかった。「でも、ウィニー、わたしはもうパーティに出なくてもいいんでしょ？」

ウィニーは眉を吊り上げた。「今年こそあなたの出番よ、可愛い子」棘のある言葉でウィニーは応じた。「あなたの支えもなく社交界に出ていくゾーイの可哀相な姿を見たくはないでしょ？　第一、今年はエロウズさまもご家族ともどもお見えになるのだから」と示唆的な言葉で締めくくった。

セオは最後の三音をドラマチックに鍵盤に叩きつけ、「万事休す！　運は！　尽きた！」と、美しいバリトンで歌いあげた。

「やれやれ、フレディー。そのようだよ」炉床のそばに陣取ったマイケルがかすかに身動きした。若きトレント伯爵は炉格子から片足を滑らせ、シェリー酒を飲み干した。「全員でロンドンに乗りこもう。そうしないと、我が姉エヴィーにその理由を見透かされてしまう。みんなで行けば、きみも壁の花たちと一緒に踊らなければならんという内務規定に従わずにすむ」

「そうはいかないわ。わたしだって壁の花のひとりなんですもの！」フレディーは勢いよく椅子から立ち、あやうくチェス盤をひっくり返しそうになった。「それにわたしは行けないの。聞こえた？　行けないのよ！」と言い捨て、脱兎のごとく部屋から飛びだした。

「あれれ、まただよ」セオの声はフレデリカにも聞こえた。「近ごろどうしたんだ、フレディーのやつ？」

広い客間が沈黙に包まれても、フレデリカは足を止めず、屋敷の主階段を駆け上がり、古い塔に通じる石段に達するまで廊下をひた走った。螺旋《らせん》の階段を昇ってようやく自室の扉のまえに着くと、扉を押し開けてベッドに突っぷした。

いやでたまらない。こんなぶざまな、子どもじみたふるまいをしてしまうことが。これまではともかく、今の自分がもう子どもではないことはわかっている。なのに最近は感情を抑えられなくなっているらしい。痛いささくれがひとつできただけで泣きだしてしまう。いったいどうしたというのだろう。ジョニー・エロウズに別れを宣告された夜以来、人生はもう二度と正常な軌道に戻ってくれない。そんな気がする。フレデリカは枕に顔をうずめて泣きじゃくった。

だれかに相談したかった。ゾーイに会いたい。ゾーイとは十歳のころからの親友で、従姉のエヴィーがゾーイの父親のラノック卿と結婚したときには胸が震えるほど感激した。年長のいとこたち——エヴィーとニコレット、それにガスとセオ——はフレデリカが物心ついたときにはすでにおとなびて見えた。でも、ゾーイと姻戚関係ができてからはじめて秘密を打ち明けられる同年配の女友達ができたのだ。とはいえ、今抱えている秘密は安心してだれかに打ち明けられるたぐいの秘密ではなかった。たとえ相手がゾーイでも。

ベントリー・ラトレッジ。

彼こそがフレデリカの秘密だった。秘密であると同時に罪であり、恥でもあった。あの夜、闇のなかで彼としたことは過ちだ。それも危険な過ちだ。フレデリカは自分のしたことに愕然としていた。自分が求めてしたことに。なのに、もし機会があっても——ここがもっともそら恐ろしい部分だけれど——二度とふたたびあのようなことはしないと言いきる自信がない。しかも、今度もしそうなったら、それはもうジョニーへの腹いせではなくなる。

フレデリカはベントリー・ラトレッジのことをどう考えたらいいのかわからなかった。でも、彼にあのような恥知らずな扱いをされたときには、下腹の奥のほうに信じがたい疼きを感じた。いったいなにを期待していたのだろう？　彼の腕に抱かれて目覚め、永遠の愛を誓う言葉を聞きたいとでも思っていたの？　まさか！　そんな期待を抱くほど彼を知らないわけじゃない。ありがたいことに、彼と恋に落ちるなんて愚かな想像をしたこともない。

それでも、ベントリーが持ち前の温かさで部屋の雰囲気をなごませられる人なのは疑いようがなかった。彼が頭をのけぞらせて笑えることにも気づかないわけにはいかない。本気で笑うのだ――それも、たいていは自分を笑い飛ばすのだ。彼はだれに対しても優しい。とりわけ女性には。自分がなにかを欲しているときにはとくに。一度、少なくとも六十歳にはなるミセス・ペンワージーに台所でキスしようとしているのを目撃したことがある。夕げにラズベリーのタルトを作ってほしいからだった。ミセス・ペンワージーは木の匙《さじ》でベントリーの頭をこつんと叩いたけれど、その夜の食卓にはタルト――一週間はもちそうな量の――が現われた。

ああ、なんて悪党なの。フレデリカは涙に濡れた目の下を片手でぬぐった。そうすると、ベントリーの腕でいつのまにか眠りに落ちた心地よさがよみがえり、衝撃を受けた。なお悪いことに、エヴィーと彼女の夫のラノック卿エリオットから、一家全員ロンドンへ戻ってこいとのお達しが出されているという。世間の目には結婚市場に再度打って出るために舞い戻ったと映るだろう。

たちまち心臓が胸から腹へ落ちた。どうしよう、万が一、だれかがほんとうに申し込んできたら？　自分自身の家庭と家族をもつことは昔からの夢だった。それはほとんどの孤児の希望にちがいない。けれど、真実を告げずに結婚するという不誠実な真似はできないし、そんな勇気が自分にはない。第一、申し込みを断わる理由を従姉のエヴィーにどう説明すればいいの？　後見人のラノック卿にも。が、それよりもっと、はるかにまずい事態がひとつ想像できた。ロンドンへ行って、もしも、ベントリー・ラトレッジとばったり出会ったら？　ああ、神さま！　これ以上の屈辱があるかしら！　ベントリーとふたたび顔を合わせることだけは絶対にできない。

ベントリーにまた会うのではないかという心配に比べたら、ジョニーのことはほとんど気にならないほどだった。とはいっても、それがおかしいと気づいたのは何日も経ってからだった。

4　ミス・アームストロング、秘密厳守を誓う

シャルコートで三日が過ぎた。完全なる沈黙の三日間だった。一日め――エミーの洗礼式当日、暇つぶしに邸内をあてもなく散策して召使いたちから怪訝《けげん》な目で見られた。彼らを責めることはできないだろう。これまでのベントリーは屋敷のなかを暇つぶしにうろつくような男ではなかったのだから。

二日め、姪のレディ・アリアンを二頭立ての馬車に乗せて姉夫婦の暮らすオールドハンプトン・マナーへ向かい、そこでキャサリンと午後を過ごした。キャサリンの産んだ双子で歩きはじめたばかりのアナイスとアーマンドとも遊んだ。だが、〝ウンカ・ベンキー〟役のベントリーは膝を捻挫していて動きが鈍かった。お馬さんごっこを長くは続けられず、年齢を感じさせられるだけでなく、よぼよぼの老人のような気分も味わわされた。午後のお茶のあいだも状況が好転することはなく、そのうち、すべてお見通しだといわんばかりのキャサリンの夫の黒い目がベントリーの背筋に戦慄を送りこみはじめた。

ド・ヴェンデンハイム卿、マックス・ド・ローアンは元警部だが、一風変わったその経歴

にもかかわらず、彼の一族の血にはどこか非人間的なものが流れている。マックスはもとより彼の不気味な祖母にも。そのオールド・シニョーラ・カステッリは男がどうあっても避けたいと思うタイプの女性だった。極端な悲観論者の彼女にかかると、昨日の洗濯物の汚れや染みを探すように魂が裏返しにされて調べられているのではないかという気にさせられるのだ。

三日めを迎えるとベントリーは、檻《おり》に閉じこめられて徐々に正気を失っていく動物のような心境になり、くすんだ茶色のダスターコートを羽織って銃を手にすると、猟犬の一団を解き放つために厩舎へ向かった。が、途中で、蜜蠟のはいった甕《かめ》を園丁《えんてい》の小屋から運ぶ途中の家女中《ハウスメイド》に出会った。クウィーニーは足を止め、甕を腰にひょいと載せると、なれなれしく片目をつぶってみせた。「おはようございます、ミスター・B」と言いながら、ベントリーを眺めまわす。「そんな素敵なお姿を見たら、また賭博場の女がのぼせあがっちまいますよ！」

年増女が期待を寄せているので、ベントリーは彼女のかたわらへ近づき、その尻をたっぷりとひと撫でしてから、物欲しそうな口ぶりで応じた。「いや、クウィーニー、ロンドンじゅうを探してもこんないかした尻は見つからないな、賭けてもいい。シャルコートから離れられるかどうか心配だ」

これを聞いて彼女は睫毛をはためかせ、頰を染めた。「さあさ、いってらっしゃい。あたしみたいなおばあさんと関わってる暇なんかないんでしょ」

ベントリーは銃を肩に引っかけて微笑んだ。「クウィーニー、そんなことはないとわかってるだろ」ベントリーは空いているほうの手を侘びしげに開いたまま、のんびりした足取りで小径をあとずさりしはじめた。「でも、雇い人にちょっかいを出してるところを聖人君子のキャムに見つかったら、我がお宝の振り子ふたつを縛りあげられてしまうからな。まあ、それぐらいの目に遭うだけの価値はあるかもしれないけど、試してみるかい、クウィーニー？」

そのころにはすでに数フィート近くクウィーニーから離れており、彼女が誘いに応じないことを密かに祈っていた。クウィーニーはけらけら笑うと、その気はないというように片手を振り、屋敷のほうを向いた。だが突然、ある考えがベントリーの頭に浮かんだ。「クウィーニー、待ってくれ！」彼は呼び止め、小径を戻って彼女に近づいた。「ちょっと訊きたいんだが、朝来た郵便物を取ってくるのは今でもきみの仕事なのかい？」

クウィーニーはいぶかしげにうなずいた。「はあ、あたしか従僕のだれかが取ってきますけど」

ベントリーはつぎの言葉を思案した。クウィーニーは彼の好みからすれば少々薹《とう》が立っているけれども、彼女のことが好きなのは本心だ。クウィーニーはもともと娼婦だったのだが、アリアンを恐ろしい危険から救いだしてくれたことのある大恩人なのである。ラトレッジ家のだれもが彼女に深く感謝し、のちにベントリーは彼女をシャルコートで雇うようキャムに進言した。人生の長い下り坂をおりていく憔悴《しょうすい》した娼婦のありさまを知りすぎるほど知っていたから。

クウィーニーはまだこちらを見ていた。下膨れの丸顔に浮かんだ表情はまるで母親だ。「今度はなんです、ミスター・B?」とせきたてる。「さあさ、このクウィーニーにはなんでも訊いていいんですよ」

ベントリーは不意に照れくさくなり、煮え切らない口調で切りだした。「その、郵便物のことなんだけど。ぼく宛てのものがあったら抜いといてくれるかな? 玄関広間のテーブルに置かないで、直接ぼくに渡すようミルフォードに伝えてくれ、いいね?」

クウィーニーの表情が柔らかくなった。「おーや、お気の毒に」彼女はベントリーの肩をぽんと叩いた。「また面倒に巻きこまれちまったんですか?」

ベントリーはどうにか笑いを返した。「クウィーニー」頭を下げ、チュッとすばやくキスをした。「半分当たりだ」と答え、足を引き引き厩舎へ向かった。

猟犬小屋の閂がはずされるまえから、犬たちは尻尾を振って飛び跳ねはじめ、ベントリーの膝のまわりに突進してきた。彼は厩舎の庭にひざまずいて彼らの耳を掻《か》いてやり、犬ならではの荒い息遣いによる忠誠の誓いを受け入れた。彼らが飼い主を忘れずにいてくれたことに驚きと安堵の両方を覚えた。彼の胸の奥には密かな怯えがあった。愛憎相半ばするこのシャルコートからいつか締めだされるのではないか、放りだされるのではないかという怯えが。

セッターたちが吠えたり跳ねたり、落ち着きなく動きまわるので、丘をくだって川を渡り、その向こうの高原《ウォルド》まで行ってみた。広々とした高原地帯のあちらこちらに、勢いのない冬草をひたすら食《は》む無精な羊の姿が点々と見える。雑木林があると犬たちは鼻をひくつかせ、低い林をひとつひとつ縫うようにして進んだ。白い房飾りを思わせる彼らの尾は鳥がときおり林から飛び立つまで熱心に振られていた。そして飛び立った瞬間、彼らは動きをぴたりと止めて発砲を待った。だが結局、銃は一度も撃たれなかった。

ベントリーは猟銃を肩に担いで獲物を狙うかわりに、優秀な犬たちを臆面もなく褒《ほ》めちぎり、さらに歩きつづけた。ここへ来たのは猟をするためではないのだと思いながら。第一、今は猟の季節ではなかった。そうだ、考えるためにここへ来たのだ。一族の現在の生きかたについてあらためて考えるために。ヘリーンとキャムは四人の子とシャルコート・コートで、キャサリンも子どもたちとオールドハンプトン・マナーで暮らしている。従妹のジョーンと夫の教区牧師でさえ一家を構えて幸せに暮らしている。だが、ベントリーはいまだにどこにも落ち着いていなかった。少なくとも王立郵便《ロイヤル・メール》の宛先が定まらないという意味においては。現在の住所はヘリーンの実家であるハムステッドのローズランズ・コテージになっているはずだが。

ベントリーが移り住んだとき、ローズランズ・コテージはほぼ無人の館で、ヘリーンの乳母だった老女がひとり残っているだけだった。その乳母はときおりベントリーに口うるさく小言を言うものの、彼の好きなように出入りさせてくれた。ローズランンズ・コテージには、その名のとおり、それはすばらしい薔薇《ばら》園があるというのに、ベントリーはそのことをあまり話題にはしなかった。つまるところ、男には守るべきひとつのイメージがある。ただ、ハムステッドはロンドンのとなりで、シャルコートからうんと離れている。これがなにより重要だった。まことに都合がよかった。ベントリーとキャムにはしばしば多少の距離を置く必要があったから。

まだ幼く知恵もまわらなかったころ、ベントリーは、自分が父のお気に入りだから兄は嫉妬しているだけなのだと自分に言い聞かせていた。兄弟の父、ランドルフ・ラトレッジは長男のキャムには落胆しているようで、ことあるごとにキャムをからかった。そういうときの父の言動はぞっとするほど残酷で、自分も一緒になって兄をからかったことを今は後悔していた。後悔はそれだけではない。それよりはるかに卑劣なこともしたから。たしかにキャムは昔から生真面目で面白味に欠ける男だった。が、キャムのその生真面目さこそを神に感謝しなければならない。そうでなければ一家全員ティック川で溺れ死んでいただろう。だれかがみんなを川から引きずり上げる惨めな役まわりを務めなければならなかったことが、この歳になってわかる。

しかし、言葉では言い表わせない犠牲を払ってきたキャムに対して、ただの一度も感謝の気持ちを抱くことができなかった。キャムの払った犠牲の最たるものは一度めの結婚だった。

その結婚でラトレッジ家の財政的窮状は救われたのだ。たとえ、それが家族の感情をばらばらにするものだったとしても。キャムは道徳心のかけらもない底意地の悪い女を受け入れざるをえず、その女はキャムを蔑《さげす》んだ。キャサリンはそんな家から逃げたい一心で若すぎる結婚に走った。このベントリーは……いや、畝《うね》の立った畑を今さら耕すような分析をしてもしかたがない。ただ、曇りのない目で過去を見られる今、そのあとの出来事はさらに言語に絶するものだったと思う。自分の蒔《ま》いた種を自分で刈らなくていいなら、これほど幸運なことはないのだろうが。

もう考えるのをやめようと思いながら、足を引きずってつぎの丘をのぼりはじめた。お気に入りのその丘の上——数マイル四方で一番高い場所——に達すると、従妹のジョーンが住むベルヴューの燦然《さんぜん》と輝く威容が遠くに見えた。コッツウォルズの中央に位置する館は石灰岩の塊が突如現われたような異質な外観を呈していた。なにしろジョーンの母親のベルモント叔母は、シャルコートよりも壮大で独創的なものを造るという一念から、白いポートランド岩をそこまで運ばせたのだ。

話したいとジョーンは言っていた。ベントリーも同じ思いだった。ふたりで長い散歩をしながら積もる話をするつもりだった。それからジョーンの打ち明け話が始まるのだろう。だが、ベントリーはもはやどんな秘密もだれかに打ち明けたい気分ではなかった。たとえ相手がジョーンでも。

犬たちが木苺《きいちご》の茂みから飛びだした。ピンク色の舌をだらりと出して丘を駆け上がると、従順な羊たちのまわりを走りまわった。ベントリーは丘のてっぺんにしっかりと両足をつけ、ベルヴューからシャルコートに目を転じた。今はそちらのほうが遠く離れて見える。領主屋敷はオリーブ色のベルベットの海に浮かんだトパーズの小さな石といった趣《おもむき》だ。その下に見えるのが聖ミカエル教会と教会墓地だが、草の緑に白く映えた小さな墓碑は、まるで雪片ほどにも微々たるものに見える。しかし、そうではない。ラトレッジ家の墓所において、それらの墓碑はけっして微々たる存在ではないのだ。

ベントリー・ラトレッジとの一件から約一週間後のある風の強い午後、フレデリカは客間でマイケルとバガテル（盤上でおこなうビリヤードに似たゲーム）をすることを自分に納得させた。ガスとセオはウィニーに牧師館へ引っぱっていかれたが、マイケルは口実をつくってまぬがれ、フレデリカもまた頭痛を言い訳にして家に残った。今のところ、その言い訳で通っていた。ここしばらく、フレデリカは屋敷から一歩も出ていない。

「可哀相な子！」玄関で外套を着るのをガスに手伝わせながら、ウィニーは声を張りあげた。「大事に至らないといいけれど。それにしても、こんなにしょっちゅう頭痛が起きる人はいないんじゃないかしら。ひどい近視というわけでもないのに」

セオが外套に袖を通しながら猛スピードで階段を駆け降りてきた。「ぼくも頭痛がするんだけど」と、ふてくされたように言う。「ぼくも控えたほうがいいかもしれないな」

子山羊革の手袋をまだ手に握っていたウィニーは、その手袋の片方でセオの腕をぴしゃりと叩いた。「馬鹿をおっしゃい、セオドア！」ギニー金貨の色をした巻き毛が怒りに震えた。「早く馬車にお乗りなさい！　義務をあと一刻でも先延ばしにしたら承知しませんよ」

玄関の短いステップを降りる母親に手を貸すガスとセオは、一人前の男ではなく罰を受けた少年のように見えた。ふたりはしょげた目でマイケルとフレデリカを振り返りつつ、出かけていった。残ったふたりはゲーム盤を用意し、マイケルはフレデリカにキューを選ばせた。フレデリカは奇跡的にも最初の六ショットをコールどおりに立て続けに決め、ゲーム開始後十五分で優勢に立っていた。

と、部屋の戸口に人影が現われた。「フレデリカさま」執事だった。「ミスター・エロウズがお見えです。客間にお通しいたしましょうか？」

フレデリカはうっと声が出そうになるのをこらえた。マイケルはブーツのつま先でキューを休めた。「へえ、ジョニーのやつが？」と、意味深長な笑みをよこす。「なんの用だと思う？　ここへ通してくれ、ボルトン。ふたりともフレディーに鞭で打たれるかもしれないけど」

ボルトンは一礼して立ち去った。フレデリカはすぐさま自分のキューをバガテル盤に置くと、物静かに言った。「この一戦の仕上げはジョニーにしてもらうことにするわ。わたしは料理人の夕げの支度を見てこなくては」

フレデリカは早くもドアのほうを向いていたが、マイケルにその肩をつかまえられた。「ジョニーに会う暇はないってことか?」

「どうしたんだよ、フレディー?」澄んだ青い目が彼女の顔を探るように見た。

「そうじゃないけど」

「まさかジョニーを無視するつもりじゃないだろうね?

フレデリカは用心深くマイケルの目を見返した。「料理人と話をする必要があるだけよ」

しかし、もう遅すぎた。ジョニーがドアの外に立ち、優美な厚地の外套を脱いでボルトンに手渡していた。「ごきげんよう、フレデリカ」彼はおざなりに腰をかがめてお辞儀をした。

「トレントも。元気そうじゃないか」

マイケルは笑って応じ、キューをフレデリカのとなりに置いた。「すっかり負かされてるわりにはすごく元気だよ」そう答えると、フレデリカに顔を向けた。「フレディー、きみとジョニーがよければ、お茶の用意をしてこよう。料理人への伝言もぼくが伝えようか?」

フレデリカは険しい目でマイケルをにらんだ。だが、じつのところ、マイケルを責めることはできない。マイケルはジョニーの裏切りを知らないのだから。「でも、ミスター・エロウズはきっと――」と、ぎこちない口調で言う。「あなたに会いにいらしたのだから――」

「いや、それがちがうんだ」ジョニーが言葉を挟んだ。このときはじめてフレデリカはジョニーが気まずい表情をしていることに気がついた。「きみに話があるんだよ、フレデリカ、かまわないかい？」

これはいったいなんの罠なの？　フレデリカはマイケルとジョニーを交互に見、選択の余地はなさそうだと観念した。

マイケルが礼儀としてドアを大きく開け放ったままにして部屋を出ていくと、フレデリカは暖炉のそばの椅子を身振りで勧めた。「お掛けになったら、ミスター・エロウズ？」

しかし、ジョニーはうなだれて、恥じ入るようにフレデリカを見つめた。「やっぱりまだぼくのことを怒ってるんだね」と静かに言った。「もちろん、ぼくにはきみを責められない。でも、こうして訪ねてこずにはいられなかったんだ、フレディー。そうせずにはいられなかった」

「なぜ？」鋭くひとこと。

ジョニーは赤面した。「ぼくたちは明日の朝ロンドンへ発つ」と、ぼそぼそ言う。「知ってのとおり、父上が家を一軒、借りきったから。で、きみに訊きたかったんだ……つまり、向こうできみに会うだろうかと」

フレデリカはジョニーが座ろうとしなかった椅子の背に片手を置くと、背もたれの詰め物に指をきつく食いこませているのを彼に見られていないよう祈った。「さあ、会うかもしれないわね」驚くほど冷静に答えを返した。「ロンドンといっても、それほど広くはないですものね」

ジョニーは部屋の奥へ足を進め、フレデリカからほんの数フィートのところで足を止めると、きれいに撫でつけた髪を片手でかき上げた。「あのね、フレディー、そういう意味で言ったんじゃないよ」

フレデリカは嫌みなほどゆっくりと両の眉を吊り上げた。「だったら、どういう意味？どうぞおっしゃって」

ジョニーは歯の隙間から苛立たしげな音を漏らした。「ぼくが訊きたいのは、きみを迎えにストラス・ハウスへ立ち寄ったら、ラノック卿は受け入れてくださるだろうかということさ。きみは受け入れてくれるかい？」

混乱の波が押し寄せて、フレデリカは膝からくずおれそうになるのを感じた。まさか彼は……嘘よ、そんなことはありえない。鉄壁のプライドを掲げてフレデリカは立ち直った。

「それがあなたにとってなぜ大事なのかわかりませんわ、ミスター・エロウズ。でも、けっして——」

ジョニーの片手が伸びて、指の一本がフレデリカの唇に軽く触れた。「ジョニー」彼の目がにわかに優しくなった。「きみにとってぼくはまだジョニーだろう、フレディー？　頼むからそうだと言ってくれ」

フレデリカはゆっくりとかぶりを振った。「いいえ、無理よ、そんなこと」囁き声になる。

「あなただってわかってるでしょ? こんなふうに話を続けられないわ。これじゃまるで——まるで、わたしたちがまだ友人みたいじゃないの。でなきゃ——でなきゃ、ほかのなにかみたいじゃないの。あなたの許嫁《いいなずけ》が知ったら眉をひそめるわ。ひそめるべきよ」

ジョニーは声をひそめてなにやらつぶやいた。フレデリカは耳に届いた言葉を信じる気になれなかった。「ごめんなさい」心臓がどきどきしはじめた。「今、なんて?」

ジョニーはようやく腰をおろしたが、硬い姿勢は崩さなかった。「ぼくは婚約していない」今度はその声がはっきりと聞こえた。「ハンナとの結婚は——実現しないだろう。見解の相違があったということかな」

フレデリカは冷たい怖気に全身が包まれるのを感じた。「なんですって?」

ジョニーは上目遣いに彼女と目を合わせた。ゆがめた口もとに皮肉っぽい笑みを浮かべて。「ハンナは父親の家令《スチュワード》とスコットランドへ駆け落ちしたのさ」

フレデリカはゆっくりと首を横に振り、「ジョニー、だめよ」と、怯えた低い小さな声でこう言った。「だめ。こんなのはだめ。あなたは彼女と結婚することになっていた。わたしに言ったでしょう……そうよ、言ったでしょう、自分には選択肢がないって」

ジョニーは肩をすくめた。「ハンナ自身が選択をしてしまったからね、それも、突拍子もない選択を。こうなったからには彼女は無一文で勘当されるだろう。となると、叔父の財産はどのみちぼくが相続することになる」

「そんな、信じられないわ、そんなこと！」不意に胸がむかついた。「あなたの従妹はなにもかもなげうって愛する人と結婚をしようとしてるんでしょう？　だから彼女のお父上は彼女の相続権を奪おうというの？　彼女が勇気ある行動を取ったのに」

「ああ、たしかに彼女はそうしたといっていいだろうね」が、ジョニーの目はさも満足そうな色をたたえていた。フレデリカは彼のそんな表情にこれまで一度も気づかなかったのが不思議だった。「だが、ずいぶんと愚かな行動でもあった。もっとも、おかげでぼくは窮地を脱することができる。晴れて自由の身となれば、自分の好きなようにできるからね」

「好きなように？」

「やり直そう、フレデリカ、中断したところからもう一度」ジョニーはにっこり笑って、片手を差しだした。

しかし、フレデリカはなおも首を横に振りながら、うしろへ一歩下がった。「いいえ」

ジョニーの顔から笑みが消えかかった。「どういう意味だい、いいえ、とは？　フレディー、意地を張るなよ。ぼくは義務を果たしたんだ。そのことを今きみに責められる筋合いはない」

フレデリカは向かい合わせの椅子にゆっくりと腰をおろした。「お引き取りいただいたほうがよさそうね」と、うつろな声で言った。「今すぐお帰りになるのがいいと思うわ。後日、万が一――ロンドン滞在中に名刺をストラス・ハウスに置いていかれたら、わたしのいとこたちが喜んであなたをお迎えするはずです」

「きみはどうなの?」ジョニーは挑むように言った。

「申し訳ないけれど」フレデリカは答えた。「お迎えするつもりはありません」

ジョニーははじかれたように立ち上がった。「どうして! まったく理解に苦しむな!」

「それならミスター・エロウズ、理解できるよう努力なさったほうがよろしくてよ」フレデリカは気力を振り絞って立ち上がると、胸を張った。それから優雅な足取りで客間を出て廊下を進み、階段を昇りはじめた。

「どうしてだ、フレディー!」ジョニーの声が階下から響いた。「どうしてこんなことをする? なにも変わっていないじゃないか」

ああ、ジョニー。泣きだしたかった。なにもかも変わってしまったわよ。

わたしは変わったのだ。

フレデリカの心はまだ動揺していた。大笑いするべき? それとも泣きわめくべき? ジョニー・エロウズは今やこちらが求めさえすれば手にはいる。なのに、彼を自分のものにすることはできないのだ。怒りと困惑から衝動的に、彼の従妹のハンナよりもっと愚かしいことをしてしまったのだから。しかも、それは愛のためではなく腹いせだったのだから。

フレデリカはつぎの踊り場で歩調をゆるめ、階段の手すりを握りしめた。頭のどこかでは、いっそジョニーと結婚してしまおうかと考えていた。ジョニーにはこの程度の結婚がふさわしいのだと。一方で、そんなことを冷静に考えられる自分にぞっとしていた。するとまた、追い討ちをかけるように心の奥深くのどこかから、わかりきったことを知らせる声がした。自分が求めているのはジョニーではないのだと。そう、ジョニーではない、今はもう。それは恐るべき自覚だった。

ベントリーが地元のその酒場で深夜、いくぶん節度を欠いた時間を過ごしたのは、グロスターシャーに着いてからまる二週間後のことだった。さまざまな記憶や亡霊がベントリーを苦しめはじめ、シャルコートから逃げだしたいという切迫した思いが行動となって現われるようになっていた。そのうえ、〈薔薇と王冠〉は子羊をたらふく食べさせてくれるばかりか、女給のジェイニーはたわわな乳房の持ち主ときている。

昔からジェイニーは彼の心《ハート》に——むろん、ほかのいくつかの器官にも——必要な存在だった。しかし、今夜の彼は何物も——子羊でさえ——受け付けず、しかたなくジェイニーのそばのカウンターに両肘をついて上体を支え、彼女の声に哀れな耳を傾けているだけだった。そんな彼の背中をにらみながら、ジェイニーは風を切ってテーブルからテーブルへ飛びまわっていた。ベントリーが千鳥足で丘をのぼり、シャルコートへ戻ったときは二時を少しまわっていた。

ミルフォードがすぐさま出迎え、外套を受け取ってから、小さな咳払いをした。「ミスター・ラトレッジ？　郵便物を直接お渡しするように申しつかりましたが」執事はベントリーの外套を片腕に掛けながら言った。

ベントリーは即座に警戒した。「なにが届いた？」

「こちらでございます」ミルフォードは一通の封書をポケットから取りだした。「今朝、奥さまがお受け取りになりまして、お届けするのが遅くなり、申し訳ございません」

「ぼく宛ての郵便をヘリーンに渡したのか？」

「表書きの宛名が奥さまになっておりましたので」ミルフォードは弁解した。「でも、奥さまが開封なさって、あなたさま宛ての一通が同封されていることに気づかれたのです。ローズランズから転送されてきたものが」

ベントリーは手紙をひったくった。胃の腑が落ちたような気がした。ついに来た。ついに。ガスの手書きの文字で宛名が走り書きされている。ふと不思議な思いにとらわれた。フレディーへの書き置きで、このグロスターシャーで待つとはっきり伝えたのに、なぜガスがハムステッドのローズランズ・コテージへ手紙を送ったのだろう。ベントリーは寝室までのひと続きの階段三つぶんを足音も荒く駆け昇った。が、部屋にはいると開封する勇気が出ず、化粧テーブルに手紙をほうると、酒の用意をするために書き物机のところまで行った。もはや一杯も飲みたくないはずだったのに飲みたくなった。震える手でデカンターの栓を抜き、キャムの最高級のコニャックをツー・フィンガー、乱暴にグラスについだ。そして、フランス人なら卒倒したであろう無頓着さで一気に飲み干し、ひりつく感覚が喉に広がるのを待った。

それでもまだ封を切らなかった。さらに十五分間、手紙になにが書かれているのかと考えながら、部屋のなかを行ったり来たりした。いや、なにが書かれているかではなく——それぐらいはさすがにわかる——どのように書いてあるかだ。ガスはぼくを懲《こ》らしめるつもりか？　あるいは、ひょっとしていとこ同士になれるのを喜ぶとでも？　ベントリーは手紙を置いた場所にもう一度目をやり、白い封書がそのままそこにあるのを確かめると、思わず苦笑した。ちがう、そんなことを言ってきたのではない、まちがいなく。やくざな男と友達でいるのと、そいつが結婚して自分の一族の仲間入りをするのとは、まるでべつのことだ。

もしかしたら、これは果たし状か？　それはないだろう。こっちは拳銃の勝負で負けたことは一度もないし、剣の勝負でもめったに負けたことがないのだから。果たし状でもないとすると、単にチャタム・ロッジへ来いという通達かもしれない。即刻姿を見せよ、その際は完全に素面《しらふ》で、場をわきまえた服装をし、特別な許可証を持参せよという。いよいよ独身時代が終わり、責任ある生活が始まろうとしているわけだ。そう思うと、胃のなかで吐き気が攪拌《かくはん》され、ベントリーは部屋で用を足すときのために用意された壺に飛びついた。もう何年も使ったことがないものに。

が、実際こういう事態になってみると正しく使うこともできなかった。気がつくと彼はその磁器の壺の底をただ見つめていた。だめだ、これでは用を為さない。ベントリーは壺を下に置いた。なんとか持ちこたえると急に羞恥心《しゅうち》を覚えた。フレディーを丁重に扱わなければならない。彼女は優しくて傷つきやすい娘だ。ぼくにはもったいない娘だ。それに、今や彼女はぼくから離れられないのだ。可哀相に。ようやく腰を落ち着けて、ガスが押した黒い封蠟を切った。氷のように冷たく静かに、目が手紙の文字を追った。一度読み終えるともう一度最初から読んだ。

いったいこれはなんだ？

これはほとんど詫び状じゃないか！　ガスはどういうわけだかセオがベントリーを屋敷から締めだしたと思いこんでいて、そのことを家族全員が恐縮していた。少なくとも手紙にはそう書かれている。ガスによれば、ベントリーの旅行鞄は細心の注意を払って梱包され、ハムステッドへ送られていた。ベントリーがこれに懲りずに近々またチャタム・ロッジを訪ねることを一同が望んでいた。ガスはこの詫び状をきわどい言辞で締めくくっていた。ベントリーの関心を惹きたいと願いつつ置き去りにされた〈ローサム・アームズ〉の例の赤毛女に触れて。

くそ。

くそ、くそ、くそ！　あの嘘つきな魔女め！　彼女は家族に話さなかったのだ。ひとことも。それは歴然としている。いったいどうしてこんな仕打ちができるのだ？　自分の家族に対して。自分に対しても。ぼくに対しても。いったい彼女はなにを考えているんだ？　ぼくが気にかけないとでも思っているのだろうか？　彼女はただ単に男に処女を捧げてもいいと思っただけなのだろうか。男がそのあと夜陰に紛れて音もなく立ち去ると予想していたのだろうか。またしても両手が唐突に震えだしたが、今度は恐怖のせいではなかった。激しい怒りがふつふつと湧いてきたのだった。

神にかけてあの娘はぼくのものだ。たしかに彼女の思慮分別はたいしたものにちがいない。自分を偽ろうとはしなかったのだから。そういうことだろう？　だが、ぼくとの結婚は彼女の選択肢のなかで最悪のものではなかったはずだ。ちがうか？　ああ、ちくしょう！　わからない。皆目。求婚のしかたが上品でなかったからか？　結婚してくれとなりふりかまわず懇願しなかったからか？

いいだろう、いずれにせよ、あれはベントリー・ラトレッジ流の求婚の言葉だった。しかも、結婚以外の選択肢があると考えることをただの一度も自分に許さなかった。むろん、望んではいなかった。つまり、これで運よく逃げ道ができたわけだ。自分は最高についていると考えるべきなのかもしれない。だったら、なぜこんなに腸《はらわた》が煮えくりかえる怒りを感じるのか？　なぜ急にフレディーの愛らしい喉にこの両手をまわしたいという思いが湧くのか？

なぜ急に衣装棚の扉を開けて大型の旅行鞄を引っぱりだし、服を詰めこみはじめているのか？

ここで長々と待たされているだけでは埒《らち》が明かないからだ。送られてくることのない手紙を待っていても埒が明かないからだ。神にかけてフレディーのことを忘れてやる。今度チャタム・ロッジへ行ったら何事もなかったかのように……いや、行くことはないだろう。あそこへはもう行くことはない。ガスとセオが――本人が望めばあの青二才のトレントも――ロンドンへやってくればいいだけの話だ。そうすればみんなでまたおもしろおかしく遊べるだろう。

そこまで考えるとベントリーはつかつかと化粧テーブルへ戻って、ガスの手紙をわしづかみにし、燃え尽きそうになっている暖炉の石炭めがけて投げつけた。それから、お気に入りの肘掛け椅子にどさりと座り、膝に肘をついて、手紙の縁がめらめらと黄色い輝きを放つのを眺めた。手紙は突然、炎に包まれたかと思うと、跡形もなく消え去った。

フレデリカの毎日は無為に流れていた。一日一日と失望が深まるような同じことのくり返し。ジョニーはロンドンへ発った。フレデリカはベントリー・ラトレッジを頭から追いだすことができずにいた。ようやく旅から戻ったゾーイがいつもながらの元気をはじけさせ、父親の故郷の寒々しくも美しい荒野にまつわる物語をあれこれ聞かせてくれても、中途半端に耳を傾けることしかできなかった。かといって自分の犯した愚行の深刻さをゾーイに打ち明ける気にもなれなかった。そんなわけで、ある朝早く、ほっとできる懐かしいその顔がひどく見たくなったときにも、ゾーイの寝室に忍び足ではいると、不機嫌な声で苦々しくジョニーの行動だけを伝えたのだった。

腹黒い小さな妖精、ゾーイは、鈴の音《ね》のような声で笑って肩をすくめた。「よくやったわ！」室内履きで部屋のなかを歩きまわりながらゾーイは言った。「彼はあなたにはふさわしくないわよ、フレディー。ブーツの踵で彼のハートを踏みつぶしてやったのね。わたしもすっとした。ねえ、ロンドンへ行ったら、あなたとわたしで旋風を巻き起こしてやりましょうよ！」

「旋風を巻き起こす？」フレデリカはそっけなく鸚鵡《おうむ》返しに言うと、ゾーイのベッドに寝そべり、ウィニーに押しつけられたファッション雑誌をぱらぱらとめくった。肘をついて体を起こし、目を細めて友の顔を見つめた。「わたしたちの場合はむしろロンドンに衝撃を与えるっていう感じじゃないかしら。庶子の社交界デビュー！　今からそんな声が聞こえるようだわ」

荷造りに取りかかっていたゾーイは旅行鞄から頭を上げた。「わたしは人がなにを言おうと気にしない」と、茶色の目をきらきらさせて言った。「それにね、陰口も悪いばかりじゃないわ、フレディー。そのうち、わたしたち庶子がもてはやされるようになるわよ、きっと」

「去年のわたしはもてはやされるどころじゃなかったけど」フレディーは言い返し、苛立たしげに親指でページをめくった。

ゾーイはまた声をあげて笑い、握り拳のように丸めたストッキングを旅行鞄の隅に押しこんだ。「でも、今年のあなたのネックラインは去年より下がるでしょ。今年はわたしの付き添いだけどね。去年のあなたは、ほれぼれするぐらいきれいで気品があった。まさに高嶺《たかね》の花だった。それに、あなたのご両親はどちらも立派なかただったじゃない。勇ましい将校に美しき未亡人。あんなにせつない真実の愛の物語はないわ」ゾーイは顎を上げて、芝居がかった瞬きをした。

「なにが言いたいの、ゾーイ？」

「わたしの両親は立派じゃないってこと」ゾーイはふくみ笑いをした。「母親は不道徳なフランス人の踊り子！　父親は悪名高き道楽者！　社交界は醜聞の香りも求めるものよ。その点、わたしはものすごく近づきやすい女と思われるかもしれない。わたしと一緒にいれば、あなたも同じように見えるわよ。わたしがかならずそうしてあげる。ふたりで男たちをいっぱい振り向かせて、嘆かせて、真実の愛を見つけるのよ！」

フレデリカはこれに応えて、ゾーイの頭に『貴婦人の季刊誌』を投げつけた。「お黙り、ゾーイ」

けれど、年少のゾーイは雑誌を受け止めると、愉しげにベッドのまわりで踊りだした。「エイプリル＆メイ！　エイプリル＆メイ！」と、節をつけて歌った。「ふたりとも結婚するのでしょう、ハロウィーンを迎えるまえに！」

フレデリカは両手を耳に押しあてて、その大声を締めだした。自分は一生結婚しないのだと今はわかっていたから。男たちを振り向かせることもないし、嘆かせることもないのだと。真実の愛など見つけませんようにと祈った。見つけたあとの苦しみはほろ苦いだけではすまないだろうから。ゾーイの歌と踊りに閉口して起き上がり、ベッドから降りた。だが、両足が床についた瞬間、部屋が傾き、ぐるぐるとまわりはじめた。それから、なにかに呑みこまれ、得体の知れぬどよめきのなかに落ちていった。

つぎに気づいたときには天井を見つめていた。ゾーイがかたわらで膝をつき、ひんやりした手を額に押しあてている。「フレディー！　ああ、気がついた！　大丈夫？」

顔に汗が噴きだしているのを感じたが、恐ろしげなどよめきはゆっくりと遠ざかった。片肘をついて慎重に上体を起こすことができたが、そのとたん、吐き気がこみ上げた。視線を四方に泳がせながら、片手で口をきつく押さえた。吐き気の波が鎮まった。

それは、古きよき女の直感かもしれなかった。あるいは生まれ持ったフランス人の洞察力か。なんであれ、ゾーイは瞬時に見抜いたのだ。哀しみに満ちた疑惑の表情が彼女の顔をよぎった。「まさか、ちがうわよね……？」

フレデリカは言いよどんだ。「ああ、ゾーイ、わたし怖いの」

「なんてこと！」ゾーイは声をひそめて言った。「父上がジョニーの首を絞めるわよ。あなたを一生、牢に閉じこめるわよ」

フレデリカは頭がふたたび床に落ちるにまかせた。「ああ、ゾーイ！」泣き声とともに、目を刺す熱い涙がひとしずく目尻から滑りでる。「言わないで！　お願い、やめて！」

ゾーイは青ざめた顔で、膝を折って座りなおした。「フレディー？　ねえ、フレディーったら、それでいいの？」

フレデリカはかぶりを振った。髪が床のカーペットにこすられた。前触れもなく吐き気に襲われるのははじめてではなかったし、これがなんの徴候であるかは彼女自身もわかっていた。「あと数日の猶予をちょうだい」と小声で言った。「ゾーイ、まちがいないと確かめる必要があるの！　わかったときはエヴィーに話すわ。誓ってもいい」

「いいわ、わかった」ゾーイは不本意ながら同意した。「だけど、ジョニーには今すぐ手紙で知らせたほうがいい」

「ああ、ゾーイ」フレデリカは悲痛な声で言った。「あなたには今話したほうがよさそうね、あることを――ある人のことを」

5　レディ・ラノック、秘策を企てる

ラノック侯爵がロンドンに構える邸宅、ストラス・ハウスは、街の中心から日帰りで物見遊山《ゆさん》ができるほどの距離をおいた、当世風の郊外の住宅地、リッチモンドにあった。ラノックの人生は諺の〝なにを願うかを見極めろ〟を地でいっていた。昔、自分でこしらえた不幸の深みにはまって遊興三昧《ざんまい》の生活をしていたころの侯爵の願いといえば、幸せな大家族と、夜ごと彼を燃え上がらせる美貌の妻だったのだ。

そういうわけで、自業自得というべきか、侯爵が広げた広大な父性の屋根の下にはさまざまな人々が暮らしていた。愛娘のゾーイ、妻のエヴィー、エヴィーとのあいだに生まれた幼子ふたり、さらには、あまり評判のよろしくない侯爵の叔父、ヒュー卿も、シーツの下でもつれあった貴婦人の寵愛《ちょうあい》を失ったときにはそこに加わることになる。以上が三階に暮らす面々で、上階の同居人は、女主人の弟のトレント伯爵と妹のニコレット。ただし、ニコレットは現在イタリアに滞在中。そして今はもうひとり、エヴィーとトレントとニコレットの父方の従妹で、ナポレオン戦争で孤児となったフレデリカ・ダヴィレスも身を寄せている。

上階では、フレデリカのほかに、レディ・ラノックの友人であり元家庭教師でもある陽気なワイデン未亡人と、ハンサムでやや自堕落な彼女の息子たち、オーガスタスとセオドアも時に応じて起居をともにしている。このふたりは血のつながりはないのに〝いとこ〟呼ばれている。このようにラノック侯爵と近縁、遠縁、無縁を問わずさまざまな人たちが詰めこまれた大きな屋敷を取り仕切っているのは、侯爵に仕える生粋《きっすい》のスコットランド人執事、マクラウドだった。〝年金《ペンション》〟という言葉を耳にすると、マクラウドの眉毛は傲慢なまでに吊り上がる。だれも彼の年齢を尋ねる勇気はない。主人である侯爵ですら。

しかし、少数の不運な人々にすれば、侯爵はいまだ人も悪いし口も悪いという手合いだった――悪いところはほかにもあるにせよ。そんなわけで、空に雲ひとつない四月のある麗《うるわ》しい日、レディ・ラノックが夫の蔵書室へはいったのは、夫を鎖でつないで口輪をはめたい一心からだった。この部屋をレディ・ラノックが訪れることはめったになかった。幸せな結婚生活を送っているとはいえ、ここは隅から隅まで男の部屋のままだったから。窓に吊された、葉巻の煙の匂いの染みこんだ重みのあるベルベットのドレープ・カーテン、その下に鎮座する、幅が八フィート近くあるマホガニー製のサイドボード。表面がきらりと光るサイドボードの上に置かれているのは、ありとあらゆる種類のシングルモルト・ウィスキーを満たしたクリスタルのデカンター。両開きの小さな扉の向こうに収められているのは用足し壺、トランプカード、象牙のさいころなどなど。哀しいかな、侯爵はけっして聖人ではなかった。

屋敷のほかの部屋同様、そこにもここにも値が付けられないほど高価な骨董品《オブジェダール》があった。ギリシャ彫刻、カポディモンテ磁器、中国王朝六代の花瓶の数々。フランス語源の言葉にはかすかなスコットランド訛りもかぶせられないため、ラノックは単に〝安ぴか物〟と呼んでいたが、それらの骨董品のすべてを選定したのは元従者の神経質で小うるさい男ケンブルだった。博物館の館長なみの審美眼をもったその男は自分の元主人を文化的素養のない俗物とみなしていた。ケンブルが召使いから友人となって久しいが、〝安ぴか物〟が健在なのは、レディ・ラノックがその呼びかたを気に入っているからだった。というより、彼女はもとのフランス語を発音することすらできない。

しかし今日は、萌えいずる春の精も、装飾の達人、ミスター・ケンブルも侯爵夫人にはどうでもよかった。彼女は恐ろしい知らせの先触れとしてここへやってきたのだから。ひとたび勇気を奮い起こすと、彼女は恐ろしい知らせの先触れとして、エヴィーはそれを、迫撃砲の熱せられた薬莢かなにかのように部屋のど真んなかに投げこんだ。

彼女の夫は完全に妻の気がふれてしまったといわんばかりに、ぽかんと口を開けた。

「フレディーがなんだと?」轟くようなラノックの声が窓ガラスを揺るがした。「おお、全能の神よ！　エヴィー！　わたしの聞きまちがいだろうな！」

けれど、彼の妻はくり返さずともよかった。〝純潔を奪われた〟という言葉が、気の荒い雄牛のまえで振られる赤旗のように、まだ空中に漂っていたから。「なんとも遺憾なことだ」

ラノックは声を落とした。「フレデリカはむろん、身も心も弱っているだろう」

重々しい足取りでラノックは机を離れて窓辺に近づいた。「神にかけて、この責めはわたしが負わなければならん」窓台に拳を突きつけながら、彼は言った。「スコットランドへ同行させるべきだった。フレディーとマイケルを」

夫の顎が早くも引きつっているのがエヴィーにはわかり、自分も窓のほうへ戻った。「いいえ、これはわたしの責任よ」エヴィーは言った。「でも、弟も今は伯爵位について、もうじき成年に達するし、フレディーのほうは――」憂いに沈んだ声がそこで途切れた。「彼女はジョニーが戻ったらすぐにも会いたいと心待ちにしてたから、残るという彼女をむげにはねつけるのが忍びなかったの」

エヴィーは夫の腰にそっと腕をまわし、クラヴァットに顔をうずめてすすり泣いた。ラノックは妻の肩を軽く叩いた。「なるほど、そういうことか」悲痛だが、優しい声で言った。「で、フレディーはまちがいなく彼に会えたわけだな？　その結果、こうした事態を招いたということだな」

「ああ、エリオット」エヴィーは夫のシルクのチョッキに口をつけたままで言った。「あなたはわかってない」

「最後はきっと万事うまくいくさ。ジョニー・エロウズは少しばかり未熟で無礼なやつかもしれんが、そうでない若い男などいるか？」ラノックは妻の肩をもう一度叩いた。「フレディーに対する義務はきちんと果たすだろう」侯爵は厳しい口調でつけ加えた。「果たさなければ、わたしがその理由を問いただす」

「ああ、そんなに単純な話だったらどんなにいいか」エヴィーは糸を引くような細い声で言った。「でも、エロウズじゃないのよ」

エロウズじゃない？ ようやくラノックも妻の声に迫る恐怖をとらえた。血が凍り、心臓が止まりそうになった。何者かが可愛いフレディーを犯したのか？――フレディーがはっきりと結婚の意思をあきらかにしていた相手とはべつの男が？ どこのどいつがそんな真似を？ あの物静かで気品のある娘が、この家に暮らす子どもらのなかでもいろいろな意味でお気に入りである娘が、誘惑された？ あるいはもっとひどいことをされた？

最初に浮かんだ考えが彼の頭を混乱させた。つぎに浮かんだ考えで混乱が狂乱になった。片手の拳を体の脇で握りしめると、ひとつの目的がラノックの頭を占拠した。そいつの名前を訊きださなければ。くそ、裏切り者がこの屋根の下にかくまわれているのか。であれば、そいつには死んでもらおう。

「だれなんだ？」ラノックは唸った。「神にかけて、そいつの首をとってやる！」

が、エヴィーはさめざめと泣くばかり。思い出の断片――少女時代のフレデリカの姿――がラノックを苦しめはじめた。

彼がエヴィーと恋に落ち、彼女の一族を愛するようになったとき、フレデリカはまだ子馬のようによく飛びまわる脚と大きな茶色の目をもった少女だった。そして、びっくりするほど穏やかで賢い子どもだった。一族の子どもたちのなかで年少の彼女はよくいじめられていて、どういうわけかラノックが彼女の擁護者となった。フレデリカはそんな彼の恩にしばしば報いた。そう、言葉では説明しようのない方法で、フレディーはラノックの友達となったのだ。彼にとってどうしても必要だった友達に。父親も母親も知らない子どもに対して、あんなに急速に不変の愛情をはぐくんだのは驚異だろうか？

で、今、何者かが——安っぽい人生を送っているやつが——あろうことかフレデリカに手をつけた。ラノックは妻の肩をつかんだ。「エヴィー」肩の肉に指が食いこまぬように気をつけながら、彼は訊いた。「だれの仕業だ？」

エヴィーは唇を嚙み、新たな涙で目を潤ませた。「ベントリー・ラトレッジだとフレディーは言っているわ」と苦々しく答えた。「ミスター・ベントリー・ラトレッジ閣下よ。それならば、わたしもこの告知を胸に刻んで、彼をわたしたちの家族に迎えるべき？」

「ラトレッジ！」侯爵は怒声をあげた。「ラトレッジだと？　なんてことだ、くそいまいましい！」頭のなかで血がどくんどくんと脈打っている。その音に駆り立てられるようにしてラノックは呼び鈴の引き紐《ひも》に歩み寄り、その紐をもう少しで壁から引きちぎりそうになった。

「いっそやつを墓場へ送りこんでやりたい！」

彼の言葉をエヴィーの声が追いかけた。「そんなに簡単にはいかないと思うわ、エリオット」やはり頭に血の脈打つ音がしているかのように、彼女は指先をこめかみに押しあてた。ラノックは怒鳴り声を返した。「だれがわたしを止めることになるのか知りたいものだ」しかし、妻は首を横に振るばかりだった。「フレデリカかもしれないわ」と小声で言う。「彼女が言うの——つまり、こういうことだと思うけれど——ああ、エリオット、彼の子を身ごもってるのはほぼまちがいないって」

完全なる沈黙が鼓動三拍ぶん、その場を支配した。

「ラトレッジに呪いを！」身の毛のよだつ咆哮《ほうこう》があがった。それは壁に反響し、家のなかを突き抜けた。ラノックは自分の手が自分のものでなくなったとでもいうように、精緻な磁器の胸像——正確にいうならジョージ二世の——に指を巻きつけると、その重い彫像を苦もなく持ち上げ、窓に向かって投げた。像は優に二十フィート向こうまで飛んで庭に着地し、窓ガラスは粉々に割れ、窓枠の木片も飛び散った。ドレープ・カーテンに高価な磁器の破片が降りかかって床ではずんだ。あまり格好のよくないジョージの鼻は窓台にぶつかって、寄せ木張りの床を転がった。窓の外の鳥までが一瞬沈黙した。

破壊のすさまじさにエヴィーは息を呑むしかなかった。ラノックの嘲罵《ちょうば》が再開された。「ラトレッジめ！」彼はサイドボードの、胸像が置かれていたところを拳固《げんこ》で打ちおろした。「地獄へ堕《お》ちるがいい！　野兎《のうさぎ》よろしく腸を抜いてやる！　いっぺんに一インチ喉をかっ切ってやるぞ！」ウィスキーのデカンターが揺れて不安げな音をたてている。「あのくそ頭をテムズ川に投げこんでやる！　あのくそ——」

　そのとき部屋のドアが開いて、無表情な執事のマクラウドが戸口に姿を見せた。「お呼びでございますか、旦那さま？」

　ラノックはドアのほうを勢いよく振り返り、怒鳴り声で言った。「わたしの馬を出してくれ。わたしの剣も。それとわたしの鞭もな。今すぐにだ」

　マクラウドの眉があからさまに吊り上がった。「承知いたしました、旦那さま。鞭《ウイップ》、でございますね？　馬の鞭《クロップ》ではなくて」

「わたしの鞭だ、何度言わせる」

　マクラウドはなんら動じることなく一礼して扉を閉めた。

　エヴィーは夫の腕に手を掛けた。ラノックはぱっと振り向いた。エヴィーを焦がさんばかりの目をして。「エリオット、無理よ、そんなこと。だって、わたしたちには——ラトレッジがどこにいるかさえわからないのよ。フレディーのことを考えましょう。世間の噂や、お腹の子のことを」

　お腹の子？

　お腹の子。ラノックは震える片手を頭へ持っていき、額に指を触れた。フレディーが子を宿すだなんて。天にまします神よ！　ラノックには理解できなかった。顔をなぶる冷気を深く吸いこむと、彼は頭にかかった靄を意思の力で吹き飛ばした。頭のなかのざわめきが遠ざかり、部屋の光景に目の焦点が結ばれた。微風が妻の髪をそよがせていることに気づくと、彼の視線は妻から無残に割れた窓へ移った。

ラノックはまたも目をしばたたいて静かに言った。「やつが第一番にやることはフレディーとの結婚だ。殺すのはそのあとでいい」

エヴィーは夫を引っぱって、なにも置かれていない炉床のそばの椅子へ無理やり連れていった。ラノックは身をこわばらせて座った。「聞いてちょうだい、あなた」エヴィーは穏やかに自分の考えを述べた。「わたしたちが結論に飛びつくことはできないわ。フレデリカが言ってるの――」

「なんと言っている――？」

エヴィーは唇をすぼめた。「今回のことは彼のせいではないと」

ラノックは信じがたいというように妻を見た。「うぶな娘が犯されたのだぞ。それでも男のせいではないというのか？」

エヴィーは激しく首を振った。「そういうことではなかったとしたら、エリオット？　もし彼女が……実際にはフレディーも――」

「なに？」ラノックは乱暴に妻の言葉を遮《さえぎ》った。「自分から進んでそうなったというのか？」

妻は目をつぶり、もどかしいほどゆっくりとした口調で語った。「自分にもラトレッジと同じだけ――というより、ラトレッジ以上に――責任があるとフレデリカは言ってるの。わたしも信じられないけれど、彼女の言うことを信じるわ」

「馬鹿な、わたしは信じないぞ！」ラノックは言い張った。「あの男、八つ裂きにしてくれる。藻の浮いた池にぶちこんでくれる。やつの井戸に毒を入れて、やつの村を焼き払って――」

「彼の住まいはハムステッドよ」エヴィーは冷静に口を挟んだ。

「知ったことか」ラノックは怒鳴った。「あそこは過大評価されているだけだ、どっちにしろ。やつがわたしの家に足を踏み入れたその日に後悔させてやるぞ。わたしの家を汚そうものなら――」

妻は彼の唇に指を一本押しあてて、彼の口を封じた。「言葉に気をつけて」と諌《いさ》める。「それに、厳密にいえばチャタム・ロッジはマイケルの家で、フレデリカはわたしの従妹なのよ」

「それなら、きみがあの悪党を八つ裂きにしてやれ」唸り声で言いながらも、ラノックは戸惑いを隠せなかった。「その大きな青い目をぱちくりさせて、わたしを見るんじゃない。そんなことはとてもできないというような顔をして。わたしにはきみの性分がわかっているんだからな」

「そうね、いざとなればできるでしょうね」エヴィーは即座に同意した。「ラトレッジが有罪だと思えばね」

「フレディーが嘘をついてると思っているのか？　腹の子はエロウズの子だと？」

「いいえ」自分の言葉を吟味するかのように、エヴィーはゆっくりとかぶりを振った。「そうは思わない。この一年でフレディーは変わったから。彼女は去年の社交シーズンでだれにも相手にされなかったと思いこんでるのよ。それに、そうね、口さがない人たちもいたんじゃないかしら。だけど、彼女の美しさにはだれもが目を瞠《みは》ったわ。ただ、あのすばらしく洗練された物腰の陰に、いつも孤児の寂しさを抱えた子どもが隠れてるのよ。ひとりぼっちで臆病だけれど、激しい情熱を秘めた子がね」

エリオットは目を細くした。「きみはなにを言いたいんだい、エヴィー？　わたしにはたわごとに聞こえるぞ」

エヴィーはかすかに微笑んだ。「ジョニーに関してちょっとした問題があったんだとゾーイが言うの。彼が従妹と結婚するらしいという噂があって、たぶん、それがフレデリカを混乱させたんじゃないかしら。それで愚かなことをしてしまったのかもしれないわ」

ラノックは耳障りな声で笑った。「ほう、当ててみようか！　フレディーがラトレッジを誘惑したときみは思っているんだな？　そうなんだろう？」

エヴィーは肩をすくめた。「わたしも同じような愚かな真似をしかかったことがあるから」妻は優しげに言った。「その効果は大いにあったと、つけ加えたほうがいいでしょうけど」

ラノックは妻をにらみつけようとして、失敗に終わった。「覚えているさ」つっけんどんな口調だが、鋭さはもうほとんど失せていた。急に疲れを覚えた彼は膝に肘をついて両手で頭を抱えこんだ。くそっ！　ラトレッジは男の風上にも置けない最悪なならず者だ。あんな男がうぶな娘の暮らす家に招かれるようなことは断じてあってはならなかったのだ。

「ガスとセオの責任も大きいぞ、エヴィー」ラノックはようやく口を開き、絨毯に向かって言った。「ラトレッジがどういう男かを知りながら目を離したんだからな。品行の悪い友人をチャタムに近づけるなとわたしからも言っておくべきだった。わたしたちの暮らしぶりがたるんでいたんだな。子どもらが勝手気ままにやるのをずっと許してきたんだから。自業自得ということだろう」

「わたしたちの暮らしぶりを変えても解決しないわ、エリオット」妻の言葉は容赦なかった。「わたしたちはずっとこうして暮らしてきたんだもの。これは、わたしが自分の意思で選び取った生きかたよ。世間の非難がこしらえる道徳の牢獄のようなものに閉じこめられて生きるなんてごめんよ。それがどれだけつらいことか、ほかのだれよりもあなたがわかってるでしょう」

そこへマクラウドが戻ってきた。しなやかな鞭紐のついた長い乗馬用の鞭が銀の盆の上できれいに丸まっていた。「外で馬が待っております、旦那さま」

エヴィーは押しとどめようとするように、片手を夫の膝にそっと置いた。「ごめんなさいね、マクラウド」と、執事に穏やかに声をかけた。「旦那さまはまだ出発できそうにないの」

執事が妻に目配せするのを、ラノックは目の端でとらえた。「かしこまりましてございます、奥さま」

突然、ラノックが居ずまいを正して執事に命じた。「ミス・ダヴィレスをここへ。彼女の従姉とわたしから話があると伝えてくれ」

ドアが音もなく閉められた。「あの子につらくあたらないでね」妻は有無を言わさぬ口調で言った。時をおかずしてドアがふたたび開けられた。

ラノックははじかれたように椅子から立つと、扉のほうへ向かいかけた。フレディーは目を泣き腫らしていたが、比較的落ち着いた様子だった。いつもどおりの優雅で隙のない身のこなしで部屋の奥まで進んだ。豊かな黒髪を巻き髪にして、うなじに簡単に留めてある。形のいい肩を囲む青いシルクが蜂蜜色の肌を際立たせている。やはり美しい。優美だ。しかも、成熟した女だ。くそ、どうして自分はそれを素直に認められないのか？

ラノックは炉床のまえの椅子に腰掛けるよう身振りで伝えた。すかさずエヴィーが身をかがめ、フレディーの青白い頰を手の甲で撫でた。だが、無愛想でときに癇癪《かんしやく》を起こすスコットランド男のラノックは、自分たちの役目を長ったらしい前置きやら行儀のいい婉曲《えんきよく》な表現やらで飾り立てる必要を感じなかった。

「フレディー、きみが孕《はら》んでいると聞かされたが？」むしろ露骨な表現で彼は切りだした。

「しかも、その種馬はラトレッジだそうじゃないか？」

フレデリカは唇を震わせたが、取り乱しはしなかった。「ち、父親です」顎をわずかに上げて、ラノックの言葉を訂正した。「そのことは申し訳なく思ってます。でも、後悔しても自分のためにならないと思うの」

ラノックはうなずいた。「それはそうだ。彼にはもう話したのか？」

「ラトレッジに話す？」フレデリカの目が大きく見開かれた。「まさか、とんでもない！」

悲嘆と責任の重みに圧《お》されてラノックは鼻の脇を指でしきりにこすった。「ふむ、だが、それはいささか問題なのではないか？」やっとのことで言った。「彼をここへ呼びだしたほうがよさそうだな。それから、まあ、こういうことは言いにくいが、つぎにどういうことが起こるべきかはわかっているだろうね」

「いいえ！」フレデリカの下唇がわなわなと震えはじめた。「それはだめ！　彼はわたしを望んでいないの。結婚する気はないの」

ラノックの堪忍袋の緒《お》が切れた。「だめだ？」と唸る。「その言い分をおいそれと認めるわけにはいかんよ、お嬢さん」

立ち上がりそうになったが、またも妻の手が彼を押さえこんだ。フレデリカはぱちぱちと瞬きをして涙をこらえた。「つ、つまり、伯父さま、わたしには彼と結婚する気持ちはないんです」鼻声になった。「その気はないの。ごめんなさい、伯父さま。でも、ひとつの過ちをもうひとつの過ちで繕《つくろ》うのはいやなんです」

椅子に座ったまま、ラノックは声なき怒りに沸き返った。ひどい過ちとしたほうが、ラトレッジの全存在を表現するに似つかわしいだろう。が、ここで主導権を握ったのはエヴィーだった。「フレディー、わたしたちは彼があなたをひどい目に遭わせるのを許すつもりはないのよ」エヴィーは熱心に身を乗りだした。「でも、誓ってもいい、彼はそんなひどいことはしないわよ」

フレディーはびっくりした顔になった。「もちろん、わたしも彼をそんなふうに思ったことはないわ！」

ラノックは鼻を鳴らした。「ということは、わたしよりはあのならず者を信じているわけだな」

エヴィーの青い目がラノックに向けられた。嵐のまえの空ほどにも恐ろしげな目が。「悪い噂が立ってる若い男性はたくさんいるものね、可愛い子」エヴィーは嚙み砕くように言った。「噂を立てられて当然の場合もあるけれど、たいていはそうじゃないのよ」

それに、昔を思い出せば、エリオット、あなたほど悪い噂を立てられた人はいないわよね。声に出して言わずとも、妻の言葉がラノックには聞こえた。ふたりの結婚は近親婚で、ラノックはエヴィーのことをよくわかっていた。エヴィーはエヴィーで彼女独自の思考回路で彼を理解しているのだ。ラノックはふてくされたように腕組みをして、ぎろりと妻をにらんだが、同時に口もつぐんだ。

エヴィーはふたたび従妹のほうを向いた。「それで、彼と結婚する気はないという理由はなんなの、フレディー？　あなたに選択肢はないと思えるけど」

フレディーの肩が落ちた。「彼はわざと残酷な仕打ちをするような人じゃないと思うの」言葉を選んで語りはじめる。「むしろ、すごく優しい人なのかもしれないって。ただ、あまりにも魅力的でハンサムすぎるわ。それに、浮気性で、賭け事が好きで、馴染みの娼婦がいて、柄《がら》の悪い人たちとのつきあいもある夫に自分が耐えられるとは思えないの。そんな不行状でさえ魅力にしてしまう人だとしても」

エヴィーは疑心暗鬼で夫とフレディーの両方を観察した。「とても率直な意見ね」とあっさり言う。「率直すぎるくらい」

ラノックも会話に復帰した。「フレデリカ、この結婚を無理にでもまとめないことには、わたしたちは無責任な後見人だということにされてしまうんだぞ。責任の半分は自分にあるときみが言っているとエヴィーから聞いたが――」

「少なくとも半分は、よ！」フレデリカは天井を見つめて鼻をすすった。

ラノックは首を横に振った。「わたしとしても事の詳細を聞きたいとは思わない。すんだことはすんだことだ。きみは自分のしたことの報いを受けなければならない。ゾーイの舞踏会がすんだらすぐ、きみとウィニーはエセックスへ発ちなさい。わたしはミスター・ラトレッジの仮住まいを訪問することにしよう。特別な許可証の手配を進めなくては」

その意味を察知してフレデリカの表情が変化した。「だめよ！」フレデリカは椅子から飛びだそうとするように肘掛けを両手でぐっとつかんだ。「だめ！　彼はわたしを望んでないのよ、エリオット！　なぜわたしにこんなことをさせなくてはいけないの？　あなたにはそんなことはできないはずよ」

「できない――？」ラノックは致命傷を食らったような情けない声で鸚鵡返しに言った。

エヴィーはとっさに彼の膝に指を食いこませた。が、フレディーは黙ろうとはしなかった。

「あなただって、結婚せずに子どもをもうけたじゃないの！　あなただって聖人ではなかったでしょう！　なのにどうしてわたしの人生に口出しするの？」

ラノックは顔が熱くなるのを感じた。「わたしは男だ、ええい、いまいましい」と唸る。

「世間は男には寛容を示すものなんだ。わたしは心からゾーイを愛しているが、わたしの無分別のためにあの子が置かれている境遇は、まったく自慢できるものではない。それは我が子に背負わせた苛酷な重荷だ。きみも同じ重荷を背負っているだろう、フレデリカ」

エヴィーは身を乗りだした。「生まれてくる子に自分と同じつらい経験をさせたいの、フレデリカ？　人を断定したがるのはイングランド人の気質なのよ。あなたもわたしもよく知ってるように」

涙がひと粒フレディーの目からこぼれて顎を伝った。「よく知ってるわ、ええ」と静かに言う。「だから、わたしを追っぱらって！　故郷《くに》へ帰して。フィゲイラ（ポルトガルの大西洋沿岸の町）へ。

ここよりはずっとまし。向こうでは正妻の子かどうかなんて関係ないもの。毛布のどっち側で生まれたかなんてことはこれっぽっちも気にしないもの」

エヴィーは平手打ちを食らったかのように身を引いた。「まあ、フレディー」と声を落とす。「わたしたちがあなたを引き取ったのはまちがいだったって思ってるの？　わたしたちはあなたの幸せだけを――」

「もういい！」ラノックが大声を出した。「フレディーは本心でないことまで言いだしている。ポルトガルなど論外だ」

「どうして？」フレデリカの声がうわずった。

ラノックは椅子から立ち上がった。「きみの母国は今また戦争をしているんだぞ。まだ知らないかもしれないから教えておくが」隠しようのない怒りでラノックの声は鋭くなった。「早急に決着がつきそうにない血なまぐさい内戦だ。きみが生まれたときと同じくポルトガルは今、不安定なうえにきわめて危険な情勢にある。そもそも、きみの父上の同僚だった将校が血に汚れた母国からきみを連れだしたのはそういう理由からだし、きみが婚礼または葬礼を迎えるまで、わたしの庇護のもとにあるのもそういうわけだ。わかったか？」

そのとき、ドアが勢いよく開いて、ガスが部屋にはいってきた。「やあ、ごきげんよう！」彼は窓のそばで足を止めた。「いやはや、ご愁傷《しゅうしょう》さま！　物を取りに家にはいろうとしたら――いったいぜんたいジョージの胸像になにが起こったんですか？」

「落ちたのさ」ラノックは噛みつくように答えた。

「ええ？　窓を通り抜けて？」ガスは愚かしくもげらげら笑った。「そりゃまた気味が悪いな、マクラウドじいさんのやってることといい勝負だ！　彼がなにを捧げ持って家のなかを歩いていたか見ましたか？　馬の鞭ですよ！　鞭をきれいに丸めて銀の盆に載せて。まるで朝の郵便を届けるみたいに！」

ラノックは立ち上がり、おっとりとガスに向き合った。「あの鞭のことだが」と、いかめしく言う。「まだ使い途《みち》がなかったのかもしれんな」

ガスは目をぱちくりさせた。「え？　なんですって？」

「こっちへ来なさい！」侯爵は大声で言った。「フレディー、もう行っていいぞ。ガス、座れ」

それは要請ではなかった。フレデリカは退出できるのがうれしそうだった。立ち上がって部屋を出ていくフレデリカの腫れた目を、ガスはなにがあったのかと気遣いながら見つめた。

「フレディーはいったいどうしたんです？」ドアがかちりと閉まるやいなや尋ねた。

ラノックはブーツを履いた両足を開いて立ち、若い男を見おろした。「彼女は身ごもっているのだ」と歯ぎしりをした。

「まさか！」ガスはわけがわからず瞬きをくり返した。「まさか真面目に言ってやしませんよね」

「わたしはいたって真面目だ」ラノックは吐き捨てるように言った。「責めを負うべきはおまえだとも考えている」

ますますわけがわからなくなり、ガスは椅子から腰を浮かせた。「はあ？　どういうことですか？」むせたような声。「そんな言われようは大いに心外だな！　どこからそんな考えが浮かぶんです？　父親はぼくたち兄弟のどちらかだとでも？　よくも――よくもそんなおぞましいことを」

「あのね、ガス」エヴィーが割りこんだ。「彼が言ってるのはそういうことじゃないの」

ラノックは腰をおろしてガスを凝視した。重々しい静けさがふたりを包みこんだ。「なにがおぞましいのか教えてやろう。うぶな娘が暮らすその家で悪魔から身を守る術がないという状況だ」侯爵は言った。「わたしたちをこの苦境に陥《おとしい》れたのはおまえだぞ。だから、おまえをフレディーと結婚させることもなかば本気で考えているくらいだ」

「それは少々言い過ぎじゃありませんか？」ガスは反論した。「ぼくだって寝耳に水だったんですから。こんなことをしでかした悪党を銃で撃ち抜いてやりたいですよ、ほんとうに！」

ラノックの目が細められた。「おまえがそれをするのは神の御許《みもと》へ召されるときだろうよ、オーガスタス」彼は凄《すご》みのある口調で言った。「相手の銃の腕前はほぼ完璧だからな。おまえの墓はやつが掘る最初の墓でもなさそうだし」

エヴィーの手がはためいて額にあてがわれた。頭痛でもするかのように。「ガス」と優しく言う。「お腹の子の父親はラトレッジなのよ」

ガスはつかのま狐につままれたような顔をした。「ラトレッジ？」そんな名前は一度も聞いたことがないとでもいわんばかりに問い返した。「今なんて——あの命知らずが？　あいつが……フレディーと？」

ラノックはまた椅子から立ち上がった。「そうだ、フレディーとだ」と念を押し、落ち着かなげに炉床のほうへ移動した。「で、彼女は今、彼と結婚はしないと言っている」

「なにか誤解があるにちがいありませんよ」ガスは弱々しい声で言った。「彼がそんなことをするわけがない」

ラノックの顔は苦悶の仮面と化した。「したのさ。だから、わたしには、今からやつをここへ引きずりだして喉に剣を突きつける義務があるんだ。あの子に対してきちんと責任を取らせる義務がある。だがな、わたしはあの子の涙に耐えられない。あいつはよい夫にはならないだろうとあの子は言う。その考えがまちがっているとは言えない。くそっ、ガス、これを解決するためにはやつを殺すしかないというわたしの気持ちが、おまえにちょっとでもわかるか？」

エヴィーが立ち上がった。「お座りなさいよ、あなた」彼女は夫をうながしてもう一度椅子に座らせた。「わたしたちが考えなくてはいけないのはフレディーのこと、そして、いかにして被害を最小限にとどめるか、そのふたつだけよ」

「それがわかれば苦労はないんだ」ラノックはつぶやいた。

エヴィーは絨毯の敷かれた床を行きつ戻りつしはじめた。「フレデリカは自分をよそへやってくれと言ったでしょう」と物静かに言う。「できれば、そんな解決のしかたはしたくないわ。でも、それも悪くないと思わせる部分もたしかに多いのよ。ちょっとした口実をもうける必要があるかもしれないけれど」

ガスはがっくりと肩を落とした。「なんでもいいじゃありませんか！」

エヴィーは気弱に微笑んだ。「フレデリカをフランダースへやってはどうかしら？ フランダースなら少なくとも安全だわ。ピーターおじさまが受け入れてくれるでしょうし、誠実な友人もたくさんいる。わたしの両親の家は目下のところだれにも貸していないし」

「で、その口実はどうする？」ラノックが訊いた。

「わたしたちがロンドンで噂を広めればいいわ、フレディーは大陸で結婚することになったのだと」

ラノックは不審げな表情になった。「大陸のだれと？」

エヴィーは肩をすくめた。「遠い親戚でいいんじゃない？ 家族の昔からの友人でも。そのへんは曖昧《あいまい》にぼかして、わたしたちが外国にいた時期に築いた人間関係だということをそれとなく伝えるのよ」

ガスは少し緊張を解いた。「それならぼくたちもうまくやれるかもしれない」

エヴィーは体の向きを変えて、また部屋を横切るように歩いた。「一、二週間あればガスとウィニーとマイケルでフレディーをブリュージュへ連れていける。表向きは婚礼の計画をまとめるということにして。で、ゾーイの社交シーズンが幕を閉じたらすぐにも、残りのみんなも合流する」

ラノックは首を横に振った。「エヴィー、いいかい、フレディーが夫抜きで赤ん坊と帰ってきた瞬間から、たちまち噂が広まるだろうよ」

哀しみの影がエヴィーの顔をよぎった。「フレディーは帰ってこないのよ、エリオット」エヴィーは静かに言った。「少なくとも、すぐにはね。もちろん、子どもが生まれるまではわたしがそばについてるわ。その後はできるだけ訪ねるようにする。で、一、二年経ったら、彼女の夫は不慮の事故かなにかで死んだことにすればいいでしょう」

ガスはこの案に乗り気になった。「そうしてから、フレディーは家族のもとへ帰って心身ともにゆっくり休むというわけか。なるほど」

ラノックはおもしろくなさそうな笑みをふたりに送った。「やってみるのはいいが、それを実行したら最後、ひょっとしたら彼女ができたかもしれない、まともな結婚のチャンスをつぶすことになるんだぞ」

エヴィーはうなだれた。「ええ、噂好きな人たちを惑わすのと、夫となる可能性のある男性を欺(あざむ)くのとは全然べつのことですものね。だけど噂は噂。噂がほんとうかどうかを訊く人なんかどこにもいないわ」

ガスは苦々しく笑った。「ラトレッジはまず訊かないだろうな」

ラノックは嫌悪感をあらわに鼻を鳴らした。「そうとも、訊くわけがないさ。わたしたちが頑丈な首吊り縄と婚姻許可証を携えて、やつの家の玄関扉をノックしなかったことに感謝するあまり我を忘れるだろうよ。あの悪党がこの家の敷居をふたたびまたぐほどの馬鹿でないことはつゆほども疑わないがな」

6　ミスター・ケンブル、専門技術を急遽求められる

ゴールドスタイン＆スタッダード保険取引仲介会社は三十年間、ロンドンの金融地区の中心、王立取引所とイングランド銀行の目と鼻の先という、メイフェア（ハイドパークの東側。往時の高級住宅地）とは雲泥の差の立地を確保していた。ロンドンの街路はどれも当初の目的を偲ばせる頑健にして勤勉な名称をもっている。コーンヒル《とうもろこしの丘》、スレッドニードル《縫い針》、ポートリー《養鶏》、そして、銀行家の天国たるエクスチェンジ・アレー《両替通り》。ゴールドスタイン＆スタッダードの社屋があるロンバード・ストリート《金貸し通り》は、通りの最初の住人たち、すなわち、十三世紀にイタリア北部のロンバルディアからやってきた貸金業者にちなんで名付けられた。彼らは通りにそのまま住み着き、幸運な少数の人々は大金持ちになったのである。

近ごろでは金融地区《シティ》でとうもろこしや鶏の売買がおこなわれることはめったにないが、ロンバード・ストリートは昔とさほど変わっていない。ゴールドスタイン翁《おう》が世を去って久しいが、有能なスタッダード一族は代々、この社屋の大理石の階段を昇ってきた。一族の系図の最新の登場者がイグナシアスなのだが、鋼綿のような声を持つこの男は、イングランド伝

統の緑の親指（金儲けの才）とはちがう、それよりもっと優れたもの、いうなれば純金の人差し指の持ち主でもあった。スタッダードは今、その指を使って銀行券の束を数えあげていた。「はい、たしかに、全部で三千」自分の机のそばに座った紳士に向かって耳障りな声で言った。「きっかり三千ございます」さも慣れたふうに手首をひょいとひるがえして机の上の札束のへりをバシッと打つと、自分の片側にいる事務員に向けて押しやった。「会計室でお預かりして、現金帳簿に記載するように」

事務員が立ち去るとスタッダードは眼鏡を脇に置き、顧客に顔をしかめてみせた。「じつに、ミスター・ラトレッジ」と、たしなめるような口調で言った。「このような大金をあちらこちらのポケットからじかに取りだされるなんて、みずから泥棒を呼び寄せているようなものですよ」

「手厳しいなあ、スタッダード！」ベントリー・ラトレッジは両腕を大きく広げた。「このぼくが、びくついたすりが骨折り損をするために近づいてくるような男に見えるというのかい？」

スタッダードはベントリーの顔につくられた皮肉めかした皺《しわ》から、広い肩が窮屈そうな外套へ、さらに、重いブーツをおおった埃《ほこり》の膜へと視線を漂わせ、ブーツの革の折り返しから覗いている小刀の柄《つか》らしきものに気づいた。今日のベントリーが、うわべは怠惰なふうを装っていても、張りつめた鋭い目つきをしていることにも。「いいえ」スタッダードはようやく言葉を返した。「あなたさまはご自分の望む被害をこうむるに値するおかたには見えません」

スタッダードの顧客は豪快に笑った。「いいねえ、ぼくがきみを雇った理由はそれなのさ。その残酷なまでの正直さなんだ」

苦笑いを浮かべながらスタッダードは机の隅に手を伸ばし、分厚い革の台帳を引き寄せた。「それでは、始めさせていただきましょうか。留意していただきたい緊急の重要案件がいくつかございます」

ベントリーは軽く居ずまいを正した。「ああ、だから、ここへ来たんだろうが。わかってるさ！　要するに、スタッダード、ぼくはきみの哀れな奴隷なんだろう？」

年配の男はベントリーを嘲るようにちらりと見た。「そうであるならよろしゅうございますがね」とつぶやき、分厚い書類をまえに押しだした。「こちらがロイズの保険証書です。修正事項はわずかですけれども、一応――」

「やれやれ！」ベントリーは書類を見て渋面をつくった。「これを全部読まなくてはいけないのか？」

スタッダードはあっぱれにも、目をぐるりとまわすような真似はしなかった。「このように多額の財産を危険にさらしていらっしゃるのですから、はい、さようでございます。ロイズとの保険契約を続行なさるおつもりであればとくに。再三警告させていただきますが、その保険はリスクの高い投資ですよ。わたくしとしては今すぐにでも、国債に、場合によっては金《きん》に替えることをお勧めしたいのですが」

ベントリーはだるそうに伸びをした。「弱気は男の財布をいっぱいにしてくれないぜ、スタッダード。つまりさ、明日にも手形の振出人を失う可能性はあるにしても、これまでのところは大儲けをしてるじゃないか。そうは思わないかい？」

年配の男は冷ややかな笑みを浮かべた。「たしかに。では、ロイズはそれで決定ということでしたら、その他の案件に進みましょう。わたくしがまえまえから期待をかけていたとおりに、ティッドウェルズが〈クイーン・オヴ・カシミール〉号について非常に好条件の提案をしてきました。むろん、あなたさまにまだ売る意思があればということですが」

「ああ、さっさと売ってくれ」ベントリーは頭のうしろで両手の指を組み合わせた。「知ってのとおり、あれはたまたま獲得しただけなんだから。自分のボートを所有するのは大いに愉快だったけれども――」

「船をね」スタッダードは少々苛立ちを見せて言った。「あれは商船ですよ、ミスター・ラトレッジ、水漏れするどこかの小帆船とはちがいます」

「ああ、そうだな」ベントリーは肩をすくめた。「とにかく先方が欲しいなら売ればいいさ。ぼくにはもう未練はないから。きみはどう？」

「航海はわたくしの専門分野ではありませんので」スタッダードはわざとらしく咳払いをし

てから、二番めの書類の束を机の向こうへ押しやると、ベントリーにペンを手渡した。「ただし、資本配分は専門です」

ベントリーは眉を少しだけ吊り上げた。「これはなんだ?」

「今回の収益ぶんをアメリカの鋼鉄に再投資してはどうかと」スタッダードは苛立たしげに言った。「今のままではやはりあまりにリスクが高すぎます、ミスター・ラトレッジ、そういう方針でいくといつもおっしゃいますけれども。ボルティモアとオハイオで鋼鉄の需要が急増しております。信頼性の高い安定した需要ですよ」

「鉄道建設がますます活発になるからというわけか?」ベントリーは疑わしそうに言った。

「それで鋼鉄が儲かると?」

「そうなれば願ってもないことですが」スタッダードはぴしゃりと言った。「今現在、あなたさまの資本の二割は鋼鉄に投資されています。しかしながら、確信的にご自分の財産を浪費なさりたいのであれば、鋼鉄株を売っぱらって、破滅へ向かう賭博地獄へお戻りになればよろしいでしょう」

書類の束を左手で取り上げながら、ベントリーは完璧な歯並びの白い歯を見せて、にんまりとした。「その地獄から抜けだしたことはまだ一度もないんだよ、スタッダード」ベントリーは素直に認めた。「さっきの三千ポンドはいたずら好きな妖精が枕の下に置いていってくれたのかね? 有り体《てい》にいえば、きみのこのオフィスだって、さいころをしまう豪華な箱そのものなんじゃないのかい？　それに、通り向こうで保険引受の商売をしてる連中などは」ベントリーはコーンヒルの方向を身振りで示した。「ノミ屋の集団にすぎないじゃないか。身なりだけは立派だけどね。その点、ロイズは――」

「ノミ屋ですって？」スタッダードは唾を飛ばして言った。

ベントリーは笑みをさらに広げた。「所詮は博打《ばくち》さ、スタッダード、博打なんだよ。男がどこでそれをするか、あるいは、それをなんと呼ぶかは問題じゃない」どうにかこうにか読んでいるのかいないのか、ベントリーの目は一ページまた一ページとめくられる書面の上をすばやく動いた。

が、ベントリーはしっかり読んでいた。一語の見落としもなく。スタッダードにはそれがわかっていた。ベントリーは本人が周囲の人間にそう思わせたがっている半分も、無鉄砲でもなければ無分別でもないということも。いつも見苦しくないように散髪して、もっと上等の服を揃えるぐらいベントリーにはなんでもないことなのに、なぜしないのかは、保険取引仲介人にはとても理解できなかったが。

静まり返ったオフィスのなかで適所に署名をするベントリーのペンのカリカリいう音だけが途切れずに続いた。やっとその作業が終わると、彼は椅子の背にもたれて脚を組んだ。ふつうならひ弱な男の仕種に見えるところだが、彼がそうすると、そこはかとなく危険な男の雰囲気が醸しだされた。「おつぎの雑用はなんだい、スタッダード？」

スタッダードは待ちかねたように机のベルを押した。「わたくしはあなたに雇われているのですよ、ミスター・ラトレッジ」スタッダードがそう言うのと同時に事務員が現われ、手早く書類を回収し、またそそくさと退出した。「お願いですから、家庭教師を見る子どものような目でわたくしを見ないでください」

「ぼくは家庭教師についたことは一度もないんだ、スタッダード」あくびをしながらベントリーは言った。「今までは、ということだけど。とびきり魅力的な家庭教師を雇うにはどれぐらいの費用がかかると思う？」


スタッダードには顧客の将来を陰ながら案じさせておくことにして、ベントリーはシティとは反対側のペルメル街にある行きつけのクラブへひとときの安らぎを求めて向かった。〈旅人クラブ〉は上流階級の人々を客層とする数少ないクラブのひとつで、心身ともに男がくつろげる場所だった。ベントリーはこのクラブに集まってくる幅広い考えかたの客が好きだった。なんのかんのいっても彼らはベントリーを受け入れてくれるのだ。

店の入口のステップに足を置くと、ベントリーはハンカチーフを取りだし、思いついたようにブーツの埃を払った。そのあいだだけふだんの彼のだらしなさが影をひそめた。店内にはいると、戸口で待ち受けているボーイに外套をひょいと投げ、モーニング・ルームのほうへ進んだ。混んではいなかった。どっしりした窓が連なる窓際の空いているテーブル席につくと、ぴかぴかに磨かれた天板にブーツの足を載せたい衝動を抑えた。

しゃれた着こなしの若い男が数名、となりのテーブルでお茶を飲みながら新聞を読んだり談笑したりしていた。そのなかにベントリーの若き友人、ロバート・ローランド卿と、その兄のマーサー侯爵の顔もあった。ふたりは挨拶を口にし、マーサーは手振りで椅子を勧めてくれたが、彼らの仲間に加わる気は毛頭ないので首を横に振ってみせた。ふたりは肩をすくめて、また会話に戻った。

店側はベントリーの習慣をよく知っていて、ウェイターのひとりがコーヒーと『タイムズ』を持って彼についてきた。もっとも、若者たちが席を立って帰り支度を始めるころには、まだ六ページしか目を通していなかった。

ロバート卿はベントリーの椅子の横を通り過ぎざま身を乗りだし、親しげに背中を叩いてきた。「ワイデンについて、よくない知らせがあったね、命知らずのベントリー？」ロバートは朗らかな調子で言った。「景気もむちゃくちゃ悪いし、ぼくに言わせれば。社交シーズンはかろうじて幕を開けたけど」

「今なんと言った？」

「なにが？」ロバート卿はにやりとした。「ワイデンのやつはきみに話してないの？」

「ぼくになにを話すんだい？」

「ゆうべ、ロバートとラフトン邸へ行ったときに彼を見かけたんだけど」マーサーが説明した。「ワイデンは急にロンドンを離れるらしい。家族をブリュージュへ連れて帰るとか。彼が言うには向こうで婚礼があるからだと」

「ガスが結婚するのか？」ベントリーは鼻を鳴らした。「嘘だろう」

ロバートは首を横に振った。「まさか、ガスじゃないよ！　ワイデンのいとこがするのさ、大陸の男と」

「銀行家らしい」とマーサー。「スイスの。トレント伯爵がそう言ってるのを聞いたんだ」

「ちがうちがう。相手はプロシアの小貴族さ」とべつの紳士。「結婚するのはレディ・ラノックの母方の姪だったっけ」

ベントリーは苛立ちをつのらせて新聞をガサガサ言わせ、「ロバート、そこに立たれると邪魔なんだがな」と、興味なさそうに言った。「でも、もし、だれが結婚するのかわかったら知らせてくれ。組み合わせ文字《モノグラム》を入れたスープスプーンとか、ろくでもない結婚祝いを花嫁に送ってやろう」

「いや、べつに秘密でもなんでもなくて」マーサー卿の口調は元気がなかった。「そこが問題なんだよ、ラトレッジ！」

奇妙な感情がベントリーの胸に襲いかかった。「なんだって？」彼は新聞を投げて訊いた。

ロバートがひどく真剣なまなざしでベントリーを見た。「花嫁は愛らしいミス・ダヴィレスなのさ、ラトレッジ。トレントのことだから、あちこちで言い触らしそうだな」

ベントリーの心臓が動きを止めた。「ミス・ダヴィレス？」声がしわがれた。

ロバートはうなずいた。「あの子はエセックスのつまらない男と婚約してるも同然だと聞いていたのに」

マーサーはややほろ苦い声で笑った。「ぼくは去年の社交シーズンにワイデンからそう聞いた」と、不満そうに言う。「ぼくに言わせれば、まったくもってフェアじゃない行為だけれど。あるレディがほんとうは婚約していないのにしているという噂を広めるなんて」

「そうさ！」ロバートはため息をついた。「だから、だれも彼女に言い寄る勇気が出なかったんだから。彼女がロンドンを離れようとしてるのも無理ないね」

若いふたりは店を出ていくそぶりを見せた。ベントリーはコーヒーカップを脇にどけ、椅子をうしろへ押しやった。まさか！　そんなことがあってたまるか。彼女がそんなことをするはずがない。

マーサーがふと不思議そうな目でベントリーを見た。「でも、今となってはそれもたいした問題じゃないんだろうな」弟とともに店から出る間際、マーサーがそう言うのがベントリーに聞こえた。「今週末にはあの一家はロンドンを発つことになってるんだから」

周囲が静かになってもベントリーはしばらくなにもできずに、ただ自制心を取り戻そうとしていた。どうして彼女はそんなことを？　どうしてフレディーはそんなことができるんだ？　いったいなにを考えているんだ？

はっきりしていることがひとつあった——彼女を見つけださなくてはならない。彼女と話をしなくては。今すぐにでも。実際、ベントリーはすでにテーブルを離れていた。通路を進みかけてから、自分が店を出ようとしていることに気がついた。通路でマーサー卿や彼の仲間たちを追い越すと、店の玄関ステップを駆け足で降りた。ボーイが背後で叫んだ。「お客さま、外套をお忘れです！」

ボーイが追いつくのと、ベントリーが従僕に指を鳴らしたのはほとんど同時だった。従僕は馬を取りにすっ飛んでいった。ベントリーは外套に袖を通すと、舗道を落ち着きなく行きつ戻りつした。くるりと体を反転させて同じところをまた戻るたびに、重く長い外套の裾が乗馬靴を打った。考えをまとめなければ。まわりにはペルメル街の午後の往来の騒がしい音が響いていたが、立派な四頭立ての馬車の音も粗末な二輪馬車の音も、怒り心頭に発したベントリーの耳にははいらなかった。ようやく自分の馬が到着した。ヴォクソールの途中まで行ったところで怒りがもっと始末の悪いものに転じた。恐慌だ。それは裏切られたという感情でもあった。

筋が通らないじゃないか。彼は心のなかで言った。まったく通らない。しかし、それをこちらが気にする理由はないだろう？　自分にそう言い聞かせながらも、彼は進む方向を変えなかった。慎重な行動を取らなければという考えはちらとも頭に浮かばなかった。あれこれ考え終わるまえにストラス・ハウスの時計塔の下を馬で駆け抜けて、玉石敷きの中庭にはいっていた。急いで馬から降りると、ラノック邸の使用人のお仕着せを着た馬丁に手綱を手渡した。堂々たる噴水の両側から、アーチの付いた階段がゆるやかなカーブを描いて始まり、大邸宅の伝統的な入口へ通じていた。ここを訪れたことは過去に一度しかなかったが、忘れがたい屋敷だ。ベントリーは右側の階段を急ぎ足で昇り、ノッカーを打った。自分がなにを言おうとしているのかも定まらぬままに。

「ミス・ダヴィレスを」扉を開けて出てきた従僕に、前置きもなくいきなり言った。

しかし、ストラス・ハウスは貴族が構える正式な屋敷で、チャタム・ロッジとは勝手がまるでちがう。

「お嬢さまはお留守でございます」従僕は腰を折るお辞儀をして言った。「レディ・ラノックにご面会なさいますか?」

ベントリーは怒りがむらむらとこみ上げるのを感じた。レディ・ラノックとの面会をつかのま想像してみた。だが、彼女になにをどう言うのだ? 〝ぼくはあなたの従妹の純潔を奪ったのですから、当然の権利として彼女はぼくのものです〟とでも言うのか? いや、いくら頭が混乱しているとはいえ、それほど浅はかではない。「悪いがもう一度言う。ぼくが訪ねてきたとミス・ダヴィレスに伝えてくれ」

従僕はかすかに微笑んだ。「申し訳ございませんが、ミス・ダヴィレスはご不在なのです」

「ちがうだろう」ベントリーはかぶりを振った。「ぼくが来たら追い返せと彼女に言われているんだろ。わかってるよ。だが、それで納得するつもりはない。聞こえてるか？　彼女のところへ行って、ぼくがどうしても会いたいと言っていると伝えてくれ」

従僕は苛立たしげに息を吐きだすと、きびすを返した。それから、小さな銀の盆を持って戻ってくると、さも不当な扱いを受けたという表情で、その盆をベントリーに突きだした。

ベントリーはそこではじめて自分がいかに混乱しているかを思い知った。気の毒な従僕に名刺を渡していないばかりか、名乗ることすら忘れていたのだ。この男はこちらを知らないのに。おまけに、屋敷の玄関口に立っているベントリーの装いはとりたてて威厳があるわけではなく、むしろ、八時間まえから着つづけているので少々むさ苦しい。そんな男が未婚の若い貴婦人への強引な面会を求めているのだから、なおまずかった。フレディーはほんとうに外出しているのかもしれず、おつむの弱い田舎者が訪ねてきたと思われているのだろう。それよりも迷惑な訪問者ではないにしても。そのうえ、ここで名刺を置いていけば手の内を見せるようなもので……

「お客さま？」従僕が言った。「お名刺を頂戴できますか？」

ベントリーは顔がかっと熱くなるのがわかった。「すまない」と、しどろもどろの言い訳を始めた。「肝腎なものを忘れてきてしまったようだ。ええと、そうだな、いったん家に戻って取ってくるとしよう」

そう言うなり、従僕に背を向けて階段を降りた。扉が大きな音をたてて閉められた。ああ、せいせいした、といわんばかりに。ベントリーのプライドは傷ついたが、気力をくじかれてはいなかった。これっぽっちも。彼はふたたび馬に乗るとテムズ川のほうへ向かった。頭がぐるぐるまわっていた。フレディーに会わなければ。彼女が意図的に避けようとしているのはまちがいない。どうしてだ？　どうして？

馬を駆ってリッチモンドを抜けているときだった。ようやく頭になにかが浮かんできた。なにかがある……そう、このすぐ向こうに浮かんでいる。記憶のひとかけら。日常の退屈な雑事。面倒な仕事。ざっと目を通したあと習慣的に――怒りによっても――脇にのけるもの。

そうか、あれか！

ベントリーは突如、馬に拍車を掛けた。たった今鞍をつけられたかのように馬の大きな体が跳ね上がった。ベントリーは今度はウェストミンスター橋まで一気に駆けると、ストランド街へ向かった。夕暮れがロンドンの街路に迫り、西の屋根の陰に太陽が隠れかけていた。沈む夕陽が通ったあとの、本来なら真っ赤に染まっているはずの空は、ロンドンの霧によって色を薄められ、赤くかすんで見えた。ストランド街も霧で窒息しそうで、目的地までの短い距離を走るのに十分もかかった。やっと着くと、近くの街灯のそばにうろついている、身なりは汚いが元気のいい少年の手に一シリングを握らせた。

「これと同じコインがもう一枚あるぞ」少年の痩せた肩を片手でつかみながら言った。「その馬をここに置いておいてくれ。この場所からほかへ動かさないようにな」

舗道を歩きはじめたが、服にインクの染みをつけた事務員やくたびれた売り子たちをかき分けても数フィート進むのがやっとだった。人々はみな一日の労働をあとにして、雪崩《なだ》れこむようにチャリングクロス（トラファルガー広場の手前にある広場）へ向かっていく。コルセットで胴を締めあげて黒い傘をこれ見よがしに差した既婚の婦人ふたりのあいだを小走りに抜け、目当ての扉にたどり着くと、ちょっとだけ立ち止まり、その表札を目で追った。真鍮《しんちゅう》の控えめな飾り板に〝ミスター・ジョージ・ケンブル、優美な珍品、極上のがらくた〟と彫られてある。

ほんとうはこんな手は使いたくなかったが、それよりいい考えが浮かばないのだからしかたがない。ベントリーは意を決してノブをまわし、勢いよく店のなかにはいった。頭の上のどこかに飾られた小さな鈴が鳴った。隅の物陰から、ハンサムですこぶる優美な若い男が現われた。ポマードできれいに撫でつけられた髪。流れるように軽やかな足さばきで扉のほうへ向かってくる。

「ボンジュール・ムシュー」若い男はベントリーの衣装を胡散臭そうに眺めまわした。「いらっしゃいませ。宝石をお探しですか？　それとも銀製品？　骨董の磁器？　つい最近カイロ付近で発掘された、うっとりするほど美しいエジプトの陶器もございますが」

「いや、結構だ」ベントリーはなんとかそう答えた。

店員は鼻先をもう一段階、上向きにした。「でしたら、もっと昔のものはいかがです？遺産の買い付けで仕入れた十六世紀中国の法花《ほうか》のコレクションもございますよ」

「いや、結構」ベントリーはこの風変わりな小さな店に興味を惹かれていた。時代を経たかび臭いような匂いが立ちこめているところは聖ミカエル教会とちょっと似ているが、ここではその匂いに蜜蠟と酢の清潔な匂いが重なっていた。床は――少なくともトルコ絨毯におおわれていない部分は――まばゆいばかりに磨きあげてある。部屋を縁取るように並べられたガラスケースも輝きを放っている。全体的に見ると、セント・ジェームズ宮殿御用達の宝石商人が大英博物館をまるごと買い上げたといった趣だった。なにしろ、ここはありとあらゆる種類の珍品の宝庫で、多くは安全なショウケースに飾られているが、台の上に陳列されているものもあれば、壁や天井に吊されているものまであるのだから。

店員は小馬鹿にしたような笑みをよこした。「かしこまりました《トレ・ビアン》」と、両手の指先を合わせて尋ねた。「では、烏龍茶でもお飲みになりながら品物をごらんになりますか?」

「そんな気遣いは無用だよ」ベントリーはふと我に返った。「ケンブルはいるかい?」

突然、カウンターのうしろのベルベットの垂れ幕が左右に割れた。「噂をすれば影」穏やかで意地悪そうな声がした。「さてさて本人の登場です!」

なかなかの登場のしかただ。ベントリーはそう言ってやりたかった。「ごきげんよう、ケンブル」彼は暗緑色の垂れ幕に囲まれて立っている掛け値なしの伊達男に声をかけた。「ちょっとふたりだけで話せるかい?」

ケンブルは片眉を吊り上げると、完璧な形をした指先で下唇をちょんと叩いた。「此《こ》はいかに。悪名高き命知らずのラトレッジが、わたくしのような一介の小売店主にどのような用事が？」そう言いながらも、ケンブルは不思議な笑みをたたえてベントリーの求めに応じ、気を持たせるような仕種で垂れ幕を左右に引き開けると、身振りをつけて店員に命じた。

「ジャン・クロード、やかんを火にかけてくれ」

ケンブルの机のそばに腰を落ち着けるなり、ベントリーは胸の内を吐露した。「きみの助けを借りたいんだ」

「まあ、そういうことでしょうね」ケンブルは歌うような震え声で言った。「今度はなんですか、ラトレッジ？　宝石の密輸？　銃の密輸？　路地に死体を置いてこいというのですか？」

「そんなんじゃないよ」ベントリーはつぶやいた。そんな単純なことならいいのだがと思いながら。

ケンブルは小首を傾《かし》げ、用心深く訊いてきた。「またぞろ阿片の密輸がらみの面倒に巻きこまれたのではないでしょうね？」

「よしてくれよ、ケム！　あのときは、やつらがぼくの仮住まいに阿片を隠しているなんてまったく知らなかったんだ。きみだってわかってるだろうが！」

「だったら、義理の兄ぎみにここへよこされたのですか？」ケンブルはふんと鼻を鳴らした。

「はっきり申し上げて、マックスの政治活動やら犯罪捜査やらなにやらの掛かり合いになるのはごめんこうむりますよ。警察は――例の改革派の連中はいうにおよばず――わたくしの仕事仲間を非常に不安がらせます。おわかりでしょう」

「マックスは関係ない。そういうたぐいの面倒じゃない」ベントリーはブーツに目を凝らした。「ただ、ぼくが、その、ある舞踏会に出席したいというだけなんだよ」

ケンブルは芝居がかった仕種で、片手を椀《わん》のような形にして耳にあてがった。「ほほう、今なんと？」

「舞踏会だ」ベントリーはさっきよりきっぱりとその言葉を口にした。「ある舞踏会へ行かなければならないのさ、ケンブル。しかるに、ぼくには従者がいない。だけど、きみは――なんといっても顔が広い。だから頼みたいんだ、その――衣装選びを。見栄えをよくしてくれ、なにかこう、垢《あか》抜けた感じに」

これを聞いてケンブルはのけぞって大笑いした。「なんとまあ、それは女性の言う台詞《せりふ》です！」彼は立ち上がり、合唱団の指揮者のように両手を上げた。「はい、では立って！立って！　マックスには借りがありますからね、シンデレラ。となると、ええと、どこと手を組めばいいかな。サヴィル・ロウの〈ジロー&シェノー〉に頼めば、あっという間に仕立ててくれますが、採寸はしておかないと」

ほっそりとしたケンブルのとなりに立つと、ベントリーは図体のでかい鈍重《どんじゅう》な雄牛にでもなったような気分だった。ケンブルがさらさらと衣擦れの音をたてて行き来しながら目測するのをベントリーは眺めていた。「うーん、やはり背がお高い」ケンブルはつぶやいた。「グロスターシャーの坊ちゃまがたはいったいなにを食べさせてもらっているのでしょうね？　それにしても、その外套の裁断は――悪夢ですよ、それは！　即刻お脱ぎください。ジャン・クロードにその布で銀磨きをさせますから。だめだめ、そんな渋い顔をしない。ああ、そのチョッキも脱いでください」

　ベントリーはため息をつき、言われたとおりにした。必死だったので。

「ついでに、普段着もモーリスに用意させましょう」ケンブルは机の抽斗《ひきだし》のなかを指先で探り、待ち針のはいった箱を取りだした。「美貌だけを武器に一生やっていくわけにはいかないのですからね、ラトレッジ。いずれはみな、まともな服を着なくちゃならないんです」

もしくは服を脱ぐかだな。ラトレッジは内心で憎まれ口をつぶやいた。

　小生意気なジャン・クロードが垂れ幕の向こうから現われるころには、ラトレッジはぴったりした短ズボン姿になっていた。「まあ、素敵なお尻《ア・ボン・ドゥリエール》をおもちで！」店員は称賛の言葉を吐きながら、ティートレイを置いた。

「いらぬことを考えるな」ケンブルは口いっぱいに待ち針をくわえたままで言った。「どうせ振られるのがおちだから」

　ベントリーは目を細めた。「彼はなんと言ったんだい？」

「青がよくお似合いだと」ケンブルは待ち針の最後の一本をぷっと口から吐いた。ジャン・

クロードは笑みを浮かべてお茶をつぎはじめた。「案外すらっとなさっていますね、ラトレッジ、そのだらしなく垂れた布地の下に隠された体は」ケンブルは上体をうしろへ引いて自分の手仕事——待ち針を打ったベントリーのシャツ——を眺めた。「うん、ここに縫い襞《ひだ》を取ろう。そこにもひとつ。そうすれば、そのぼろ切れをせめて型紙としてモーリスに提供できる」

「これを裁断するってことかい?」このシャツはベントリーのお気に入りなのだ。長く着ているので襟と肘の部分がよれよれになっているけれども。

「もちろん《メ・ウィ》、細切れにしますよ!」ケンブルは宣言し、指でちょきちょき切る仕種をしてみせた。「それと——やはり青がお似合いになるでしょうね」

ベントリーは肩をすくめた。「青は好きだよ」

「あなたの好みはどうでもいいんです」ケンブルはにこにこしながらベントリーを見た。ほんとうにベントリーがおつむの弱い田舎者だとでもいうように。「あなたはわたくしの手に運命をあずけたんですから。ところで、奇跡の変身をもたらす期限を教えていただけますか、ミスター・ラトレッジ?」

「正確な日付は思い出せないんだ」ベントリーは白状した。「招待状が来たのが数週間まえで、そのときはほっぽっておいたんだが、たぶん舞踏会があるのは今週の金曜日だと思う」

「金曜日——?」とケンブル。「わたくしは元従者ですが、全能の神ではありませんよ。神だって完璧な世界を創るのに六日間かかっています」

「でも、きみとモーリスにも二日間はある」とベントリー。「それに、完璧でなくてもいいのさ、見苦しくさえなければ。ラノックの愛娘、ゾーイのお披露目の舞踏会だから」

「ラノックの娘？」ケンブルの表情が恐怖のそれに変わった。「なんとまあ、完全に気がふれてしまったのですか？」

7　ミス・アームストロング、心中を吐露する——ほかにも少し

ゾーイのお披露目の舞踏会の朝、マダム・ジャーメインとお抱えのお針子は貴婦人たちの最後の仮縫いに立ち会うため、ストラス・ハウスを訪れていた。フレデリカもみんなと一緒にエヴィーの居室にいた。待ち針をあちこちに刺される覚悟はできている。とはいえ、噂話の一斉射撃をまだ一度もくぐり抜けていなかった。そのまえに、またもひどいつわりに屈してしまったから——五日間連続でこんな状態なのだ。

着替えのための間仕切りのうしろへ駆けこんで、朝食で食べたものをもどしたのだが、それより一瞬早く、マダムの目が憶測するようにきらりと光るのがわかった。フレデリカは観念していた。マダムのつぎなる噂話の標的がだれになるかは目に見えている。でも、そんなことはもうどうでもいい。そうでしょう？　どうせもうすぐフランダースへ追いやられるのだから。

ようやく胃のむかつきが治まった。仮縫いがすみ、仕立て屋と人々の憶測がひとまとめにしてロンドンへ送り返されると、ウィニーがゾーイを部屋から追い払った。慎ましい白いド

レスが気に入らないゾーイはまだ機嫌が悪かった。

「フレディーみたいなルビー色のドレスがよかったのに！」と、腹立ちまぎれに言った。「こんな間抜けな白はいや！　絶対いやよ、こんなの！　だれもわたしに気づいてくれないわ」

「赤はお披露目の主人公が着る色じゃないでしょう、ゾーイ」廊下へ出ながらウィニーは諭した。「赤など着たら紳士にふしだらだと思われてしまうわ。どうしてフレディーのようにお行儀よくできないの？　去年のフレディーは淡い色合いのドレスを着て、それはそれは汚れのない初々しさで――」

ゾーイは鼻でせせら笑ってウィニーの言葉を遮った。ウィニーの顔が真っ赤になった。悲鳴のような声を小さく漏らすと、ウィニーは怯えた視線をフレデリカに投げ、慌ててドアを閉めた。フレデリカは不意に涙に暮れ、ブロケード張りのソファに身を投げだした。

エヴィーはフレデリカのとなりに腰をおろし、額にかかった髪を払った。「泣かないの、フレディー、しっかりなさい。ウィニーはあなたの良識を褒めようとしただけなのよ」

「どうして！　わたしに良識のかけらもないのはだれが見てもあきらかなのに！」

エヴィーは子どもを叱る親のような愛情に満ちた目をして、両腕を広げた。フレディーは鼻をすすり上げながら、その腕に飛びこんだ。「気を張りつめすぎているのね、可愛い子」

エヴィーはフレディーの髪に囁きかけた。「吐いたり泣いたり、まるで赤ん坊みたい。大丈夫、あとひと月もすれば落ち着くから」

だが、フレデリカは自分の気持ちが落ち着くことはもう二度とないだろうと思った。自然とお腹に手がいく。今までと変わらず平らなままだ。この子を身ごもったことはうれしかった。心の底から。それでも、父親のいない子を育てるのが並大抵の仕事でないであろうことは知り抜いていた。我が子には自分より楽な生きかたをさせてやるのが夢だった。もっと安全な生きかたを。

フレデリカの両親は深く愛し合っていたし、それを証明する手紙も残されているけれど、ふたりとも戦争のさなかに死んでしまった。ついに戦争が終わったときに、父の同僚だった将校が母の故国の廃墟からフレデリカを救いだし、イングランドの父方の祖母、強大な権力をもったトレント伯爵夫人のもとへ無事に連れ帰ったのだった。しかし、レディ・トレントは嘲笑い、孫娘を茶色い肌のみなしご呼ばわりして送り返した。フレデリカ本人はそのことを覚えていないとみんなは思っているが、ちゃんと覚えている。

そこで彼らは、つまり、イングランドの救済者たちは、フレデリカを父方の兄のもとへ連れていくのだが、そのマックスウェル・ストーンも五ヵ月まえに死んでいると知らされた。しかし、彼の娘、当時はまだほんの小娘にすぎなかったエヴィーが、フレデリカのために家の扉と心を開いてくれた。それで充分なはずだった。けれど、そうではない。けっして充分ではなかった。それを自覚しているだけにフレデリカの心にはやましさと居心地の悪さが残った。

　だから、ロマンチックな恋愛に望みを託してきた。理想の恋人は父とはちがうタイプだと決めていた。なにひとつ不足がなく、頼りがいがあり、安全な人。そして、ごくごく平凡な人。結婚相手は自分を守ってくれる人だと思っていた。それ以上に大事なのが子どもたちの身を守ってくれることだと。賢くて、地に足がついている人。心から愛することのできる、深い尊敬の念を抱くに値する人。

　ジョニーこそがその人だと、ずっと自分に言い聞かせてきた。でも最近、思い描いた夢の残骸とひとり向き合っていると、ジョニーでもいいから落ち着きたいと思っていただけだと認めざるをえなかった。彼の一番の魅力は親しみやすさだった。一緒にいるとほっとした。単純な田舎の名士。彼にまつわるそれらすべてが安全で確実で平凡に思えた。表向きはということだけれど。だが、そのことをはっきりとはわかっていなかった。ベントリー・ラトレッジの出現によって、将来の設計図を根底から覆《くつがえ》されるまでは。

　もちろん、あんな悪党を愛せるわけがない。彼はフレデリカの定めた条件をなにひとつ満たしてはいないのだから。確実でも安全でもなく、平凡とはほど遠い。それに、ほんのわずかでも大切に思ってくれるなら、さよならのひとことも言わずに逃げだしたりはしなかったはず！　そう考えると、なぜだかまた涙があふれた。ああ、彼と過ごしたあの夜から意気地をなくして愚かな涙を流してばかりいる。まるでじょうろにでもなったみたいに。こんなふうにした彼を絞め殺せたら——それができたらどんなにいいか。

「大丈夫、もう大丈夫」エヴィーはフレデリカの体を優しく揺すりながら言った。彼女が四歳のみなしごに逆戻りしたとでもいうように。「なにもかもきっとうまくいくわ、フレディー。きっと。わたしを信じて、可愛い子」

金曜日の晩、ベントリーは意図的にストラス・ハウスへの到着を大幅に遅らせた。環状の私道にはすでに四輪馬車が円を描いて停まっており、謹厳なタイプの招待客たちの何人かはぽちぽち館の正面の階段を降りて帰りはじめていた。ケンブルは約束どおり、ベントリーに見事な衣装を着せていた。生意気な店員のジャン・クロードは身だしなみ《トレ・ソワニュ》がいいと太鼓判を押し、彼の尻をぴしゃりと叩こうとしたが、ベントリーはにやりと笑ってその手をすり抜け、リッチモンドへ逃げてきたのだ。夜会服に合わせた膝丈のズボンの色はケンブルいわく深い黄昏《たそがれ》色。青みがかった黒を大袈裟《おおげさ》な言葉に言い換えただけだとベントリーは思っていたが。チョッキは上等なシャンペンの色に似た、淡い金色のシルク。これなら人前に出てもまったく恥ずかしくないだろうと自負したものの、おろしたてのシャツはいささかむず痒く、タイツには小刀を隠せる場所がなかった。まあ、しかたがない。その手の物騒な誘惑は家に置いてくるのが一番だ。

私道の四輪馬車の最後尾に二輪馬車をつけると、ベントリーは外套とトップハットを馬車のなかに投げこみ、ラノックの従僕が背を向けるのを見計らって、そろそろと暗がりに姿をくらました。到着を告げられたくなかったので。風向きがわかるまではなんとしても。館の背後にまわると川がすぐそこにあり、すべてが闇のなかに横たわっていた。笑いさざめく声や音楽に混じって、テムズ川の柔らかな水音がかすかに聞こえ、予想どおり舞踏室の裏扉は開け放たれていた。

それでも春にしては空気が肌寒く、思いきって室内からベランダへ出てくる客はほとんどいなかった。低い石垣を飛び越えて庭園を進むのは造作なかった。舞踏室には大勢の客がいたが、混み合っているというほどではない。応接室に通じるドアの向こうで、レディ・ラノックが夫と並び立って招待客に挨拶している姿が見えた。

ガスとセオのワイデン兄弟が部屋の片隅で所在なげにしている。楽師たちが陽気なカントリーダンス曲の演奏を始めていた。セオがゾーイ・アームストロングを舞踏室のフロアへ導いていく。ガスは母親のそばに立ったままだ。人当たりのいいレディ・ワイデンは親しい友達のレディ・ブランドと噂話に花を咲かせているようだ。レディ・ブランドは艶めかしい黒髪の寡婦《かふ》で、その年齢も身持ちも不詳。通常ならベントリーの好みにぴったりの女性なのだが、今夜ばかりは興味すら湧かなかった。

どこかにフレディーの姿が見えないかと部屋のなかに目を走らせながら、ベントリーは群がる人々のまわりをずんずんと進みはじめた。彼女を見つけたとしても、なにを言おうとしているのかさえわからなかったが。今、彼がしたいのは、フレディーの襟首をむんずとつかんで小さく一回揺すぶり、非常識なキスをすることだった。それが当面の問題ではないのは承知のうえで。

実際、そのことを考えようとすると頭がこんがらかってくる。フレディーと話をしたい、もう一度彼女に触れたいという欲求が——性的な意味ではなく、いわく言いがたい意味合いにおいて——眠りさえも妨げるようになっていた。対抗手段として彼は酒場を梯子《はしご》し、夜明けまでロンドンの街をうろついていた。一睡もしない夜もあった。それ自体はべつだん珍しいことではない。今までの生活もだいたいそんなふうで、幾晩も続けて大酒を食らったあとはベッドに倒れこみ、二日間で持ち直していた。だが今回は、過去から逃れようとしてそういう生活をしているのではなかった。

足蹴《あしげ》にされたことに対する当初の怒りが鎮まると、ただフレデリカを気遣っているだけなのだと自分に言い聞かせた。自分は彼女に対して一定の責任を負っているのだと。それは実際そのとおりだった。が、一方で、異様としか言いようのないことも考えてしまうのだ。彼女の目をじっと見つめることさえできれば、彼女の肌の温かさを、指先の震えを感じることさえできれば、なぜ自分がこんな行動を取っているのかがわかるだろうなどと。

曲の最後の旋律が消えかかるころには舞踏室をあらかたひとまわりしていたが、探している人物は見つからなかった。踊り手たちは今はフロアからあふれんばかりだ。ほんの数フィート先にセオがゾーイを連れて戻ってきていた。それから、ガスとセオは連れだって舞踏室を出ていった。向かう先がカードルームなのはまちがいない。音楽の残した空隙《くうげき》を埋めようとするかのように、洞窟じみたその部屋いっぱいにざわついた話し声が波打っていたが、楽師たちはすばやく演奏を再開した。ウィニー・ワイデンもレディ・ブランドとの会話に戻った。つま先立ちで期待をこめた視線を群衆のほうに送っているゾーイをほったらかしにして。

ベントリーはその機をとらえてゾーイに近づいた。「ミス・アームストロング？」

ゾーイはくるりと振り返り、目を皿にした。

ベントリーは片腕を差しだした。「踊っていただけますか？」

ゾーイはつかのま言葉を失った。彼女がしゃべれなくなるというのはめったに生じる事態ではない。「まあ、ごきげんよう、ラトレッジ！」やっとのことで声を返した。「ごめんなさい。この曲は先約が――」

ベントリーは指を彼女の唇にあてて目配せした。「ああ、そうかもしれないね！」と囁き声で言う。「でも、その哀れな男はまだ来ていないよ、だろ？」

ゾーイはベントリーの申し出を吟味した。と、太陽が前触れなく顔を出したかのように、いたずらっぽい笑みが彼女の顔に戻った。「知ってる、ラトレッジ？　あなたは年齢以上に賢い人だって、つねづね思ってたのよ」ゾーイはおしゃべりを続けているミセス・ワイデンにはひとことの断わりもなく、ベントリーの腕を取った。

と、面倒な考えが頭をよぎった。「ワルツを踊る許可はおりてるんだろうね?」

ゾーイは目を輝かせて、けらけら笑った。「まあね!」

「ゾーイ――!」ベントリーは警告口調になった。

「大丈夫、心配しないで! 今夜はお行儀よくしてるから」

ベントリーは彼女の腰に片手を置くと、一定の距離を保つよう心がけながら、流れるような動きでダンスフロアへ誘いだした。ゾーイは漆黒の髪と情感たっぷりの茶色の目をもつ繊細な妖精だが、その目がじつは曲者《くせもの》だった。情感などというものには無縁の娘なのだから。ゾーイはラノックの養女ということになっているけれども、実の娘であることを知らない者はいない。母親はフランスの高級娼婦だったとも言われていて、ベントリーもそう信じて疑わなかった。ゾーイは進行途上のお転婆娘――雌狐、いたずら者、予測のつかぬ純正トラブルメイカー――であり、ラノックが気の毒に思えるほどだった。

「ワルツがお上手ね、ラトレッジ」秘密めかした笑みを口もとに浮かべてゾーイは言った。「それに、すごく素敵なお召し物。あと十年か二十年したら、世間もあなたが〈アテナイウム〉に出入りするのを許さないわけにはいかなくなるんじゃないかしら」

ゾーイの悪気のない皮肉をベントリーは聞き逃さなかった。〈アテナイウム〉とは謹厳実直な学者しか受け入れないクラブである。彼は眉をひそめて彼女を見た。「まったく、きみって人は、ゾーイ。少しは慎みをもてよ」

ほかのカップルがくるくるとまわりながら、ふたりのそばを通り抜ける。ゾーイはのけぞって笑った。「あなたは無作法な放蕩者だとウィニーおばさまは言うけれど、今夜のあなたはなかなか礼儀正しくてよ、ほんとうに。でも、わたしはいつものブーツを履いて、あの丈の長いダスターコートを着たあなたのほうが好き。ああいう格好だと危険な雰囲気が漂うでしょ。それに、わかってると思うけど、レディは慎みよりも危険を好むものよ」

ベントリーは片眉を軽く吊り上げた。「それは知らなかったよ、ゾーイ」とつぶやく。「眼帯と三日月刀でも買うべきかな？　刀を歯でくわえる技を身につけてもいいかもしれない。つまるところ男はひとつのイメージを守るべきなんだろうね」

ゾーイは淑女らしからぬふくみ笑いを始めた。「あなたはいつもわたしを笑わせてくれるわ、ラトレッジ」彼の誘導でべつのカップルの脇をすいすいと進みながら言った。「だけど、正直、あなたとここで会うなんて驚きよ」

「そりゃそうだろう」ラトレッジはそっけなく答えた。「きみの家族の正式な招待に応じるなんてことは、ふつうはないから。でも、今夜は我慢できなかったのさ」

「へえ！」ゾーイは眉間に皺を寄せて物思わしげな表情をつくった。「そうね、あの招待状を送ったのは何週間もまえだったものね」

「そうだよ。なぜだい？　突然、邪魔者《ドウ・トロ》扱いかい？」

ゾーイは少し青ざめた。「そういうわけじゃないわ！　わ、わたしとしては、全然」

ベントリーは奥歯に物が挟まったような物言いが気になったが、ゾーイは落ち着きなくしゃべりつづけた。「それに、これはわたしのお披露目の舞踏会だもの、そうでしょ？　あなたが来てくれたのもうれしいし。ついさっきまでは悲惨なくらい退屈な夜だったけど、退屈な夜を活気づかせる方法が見つかりそうな気がしてきたわ」

「ミス・アームストロング、そういうほのめかしには肝を冷やしますな」ベントリーはおどけてみせた。「礼節を絵に描いたような人物としてふるまうよう心しますよ」

「ほんとう？」ゾーイは甘えたように睫毛をはためかせた。「なぜかしら、その言葉を素直に信じられませんわ」

「はて、どうしてかな」ベントリーは静かに言った。「信じられない理由でもあるんでしょうか？」

ゾーイはここでへまをするまいとして下唇を嚙んだ。「礼節という美徳は」と、やっとのことで言った。「評価されすぎなんじゃないかしら、わたしに言わせれば。世間の非難をものともせずに自分で問題に対処しなければならない場合だって、ときにはあるはずよ」

ベントリーは優雅な身のこなしで、つぎのターンを決めた。「不思議だな、ゾーイ、ぼくにもきみが年齢以上に賢い人かもしれないと思えてきたよ」

茶目っ気のある笑みがゾーイの口もとをよぎった。つかのま、ふたりとも無言で踊った。

「今夜フレディーに会った、ラトレッジ？」話題を変えようとするかのように、ゾーイが尋ねた。

ベントリーは自分の口が苦笑いで引きつるのを感じた。「いや、まだ。ぜひ会いたかったんだけど」

「ああ、そうじゃないかと思ってたわ」ゾーイは陽気な調子で本心を吐露した。「彼女はほとんど階下《した》へ降りてきてないの。近ごろ少し疲れやすいのよ、変でしょ？　でも、お母さまの形見の真珠をつけて、お気に入りのルビー色のドレスを着たフレディーはものすごく華やかできれいよ。マダム・ジャーメインがコルセットを広げなくちゃならなかったけど」

「そうなのか？」ベントリーは顔が火照るのがわかった。

しかし、ゾーイのおしゃべりは止まらなかった。「痩せっぽちのわたしがこんな白いレースのドレスを着せられて、ふっくらしたフレディーはあんなにきれいだなんて、ずいぶん不公平じゃない？　どっちにしても、彼女は居たたまれずに階上《うえ》へ上がってしまったんだけど。あのいけ好かないジョニー・エロウズから隠れるために。エロウズはもう帰ったわ。でも、彼のおかげで大迷惑」

「そんなことがあったのか？」ベントリーはどうにか言った。

ゾーイは無邪気にうなずいた。「フレディーの寝室は四階だけど、バルコニーの階段を昇っていったから、そのうちまたあの階段から戻ってくるわよ、きっと」ゾーイは舞踏室の丸天井を見上げながら言った。「楽師のいる張りだしの下の石のアーチ、あそこに階段へ通じる出入口があるのが見えるかしら。全部の階があそこでつながってるのよ。古典建築っておもしろいわよね？」

「なるほど、すごく興味が湧いてきたよ」ベントリーはつぶやいた。

そこでちょうど曲が終わった。ベントリーはゾーイをエスコートして舞踏室のフロアを横切り、もとの場所へ戻った。レディ・ブランドはすでに踊り手たちに混じっており、ミセス・ワイデンの冷ややかな目はベントリーにそそがれていた。さらに間が悪いことに、ラノックが人をかき分けて向かってくるのが遠くに見えた。怒っているのが遠目にもわかる。だが、なぜだ？　彼の娘と踊ったからか？　それは理屈に合わない。フレディーが告白したのだろうか？　それもおかしい。そうであるなら、もっとまえに彼らの訪問を受けているはずだ。

しかし、ここで怖じ気づくようなベントリーではなかった。彼は腰を折って一礼すると、ゾーイの手を取り、自分の唇へ持っていった。「ミス・アームストロング」彼女の目をじっと見据えて言った。「またお会いする機会を心より愉しみにしております。古典建築に関する講義には大いに想像をかきたてられましたよ」

退室するベントリーに、ロバート・ローランドをはじめとする何人かの紳士が機嫌よく挨拶してきた。ただ見つめているだけの者もいた。上品な社交の場で彼を見かけるのがよほど珍しいからだろう。手で口を隠してひそひそ話をする輩《やから》も何人かいたが、ベントリーは他人の評価など痛くも痒くもなかった。たとえ評価の主がラノックでも。それに、あの上品ぶった男連中のうち、かなりの数の者から大金をせしめたことがある。残りの連中も近々、同じ憂き目に遭うことだろう。

いったん外に出てからバルコニーの階段から舞踏室に戻ってくるというのは単なる言い訳で、彼はゾーイが教えてくれた出入口を人目につかず通り抜けると、ひと続きの階段をふたつぶん一気に駆け上がり、ダンスフロアを囲むバルコニーに出た。

今夜はバルコニーの明かりは灯されていなかった。つまり、この場所は今夜、招待客に解放されていないということだ。千本もの蠟燭らしきものが、眼下に吊されているシャンデリアのなかで輝き、ちらちら揺らめく不気味な影を手すりに落としていた。手すりから身を乗りだして、楽師の演奏台を見おろすと、ヴァイオリン奏者が完璧に一致した動きで弓を引くところが見えた。その下の舞踏室では色とりどりの踊り手たちが、カントリーダンスのステップを踏みながら、くるくると舞っている。闇に包まれたベントリーはそうした光景を、自分の姿を見られずに一望することができた。

彼はそのことに奇妙な喜びを覚えた。社交界の日陰で生きることが身についているからだろう。手すりから離れてバルコニーを進むと、主階段に通じる通路が見つかった。そこで数フィートうしろへ下がってから、大理石の柱の陰に身をひそめて監視を始めた。ゾーイ・アームストロングは彼女なりのやりかたで、ある種のメッセージを送ってくれたのではないか。

その理解がまちがっていないことを祈るばかりだ。

まちがっていなかったようだ。それからほんの数分後、ルビー色のシルクがふわりと踊り場を横切ったかと思うと、向きを変え、明かりのない通路を進みはじめた。ベントリーは柱の陰から出かけたが、すんでのところでぴたりと動きを止めた。フレデリカの緊張した囁き声に気づき、その言葉を必死で聞き分けようとした。

答えているのは男の声だ。「だけど、どうして、ぼくに対してこんな仕打ちができるんだ、フレディー？」と不満をぶつけている。「根回しは全部したんだ！　父上も考えを変えてくれたんだ」

階段を降りてくる静かな足音が聞こえる。「腕を放して」フレデリカが押し殺した声で言った。「人生はあなたが言うほど単純なものじゃないわ、ジョニー」

突然、足音が止まった。ベントリーの隠れ場所からわずか数インチのところで。「そうか、厳しいことを言うんだな。でも、誓うよ、そういうことをみんなぼくが忘れさせてやる」ジョニーは声を抑えながらも激していた。「絶対にだ。だから、どうか——」

小さなあえぎが聞こえた。「もうやめて、今さらそんな！」フレデリカは叫んだ。

体じゅうの筋肉がにわかに反応を起こし、ベントリーは思わずまえに飛びだした。ジョニー・エロウズの上着の襟を片手でわしづかみにすると、そのまま相手を床から持ち上げ、歯ががちがち鳴るほどに揺すった。それからエロウズを脇に押しのけ、フレデリカを見た。明かりがなくとも、彼女の目が恐怖に大きく見開かれるのがわかった。

「やあ、フレディー」ベントリーは物静かに言った。「暗がりには気をつけろよ。だれに出くわすかわかったもんじゃない」

しかし、エロウズはよろよろと立ち上がっていた。「いいか、ラトレッジ」エロウズは唸るように言うと、フレデリカの肩に片手を置いた。「おまえが心配することじゃないんだよ」

ベントリーはその手をそっと持ち上げて、どかした。「残念ながら、ジョニー坊や、心配することにしたんでね」ベントリーの声はどこまでも穏やかだった。「彼女のたっての頼みもなしにもう一度彼女に触れたら、つぎに触れるのは決闘のピストルの引き金ということになるぞ。ケンブリッジに根を張っておいでの一族の博学な首領《ドン》たちに弾道学や物理学や、あるいは確率の可能性を、多少なりと頭に叩きこんでもらっていれば、その場で小便を脚に漏らして神に祈るんだろうなあ。なぜなら、ぼくは的をはずさないからだ。さて、そのちょっとした教訓をエセックスへ持ち帰って、口やかましい父上のケツに詰めてやれよ」

エロウズの顔が蒼白になった。彼は不安そうな視線をベントリーからフレデリカへ、それからまたベントリーへ移した。若き貴族はそれから小声で悪態を吐き、尻尾を巻いて逃げだした。

ベントリーはフレデリカの感謝の言葉を待ち受けた。ところが、彼女はなにも言わずに立ち去ろうとした。ベントリーは彼女の腕をつかんだ。「待てよ、フレディー」ふたりの体がほんの数インチまで接近した。「どこかへ行くつもりなのか?」

フレデリカの表情が凍りついた。「あなたには関係ないでしょう、ラトレッジ」と冷ややかに答える。「助けてくださってありがとう。でも、ジョニーには自分で対処します」

フレデリカの冷淡な態度に横っ面をはたかれた気がした。ベントリーは怒りに駆られて彼女をぐいと引き寄せた。「ほう、できるようになったかい、可愛い子?」と、彼女の耳に唸り声を送りこんだ。「それを聞いて安心した」

恐慌がフレデリカをつらぬくのがわかった。彼女はベントリーから離れようと身をよじった。彼は容赦なく力をこめた。自分がなにを期待しているのかわからなかったが、こういうことではないはずだ。

「腕を放して!」フレデリカは噛みつくように言った。「どうしてみんなわたしをひとりにしてくれないの? なぜあなたがここにいるのよ?」

怒りが急激に高まった。「たぶん花嫁にキスしたくて来たんだろうよ、フレディー」

「あなたもジョニーも血迷ったの? とっとと消えて、人に見られるまえに」

「きみの温かい歓待は感動ものだ、フレディー」ベントリーは冷たく応じた。「どの招待客に対してもそういうもてなしをするのかい?」

見下した態度を取ろうと努めながら、フレデリカはベントリー・ラトレッジをすばやく眺めまわした。が、身の丈六フィートを超す、いまいましいほどハンサムな男は怒りをあらわににらみ返してきた。しかも、この男は先ほどの男ほど易々と追い返せそうになかった。

「あ、あなた、招待されたの？」フレデリカは口ごもった。「なにかの手違いだわ」

彼は眉の片方を傲慢に吊り上げた。「へえ、なぜだろうな、フレディー、ぼくにはこう思えてきたよ。ひょっとしたら、だれかさんが、ラノックの招待客名簿から〝がさつな余計者〞を削除するのを忘れたんじゃないかって」彼の手はさらに強くフレデリカの肘を締めつけた。「残念至極。つまり、ぼくは結婚式には招かれないということかい？」

フレデリカの心臓は喉までせり上がった。「そうよ——いいえ、お招きするわ」ベントリーの怒りをまのあたりにすると、論理的な思考が跡形もなく消え失せる。

「で、フレディー、その日はいつだ？」ベントリーは食いしばった歯の隙間から言った。「ぼくの社交カレンダーにその予定も入れておきたいから——痛飲乱舞の酒盛りと処女漁《あさ》りの隙間にめでたい婚礼の儀を割りこませることができたらの話だけど」

「ベントリー、よして！」フレデリカは絶望が声に出てしまったことに気づいたが、遅すぎた。「あなたと話をしているところを見られるわけにはいかないの。あなたにはそれがわからないの？」

愚弄するような、こわばった意地の悪い笑みが彼の顔に浮かんだ。「これはまた妙なことを言いだすね、フレディー。ぼくらは昔からの友人じゃないか。前回の遭遇では、きみはもっと心をさらけだしてくれただろ」

「わからないわ。どうしてこんなことをするの？」

ベントリーの目に敵意の光が宿った。「さあ、じつは自分でもよくわからないのさ、フレディー。やたらと着飾って、たらふく食って、もったいばかりをつける連中とひと晩を無為に過ごすよりましな過ごしかたができないからかもしれない。あるいは、なんとか理解しようとしてるだけなのかもしれない、ある日ぼくとあれだけ情熱的な愛を交わした女が、どうしたらつぎの日にはべつの男と結婚できるのかを。ああ、ちくしょう。どうやらそういうことだったらしいね」

フレデリカは顔をそむけた。「お願い、もう行って、ベントリー。わたしたちがしたことは愚かな過ちだったのよ」

「なんだと、過ちなんかじゃない！」ベントリーは怒鳴った。「互いの意思と決断でしたことだ」

「お願いよ」フレデリカは震え声になった。「お願いだから、面倒を起こさないで」

「なら、質問に答えろよ、くそっ！」ベントリーはフレデリカの顎をつかみ、無理やり自分の目を見させた。「教えてくれ、どうして女はああいうことをしておきながら――実際には二度もだ――いきなり背を向け、ぼくが噂を聞いたこともないようなやつとの婚約を発表したりできるんだ？　釈明できるのかい？　できるのであれば、いいとも、ぼくはその瞬間にここから消える」

フレデリカはベントリーを突き放そうとした。「その手を放してちょうだい。今すぐに。わたしには自分の好きなところで結婚する自由があるはずよ」

「そうなのか？」ベントリーはフレデリカのまえに立ちはだかった。上背のある痩せた体から危険な匂いを発散させて。「教えてくれ、フレディー」彼はなめらかな声で言った。「その恋人は傷物を手に入れるってことを承知のうえなのか？　そいつはだれがきみの最初の男だか知ってるのか？」

その言葉がフレデリカを逆上させた。考えるより先にフレデリカは腕を引いて、ベントリーの顔を思いきり平手打ちにした。

「なにをする、この凶暴な性悪女め」ベントリーは彼女のもう一方の手をつかまえた。

「放しなさいよ、薄汚い悪党！　今度こそ叫ぶわよ」

馬鹿にしたようにベントリーの口がかすかにゆがんだ。「ご随意に、可愛いフレディー。さあ、叫べよ。大勢の客人をここへ上がってこさせればいいさ。ぼくには失うものはない。噂話の種を盛大にみなさんに提供してやるよ」

フレデリカはベントリーを食い入るように見て、唾を飲みこんだ。彼は本気だ。本気で言っているのだ。

ベントリーは彼女の不安を感じ取った。「答えろ、フレディー」もう一度唸り、またも彼女を自分のほうへ引き寄せた。「なぜほかの男と結婚する？　理由を言え」

　今度は彼女のほうが彼の声音《こわね》に引っかかるものを聞き取った。それに、〝ほかの男〟という言いかたにも。フレデリカは自分なりにわけを探ろうとした。彼はなにを考えているの？　なにが望みなの？　わたしには彼に対して釈明する義務があるの？　それを聞かなければ、彼は帰ってくれないだろうし、ここで彼と争う気力はもう残っていない。「わたしは家族が最善と思うことをしなければならないの」フレデリカは曖昧に答えた。「それが女の宿命というものでしょう、ラトレッジ。なにが最善かを自分以外の人間が決めて、わたしたち女はそれに従うのよ」

　哀しみの影らしきものがベントリーの端正な顔をゆがめた。「そんなのは、フレディー」彼は優しい声で言った。「そんな言いかたはまるできみらしくない。そんな宿命を受け入れるにはきみは頑固すぎるだろ」

　不意にフレデリカは耐えられなくなった。「そのとおりよ。頑固な性格によって、わたしが得たものはなに？」涙をこらえながらも、彼女は感情を爆発させた。「なんにもないわ、トラブルだけよ。それだけよ。ベントリー、あなたも嘘をつくのはやめて、嫉妬してるんだって言いなさいよ。だって、お互いにわかってるんだもの。あのとき、あなたはほんとうの意味でわたしを求めたわけじゃなかった。今だってそうでしょう。わたしは起こってしまったことの責めは自分で負うつもりよ。愚かだったわ。今は後悔してる。だけど、あなたがしたがってるらしいこのゲームのルールをわたしは知らない。このゲームにおける自分の役割がわからないの。だから、あなたがなぜ気にかけるのかも全然わからない」
フレデリカの弁説は震え声で終わった。階下の舞踏室も演奏が終わって静寂に包まれた。

ベントリーはかなり長いこと、黙ってフレデリカを見つめていた。焼けつくような鋭い視線で、彼女には理解しがたい感情を秘めて。が、その目にあるなにかが彼女の心に届き、胸が張り裂けんばかりになった。押し殺した嗚咽が喉から漏れた。ベントリーは彼女の肩を力強く支えた。一瞬、ベントリーはなにかを隠そうとしているように思われた。荒れ狂う感情のようなものを、肉体的な衝動のようなものを。それがなんなのかフレデリカにはわからなかったが。涙が頰を伝うのが感じられた。ベントリーはすばやい動作でフレデリカを大理石の柱に押しつけると、彼女の唇を自分の唇でふさいだ。

その瞬間、フレデリカはなにも考えられなかった。息を吸うことすらできない。首をひねろうとした。手首の内側で彼の肩を押しやろうとした。でも、ベントリーの口は小揺るぎもせず、欲望をむきだしにしてフレデリカの口をふさいだままだった。彼の両手が肘から肩を撫でた。大きな掌が、肩を出した夜会服の肌を熱く焦がす。ベントリーはフレデリカの口に舌をねじこんだ。フレデリカはなぜだか彼にぴたりと体を重ねた。するとベントリーは、彼女の顔を両手で挟んで掌のあいだに彼女を閉じこめ、自分の口に重なった唇が動かないようにした。今夜の彼のキスにはお気楽な放蕩者らしさは微塵もなかった。そのかわり、何物にも束縛されない生の感情が彼を衝《っ》き動かしているようだった。抑えがたい飢餓感が。野性の欲求が。

いっとき彼は唇を離した。「泣くな、フレディー」と、かすれた声で言う。「頼むよ、泣かないでくれ」

長く力強い指がフレデリカの髪に差しこまれ、彼女の自由を優しく奪ったかと思うと、今度は舌が口の奥まで侵入して探索を始め、全身に震えを走らせた。フレデリカの鼻は彼のクラヴァットの糊《のり》の匂いとオーデコロンの芳香をとらえた。たちどころに熱く昂《たかぶ》った男の熱い匂いも。ベントリーは何度も唇の向きを変えてキスを続けた。彼の顎ひげの剛《こわ》い剃り跡が肌にこすれる。フレデリカは恐ろしくなった。ベントリーに純潔を奪われたときよりも今のほうが何倍も恐ろしい。あのときの彼はただ向こう見ずなラトレッジだった。だが、今ここにいるのは激情の嵐に呑みこまれた男だ。

ベントリーの唇の下で彼女は叫んだにちがいない。彼は彼女の顔を両手に挟みこんだまま、自分の口をほんのわずか上に上げた。彼の熱い息が肌をさっと撫でる。そのまましばらく、ベントリーはその体勢を保った。それから、始まったときと同じくらい唐突に、彼の手から力が抜けた。嵐が静まったのだ。

フレデリカはそこではじめて、自分もキスを返していたことに気づいた。片手が彼のシャツの胸を滑りおりて腰にまわり、上着の内側にあったことにも。彼女の息もまた、切羽詰まった短いあえぎとなっている。彼の唇を追いかけたい衝動と戦わなければならなかった。

「神よ」ベントリーは祈りのようにその言葉をつぶやいた。「ああ、神よ」

それから、フレデリカを乱暴に引き寄せ、両腕で自分たちの体を縛りつけるようにした。胸と胸が合わさるように。フレデリカはこの狂気に屈して、つかのま降伏し、彼の抱擁に溶ける自分を許した。彼の腕の信じがたい力が感じられる。彼の体にはあふれんばかりの活力がみなぎっている。自分がひどく弱くなったような気がした。身も心も疲弊して支離滅裂になってしまったような。シルクのチョッキの下に彼の鼓動が聞こえる。

「さあ、教えてくれ、フレデリカ」ベントリーは不安定なしわがれ声で訊いた。「婚約者に口づけされてもきみはこんなふうに感じるのか？　彼に触れられると息ができなくなるのか？　膝から力が抜けるのか？　そうだと言ってくれ。言えよ。そうすれば、ぼくはその階段を降りて、きみの人生から消え失せると神に誓うから」

しかし、フレデリカはひとことも答えなかった。どうして答えられる？　ほかの男などどこにもいないのに。これからも永遠に。それだけじゃない。この人がしたように感じさせてくれる男も永遠にどこにもいないだろう。彼女の本能が突如としてそう悟っていた。それがこの危険な関係における不可欠な要素なのでは？　つい数週間まえは、情熱のなんたるかを理解した気でいる愚かな娘だった自分。それが今は、純潔を奪われた女、そのうえ、人間の純粋な情欲というものを知りすぎてしまった女なのだ。

フレデリカは口を利くのが怖かった。自分の激情を信じるのが怖かった。お腹の子のことをまず考えなくてはならない。その子の身の安全と幸福を自分が危うくするわけにはいかない。そうだ、そんなことはできない。たとえ、この欲望のためでも——この唐突な暗い欲望の淵に引きずりこまれ、これ以上は望めないという甘い悦びを約束されようとも。わたしはベントリー・ラトレッジを求めたいのではない。彼がもたらす完璧な悦びを忘れたいのだ。けれど体は彼の体に応えていて、だから、急に怖くなったのだ。自分にはそれに抗うための経験がないことが——抗う意思すらもないのではないかと——不安になったのだ。

フレデリカの沈黙がベントリーを苛立たせたようだった。彼はややぞんざいに彼女を脇にのけた。フレデリカはほっとして彼の手からすり抜けた。ベントリーは彼女のほうを見ようとしなかった。そうするかわりに、大理石の柱の高い位置に片手でもたれ、今まで彼女の足があった場所をじっと見おろしていた。全身が震えるほど深く息を吸いこんだ。なりゆきにまかせるような長い沈黙。それを破るのは階下で笑いさざめく人々の声だけだった。

ついにベントリーが口を開いた。「だったら、フレデリカ、これだけ教えてくれ」打ちすえられたように頭を垂れたまま、かすれ声で言う。「きみはなにを求めてるのかを言ってから、ぼくとのことを終わりにしてくれ」

鼓動が止まるのがフレデリカにはわかった。「終わりに——?」

ベントリーは大理石の柱から片手を離さず、顔だけ振り向いて、フレデリカの視線をとらえた。彼の目は苦悩と絶望をたたえていた。「ぼくの魂は何週間も地獄の悪魔に囚われていたのさ、フレデリカ。きみがぼくを求めていないなら——ぼくを放免するなら——神にかけてそう言ってくれ。ぼくが溺れている忌まわしい罪から解放してくれ」

忌まわしい罪。

その言葉が舌から転がりでた。身の毛のよだつ恐ろしい言葉が。彼はそんなふうに感じているの？　それで、彼はいったいなにを言おうとしているの？　ベントリーがこれほどまでに激昂して取り乱した姿を見せるとは思いもかけないことだった。まるで彼らしくない。

嘘をつくことを人はときに勇気と呼ぶとしても、フレデリカ自身、あとから考えても、どこからそんな勇気が湧いたのかわからなかった。だが、とにかく彼女は勇気を出してこう言ったのだ。「わたしはイングランドを離れるつもりよ、ベントリー。危険を冒すわけにはいかないの。わたしに必要なのは安全で、退屈で、平凡な生活。それがお互いの……関わりのあるすべての人にとって最善の道だと思うから。あなたが罪の意識に囚われる理由はないわ」片手が、ほとんどおのれの意思で差しだされ、ベントリーの肩にそっと置かれた。

フレデリカが触れた瞬間、ベントリーの全身が硬直した。彼は目をそらし、耳障りな喉声を漏らした。

「罪の意識をもたないで、ベントリー」フレデリカはもう一度言った。「あなたの言ったことでひとつだけ正しいことがあるわ。あなたとしたことは、わたしが自分の意思でしたんだということ。今度するときも自分からそうするわ。訊きたかったのはこういうこと？」

ベントリーは背筋を伸ばし、陰鬱な闇を凝視した。フレデリカは息をひそめた。なぜだか自分でも判然としないままに。「なるほど、やはりそういうことだったのか」穏やかな口調でそう言うと、彼はちらともうしろを振り返らず、こわばった足取りでバルコニーのほうへ歩きだした。通路の角を曲がって姿を消した。

永遠とも感じられるその数秒、フレデリカはその場に立ち尽くし、闇のなかを歩いてバルコニーへ向かうベントリーの靴音を聞いていた。不意に後悔の念に襲われ、お腹の力が抜けてしまった。恐怖がそうさせたかのように。人生で最大の過ちを犯したとでもいうように。そうなのだろうか？ いいえ、けっしてそんなことはないわよね？ 彼はなにも申し出てくれなかった。わたしもなにも求めなかった。当然の結末だわ。たとえ、そうありたいと願ったとしても、ベントリー・ラトレッジはよい父親にはなれないし、信頼できる誠実な夫にもなれないのだもの。

でも、真実はフレデリカを止められないようだった。気がつくと片手でスカートをつかんで走りだしていた。通路の角を曲がり、バルコニーの手すりへ向かった。身を投げだすようにして手すりに貼りついた。さらに、両手できつく手すりをつかんで体を乗りだした。あまりに急に動きすぎたため目がまわった。階下の群衆のなかに懸命に目を走らせた。サパーダンスはすでに終わり、舞踏室からすみやかに人波が退《ひ》いていく。ベントリーの姿はどこにもなかった。

立ち止まるな。顔を上げるな。

階段を降りて舞踏室へはいるまで、ベントリーはそのふたつのことだけを念じていた。まんまとまぬがれてよかったじゃないか。そう自分に言い聞かせた。さあ、足を止めずに進めばいいんだ。

ゆっくりと潮が退くように、ベントリーは舞踏室にあふれかえる群衆に紛れこんだ。ここでは色も音も境目がない。まわりの笑い声が人工的な鋭さを帯びて響き渡る。だれかと挨拶を交わす。一秒の間。相手への関心はもう失われている。片肘がだれかの腕に引っかかる。グラスがちりんと音をたてる。シャンペングラスか？　ベントリーは立ち止まらなかった。舞踏室を進んで、その向こうの通路に出ると、一気に正面玄関へ向かった。

玄関広間まで行くと、従僕がひとり、外套がどうのと小声でつぶやきながら近寄ってきた。ベントリーは答えなかった。ちょうど帰ろうとしている紳士のために、べつの召使いが扉を開けていた。ベントリーは声もかけず脇目も振らず、その紳士と召使いを追い越して、肌寒い春の夜気のなかに出た。テムズ川から立ちのぼった薄霧が前庭と噴水のあたりを漂うさまは夢幻の世界に迷いこんだかのようだった。噴水はこの時間でもまだ二十フィートの高さまで水を噴き上げている。ランプの光で黄色に見える霧のなか、来たときとはちがう階段を急ぎ足で降りる彼の体に冷たい霧が降りかかった。

階段を降りきるとベントリーは、私道で待機している召使いや馬や二輪馬車や四輪馬車のざわめきを押し分けるようにして進んだ。館の反対側は闇に包まれていた。暗がりの奥へ突き進むと、館から少し離れた中庭の石垣の崩れかかった石に指先が触れた。彼はそこで体の向きを変えてその石垣にもたれかかると、自分が先ほど昇った階段を見上げた。本来なら神に感謝しているはずだった。あるいは少なくとも、ありがたいと思いながら家路についていたはずだ。が、現実にはただ闇のなかでフレデリカ・ダヴィレスへの憎しみを全身にたぎらせているだけだ。なぜ？　なぜなんだ？

もうどうでもいいではないか。どうにもならないのだから。ベントリーは少年のころから、純然たる憎しみをひたすらに燃え上がらせることができなかった。浄化作用のあるその感情を燃やすべき場所には、身に馴染んだ懐かしい空虚感がいつもあった。

帽子もかぶらず、外套も羽織らず、いつまでそこにいるつもりなのかわからなかった。霧と噴水で服が濡れている。ときおり、人の話し声やヴァイオリンの旋律が夜風に運ばれて耳に届いた。二十以上はあるストラス・ハウスの正面の窓はひとつ残らず、友好と歓迎を表わして煌々と輝いていた。けれど、自分はそこに求められている存在ではない。もはや招かれざる客なのだ。しかも、そうなったのは自分のせいだ。だから立ち去るべきだとわかっていた。なのに、ベントリーは冷たい霧の向こうに目を凝らし、途切れることなく続くさざめきに耳を澄ましつづけた。

しばらくすると、怒りの波が退きはじめ、フレデリカはなにを、だれとしようとしているのかという疑問が湧いた。彼女の顔を思い浮かべることすら自分に許した。彼女が放った冷淡な拒絶の言葉を耳によみがえらせることもした。鋭い刃に我が身の肉を刺されているような感覚に陥るまで。かれこれ数時間、暗がりに立っていたにちがいない。だが、時間はなんの意味ももたなかった。

しかし、ぽつぽつと帰宅の途につく客たちの流れが、やがて大波となった。四輪馬車が私道を巡り、時計塔の下を走って夜のなかに出ていく馬の蹄《ひづめ》が敷石にリズミカルな音を響かせた。そうしてついに、ストラス・ハウスの明かりが消えはじめた。最初は一階の明かりが、それから上階が。最後は下階の使用人の仕事部屋の明かりだけになった。ただし、ほかにもひとつだけ、窓からかすかに光が漏れている部屋があった。屋敷の左奥の四階に。

フレデリカの寝室は四階のはずだ。あれが彼女の部屋なのだろうか。ベントリーは目を閉じて思い浮かべた。彼女付きのメイドが夜会服を脱がせ、ベッドを調えるのだろう。ルビー色のシルクのドレスが蜂蜜色の肩からするりと落ちるところが瞼《まぶた》に浮かんだ。透き通るように薄い女らしい下着も彼女の体を滑り落ち、白い布が足もとに小さく広がる。盛り上がった小ぶりの乳房が、やや色の濃い形のいい乳首がこの目に見えるようだ。今夜はルビー色の夜会服からその乳房がほとんど飛びだしそうだった。そう思うと、それをこの口にふくんだときの味わいが思い出された——薔薇の香水のほのかな香りと、潮の香《か》と、成熟した女の火照ったエキスが。

するとと突然、なんとも奇妙なのだが、あることにはっと気づいた。ゾーイがなにげなく口にした悪意のない冗談のような会話の断片が不思議なくらい脳裏によみがえってきた。

マダム・ジャーメインはコルセットを広げなくちゃならなかったけど。

近ごろ少し疲れやすいのよ、変でしょ?

まったく無意味な言葉のように聞こえていた。が、ひょっとしたらゾーイのあの話はそもそも冗談ではなかったのではないだろうか? 忘れられないのは、体に触れられた瞬間に燃えあがったフレディーが、彼の質問には頑として答えようとしなかったことだ。いたって単純な質問だったのに。そうだろう? 恐ろしい確信が胸に広がろうとしていた。なんということだ、どこに目をつけていたんだ? ベントリーは石垣からすばやく離れた。義憤が血管を駆けめぐった。これはフレディー自身の望みとはべつの次元の話なのでは? ぼくの望みともちがうのでは? 自分がなにを望んでいるかをわかっているわけではないけれども。くそ、これはすべてラノックの仕組んだことなのだ! まちがいなくそうだと直感で悟った。

怒りに駆られた決然たる足取りで、ベントリーは中庭にひとりだけ居残っている召使いに近づいた。引きあげる潮時だ。が、また戻ってくるつもりだった。そのときにラノックは――あるいは、この屋敷に住まう何者かが――報いを受けることになるだろう。

8　ミスター・アマースト、神業を見せる

ラノック侯爵は早起きだった。これは長年の放蕩生活に培《つちか》われた確固たる習慣である。往時の彼は文字どおり生き残るために、徹夜明けでも標的をはずさず銃を撃てる術を身につけていた。そんな彼のあまりかんばしくない性向のほとんどは克服されて久しいが、今でも苦闘していることがいくつかある。その筆頭が卑しいまでの短気と発作的に陥る不眠だ。おまけに最近は両方とも悪化の一途をたどっている。というのは、妻以外はだれも思いもよらないだろうが、侯爵はまことに疑り深い男なのである。

今朝、新しいガラスを入れたばかりの蔵書室の窓辺に立ったラノックは、窓の向こうの庭園をコーヒーカップ越しに物思わしげに見つめていた。といっても、実際には庭園は見えていない。昨夜の霧がまったく見通しの利かない黄色い濃霧となってストラス・ハウスを綿のようにくるみ、そのせいで、屋敷はしんと静まり返っていた。それはクリスマスのあとにしまわれる糸ガラスの飾りを思わせる静けさだった。家族は朝寝坊の者が多く、起きているのは妻のエヴィーと、彼女の被後見人であるフレデリカだけだった。ふたりともラノックと同

じように眠れぬ夜を過ごしたのだろう。おそらくは同じ理由で。

蔵書室の扉が背中で開けられて、侯爵は物思いから醒めた。窓からそちらへ振り返ると、驚いたことにマクラウドだった。執事の手にある小さな銀の盆の真んなかに名刺が一枚置かれている。ラノックはさも厭《いと》わしそうな声を喉の奥から発した。これを聞き分けられるのはスコットランドの同胞だけだ。

「旦那さま」マクラウドは主人の声音に応じ、理不尽な扱いを受けたという表情をした。「早朝のご訪問がございました」

「よほどのたわけ者だな、そいつは」ラノックはうめいた。「それで？　こんな時間にわたしを煩《わずら》わそうという不届きな輩《デヴィル》はどこのどいつだね？」

マクラウドは渋い笑みを浮かべた。「悪魔《デヴィル》本人かもしれません。あの険悪な形相が本物ならば」

ラノックは名刺を手に取って一瞥した。「神よ！」

「そのようには見えませんが」マクラウドは腰をかがめて一礼した。「お通しいたしますか？」

ベントリー・ラトレッジが現われたときには、ラノックはコーヒーのおかわりで防備を固めていた。もっと強い飲み物にしようかとふと思ったが、その考えを退けた。この会談がどういう結果となるかは神のみぞ知る。夜明けとともに彼をベッドから追い立てた疑念が二倍に膨れあがって戻ってきた。

ラノックが身をこわばらせて立っていると、ラトレッジが部屋へはいってきた。若輩者《じゃくはい》は部屋を横切ってそばまで来ると、軽蔑もあらわに片手の手首をひるがえし、道化師帽の透かし模様入りの封書をラノックの机の中央へ送りこんだ。

侯爵は風雅を解する男ではなかった。「まだ朝の九時半だぞ、ラトレッジ」と唸った。「いったいなんの用事だ？」

若輩者は机を挟んでラノックをねめつけた。「用事というか、自分のものを受け取りに」と、机に投げつけた封書を指差して言う。「それを受け取りに参上しました」

ラノックはラトレッジを見やった。かろうじて怒りを抑えている男のぎらついた目つきや硬直した姿勢は知り尽くしている。それに、彼はこの敵対者をこれっぽっちも見くびっていなかった。ラトレッジは危険きわまりない男だ。そのことはこれまでに幾度となく実証ずみだ。ラトレッジがはじめて人を撃ち殺したのは十七歳のときで、しかも、それが最初で最後とはならなかった。賭博師の彼は下層階級ともつきあいがあり、密輸や麻薬の密売、強請《ゆすり》、あるいはもっと質《たち》の悪いことにも連座している。情婦のひとり、波止場の娼婦は、修羅場と化した阿片取引の最中に喉を切り裂かれた。べつの愛人——なに不自由ない結婚生活を送っていた裕福な伯爵夫人——はみずからのベッドで絞殺された。しかし、ラトレッジは最終的にはいつも醜聞の周縁に身を置く術を心得ており、中心人物にはならなかった。それは、ひとつには、日向ぼっこをするライオンと同じで、人並み優れた美貌の持ち主があまりにも怠惰な姿をさらしていると、危険な存在と映らないからだ。が、そう信じるのはとんでもないまちがいというものだ。

ラノックはあとはひとことも言わず、ラトレッジの持参した封書を取り上げて封を切った。彼の目が中身をさっと一回検《あらた》めた。さらにもう一回。いったいぜんたい、おお、全能の神よ。これは凶兆だ。「きみは正気を失ったようだな」ラノックは言い捨て、その紙を机に投げた。「あきらかに誤解をしている。きみの所有するものなど、この屋敷にはなにひとつありはしない。フレデリカ・ダヴィレスはわたしの被後見人だ。その事実はわたしがそれを願うかぎり変わらないだろう」

いきなり手が伸びてきて上着の襟をつかむのが、かろうじてラノックの目にはいった。「あなたの被後見人とは、ぼくの妻となるべき女性のことです」ラトレッジはがなり、侯爵を机のなかほどまで引っぱった。「今日が終わるまえに、あなたはそれを願うことになりますよ。いや、実際、ひざまずかせて懇願させてやってもいいけれど」

ラノックはラトレッジの手首をつかみ、上着の襟から引き剝がした。「よくもそんな図々しいことを言えたものだ、愚か者め」と言い返し、若輩者を突き放した。「しかし、やり口は図々しいどころではないがな。その婚姻許可証を不当に求めるために、こんな時間に主教を叩き起こしたにちがいない」

ラトレッジは両の掌を机にしっかと置いて、身を乗りだした。「ぼくらはもう時間を無駄にできないんだ、ラノック。あなたとあの間抜けなワイデンがこの企てを完全にしくじったために、もはや彼女を困惑から救うことはできない。だからやるべきことを早急にやるんです。今日のうちに」

ラトレッジが本気なのがラノックにもわかった。それに、一面ではラトレッジの言い分は正しい。そのことは侯爵のさらなる怒りをかき立てただけだった。「彼女を誘惑するまえに、彼女の困惑を憂慮するべきだったのではないかね、ミスター・ラトレッジ？」ラノックは鼻を鳴らした。「もっとも、ベッドへ誘いこんで純潔を奪うまえは、彼女はまだほんの子どもだと考えていたのではないかな。きちんと育てられた、きみのような人間とはまるで釣り合わない子どもだと。ええ？」

この部屋にはいってきてはじめて、ラトレッジは目を伏せ、あとずさりした。「そのとおりですよ、それを否定する気はありません」

ラトレッジが責任逃れの言葉を吐くだろうとなかば予測していたラノックは、そうしなかったラトレッジに対して、不可解な怒りを爆発させた。「いや、きみはそうは考えなかった。考えるものか！」ラノックはわめき、拳で机を叩いた。「そんなことは考えもせず、きみは——我が家の客人であるきみは——想像しうる破廉恥《はれんち》のかぎりを尽くして、わたしたちの信頼を裏切ったのだ。夜明けに銃で撃たれてしかるべき手口を使って。突然降って湧いた自分本位な考えをわたしが認めるなどと期待するな。ろくでもないどこぞの悪党が新たに見いだした所有欲を満たすためだけに、このわたしが、世間知らずな娘を婚礼の生け贄としてそいつに捧げるなどと期待するな。くそ、わたしはきみを撃ち抜くべきなのかもしれん、おのれの信条に従って――」

ラトレッジはラノックに最後まで言わせず、怒声を返した。「それを果たすのはあなたが思っているより難しいでしょうね。でも、結婚の誓いが立てられて、ミス・ダヴィレスがぼくの名とぼくの家族の庇護のもとに置かれた暁《あかつき》には、ぜひとも、その決闘の介添え人を表敬訪問に我が家へよこしてください」

「ふん、まさか」侯爵は言った。「むしろ、きみが身悶えして苦しむのを見物させてもらおう。かならずそうなるだろうよ。そうさせてやる」

ラトレッジの唇が冷笑にゆがんだ。「あなたはぼくに会った日を悔やむことになるでしょうよ、ラノック」

「そうなった男が多いと聞いているよ」とラノック。「しかし、今日は犠牲にする相手を完全にまちがえたな、ラトレッジ。さあ、わたしの屋敷から出ていけ。両膝を撃ち抜かれなかったのを幸運と思え」

しかし、ラノックを驚かせたのは、ラトレッジがまたも机に掌を貼りつけて体を乗りだし、歯をむきだしにして、こう怒鳴り返したことだった。「いや、ラノック、あの娘を連れてきてもらいましょう。彼女の果たすべき務めはなにかを諭してもらいましょう。イングランド国教会の教区牧師に遣いをやりました。この証書を作成したいんです。聞こえますか？　自分の犯した罪は認めますよ、ええ。だけど、この国の法律をぼくは知ってる。彼女がぼくの子を身ごもっていることを知ってる。裁きの庭へこれを持ちこんで戦ってもいいですよ。永遠に。地獄が氷でおおわれるまで。ところで、ここはイングランドですよね、ラノック、神も見捨てたあなたの故郷の荒地ではなく。この国には法律というものがあるんです」

「ブラボー！」ドアのそばでだれかがゆっくりと喝采をあげた。「さすが、司法をかじった男の吐く台詞はちがうね」

ラノックがラトレッジの広い肩の向こうに目をやると、ガス・ワイデンがさりげなく片肘で扉によりかかって戸口に立っていた。「それはそうと、エリオット」ガスはぶっきらぼうに言った。「あなたの義理のいとこが今、階段を上がってくるところだけど、なんだかすごい顔をしてますよ、神の使命を帯びてやってきたというような」ガスはそこでラトレッジに目を向けた。「それと、友よ、もっと個人的な時間を過ごすときには、その恐ろしい顔をもとどおりの男前な顔に戻すことを、ぼくとしては切に期待したいね」

ラトレッジが答えるまえに、聖職者の黒い装いをした金髪の男がガスの背後に現われた。ガスがこわばった笑みを浮かべて戸口から部屋のなかへはいると、牧師のミスター・コール・アマーストも続いて部屋にはいった。メリノ織りの肩マントはまとったままで、ビーバーの毛皮の優雅な紳士帽を両手に持っていた。この長身の穏やかそうな紳士が、並はずれて威勢のいい若者、ロバート・ローランド卿の継父だとはとても信じられない。それ以上に信じがたいのは結婚を介して彼がラノックの親戚になったという事実だ。ミスター・アマーストは、そのふたつの事実を不幸とみなす人もいるだろうと思わせる雰囲気をたたえている。

ラノックは机のうしろから進みでた。「なんだ、コール、身内の人間までわたしの敵にまわらなくてはいけないのか？」彼は食ってかかった。「この身に背負えるだけの十字架を充分に背負っているはずだが？」

教区牧師は微笑んだ。「神はわれわれが背負える以上のものはお与えにはならないよ、エリオット」と静かに言った。「ほんの少しの忍耐のために祈りを捧げれば、きみの重荷のすべてが軽くなったように思えるはずだ」

「忍耐だと？」ラノックはこめかみの血管が今にも破れそうな気がした。

教区牧師の目が輝いた。彼はラトレッジを見て、語りはじめた。「わたしはきみの一件を主教に取りなした。今度はきみが、侯爵とわたしがふたりで話す許可を与えてほしい」

歳の若いふたりが部屋から出ていくと、アマーストはラノックの机に帽子を置いた。「ベントリーの主張はほんとうなんだね？」乗馬用の手袋を脱ぎ、帽子とともに机に投げながら、ラノックに尋ねた。

「ほんとうだ、いまいましいことに」ラノックは椅子に倒れこんで、コーヒーが用意されているテーブルに向かって曖昧な手振りをした。「自分で淹《い》れてくれ」

教区牧師はその場を動かなかった。「彼女は彼の子を身ごもっているんだね?」

ラノックはひきつった顔でうなずいた。「それを愚かにもあいつに告げたとは信じられんがね」

「それでも、きみは彼女をほかの男と結婚させようとしているのか?」アマーストはいかめしい声で尋ねた。「エリオット、それはほんとうに賢明なことなんだろうか?」

ラノックは片手で乱暴に髪を梳《す》き、「策略だったのさ」と認めた。「フレディーはラトレッジと結婚する意思はないの一点張りだった。わたしとて、あんな男に一生縛りつけられるフレディーを見るのは忍びない。なにか口実をもうけて彼女をこの地から遠ざけるよりほかに、なにができたというんだ? フレディーは幼いころからよくできた子だった。わたしは娘も同然に彼女を愛している」

アマーストはティーテーブルのほうへ移動し、自分でコーヒーをカップについだ。「でも、ラトレッジの言い分ももっともだと思うんだけどね、エリオット」彼は椅子に戻った。「教会から見れば、ふたりは結婚するべきだ。ラトレッジはさっきの脅しを実行に移して、この一件を宗教裁判にかけるかもしれない。もちろん成果があるとは思えないが、ゆゆしき事態となるよ。ただし、非常に不愉快な事柄に関して、きみがラトレッジを告訴したいと考えるなら——わたしがなにを言おうとしているかわかるだろうが——そして、この問題が法律に照らして裁かれることを願うなら、法廷で彼を完膚《かんぷ》なきまでに打ち負かすという方法もある。ただ、それにはフレデリカの協力が必要だ。彼女に彼を非難させなければならない。単純に非難できるとは思えない事柄について」

ラノックはコーヒーを飲み干したカップを長いこと見つめていた。フレデリカは今回の忌まわしい出来事について自分にも責任があることを否定しなかった。ラノックは彼女の純朴さをいくぶん誇張しすぎていた。なにもかもラトレッジひとりが悪いのだと彼は思いたかった。だが、いまいましいことに、そんな単純な話ではなかった。「きみの考えはよくわかった」ラノックは不満げに言った。「だが、ラトレッジは放蕩者だ。ならず者なんだ」

「エリオット、おいおい、エリオット！」教区牧師はコーヒーをゆっくりとかきまわしながら、つぶやいた。「若いころから世間の期待をしのぐほど人間ができているなんて、そんな男はどこにもいないよ。それぐらいきみだってわかっているだろう。それに、ラトレッジはもう若くないし、わたしはやはりあの男がかなり好きだと気づいたんだ」

ラノックはうめいた。「ほんとうか？」

アマーストは気弱な笑みを口もとに浮かべた。「ああ。それにフレデリカもある程度は彼を好いているんだよ、エリオット。そうでなければ、ああいうことをするわけがない。人間の本質はきみこそよくわかっているはずだろう？」

「まあ、そうだが」ラノックはつぶやいた。「教えてくれ、きみはラトレッジについてなにを知っているんだ？」

教区牧師は一瞬、黙りこんだ。「少しまえの話になるが」ようやく彼は口を開いた。「彼に大きな恩義を受けたことがあってね。事の顚末《てんまつ》に派手な脚色をした話がお望みなら、家内から聞いてくれ」

そういえば、スキャンダルとなる寸前で食い止められた噂の残り香《が》をラノックも嗅ぎつけたことがあった。「若いロバートの不祥事か？」

アマーストはうなずいた。「ラトレッジはみんなの予想に反して、忠実な友であることを一度ならず証明してみせた。ロバートがそうした友情にほとんど値しなかったときでも。そのことは、エリオット、男の成熟を測る尺度のひとつにならないだろうか」

ラノックは羽根ペンの一本を指のあいだでもてあそびはじめた。「ラトレッジがフレディーのよい夫になると思うのか？」

教区牧師はふたたび微笑んで答えた。「それは神のみぞ知る。だが、エラスムス（オランダの人文学者・神学者）がこう言ったのを思い出すといい、エリオット、よく知る悪魔は見知らぬ悪魔よりはましだ、とね。もし、ラトレッジと結婚しなければ、彼女の将来はどうなる？」

ラノックは空のカップを脇へ押しやった。「わからんよ」

「そこがわれわれ人間の悩ましきところだな！」アマーストも自分のカップを脇へのけた。

「この世界で生きるのは難しいね、エリオット。その困難な世界から我が子をつねに守ることはできない。少なくともラトレッジは良家の出だ。彼の兄のトレイハーン卿はよき友人だとわたしは認めている。かりに——あえて仮定の話をすると——ラトレッジのフレデリカに対する愛情が適切なものでないとしても、あの家族なら大丈夫だと考えていいだろう。そういうわけで、わたしはポケットには祈禱書を携《たずさ》え、ベントリー・ラトレッジには信頼を置いているんだ。どう思う、エリオット？」

ラノックはしばらくうんともすんとも言わなかった。それから侯爵は、自信に裏付けされた、やや尊大な貴族の即断をくだすと、椅子からがばっと立った。「ここで待っていてくれ」彼は肩越しに振り返ってアマーストに言った。「妻にも一応訊いてみないとな」

結局、アマーストはラノック卿を説き伏せ、ラノック卿の妻もアマーストの見識に従った。しかしながら、レディ・ラノックは条件をつけた——それも大きな条件を。結婚を決めるのはあくまでもフレデリカでなくてはいけないというのだ。ラノック夫妻はすでにフレデリカにひとつの約束をしたのだから、今になってこちらから破るのはフェアではないと。

そこで侯爵は彼のよく知る悪魔にもう一度会い、癇癪を起こさぬよう心して、男として精いっぱい、ラトレッジにフレデリカの気持ちを説明した。つぎに、ラノックと妻は音楽室にいるフレディーを見つけ、自分たちの心変わりを告げた。若き淑女は喜ばなかった。それでも半時間後、ベントリーは音楽室がどこにあるかを教区牧師に教えられ、背中を叩く励ましを受けていた。

部屋にはいると、フレディーはピアノのまえに座り、重苦しいメロディーを指一本で弾いていた。身ごもっている女には見えない。彼女はやはり――そう、フレディーらしかった。優美にねじって結い上げた漆黒の髪。それに眉。あの魅惑的な美しい眉。今、椅子から立ちながら、その眉を上げてみせた。上品でエキゾチックな雰囲気をまとった美しさに彼は見とれた。

「おはよう、フレデリカ」毅然として、その言葉を発した。ここまでは上出来だ。

膝をちょっと折る堅苦しいお辞儀にフレディーの緊張が伝わってくる。「今日はお運びいただいてありがとうございます、ラトレッジ」と、冷ややかな挨拶から始めた。「エリオットがわたしの立場をはっきりお示《しめ》しできなかったようで申し訳ありません」

なるほど、彼女はどこまでも白《しら》を切るつもりなんだな。「きみの立場?」ベントリーは首を傾げて尋ねた。

フレデリカはさっと部屋を横切って彼に近づいた。「ご親切な申し出をいただきましたが、その必要はないということです」

「ぼくは必要あると言ってるんだ」ベントリーは挑むように言った。「フレディー、きみはぼくの子を身ごもってるんだぞ」

彼女はかすかに微笑んだ。「ええ、それはよくわかっているわ。今日も午前中の大半を吐いて過ごしたから――ああ、でもそんなことは気になさらないで」

ベントリーは一瞬不安を感じた。「フレディー、具合が悪いのか？」と、彼女の肘の下に手を差し入れて訊く。「医者を呼ぼうか？」

フレデリカはまたも微笑んだ。皮肉めかして唇をゆがめるあの微笑み。彼はそれがだんだん恐ろしく思えてきた。「ありがとう。でも、必要ないわ」彼女はふたたび彼から離れた。「結婚も必要ないし、医者も必要ありません。あなたには理解できないかもしれないけれど、わたしの故国では庶子であることはたいした汚点ではないの。だから、今の内戦が終わってくれれば――」

彼女の口ぶりに感じられるなにかがベントリーに口を挟ませた。「いや、ちがう、フレディー」彼は片手の掌を上げた。「そのことはラノックからもう聞いたから、蒸し返すのはよそう。きみはフランダースへは行かない。ポルトガルへも帰らない。いもしない婚約者と結婚することもない。以上が今のきみのやるべきことだと思う」

フレデリカの目が怒りで見開かれた。「あなたはまだわたしの主人ではないでしょう、ラトレッジ」

ベントリーは頭に血がのぼるのを感じた。説得はもはやここまでだ。「ラノックはぼくの立場もはっきり示さなかったのかもしれないね、フレディー」彼は憤《いきどお》りをなんとかこらえて言った。「だが、あいにくとここがきみの国で、その子はぼくの子だ。もし、ほんの一瞬、つま先一本でもイングランドの土から踏みだそうなどと考えたら、その瞬間に、不愉快な現実を知らされて愕然とすることになるぞ」

フレデリカの全身が硬直した。「言わせてもらうけど、もうしたわ！　それは脅し？」青いシルクのモーニングドレスの下で、彼女の肩が怒りに震えているのがわかった。

「その子はぼくの子だ、フレデリカ」ベントリーはきっぱりと言った。「そして、ぼくはその子の面倒を見るつもりだ。ぼくのやりかたを邪魔しようなんて考えるなよ」

フレデリカの黒い瞳が揶揄《やゆ》の光を帯びた。「あなたの子！　あなたのやりかた！」と、吐き捨てるように言った。「わたしがこの子の幸せを考えていないといわんばかりね。いいこと、ラトレッジ、親がいることの大切さをわたしは知りすぎるほど知ってるのよ。庇護されることの大切さもね。そういう高飛車な態度を取るのは、かつてのわたしがそうだったような、大切なものをなにひとつもたない子のことを考えてからにして」

ベントリーはフレデリカの目から視線をはずし、音楽室の奥のほうをうつろに見つめた。そのとおりだ。彼女はぼくよりもっと知り抜いているのだろう。彼女は若くて今は感情的になっているが、一筋縄ではいかない。フレデリカは孤児だった。そして、ベントリーは浅はかにもはじめての子を――彼とメアリのあいだにできた娘を――孤児にした。そして、彼の短慮のためにブリジットはこの世を去ったのだ。しかし、この子はちがう。この子が生まれてくることを彼は知っている。同じ罪を二度犯すつもりはなかった。ところがフレデリカは、夫に必要な資質という点から、ベントリーは最低よりもなお下のレベルだと信じているらしかった。しかも彼自身、それがまちがった考えだとは言いきれないのだ。

ベントリーは窓辺に近づくと、両手を背中できつく組んで、色のない霧に目を凝らした。フレデリカの言葉が部屋に暗い幕を張り、彼の希望と夢をおおい隠していた。彼の怯えと不安さえも。結局はまたこういうことになってしまったのだから。お腹の子。なにをおいても重視されるべきは結婚だ。

ベントリーは窓辺を離れて彼女のそばへ戻った。フレデリカはまだピアノ椅子に座って、肩を落としていた。ベントリーは彼女の足もとにひざまずき、両手を自分の手で包んだ。

「ああ、フレディー」手を強く握りしめて言った。「ぼくたちはこの状況をうまく活用するべきなんだよ。きみとぼくのあいだには強い情熱がある、きっと、それ以上のものを築くことができるはずだ。試してみようとは思わないかい？　ぼくが簡単にこんなことを言ってると思うかい？」

「だめよ」フレデリカは哀しげに言った。「妻という荷物をしょいこむことは、あなたの考える喜びや愉しみとは全然ちがう。あなたのような男は妻の存在を望まないのよ。子どもだって望んでるとは思えない」

ベントリーはまえかがみになって彼女の頬にそっとキスをした。「で、きみのような娘はぼくのような夫を望まないんだろ、フレディー」彼は囁いた。「ぼくがそのことに気づいていないと思ってるのか？　でも、ぼくたちはやっていけるさ。喜びや愉しみについては、あえてこう言おう、この結婚にそれを見いだせるかどうかは自分たち次第だと」

思いがけないキスのせいで、フレデリカの目は見開かれていた。「あなたはわたしの罠に掛かったと思ってるのよね」と、痛々しい声で言った。「でもね、ベントリー、わたしはなにも——こんな結果になるなんて考えなかったのよ。子どもができるなんて思いもしなかった！」

ベントリーはフレデリカを立たせ、細い肩に片手を置いた。「悪いのはぼくだ、フレディー。ああいった形で——いや、ぼくに……準備ができていなかったということだ」

フレディーの顔が困惑にゆがんだ。「ええ？　じゃあ、わたしはできてると思うの？」

ベントリーはふと彼女の言葉を聞き逃した。「なにができてるって？」

「準備が」

ベントリーは思わず微笑んで首を横に振った。その点を今ここではっきりさせておいたほうがいい。「フレディー、可愛い人、そういう意味の準備じゃないんだ。わからないかな、毎回、まあ、それをするたびに——」

「それを——？」

「セックスを」彼はその言葉を絞りだした。「毎回——そう、それをおこなうたびに、子どもができる危険があるわけさ」

フレデリカはぽかんとした顔で彼を見た。それから、馬鹿にしたような笑いの発作に陥った。「いやだ、ラトレッジ！　そんなことを言ったら、たぶんあなたはもう、クリケットの一チームぶんの子の父親になってるはずよ」

ベントリーは自分の顎がひきつるのを感じた。「フレディー、そんなことはきみの知ったことじゃ――」言いかけてすぐに、はっとした。自分は嘘をつこうとしている。悪態までも。知ったことどころか、彼の問題はほとんどにおいて彼女の問題でもあるのだ。あと数時間でそうなるのだ。「この子と」膨らみのまったくないフレデリカの腹を指差して、ようやく言った。「ふたりだけだ。こうなっていなかったとしても、ぼくは名誉にかけてきみと結婚することになるんだ」

フレデリカは繊細な顎をつんと上げて立ち上がった。「紳士の名誉にかけてというわけね、そうでしょ？」

ベントリーは笑みを浮かべようとした。「そのとおり」

フレデリカはエキゾチックな眉を目いっぱい吊り上げ、奇妙な視線を投げると、部屋のなかを歩きまわりはじめた。年季を積んだ賭博師のベントリーには、不利な手札を持つ相手が懸命に抜け道を探っていれば、すぐにそれとわかる。だが、どうして自分もそうしようとしないのか？　なぜにこうも易々と、家庭生活という名の断頭台へ向かう階段を昇ろうとしているのか？　メアリに対して犯した罪がそうさせているのだと、彼は自分に言い聞かせた。彼女とのあいだにできた子を死なせ、恐ろしい結果を招いてしまったからだと。同じ過ちを二度くり返そうとは思わない。

が、それができないのだとしたら？　どっちにしても失敗するのだとしたら？　罠に掛かるのだろう。またしても。おまけに今回はもうひとりを巻き添えにして。身に馴染んだ恐慌の兆しで胸が締めつけられ、両手が汗ばみはじめた。よせ、まだだ。今はだめだ。しかし、部屋の空気が全部吸い取られたような気がする。

いくつもの疑問が彼を苦しめた。この自分が堅実な夫になれるだろうか？　頼りがいのある父親に？　彼女を絶対に捨てないと約束できるのか？　ベントリーは片手をピアノに置いて体を支え、荒い呼吸を強引に鎮めた。

この結婚を最初に考えたとき、そのことで多少不自由になるだけだと自分に言い聞かせた。本質的にはなにも変わらないのだと。が、今すべてが変わろうとしている。それができないならフレディーは受け入れてくれないだろう。互いの肉体的な魅力はわかっている。今こうして彼女を見ているだけでも、体の奥深くが疼くのを感じる。しかし、それが果たして持続するのか不安だった。フレデリカには少なくともそれ以上の価値があるにせよ。

フレデリカが向きを変えて窓のほうへ歩きだすと、ベントリーは彼女の愛らしい顔をさまざまな角度から観察した。そこで、彼女と結婚したら、これまでどんな個人的な関係を結ぼうとも、つねに自分の支えとなっていたものを捨てることになるのだと気づいて愕然とした。相手があまりになれなれしくしすぎたら、あまりに無理な要求をしてきたら、あまりに……

なんであれ、それを不快と感じたら、飛びだす自由——部屋からであれ、国からであれ、だれかの人生からであれ、飛びだす自由を。だれも、姉のキャサリンですら彼を支配することはなかった。無理やり命令に従わせることはだれにもできないのだ。いじめたり脅したり辱《はずかし》めたりすることで、彼の愛や服従や、どんな感情をも強いることはだれにもできない。そんな生きかたを二度とするつもりはなかった。断じて。そう誓ったのだ。自由と引き替えに払った代償が、少なからぬ孤立をよしとする暮らしであっても、そこでの苦痛が耐えがたいものだったとはいえない。

しかし、フレデリカにその苦痛を味わわせてよいものか？

彼女はついに歩くのをやめ、こちらを向いた。細い肩をぐっとそらして、「わたしたち、最後はお互いを憎むようになるわ」と言った。

だが、ほんとうは〝最後はあなたを憎むようになる〟と言いたかったのだろう。「いや、そうはならない」ベントリーはきっぱりと言った。「そんなことになってはいけないんだ。ぼくたちには子どもに対する責任がある」

フレデリカは彼の心が読めるかのように、哀しみに満ちた静かな声で言った。「ああ、ベントリー。あなたを頼りにしていいの？　ほんとうにそれでいいの？」

あまりに真摯《しんし》な問いかけだったため、胸の奥にある疑念がまたもベントリーを締めつけた。彼は不安に追い立てられるままに彼女に向かい、強いられるままに彼女の手を取った。「だったら、一年だけ」とっさにそう言った。「とにかく結婚して一年間、自分たちに猶予を与えよう。その一年でお互いにどういうふうになるか確かめるんだ」

「一年？」フレデリカは怯えた声で訊き返した。

ベントリーは深く息を吸った。「わかった、半年にしよう」となんとか言う。「半年試してみるんだ。半年経って、うまくいかなければ——お互いを苦しめていたら——そのときは別居しよう。別れて暮らしても、ぼくが子どもに会うことはできるはずだ。つつがなく暮らしてるどうかを知る必要がぼくにはあるからね、フレディー、遠くへは行かないと約束してくれ。家も召使いも用意するし、教育とか持参金とか子どもに必要なものはなんでも提供するから」

「ベントリー、子どもを育てるのに必要なのはそういう種類のものだけじゃないのよ！」

ベントリーはこれを誤解した。「いいだろう、それじゃ家計費として年に五千ポンド渡すよ」

「五千ポンド？」ベントリーの頭に角が生えたとでもいう顔でフレデリカは彼を見た。しまった！　フレデリカが欲深だとは夢にも思っていない。しかし、そうはいっても、未婚で子を身ごもった女の恐怖がわかるわけがないではないか。

「では、一万」彼は優しく言った。

「ええ」彼女はぴしゃりと言った。「それであなたがいいのなら」

「一万五千でもいいんだよ?」彼は慌ててつけ加えた。「いくらでも必要なだけ渡す。だってそうだろう、ぼくがきみと結婚するということは、ぼくの財産はきみの財産でもあるんだから。でも、努力すると約束してくれ、フレディー。ぼくもくそがつくほど――いや、最大限――努力するつもりだから。いい夫になれるように」

フレディーの顔がくしゃくしゃになった。「ベントリー!」目をいっぱいに見開き、容易には信じないという表情でベントリーを見つめた。「ひどい……ひどすぎるわ。あなたはお金と別居の話ばかりしてる。ああ、神さま、わたしたち、どうしてこんな過ちを犯してしまったのかしら」

ベントリーは肩をすくめ、両手を広げた。ちくしょう、肩の荷を降ろしたがっている者がここにいる。「いいかい、フレディー」彼はさりげなく腰でピアノにもたれながら、皮肉っぽく言った。「ぼくのほうは、ほろ酔い気分だったし、きみはきみで――」なぜだか嫌みなほど気取った笑みを浮かべてみせた。「まあ、ぼくは自分が完全に無抵抗状態だったと思いたいところだけど。でも、教えてくれよ、あれはなんだったんだい?」

あとになってベントリーは、なぜこんな馬鹿げた質問で彼女をからかったのか、自分でも理解に苦しんだ。そうすればフレディーが告白してくれるかもしれないと思ったのだろうか。彼に対して、生まれてはじめて一方的な情熱のようなものを感じたのだと。いや、無用のならず者とされている男に対して。

フレディーは深呼吸を一回すると、女生徒のように胸のまえで両手を組み合わせ、真正面から彼を見据えた。「そんなの、わからないわ！　あのときはすごく——すごく傷ついてたの。怒ってたし。だから、きっと——」そこで言葉を切り、雑念を払おうとでもするように頭を振った。「そう、きっと、ジョニーに仕返しをしたかったのね。彼を罰してやりたかったのよ」

ベントリーは信じがたいという目で彼女を見つめた。「ジョニーに仕返しをするため？」

フレディーの唇が震えた。「わかるでしょ、わ、わたしを捨てたことを後悔させてやりたかったの」

怒りと痛みが新たにこみ上げた。「きみは腹いせにぼくと寝ようとしたのか？」

フレデリカは悪びれるでもなく床に目を落とした。「ひとつにはそうね」と囁き声で言う。「それに、どういう感じになるのか知りたい気持ちもあったわ。つまり、それをすると。あなたは達人だとウィニーが言うのを聞いたことがあったし」

「こいつはたまげた、ぶったまげたね！」ベントリーは毒づき、ピアノを乱暴に押して体を離した。フレディーはぼくに魅力を感じてさえいなかったのだ！　べつの男を悩ませたいだけだったのだ！　その事実は予想もつかぬほど強い痛みをもたらし、数知れぬ苦い記憶を呼び起こした。ベントリーはまたしても冷静さを失った。

「ひとつ言わせてくれ、フレデリカ」彼は恐ろしい声で言うと、くるっと振り向いて彼女を見た。「ぼくは利用され、酷使されたあげく、若かりしころの悪ふざけの数々を非難されているわけだ。しかし、神にかけて言うが、だれかさんの復讐のファックに利用されるのはごめんだよ。ジョニーの家に立ち寄って、お茶を飲みながらそのことを彼に告げ口するつもりはないがね。誓って言おう、フレディー、もう一度あんな手を使ったら、そのケツをこの手の甲で腫れあがるまでひっぱたいてやる」

フレディーはつま先で一インチほど伸び上がり、びっくりしたように両の眉を上げた。それから、小作りで小生意気な鼻の先から下目遣いに彼を見た。「あなたが結婚を試すのを見せていただくわ」歯の隙間からそう言った。「ラノックがあなたの頭を大皿に載せることになりそうね――わたしとあなたの関係が終わったときに、お皿になにも残っていなければ。それと、一応お知らせしておくけど、あなたの言葉遣いは無礼千万よ」

ベントリーはフレデリカの肩をつかみ、小生意気で小作りな鼻を自分の顔すれすれまで引き寄せた。「ダーリン」と凄みのある声で言った。「きみのロマンチックな夢を打ち砕く下衆《げす》野郎にはなりたくないが、ぼくの存在のほとんどすべてが無礼千万なのでね。だから、きみもそれに慣れたほうがいいよ」

フレデリカは眉山をもうひと目盛り上げ、口を開いたが、すぐに顔をくしゃくしゃに崩して泣きだした。

ベントリーは驚いて口をあんぐりと開け、彼女を見つめた。うう、ちくしょう！　心のなかで叫んだ。とうとうやってしまった。彼は彼女の肩を放し、両手を自分の髪にもぐらせた。「ああ、フレディー、泣かないでくれ！」と懇願した。「頼むよ。頼むからそれだけは勘弁してくれ。きみに泣かれるのは耐えられないんだよ」

するど、どうしたことか、ひどく唐突にフレディーは彼の腕に収まり、折り襟でまた鼻をすすった。そもそもこのごたごたに彼を巻きこんだきっかけはこれだった。ベントリーは女に泣かれるのが怖かった——心底恐ろしいのだ。そういう事態が発生したときに彼が講じる解決法は、逃げるか、宝石を買い与えるか、考えなしに相手の女を押し倒すか、そのいずれかだ。フレディーが妊娠したのも無理はない。こんなふうでは問題が片づくまえに、ほんとうにクリケットのチームがひとつできあがってしまうかもしれない。もし、彼女とずっと一緒に暮らすのであれば。

「どうしようもないの！」フレデリカはベントリーの上着の布に指を食いこませて、すすり泣いた。「どうにもならないの。一日じゅう調子が悪くて、むやみに笑ったり泣いたりしてしまうの。お腹はすくし、吐き気もするし。まるで——自分じゃなくなったみたい。赤ちゃんが生まれたら、ちゃんともとのようになるから大丈夫だとエヴィーは言うけど、そ、そんなふうに思えなくて」

ベントリーは頭のなかで新たなメモを取った。彼女を泣かせている理由を知らなくてはならない。二度とこんなふうに泣かせてはいけない。彼はそこでフレデリカの頭のてっぺんに口づけると、まだほっそりとしている腰に腕をまわした。「すまなかった、フレディー、謝るよ。ぼくたちがああなったわけはそんなに重要ではないと思う」

「でも、あなたの言いかたがものすごく怖くて」フレデリカは嗚咽をあげた。今は彼のクラヴァットに顔をうずめているので、声がくぐもっている。「わ、わたしは、あなたが言ったようなつもりじゃなかったのよ、ベントリー、そうじゃないの。わたしはただ――ただ――ああ、よくわからない……情けなくて、悔しくて、それに、あなたはすごくいい匂いがしたわ。あなたはいつもすごく優しいし」

優しい――？

よりにもよって。彼女はぼくが優しいと思っているのか？　ベントリーはフレディーが若い娘だということをすっかり忘れていた。彼は人に尊敬されるのが苦手だった。だれかのヒーローになるのは願い下げだ。その理由が今はたと思いあたった。

これは、靴が逆の足に収まるという諺どおり、立場の逆転がゆるやかに起こりつつあるということなのか？　しかも、その履き心地は悲惨なまでに窮屈でもある。ベントリーは今まで、向こう見ずな男という立場の贅沢を享受してきた。彼はつねに、正しいことではなく最悪のことをするために、そしてまた、まんまと逃げおおすために、頼りになる男だとされてきた。しょげた犬のような目つきと、完璧にかぎりなく近い性的魅力が彼の武器だった。万事順調だというふりがいつでもできる、そうでないのが一目瞭然なときにもそれができる男。

この力学が理解できないほど自己洞察に不足はないはずだ。

ところが、彼はほかのだれかになる方法を把握していない。家庭にはいった男のようには。以前のキャムはいつでもそれを進んでやっているように——目に余るほどに——見えた。今は……いや、これは兄の家庭の問題ではないだろう？　ベントリーは傷ついたプライドと、フレディーに対する矛盾をはらんだ狂おしい感情と、みずからの過去の醜状をひとまず脇に置き、急に自分の将来像だけを考えはじめた。妻帯者となることを。その現実味が彼をおののかせた。ついに。ついにそれが現実になろうとしている。妻《めと》を娶り、子をもつということが。妻子の保護と幸福の責任を一身に引き受けることになるのだ。この身を納めた柩《ひつぎ》が彼らによって聖ミカエル教会の裏の暗い穴におろされるまで。もし、彼女とずっと一緒に暮らすのであれば。

またしても、その恐ろしくも煩わしい仮定が頭に浮かぶ。

「ベントリー？」フレディーの声が遠くから聞こえた。「ベントリー？　大丈夫？」

ベントリーは彼女を見て、目をしばたたいた。フレディーは青白い顔をして疲れた様子だった。それにやはり、幼いと言ったほうがいいくらいに若い。ベントリーはなんとか微笑んで、フレディーも自分も落ち着かせるために、彼女をひしと抱き寄せ、うなじに顔をうずめた。驚いたのは、彼女が……どういうか……この恐怖と犠牲のすべてと引き替えにする価値が自分にあるかと感じているらしいことだった。「しっかりつかまるんだ、フレディー」彼は耳打ちした。「ふたりでこれを乗りきろう」

「いいわ」フレデリカはベントリーのクラヴァットに顔をうずめたままで言った。「やってみる」

ベントリーは彼女の頭のてっぺんにもう一度口づけをした。「いい子だ。じゃあ、おいで、階下へ降りて証書を作成しよう。牧師のミスター・アマーストが待ってる」

フレデリカはぱっと頭を起こした。「今――？」と、怯えた目をして、甲高い声で訊いた。「ベントリー、気でも狂ったの？　今、できるわけがないでしょう！　あなたは正装じゃないし、わたしを見てよ！　赤く泣き腫らした目で、鼻もピンク色、それに――そうよ、ウェディングケーキも、指輪も、ほかの衣装や飾りもなにひとつないのに！」

ベントリーは苛立ちを感じた。「フレディー、いいかい、きみは妊娠してるんだぞ！　あとどれだけ厄介をしょいこんだら気がすむんだ？」

フレデリカは昼寝をさせられようとしている甥っ子のアーマンドみたいに顔をしかめて口を尖らせた。

やれやれ！　ベントリーは心のなかで言った。結婚というやつはしち面倒臭い！「すまない、フレディー。泣かないでくれよ。じゃあ、明日、出直してこよう」

「明日？」フレデリカはすすりあげながら、ちょっとほっとしたような声になった。

「明日だ」ベントリーは疲れた声で応じた。「だけど、ダーリン、それで決まりだよ。明日までにきみの支度ができていなければ、ぼくは荷台のきみの頭越しにずだ袋をほうり投げて、グレトナ・グリーンまで連れていくからな（イングランドの駆け落ちカップルは当時、境界近くのスコットランドのこの村で結婚することが多かった）」

ベントリーはラノックが夫婦財産契約の草稿をしたためるのを待つと言って譲らず、さらに一時間、ストラス・ハウスの蔵書室で過ごした。はなはだ不本意ながらも、フレディーと交わした半年の約束は守るつもりだった。だから、その旨を文書にしておく必要があった。彼女に対してそれなりの誠意を示す必要が。ラノックの金が必要なわけではなかった。

別居の諸条件についてもフレデリカとのあいだで合意に達しているとベントリーが告げると、侯爵の眉がわずかに上がった。つぎに、ベントリーが提示する金銭的条件が彼の口から説明されると、ラノックは窒息するような小さな声を喉の奥から漏らした。しかし、フレデリカの多額の持参金を連合教区に生まれてくる子どもたちに配分するというベントリーの主張を聞くと、ラノックは文字どおりコーヒーを喉に詰まらせた。

じつに愉快な光景だとベントリーは思った。懐《ふところ》の極端な貧しさと豊かさを同じ月に味わうことが少なくない、無謀な賭博師たるベントリーは、金銭的にどちらの状態にあろうと憂慮することはほとんどないが、今、記憶にあるかぎりはじめて、現時点で自分は桁はずれの大金持ちだという事実に大きな誇りを感じた。で、つぎの瞬間には、今や自分はその財産を維持する義務を負っているのだと気づいて打ちのめされた。

心臓が喉に詰まりそうになりながら、ベントリーは来たときとほぼ変わらぬ性急さでストラス・ハウスをあとにし、ロンバード・ストリートへ直行した。彼はまさしく、文字どおり、極貧の大海で漂流している難破船だった。スタッダードに語ったときは冗談半分だったのだが、ある男が保険取引でついていない日には、保険引受人たちがその男の抽斗を取り上げ、おそらくはそいつの骨の髄まで搾り取るのだろう。ひとりの人間がとんでもなく高い利益を得ることはたしかにある。だが、それは完全な破滅と表裏一体のものだ。そのリスクは身震いするような興奮をもたらすが、もはや彼にはそうしたリスクを冒す余裕はなくなったのだ。最新の合意事項をスタッダードがまだ履行していなかったのは天の助け。五パーセントの利息がつく銀行へ未配分の資金を残らず預けろとスタッダードに言われると、ベントリーは先に作成した書類を嬉々として暖炉に投げこんだ。こうしてベントリーともっとも不誠実な愛人、〈ロイズ・オヴ・フォンドン〉との三年越しの情事は石炭の煙となって幕を閉じたのである。

スタッダードは満面の笑みでベントリーをオフィスのドアまで見送った。「投資癖の誤りに気づかれたようですね、ミスター・ラトレッジ」ベントリーの上着の袖のわずかな煤を払いながら声高に笑った。

「ご推察のとおりだ」ベントリーはいくぶんむっとして認めた。「つぎにぼくが味わうスリルはさいころ賭博《ハザード》だろうな。通風に苦しんで、フランネルで喉を巻いて温まる日も近そうだ」
遺憾だったが、だれしもそういうことはある。思いどおりにいかないことはだれにもある。自分の知る人生の形が変わろうとしているのだろう。そんなわけでベントリーの足はハンギング・スウォード・アレー《吊るし剣小路》へ向かい——今日一日の出来事を振り返ると、路地の名前の象徴的な意味に少しだけ気分を鎮められて——雰囲気がとくに気に入っている薄汚い小さなパブで、ウナギ・パイをむさぼり食い、蓋付きジョッキ一杯のエールを喉に流しこんだ。いくらか元気が出てきたので、ぶらぶらとストランド街へ足を伸ばした。

ケンブルが張りだし窓の内側の中途半端な位置にはまりこんで、琺瑯《ほうろう》の嗅ぎ煙草入れ一式を並べているところへ、ちょうど通りかかった。扉の鈴の音に気づいてケンブルは顔を上げたが、にわかに怪しむような目つきになった。

「またあなたですか！」ベントリーが店のなかにはいると彼は言った。「そんな哀れな子犬のような目で見ないでください。たった今、絨毯にお漏らしをしましたっていう目つきですよ」

「キャイン！」ベントリーは恥ずかしげもなくにんまりとした。「だが、事態は絨毯を汚すよりもだいぶ深刻だな、残念ながら」

ケンブルは白目を剝いた。「今度はなんです？」

「結婚式」

「いやはや！」ケンブルは尻を窓台からおろした。「いつ？」

「明日」ベントリーは扉によりかかって哀れっぽい表情をつくった。

ケンブルはため息をついて窓を閉め、小さな錠もおろした。「結婚式にふさわしいモーニングコートはお持ちなのですか？」と訊きながら、炉棚用の古い置き時計が趣向を凝らして重ねられたテーブルを足早にまわる。「いや、たしか、お持ちでなかったはず。場所はどこです？　まさか聖ジョージ教会だなんて言わないでくださいね。それだととても無理ですから」

教会？　ベントリーはそのことを一度も考えに入れなかった。フレデリカはウェディングケーキと指輪が欲しいと言っているのだから、式も教会で挙げたいということなのだろう。くそ。これは通常の一週間ぶんより多い仕事量だ。が、フレディーの柔らかな唇が震えるさまを思い出すと、すべての不都合が念頭から忘れ去られた。

「どこなんですか？」ケンブルはもう一度尋ね、奥の部屋に通じる緑色の垂れ幕を勢いよく左右に開いた。「思い出してください、ラトレッジ、人は場所に応じた服装をしなくてはいけないってことを！　行事の種類だけでなく」

ベントリーはいかにも繊細そうな置き時計から充分な距離を保ちつつ、歩調を合わせてケンブルのあとに続いた。「教会を確保することは考えていなかった」彼は正直に言った。「そうしたほうがいいだろうか？」

うね？」

ケンブルはくるっと振り返った。唖然として。「まさか、ご自分の結婚式ではないでしょ
ベントリーは笑みを浮かべようとした。「ぼくの幸せを願ってくれ、ケム」

だが、ケンブルはこれにには応じず、片手を額に押しあてた。「いやはや！」とつぶやいた。「わたくしは、不言実行の男、ベントリー・ラトレッジという重荷を背負わされたのでしょうか。無精でチャーミングな放蕩者だとばかり思っていたのに」

「そうだけど」ベントリーは懐かしむように言った。「状況は変わるのさ」

ケンブルは垂れ幕の向こうへ飛びこんだ。ベントリーも彼に倣って机のまえまで行った。ケンブルはペン立てからペンを取ると、メモを取りはじめた。「モーリスがまだあなたの型紙を残してくれていることを祈ります」さらさらとペンを動かしながら、ケンブルは鋏でちょきちょき切る真似をした。「セント・マーティン・イン・ザ・フィールズ教会の聖歌隊指揮者に便宜を図ってもらいましょう。今から広場をひとまわりしてこなくては。それと花！花も必要です——百合が手にはいるといいけれど。ああもう、ラトレッジ！あなたはわたくしを衣装の聖人にでもしようという気ですか！これを全部、今日のうちにできるなんてどうして思えるんです？」

「ああ、でも、きみは」ベントリーは恐ろしいほど静かな口調で答えた。「きっと見事にやってのけるよ、ケム。でも、ぼくは指輪を買うために立ち寄っただけなんだ」

9　トレイハーン卿、最悪の事態を憂慮する

結婚式の朝、フレデリカはお気に入りのブルーのドレスを脱ぎ、フレデリカとゾーイに付いているメイドのジェニーに手渡した。これがこの日最後に明確な考えのもとでおこなったことだった。それからあとは荷造りと抱擁と号泣と混沌が疾風のごとく飛びすさった。それでよかったのだ。ペースが落ちることをフレデリカは恐れていた。婚姻許可証に署名するまえに胸の不安が脳に追いつきはしまいかと怖かった。けれど、希望がないわけではない。そこから生まれた小さな炎が今、胸のなかで燃えている。

フレデリカは眠れぬ一夜を明かしていた。でも、驚いたことに疑念に攻め立てられるようなことはほとんどなかった。眠れなかったのは、ひとつには希望が芽生えたから、もうひとつは結婚後のことを考えだしたからだ。もちろん、彼は理想の夫ではない。でも、理想の愛人なのはたしかだった。

「よく知る悪魔のほうがいい。たぶんな」エリオットはフレデリカの鼻の頭にそっとキスをしながら、ため息をついた。

少なくともフレデリカが産む子は、彼女の切なる願いだったものを持つことになる。古き良きイングランドの姓と、幾世代も続く嫡出の血筋を。そして、自分から告白するはずもなかったが、心の片隅でもうひとつの希望を抱きはじめているのがちょっぴり不安でもあった。それはどうせ叶わないとわかっている希望だ。とはいえ、彼女がよく知っていると思っていたベントリー・ラトレッジは、昨日結婚の申し込みをした男性とはかならずしも一致しなかった。

ゾーイは朝早くから何時間もフレデリカの寝室でなにをするでもなく過ごした。まもなくフレデリカの夫となる人には今まで見過ごされてきた優れた特質があるように思われた。だから、毎度のつわりの症状からフレデリカの気をそらすために、彼女の夫の長所をいそいそと並べ立てた。聡明な頭脳と鋭い機転とチャーミングな個性もさることながら、彼は優しい心と非の打ち所のない歯並びと自然にカールしたふさふさの黒髪の持ち主であると。それから、口もとに浮かべる気後れのない笑み。微笑むと左の頬にえくぼができる。それに、あの目！　あの目にはなんだかうっとりするような翳《かげ》りがある——ゾーイによれば、彼の目の色は濃い緑に縁取られた暗い茶色だった。

しかし、ゾーイが彼の太腿のサイズに触れてため息をつくと、フレデリカは床に置かれた壺を彼女のほうへ押しやり、こう言ってやった。だったら、自分が彼と結婚すれば？　そうしたらココアをげえげえ吐くのはあなたの番よ。ゾーイはけらけら笑って、じゃあジェニーを連れ戻す、と脅しをかけた。ジェニーはフレデリカのたっての頼みに屈して、ベントリーの家族に会いにいくグロスターシャーへの旅に同行してくれることになったのだ。

　ほどなく場面は教会へ移った。簡素ながらも、フレデリカが息を呑むほど優雅な結婚式が今まさに執りおこなわれている。セント・マーティン・イン・ザ・フィールズ教会は当世風というのではないけれども、ロンドンではもっとも美しい教会のひとつで、この結婚式のために千本の蠟燭が灯され、白百合を活《い》けた花瓶が縁取りのように飾られていた。花瓶のひとつひとつに金色のサテンのリボンが結んである。こんなに素敵な結婚式をベントリーが手配してくれたことに、フレデリカは深い感動を覚えた。

　牧師のミスター・アマーストが登場した。ゆったりとした祭服をまとうと別人のように見える。つぎにフレディーが気づいたのは、自分の膝ががくがくしていることだった。ベントリー・ラトレッジが、重みのある温かい金色の塊を彼女の掌に滑りこませ、彼女が大好きなかすれた囁き声で永遠の愛を誓っている。そのあとは、頬にくり返しキスを受けたこと、片手を握られて力強く上下に振られたこと、そして、教会の階段の上に夫と並び立ったことをうっすらと覚えているだけだ。

　しかし、長々と神妙にしているような人間でないベントリーは、いっときでも軽挙に出ずにはいられなかった。会衆席から完全に人がいなくなり、花婿と花嫁の幸福を祈る人々がそぞろ歩きで離れていくと、にやりと笑って彼女の腰をさっとつかまえ、さらに教会の庭の真んなかでもう一度キスをしながら彼女の体をぐるんぐるんと何回もまわした。ボクシング・デイにやったのと同じように。その瞬間、まったく思いがけず、フレデリカは胸のなかで幸福感が跳ねるのがわかった。ベントリーに触れていると純粋な喜びの感覚があったし、彼の顔に浮かんでいる表情は自分の意に反して祭壇へ向かった男のものではなかった。

地面におろされると、フレデリカは息をついて彼の手につかまり、彼の指にはめられた印章指輪を見つめた。「ファーストネームがランドルフだって、なぜ教えてくれなかったの？」幸せいっぱいに笑いながら、フレデリカは訊いた。

式のあいだ、そちらの名前のほうが心強く、ずっと安定感があると感じていた。フレデリカはランドルフ・ベンサム・ラトレッジの令夫人となったのだ。慎み深く生真面目な感じの長たらしいその名前は、自分が本来望んでいた安全で退屈で平凡な暮らしを思い起こさせるとふと思ったが、教会の庭で彼女にキスをして、ぐるぐるまわしたベントリーはいつものベントリーだった。友達。愛人。そして今は夫。そう思うと急に、とてつもなくうれしさがこみ上げた。

もっとも、その幸せを嚙みしめる時間はほとんどなかった。エリオットの元従者のミスター・ケンブルは流れるような美しいお辞儀をすると、彼女の手に優雅このうえないキスをし、彼女が結婚したイングランド男がいかに立派な紳士であるかを、ゾーイよりははるかに詩的な調子で語りはじめた。そのあとフレデリカは、馬車のなかにすばらしい結婚祝いの贈り物を見つけた。ロココ様式、アンティーク・シルバー製の十客組のティーセットを。〃G・J・ケンブルの深酒の特効薬〃と、流麗なカッパープレート書体で書かれた象牙色の厚い封筒が添えられ、ひどい二日酔いに効くお茶のレシピらしきものがなかにはいっていた。それがフレデリカを現実に立ち返らせた。

そうだ、これは空想の結婚式ではなかったのだ。ここにあるのは結婚という契約。もしかしたら、ずっと思い描いていた少女らしい夢とはかけ離れた現実がここにあるのだろうか？ そんなことを考えながら、結婚披露の会食のためにストラス・ハウスへ戻ったが、料理を口に運んでも糊を食べているように味気なかった。この家を出て、この家族と離れるのだと考えると、少しずつ怖くなってきた。でも、ここでもまたみんなから祝ってもらって、今さら出発しないわけにはいかない。午後のなかごろ、トレイハーン伯爵の紋章《クレスト》がついた艶やかな黒塗りの大型四輪馬車に押しこまれ、ストラス・ハウスを出立した。故国ポルトガルを離れてからのフレデリカが知る唯一の家族からの旅立ちだった。

彼女の夫は馬車の横で見事な鹿毛《かげ》の牝馬に乗っていた。馬車と並んだ馬は、まるで自分が花嫁であるかのような気取った足つきをして、ベントリーのどんな小さな声や動きも敏感に察知して耳をしきりに動かしていた。この跳ね馬が自分の最後の競争相手ではないのだろうとフレデリカは思った。実際、通り過ぎるどの村にも、どの交差路にも、久しく会わなかった親戚のようにベントリーと挨拶したがる人がいるようで、畑を耕している農夫や、洗濯物を取りこんでいる農家の女房までが、作業をやめて手を振ってきた。だれかが生垣の向こうから短い言葉をかけてくることもあった。ウォリングフォード付近には流浪《るろう》の民の一団もいて、どぎつい配色で塗りたてられた荷馬車から、黒い目の美女たちが五人も六人も身を乗りだし、彼の名を呼んだ。ベントリーはただ手を振り返して馬を進めた。

その日のうちにグロスターシャーへ着く見込みはないと早々にフレデリカは悟った。午後の空は曇り、月のない夜が近づいていた。リトル・ウィッテンハムの近くに宿を取ったのはそれからまもなくだった。ベントリーは帳場で礼儀をわきまえた夫の見本のようにふるまった。彼が自分には小さな一室を、フレデリカとジェニーには続き部屋をそつなく手配したときには、そこまでしなくてもと思った。それが夫たる者に求められる節度あるふるまいなのだろう。でも、彼にはこんなふうにふるまってほしくない。そのことに気づいてフレデリカは軽い戸惑いを覚えた。吐息をついて部屋の扉に錠を掛けると、すぐさまベッドに倒れこんだ。果たしてグロスターシャーに着くのだろうかと思いながら。

まだ肌寒い春の日の正午を少しまわったころ、トレイハーン伯爵キャムデン・ラトレッジがシャルコート・コートの広い玄関広間を歩いていると、轟くような馬の蹄の音が中庭に聞こえた。よほどの急用でだれかがやってきたのだろうか。と、蹴散らされた砂利がぱらぱらと窓にあたった。執事が玄関へ向かった。伯爵は手近な椅子のひとつに腰をおろし、緊急とおぼしき事態を待ちうけた。

重いワークブーツを履いた足をまえに伸ばし、ややまえかがみの姿勢で、ミルフォードが使者に支払いをして送り返すのを平静に見守った。

伯爵は夜明けのはるかまえに起床し、午前中は家令を筆頭とする使用人たちと過ごしていた。領地の自作農場に新しい穀物倉を建設中なのだ。石積みの作業だけでも二ヵ月以上かかり、その過程で伯爵は指を三本つぶしていた。今日は体はくたくただし、気分も苛立っている。いらいらが過ぎて、今ミルフォードが広間を横切って届けようとしている知らせに適切な対処ができそうもないと思うほどだった。というのも、執事の顔にもそう書いてあったので。

ミルフォードはこちらの心を萎えさせるようなため息をついた。「弟ぎみからでございます、旦那さま」

「あいつからか！」トレイハーンは爪がなくなった指で不器用に封を破った。中身を読んでも彼の気分はよくならなかった。

親愛なるキャム

やむなき事情によりモーティマー・ストリートから大型馬車を拝借した。明日帰る。ぼくもついに足枷をはめられた。花嫁はエセックスのミス・ダヴィレス。すごくきれいな娘だ。兄貴は彼女を知っているのかな。

変わらぬ僕《しもべ》にして弟、P・B・R

追伸　まるまる太った子牛を一頭殺してくれないか？　羽をむしって火傷させた雄鳥も一羽あるともっといい。

「なんと！」伯爵はがばっと椅子から立ち上がった。その目はまだ文面に釘付けだった。
「ヘリーン！　大変だ！　ベントリーは阿片をやっているようだ！」

翌日の午後早く、シャルコート・コートにラトレッジ夫妻が到着した。とたんに天地がひっくり返るような騒ぎとなった。ベントリーの家族が屋敷の玄関から砂利敷きの前庭へ飛びだし、大きく弧を描いた私道を玄関扉へ向かって馬車が進むあいだ、彼らがにこにこ笑いながら手を振ってくるのを見て、フレデリカは胸を撫でおろした。正式の家庭で育っていない彼女は、たとえ短期間でも見知らぬ人たちの家庭で暮らすのを心から望んでいるわけではなかったから。

淑女と紳士、三人の子どもたち、六人の召使い、それに毛を濡らした汚いスパニエル犬までが目をきょろきょろさせて見守るなかで、荷物がつぎつぎと馬車から降ろされた。トレイハーン卿は犬が飛びださぬよう押さえていた。赤ん坊を抱いているので両手はふさがっているのだけれど。レディ・トレイハーンはベントリーが馬から飛び降りるなり、駆け寄って抱擁した。だれもが申し分なく……ふつうであるのがわかってフレデリカはほっとした。ふつうどころか、それ以上だ。温かくて、堅苦しいところはまるでなくて。ふと、ベントリー・ラトレッジとの結婚がさほどひどい決断でもなかったと思えた。

ほどなくトレイハーン卿とその夫人からしっかりとした抱擁とキスを受け、つぎは伯爵夫妻の長女に引き渡された。レディ・アリアン・ラトレッジは十五歳ぐらいだろうか。ブルーの目のほっそりした少女で、ホワイトブロンドに近い豊かな金髪は、従姉のエヴィーを彷彿とさせた。温かみと茶目っ気のある笑顔はゾーイとよく似ている。フレデリカはホームシックが徐々に薄れていくのを感じた。

シャルコート・コートはけっして大きくはないが、歴史を感じさせる美しい屋敷だった。その名が示すとおり、壁をめぐらした庭のなかに館があり、その場所は古風な村を見おろす小高い丘だった。壁の向こうに、村の教会のノルマン様式のずんぐりした鐘楼が見えた。家のなかにはいるとそのまま細長い客間に通され、お茶とサンドウィッチの載った盆が運ばれてきた。レディ・アリアンは幼い弟や妹たち、ジェルヴェーとマデリンとベイビー・エミーがはしゃぎながら乳母と出ていったあとも部屋に残った。ベントリーが結婚に先んじて家族に伝言を送ってくれていたと知って、フレデリカは少なからず安心した。そういうことを彼が考えつくとは思わなかった。これでもまだ彼を信用できない？　なんのかんのいっても彼は急ごしらえで息を呑むほど素敵な結婚式を手配してくれたじゃないの。ただ、こうした温かい歓迎を受けても、自分たちの置かれている状況の現実的な厳しさがベントリーの家族の存在で打ち消されたわけではないことは、考えるまでもなくわかった。

トレイハーン卿は弟より少し細身で、人好きのする弟のまなざしを少し冷たくしたという印象の男性だった。こわばった笑みを一応は浮かべながらも、短い言葉しか発しなかった。それにひきかえ、レディ・トレイハーンは活気に満ちていた。根っからのフランス人でもあったが、フランス語訛りはかすかに残っている程度だ。彼女とベントリーとが穏やかな深い愛情で結ばれているのはすぐにわかった。アリアンがサンドウィッチを勧めてヘリーンがお茶をつぐなかで、五人の歓談は進んだ。早く暖かくなればいいのにとか、ロンドンから無事に着いてよかったとか。けれど、会話はやがてゆっくりと軋《きし》みながら、意味ありげに途切れた。儀礼的なありふれた話題が尽きてしまったときのつねとして。

「さて！」ヘリーンが上体を乗りだしてフレデリカのお茶をつぎ足しながら、明るく言った。「慎みはこの際、脇に置くとして、フレデリカ、あなたはわたしたちの俗っぽい興味を満足させてくれなくてはだめよ。あなたとベントリーはいつからお互いを知っていたの？」

フレデリカは差しだされたカップと受け皿を受け取った。わたしはいつからベントリーを知っていたのかしら？「たぶん、物心ついたときからずっとだと思います」フレデリカは正直に答えた。「彼とわたしのいとこのオーガスタスとは以前からの親友ですから」

ベントリーがチャタム・ロッジの自分たちの生活に出入りしていなかった時期や、彼がそばにいる愉しさを味わっていなかった時期の記憶がほとんどないと気づいて、自分でも驚いていた。ヘリーンは安心したような表情を浮かべて椅子に座りなおしたが、伯爵が不意に椅子から立ち上がった。「失礼、ご婦人がた」と、しゃちほこばって言った。「ベントリー、ちょっと書斎へ来てくれ。おまえの意見を早急に聞きたい不動産が一件あるんだ」

フレデリカは新婚の夫の顔に暗い影がよぎるのを見た。ベントリーはぎこちなく立ち上がり、「ああ、いいよ」と静かに言った。「ぼくの豊富な知恵を貸すのはいやだなんて考えちゃいけないだろうからね」兄弟は揃って客間の逆の端にある扉から出ていった。

「伯爵はこの結婚に不賛成でいらっしゃるのね」ドアが閉まるやいなや、フレデリカはつぶやいた。

ヘリーンはティーカップを置いた。「いいえ、ちがうわ！　びっくりしてるのよ。それだけよ。ベントリーからの知らせは寝耳に水だったから。だって彼が結婚を考えてるなんて思いもよらなかったんですもの。だけど、結婚してもちっとも不思議じゃない年齢よね。だから、みんな喜んでるのよ、フレデリカ。こんなうれしいことはないわ、あなたを家族に迎えられて」

「痛み入ります」

ヘリーンは突然、熱心に身を乗りだし、思いついたように言った。「ねえ、部屋に案内させて。今、続き部屋を改装してるんだけど、あなたが気に入るかどうか確かめたいの。ここは大きな家ではないけれど、あなたたちが住みやすいように直すことはできると思うわよ」
「ええ、もちろん」フレデリカは無理に笑顔をつくった。「ご親切にありがとうございます」

シャルコート・コートの書斎はベントリーの記憶にあるとおりだった。暗い色合いの板張りの広々とした部屋。奥行きのある張りだし窓に、どっしりとしたマホガニーの机、貸出図書館を埋めるに足る蔵書。そこに新たに加わったのは子猫たちだった。そのうち半数は母猫と一緒に炉床のそばで眠っている。その母猫のマーマレード色のブチ猫、マチルダが眠そうに薄目を開けてベントリーを見た。

残りの三匹の子猫たちは、短い不安定な肢で石炭バケツのまわりを、もこもこの毛皮の球《たま》さながら動きまわっており、キャムの机に置かれた『タイムズ』の上では、スフィンクスよろしく鎮座した彼らの祖母、ボアディケア（古代ブリトン人の女王の名）が目を光らせていた。ベントリーは本能的に暖炉のほうへ向かった。炉端に置かれた張りぐるみの袖椅子のひとつへ。心身ともにくたくたで、神経がとうにすり切れて麻痺しそうだったから、キャムの小言は座って聞くつもりだった――黙って聞いていられるたぐいのものならば。往々にしてそれができないのだが。
「察するに、おまえはあの気の毒な娘を犯したんだな？」早速キャムから決闘の手袋が投げられた。

「ほう、そう察するんだ?」ベントリーは両脚を伸ばして足首のところで交差させた。さも気まぐれなこのポーズは兄をいらつかせること請け合いだった。「それが兄さんの最有力の説なんですか、キャム? 強姦、略奪、誘拐は世のつねだからね。あるいは、ひょっとして、ぼくは金目当てに彼女と結婚したのかもしれないね」

兄の顔が気のせいか後悔の色を帯びたように見えた。「おまえに関して言えることはほかにいくらでもあるが、ベントリー、財産目当ての結婚をするということだけは考えられん」

キャムはぶっきらぼうに言った。「おまえは金に執着のない男だから」

「お褒めの言葉を頂戴するとは!」ベントリーは苦々しく応じた。「恭悦至極《きょうえつ》」

兄は片手の仕種で苛立ちを表わした。「わたしはただ力になりたいだけだ、ベントリー。この結婚にまつわる醜聞があるなら、今聞いておいたほうがいいだろう」

「兄さんの力を借りようとは思わない」ベントリーは驚くほど冷静な口ぶりを保った。「醜聞については、残念ながら少しはあるけれども。祝ってくれ、キャム。ぼくはまた父親になろうとしてるんだ」

兄の顔からわずかに血の気が退くのを、ベントリーは軽い満足感を覚えながら見守った。

「また?」とキャム。「おまえは父親になったことはないはずだ、ベントリー。どんな意味合いにおいても」

どういうわけか、ベントリーは自分で思っていたほどキャムの反応に怒りをかき立てられなかった。ひとつには疲れきっていたからだろうが、よちよち歩きの子猫の三毛がキャムのズボンをよじ登ろうとしているのも一因だった。もこもこの毛球がミャアミャア鳴きながら膝からぶら下がっている状態では、いけ好かない高圧的な男もそうは見えない。

「ああ、ほんとうの意味で父親になったことはないよ」兄が子猫をズボンから引き離して自分の顎の下に押しこむのを眺めながら、ベントリーは言った。「でも、それはほとんどぼくの落ち度じゃなかっただろ、キャム。情婦がぼくの娘を産んだと知ってれば、ぼくだってできるだけ彼女と子どもの面倒を見ただろう。だから、今回はできるかぎりのことをしようと思う。そういうわけだから、弟の幸せを願ってくれるよね、キャム？　それとも、無駄な小言を延々と言いつづけたいのかい？」

「わたしはおまえに対して幸せ以外のものを願ったことは一度もない」キャムはいかめしい口調で言った。「今もおまえだけでなく花嫁も幸せになるようにと願っている。彼女の幸せを自分の人生において優先させる心づもりがあると信じていいんだな？」

ベントリーはふんと鼻で笑って、朝に熾《おこ》した火が燃え尽きそうになっている火格子を見つめた。「彼女を不幸にしないよう心するよ。それが兄さんの言いたいことなら」

「そういう意味ではない」キャムは即答した。「しかし、それを聞いて安心した。彼女はとても育ちのいい淑女のようだし、すばらしい美貌の持ち主じゃないか。おまえは果報――」

「ぼくの妻の美点まで褒めてくださらなくて結構！」ベントリーは兄に最後まで言わせず、椅子から立ち上がった。「ぼくが果報者かどうかの判断も無用だ。どっちも言われるまでもなくわかりきったことだ。とにかく、彼女には干渉しないでほしい、聞こえてるかい？」

キャムはぱっと頭を起こし、「おまえが自分からこの家に花嫁を連れてきたんだろうが」と、冷たく険しい目をして言った。「フレデリカはもうわたしの妹だ。わたしが弟の妻にちょっかいを出すような男だとでもいうのか？　おまえにそんなことが言えるのか？　おまえに？　それは誤解だなどと弁解するなよ」

しかし、ベントリーの心臓は疾走を始めていた。部屋の温度が急に上がり、空気が薄くなった。いったい今のはどういう意味だ？　なにを言いたいんだ？　頭がまともに働かない。息ができない。この恐ろしい感覚を払拭しようするかのように、ベントリーは片手でやみくもに髪を梳いた。「キャム、そういうことを言ってるんじゃ――」ベントリーはしどろもどろになった。「つまり、ぼくが言おうとしたのは――う、くそ！　なにを言おうとしたかなんて知るもんか。結婚ってやつは男の頭を空っぽにするらしい」

キャムの目の冷たさがそろそろと後退しはじめた。「子猫たちを蹴飛ばさぬよう気をつけろよ」キャムはつぶやいた。「そうやって落ち着きなく部屋を歩きまわるつもりなら」

ベントリーはすでに窓辺へ向かいかけていた。たしかに落ち着きがなかった。いや、もっと悪い。キャムは深い意味でそう言ったわけではないだろうが、ベントリーはこの家にいるといつも気分が悪くなるのだ。シャルコートを離れていると、寄宿学校に上がった少年が故郷に焦がれるように、無性にここが懐かしく思えるときもあるくせに、いざ戻るとたちどころに落ち着きをなくし、不安になる。ベントリーはいつもなにかを待ち受けていた。実際には起こらないのに、すぐそばにあって今にも起こりそうなことを。まるで、雷雨のなかに立ち尽くして稲妻が走る予感に震えながら心では待っているように。

彼は部屋をさまよい、なんでもない骨董品のいくつかを手に取ったり、窓の外に目を凝らしたりした。わざわざトラブルを探しに馬車道をぶらつくのと似ていた。遠くの丘の南向きの斜面をアンガスじいさんと若い農夫のひとりが耕しているのが見える。灰褐色をした荒れた土壌をせっせと耕して、未来が詰まった黒褐色の土の山をこしらえている。この結婚にもあんな未来がわずかでもあるのだろうか？　自分の人生においても充分な時間を費やしてあんなふうに激しくかき混ぜれば、本物の幸福というやつを収穫できるのだろうか——カードを裏返して勝ち取ったのでも他人の金を操って儲けるのでもなく、公明正大な手段で幸福が手に入れられるのか。

結婚式の悩みがひとまず片づいて、長い現実が行く手に見えてくると、期待していたほどの満足感はなかった。満足しているようにふるまってはいるのだが、兄の投げかけた疑問が頭から離れない。フレディーに幸せな未来を与えられるだろうか？　それが自分の務めなのか？　では、彼女の務めとはなにか？　彼女も同じ義務を負わなくてはならないのは不公平に思えた。フレディーをシャルコートへ連れてくれば、亡霊たちを追い払えるかもしれないと思っていたのに、以前にも増して彼らの存在が生々しく感じられる。ここへ来たのはまちがいだったのだろうか。

兄はベントリーの心を読んだのか、「おまえは彼女をここへ連れてこなければならなかったんだ、ベントリー」と、いかめしく言った。「ここならゆっくり話ができるからな。おまえたちふたりがここに長く滞在できるなら、それに越したことはない。そうすれば、この結婚もおまえの花嫁も、家族が文句なしに認めているとわかるはずだ。彼女にとってもそのほうがのちのち楽だろう」

ベントリーはなおも窓辺に立って外を見つめていた。「それじゃ、彼女がどういう娘だか知ってるんだね」

「ラノック卿の被後見人だろう、ああ」キャムは言った。「それに、むろん……異国の生まれだということも知っている」

「彼女が庶子なのも知っているという意味だね」

「ああ、そのことも知っている」キャムの声は穏やかだった。

ベントリーは不意に窓に背を向けてキャムと向き合うと、一気にまくしたてた。「ぼくはそんなことをこれっぽっちも気にかけちゃいないよ、キャム。彼女が好きだ。昔からずっと。彼女を大事にするつもりだ」

キャムは考えこむように、子猫の体を指一本で撫でた。「彼女が好き……だが、愛してはいない？」

ベントリーは首を横に振った。「愛しては……いない。そうだ、それとはちがう。でも、悪いくじを引いたなどとは思わない。最善を尽くすよ」

「ラノックはおまえの頭に銃を突きつけなかったか？」キャムは淡々と訊いた。

ベントリーはかすれ声をたてて笑った。「そういうことはまったくないね。というより、どうにかしてぼくを遠ざけたかったようだ」

キャムは痛ましげな声を喉の奥から発した。「子どもが生まれるのはいつなんだ？　この状況の見通しは、ベントリー、相当に厳しいんじゃないのか、フレデリカにとって？」

この質問は石を積んだ荷馬車に轢《ひ》かれたような衝撃をベントリーに与えた。「いつ？」ベントリーは鸚鵡返しに言った。「いつって、冬だろう、おそらく」

「子どもは約四十週めに生まれてくるんだぞ」キャムは冷ややかに言った。「どうやらおまえはよき判断をすぐにはくださなかったらしいな」

ベントリーはごくりと唾を飲みこんで、頭のなかで計算した。「じゃあ、十二月の上旬だ」

キャムはうめいた。ほんの少し、体が椅子に沈みこんだように見えた。子猫が不満そうに鳴きはじめた。ベントリーは手を伸ばして、キャムのチョッキに貼りついている子猫を引き取り、マチルダのいるバスケットのなかへ優しく戻した。マチルダはどこかに損傷を受けていないかと調べるように、子猫に向かってひげをぴくぴくさせた。猫にまで信用されていないようだ。あたりまえだ、自分も自分を信用していないのだから。

「この遅れの責任はぼくの側にはないんだ、キャム」ベントリーはひざまずいてブチ猫を撫でた。「ぼくはすぐにフレディーに申し込んだ。彼女が身ごもったのを知るよりずっとまえに」

キャムの眉がふたたび吊り上がった。「そうなのか？」

ベントリーは立ち上がって、くるっと振り向いた。「当然だろう、キャム！　ぼくをどんな礼儀知らずの男だと思ってるんだい？　彼女は良家で育てられた子女だ。ぼくは断じて――」

「もういい、わかった」キャムはうんざりしたように片手を上げた。「もう言うな」

ベントリーは今は兄を見おろしていた。「くそっ、喧嘩を吹っかけるなよ！」警告口調でそう言うと、キャムの顔のまえに指を突き立てた。「この部屋で殴り合いになったのは一度や二度じゃない。それに、今はなにかを壊したくてうずうずしてる」

キャムはがばっと立ち上がった。「これだけはきちんと答えろ、ベントリー」と、じれたように言う。「おまえは将来のことを少しでも考えたことがあるのか？　あの気の毒な娘を扶養するための具体的な考えがあるのか？　おまえは職業をもたない。王国のあらゆる大学から放校されている。それどころか、ローズランズをべつにすれば、住む家さえもたない」

「そんな脅し文句を吐いても無駄だよ、キャム」ベントリーは唸った。「とっとと失せろ」

兄は掌を外へ向けて両手を上げた。「脅しで言っているんじゃない、ベントリー」兄の声は緊張していた。「おまえに家族を養えるのかを確かめたいだけだ」

「ああ、そうだろうね！」ベントリーは皮肉をこめて言った。「自分が永遠の責任の守護聖人だとでも思ってるんだろ、ええ？　でも、彼女のことを心配するのはぼくの役目だ、キャム。兄さんの役目じゃない。彼女に干渉しないでくれ。それと、ついでに言わせてもらう。カード賭博や投資は人が想像するよりはるかに儲かるんだよ」

「悪銭身につかず、だ」キャムは畑仕事で荒れた手を腰骨にあてがった。

「これからはどこへも消えないさ」ベントリーは言い返した。「ぼくだって、今までのような暮らしを続けられると思うほど馬鹿じゃない。思い出してくれ、親愛なる兄上、ぼくはすでに自分の子をひとり、貧窮のために失ってる。我が子がどこかの孤児院に捨てられて、高熱と飢えに苦しんだすえに死んでいくようなことはさせない。今度は、知ってるんだから。なにも知らずにインドやらイタリアやら、よその土地へ行くことは金輪際ない。それともうひとつはっきり言わせてくれ。フレデリカを扶養するにあたって、兄さんの援助はいっさい必要ないよ。自分の妻子に死ぬまで贅沢な暮らしをさせてやるぐらいの甲斐性はぼくにもあるのさ、キャム」

キャムはこころもち肩を落としたが、不思議にも驚いているふうではなかった。「そうか、それなら、わたしもうれしい」ひどく真剣な口調で彼は言った。「おまえが、彼女を養うために奇跡のような出来事や起こりそうもない運命の転換を期待しないかぎり、今後もわたしから助言するのは控えよう」

「へえ！」ベントリーは鼻を鳴らした。「ほんとうにそうなったら、それこそが奇跡だ」

10　庭園の間にて

ベントリーが客間へ戻ると、アリアンがひとりでハープをつまびいていた。軽やかで確かな指先で『スカボロ・フェア』のメロディーを奏でている。アリアンは目を上げて秘密めかした目配せをベントリーに送った。一音符も音をはずすことなく。ベントリーのあとからキャムも部屋にはいり、アリアンにキスをした。「ご婦人がたはどうしたんだい、可愛いお嬢さん？」

「お母さまはフレデリカに庭園の間を見せにいったようよ」とアリアン。

だが、そのとき、ふたりが客間のドアの向こうに現われた。ヘリーンの腕はフレデリカの腰に添えられ、ふたりはまるで昔からの友達といったふうだ。「ええ、でも、戻ってきたわよ」ヘリーンはティーテーブルへ向かった。「キャム、喜んでちょうだい、階上《うえ》の作業は順調に仕上がってるから。紳士用の寝室はもう完成して、塗装工は居間に移ったわ。今、ラーキンが荷物を階上へ運んでるところ」

ベントリーは彼女のほうへ振り向いた。「どういうことだ、ヘリーン？」

フレデリカは夫の声に走った緊張を聞き逃さなかった。全員が椅子に腰を落ち着けた。

「あなたとフレデリカには庭園の間を使ってもらおうと思って」ヘリーンはサンドウィッチの残りに手を伸ばしながら答えた。「これからは頻繁にここへ来てくれるんでしょうし、それなら――」

「いや」ベントリーは両手で椅子の肘掛けを握りしめた。関節が白くなるほどに。「いや、そんなことはしなくていい」

ヘリーンの目がさっと上がった。「でも、べつにたいしたことじゃないのよ、ベントリー」念を押すように言うと、胡瓜《きゆうり》のサンドウィッチを上品につまんだ。

ベントリーは椅子から腰を浮かせた。「ヘリーン、きみはわかってない」きつい声音だ。

「そんなことをされては困る。ぼくは昔の自分の部屋がいいんだ」

「昔のあなたの部屋ですって！」ヘリーンは呆気にとられたようだった。「だって、あそこじゃ狭すぎるでしょう！」

「あの部屋が好きなんだよ」ベントリーは譲らない。「あそこにいると気分が落ち着くのさ。だから、あの部屋がいい」

ヘリーンは見るからに困惑していた。「だけどベントリー、庭園の間からの眺めを想像して！　第一、あなたの昔の部屋にふたりでは身動きが取れないわよ」

「わたしならちっともかまいませんから」フレデリカが言葉を挟んだ。寝る場所はどこでもよかったが、ベントリーの頑《かたく》なな拒みかたをいぶかしく感じはじめていた。彼の様子はいかにも変だった。正常な呼吸に戻れないとでもいうふうだ。顔つきもふつうではない。

「こんなことで揉めるなんて、なんだか馬鹿馬鹿しいわ、そうでしょう?」ヘリーンの視線はまだ義理の弟にそそがれている。「だって、せっかく素敵な続き部屋があるのに、紳士ひとり用の寝室がいいだなんて。ねえ、ベントリー! レディにはゆったりしたスペースが必要なのよ。それにフレデリカのメイドはどこで休むの?」

「ほかの召使いたちと一緒に」ベントリーはきつい口調で応じた。「クウィーニーの部屋にでも。近くで職人が作業してるのはいやだよ。騒がしくておちおち休めやしない」

フレデリカはとっさに夫の援護にまわった。「ベントリーはわたしがくつろげるように配慮してくれてるんですわ。ほらあの、最近のわたしは疲れ気味なので。午睡を取ることもよくあるんです」

フレデリカの期待どおり、ベントリーのひきつった表情がやわらいだ。ヘリーンはキャムと視線の会話を交わした。「ああ、そうなの」彼女はつぶやいた。「じゃあ、作業が終わるまではそれで間に合わせてもらおうかしら」

だが、フレデリカには、夫がヘリーンの計画に今後いっさい乗る気がないことは、彼の暗い表情からわかった。「そのまえに」ベントリーは椅子から立ち上がった。「階上へ行ってラーキンの徒労を減らしてやるよ、いいね!」

ベントリーは結局、お茶の席に戻らなかった。そこでフレデリカとトレイハーン卿は時間をやりすごすために彼女の旅の話を始め、大いに盛り上がった。旅に関してフレデリカは恵まれていた。画家であるエヴィーは大陸へ渡って絵を描く際にたびたび家族を同行させたので、一度ワルシャワまで行ったこともある。伯爵は歴史や政治に明るい人らしく、フレデリカの幸運が羨ましいと素直に打ち明けた。しかし、農作業があるのでこの一年はシャルコートから出ることもままならず、それ以外の時間はデヴォンシャーの領地にあるトレイハーン城での仕事に費やされてしまうのだと。

兄は学者肌だとベントリーが言っていたとおり、トレイハーン卿は優れた頭脳の持ち主だった。だが、今フレデリカの目のまえにいるこの男性は、農作業で荒れた手をして、服装も野暮ったく、学者というより紳士階級の農民といった外見だ。トレイハーン卿はまた、舌を巻くほどの話し上手だった。それなのに、三杯めのお茶の途中で、フレデリカはあくびを噛み殺していた。

ヘリーンがすぐさま気づき、「ねえ、あなた、フレデリカは旅で疲れているにちがいないわ」と、会話に割ってはいった。「晩餐のまえに少し休んでもらいましょうよ」

「そうさせていただけると助かります」フレデリカは同意した。

ヘリーンが今度フレデリカを案内したのは、続き階段を三つ上がって長く薄暗い廊下を進んだ突きあたりの部屋だった。そこは男性らしい家具に暗めの金色の東洋絨毯、三段窓というしつらえのひとり用の寝室で、窓からは村の教会が見えた。窓の反対側に、ジャコビアン様式の重厚な趣のベッドが置かれていた。マットレスはフレデリカのウェストより高い位置にあり、ベッドの裾の止め板《フットボード》も彼女の胸と同じぐらいの高さがある。部屋には浴室と小さな着替え室も付いていた。

「素敵なお部屋」絨毯の上をゆっくりと一周して、フレデリカは言った。「庭園の眺めに負けないくらいすばらしいわ。ありがとう、ヘリーン」

義理の姉となった女性はフレデリカの頬に軽いキスをして出ていった。フレデリカは自分を元気づけるように深く息を吸いこんだ。夫の姿はどこにも見あたらないが、この寝室には彼のうっとりするような男っぽい匂いが染みこんでいるように思われた。寄宿学校から戻ってからはこの部屋がずっとベントリーの部屋だったのだと、階段を昇りながらヘリーンが説明してくれた。こうして実際にその部屋を目に収め、ここが夫婦として共有するはじめての寝室になるのかと思うと感慨深かった。

メイドのジェニーが着替え室から出てきた。「ごきげんいかがですか、フレデリカさま」フレデリカの化粧着の一着を振って皺を取りながら、ジェニーは言った。「素敵なお屋敷ですねえ？　あたしはグロスターシャーへははじめてなんですけど、ずいぶん古風で、田舎じみたところじゃないですか？」

「ええ、そうね」フレデリカは開かれた旅行鞄を手探りした。「近ごろはリッチモンドやエセックスまでロンドンに侵されてるものね。でも、ここは天国だわ」

ジェニーはにっこり笑った。目には疲れがにじんでいたが。「化粧着はあそこに掛けときました。階下《した》へ行ってディナードレスにアイロンをあててきますね」

「ありがとう、ジェニー。でも、晩餐のまえにちょっとお昼寝をするわ。あなたも少し休んだほうがいいんじゃない？　あなたはクウィーニーという人と同じ部屋を使うように言われてるんだけど。彼女は家女中のひとりなのかしらね？」

ジェニーは鼻に皺を寄せ、「ああ、さっき会いました」と沈んだ声で言った。「図々しい女でした」

フレデリカはぎょっとした。「彼女と同部屋ではいやなの、ジェニー？」

ジェニーはちょっと恥ずかしそうな顔をした。「いえ、そんな、フレデリカさま」と、安心させるように言う。「気さくなことはたしかです、ええ。では、行ってきます」

部屋のドアが閉められてすぐ、洗面の布と道具一式がはいっている化粧箱がないことにフレデリカは気づいた。でも、さっき従僕のひとりが階段を昇って運んでいるのを見かけた。きっと庭園の間に置かれたままになっているのだろう。部屋に呼び鈴の取っ手があるが、シャルコートの召使いの数が少ないことはすでにわかっているし、ジェニーを呼び戻すのもためらわれた。

フレデリカは廊下を引き返して階段室まで行った。ゆるいカーブを描いたジャコビアン様式の堂々たる階段。年月を経てほとんど黒に近い色となったオークには彫刻がほどこされている。ヘリーンが最初に案内してくれた続き部屋を見つけるのは簡単だった。が、そこへ着くと、婦人用の寝室のドアが少しだけ開いているのがわかった。妙な気がした。この階はめったに使われておらず、続き部屋ももう何年もまえから使い手がいないのだとヘリーンは言っていた。蝶番《ちょうつがい》にたっぷりと油の差されたドアを用心深く押し開けた。先ほどと同じようにライラックの甘い香りがかすかに部屋のなかから漂ってきたが、同時に人の気配も感じて、フレデリカはあとずさりした。

ベントリーなの？

奥行きのある細い窓のひとつのまえに夫が立っていた。こちらに背中を向け、広げた両手を朝顔口（窓の内側へ向かって広がった厚い壁）に突っぱらせている。背中を丸めて庭園を見つめているようだが、その格好からフレデリカは彼の強い緊張を感じ取った。部屋へ足を踏み入れると、突然、喉を絞められたような小さな声がした。ベントリーはいきなり窓から離れ、体の向きを変えた。彼の顔に浮かんだ表情は打ちのめされたとしか形容のしようがないものだった。全身が震えているようにも見える。彼は丈の高いマホガニーの衣装箪笥に大股で近づくと、両開きの扉を引き開けた。そのなかに悪魔が隠れているのではないかと恐れるような形相で。

衣装箪笥は空っぽだった。ベントリーはしばらくそこに突っ立って、箪笥の奥を凝視していた。マホガニーの扉を握りしめた手の関節が白くなった。ひどく不思議なのだが、戸口に立っていてもライラックのかび臭い濃厚な香りが強まったのが感じられた。呪いの言葉をひとこと吐くと、彼は扉を叩きつけて顔をそむけた。ところが、扉の掛け金のひとつがはずれて片方の扉がまた開いてしまい、おぼろな光のなかで不気味に揺れだした。ベントリーはそれには一瞥もくれず、床を行ったり来たりしはじめた。殺風景な部屋に彼の靴音が重く響いた。

フレデリカはどうすればいいのかわからぬまま、様子を見守った。だれにも邪魔されるべきではない時間を侵害しているのだ。でも今は、ともかくも、ベントリーの妻だ。彼を慰めるのが妻の務めなのではないかしら？ 病めるときも健やかなるときも。それに、理由はわからないけれど、今の夫は健康な男にはとても見えない。

またしても声にならない不快な声を発すると、彼は不意に窓のまえへ駆け戻った。今度は窓を広く押し開けて両手を窓台に突っぱらせ、体を半分も外に乗りだした。不規則な呼吸を数回すると、左右の肩のあいだで上着の布地が張りつめるのが見て取れた。吐き気をこらえようとしているのは見まがいようがない。フレデリカは心配になって、扉をもう数インチ押し開けた。「ベントリー？」

ベントリーの反応はすさまじかった。「なにっ――」恐ろしい唸り声。こちらを振り返り、彼女をにらみつけた。が、彼が見ているのはフレデリカではない。絶対にそうではなかった。「ベントリー？」薄暗がりから、昼間の光がまだ射しているところへ進みでる。「調子が

「……悪いの？」

　ベントリーは一瞬、床に貼りついたように動かなくなった。顔からはすべての色が失せ、血の気のない唇はきつく引き結ばれていた。それからやっと、首を振って彼女に近づくと、大きな手を肩に置いた。「フレディー？　ここへなにしに来たんだ？」

「化粧箱が見つからないの」彼の顔を注意深く観察しながら答えた。「洗面の布を使いたいのだけど」

　ようやくベントリーの顔に弱々しい笑みが浮かんだ。「ラーキンに階上へ運ばせたよ」彼はそう言いながら、フレデリカの片手を取って廊下へ連れ戻した。「行き違いになったんだろう。ぼくも一緒に部屋まで行ってやろう」

　フレデリカは応じず、足を止めた。「ベントリー、大丈夫なの？」

　笑みが薄れた。「妻としては心配かい？」そっけなくつぶやく。「はじめての体験だよ、フレディー」

「塗料の匂いで気分が悪くなるなんて」

　壁を塗ったのはドアふたつぶん離れている部屋だと知っているが、そのことには触れなかった。「幽霊でも見たような顔だったわ」

　彼は一瞬ひるんだように見えたが、すぐに笑いだした。「ダーリン、ここは朽ちかかった古い屋敷だからな」さりげなく――わざとらしいほどさりげなく――彼女の肩に腕をまわして廊下を歩かせた。「ジョン・キャムデンのことをだれもきみに話さなかったのかい？　この屋敷には彼の幽霊が出るんだぞ」

「へえ、衣装箪笥のなかに？」フレデリカは訊き返した。

「さあ、フレディー、それはだれも知らないんだ」とベントリーはそう言って、廊下の暗い角を曲がった。と、なにかがフレデリカの肋骨をつついた。

フレデリカは悲鳴をあげ、飛び上がった拍子に靴が脱げそうになった。「ベントリー！」

「ほうら、出た！」ベントリーは囁き、彼女の耳に温かい唇を押しあてた。「疑り深い人間にはオールド・ジョンが罰を与えるのさ！」

彼はもう一度つついた。今度はフレデリカも悲鳴をあげながら笑いだした。「やめて！」あえぎの合間に言う。「やめてったら！　頭がおかしくなったのかと思われるでしょ」

しかし、ベントリーは彼女を引っぱって歩きつづけた。「でも、フレディー、もうみんながそう思ってるぞ」ふたりは階段に達した。「とどのつまり、きみはぼくと結婚したんだから」

フレデリカは急に立ち止まった。「ベントリー、なぜあなたは真面目な話ができないの？」

ベントリーのふざけた調子もそこで止まった。「なぜその必要がある？　ぼくら兄弟には兄貴の真面目さだけで充分だってことはきみもわかったろう？」彼は肩をつかんでキスしようとしたが、フレデリカは顔をそむけた。

「よせ」彼の声がにわかに鋭くなった。

フレデリカは向きなおった。

ベントリーは暗く険しい目をして片手を上げると、彼女の頬をそっと撫でた。肉と肉がかろうじて触れ合った。それは穏やかな優しさのこもった愛撫だった。たとえ、もう一方の手が容赦なく彼女の肩をつかんでいても。ベントリーの心がふたつに分裂しているのを、突然のひらめきでフレデリカは察知した。彼は冷酷にもなれるし優しくもなれるのだ。彼の目にはその両方がひそんでいる。今の彼にはうわついたところは少しもなく、それがつかのまフレデリカをぞっとさせた。

「そういうのはよせ」ベントリーは耳障りな声で言った。「ぼくから顔をそむけるな、フレデリカ」

フレデリカはベントリーの目を見据えた。「だったら、あなたもわたしに隠し事はやめて、ベントリー」

ベントリーはかすかに微笑んだが、苦い表情も見え隠れしている。「きみは半年の約束をしたんだぞ。半年間は妻としてぼくに従うと。あの約束を守るつもりはあるのかい？」

「それを言うなら、あなたも誓いを立てたでしょ。わたしにのみ添うって。あの約束はどこへ行ったの？」

「ここにあるよ」彼は左胸に手を触れながら優しく答えた。「きみに疑いを抱かせてしまったのかな？」

どうだろう？　答えはノー、今はまだ。でも、彼がやはりなにか隠しているのはまちがいない。それがなにかはいつかきっと突き止めてみせる。ただ、今のこの議論には刀の切っ先でバランスを取るような危うさが感じられるし、まだ始まったばかりで不安定なこの結婚は深傷《ふかで》を負ったら持ちこたえられないだろう。やり過ごそう――今のところは。

そんなフレデリカの心の動きを読んだかのように、ベントリーはだしぬけに、あのとっておきのチャーミングな笑顔を見せた。するとたちまち心のなかで炎が燃え上がり、疑念も不安もすべて焼き払われた。抗うことができずに目を閉じると、彼の唇が唇をかすめるのを感じた。そうなることをフレデリカはなぜだかわかっていた。熱せられた甘いものが、待ち受けたように体を流れた。チャタムの庭園でのあの夜と同じように。ベントリーの唇は誘惑の味がして、約束を提示した。この世の快楽という約束を。彼女が拒みたくないものを。たった一夜で彼はたっぷりとそのことを教えこんだのだ。

彼は罪人にして天使なのだろうか？　わたしが結婚したこの美しい男は。彼と結婚したことを後悔している？　いいえ、今はまだ。でも、もしかしたら……もうじきすることになる？　あるいはしないかもしれない。そう思いながら、フレデリカはふたたび彼に唇を奪われた。

やっとのことで自分のほうから唇を離した。「わたしはこれから階上の部屋でお昼寝をするの、ベントリー」しわがれた低い声になった。「あなたも来る？　それともまたひとりで眠らなくちゃいけないの？」

　薄暗がりのなかで彼の飢えた熱い視線がそそがれるのが感じられた。「ゆうべはぼくがいなくて寂しかったかい、可愛い子？」

　フレデリカは苦しげに唾を飲みくだした。「ええ」

「階上へ行こう」ベントリーはかすれ声で言った。「早く」


　ヘリーンが黄色い壁の客間へ戻ってきたときには、夫と継娘の姿はもう消えていた。特殊な予知能力が備わっていなくても、夫がどこへ行ったのかはわかった。なにかあると、その傷を癒すために、また、昂った神経を鎮めるために、キャムは書斎にこもるのだ。弟とふたりだけで話をしたあとはかならずそのコースをたどる。ヘリーンは、炉端の敷物に仰向けになっているキャムを見つけた。手足を広げて天井を見つめている彼の体のあちこちを、子猫たちがふわふわの毛におおわれたリリパット人のようにおぼつかない足つきで移動している。上着とチョッキは椅子の上に重ねてある。

「こんにちは、ガリバー」ヘリーンはつま先で夫のあばら骨をちょんとつついた。

　キャムは漆喰《しっくい》の飾り天井に目を向けたまま顔をしかめた。「それはおそらく、のろまだと《ガリブル》いう意味だな、そうだろ？」彼はうめいた。「ベントリーを外へ引きずりだして、鞭でたっぷり打ってやるべきだったよ」

ヘリーンは床に腰をおろすと、スカートの下で片膝を立てた。まったくもって貴婦人らしからぬ格好だ。「彼と言い争いをしてはだめ」彼女はキャムの腿に片手を置いて諭すように言った。「だって、あなたたちふたりはいくら話しても無駄なんですもの。さあ、ごろんと腹這いになって。また背中が痛むのね」

キャムは子猫たちをどけ、うめき声を漏らしながら寝返りを打った。ヘリーンは彼のシャツを引き抜くと、極度に張りつめた背中の筋肉に両手を滑らせた。「思ったとおり」とつぶやく。「今朝は何本の梁や垂木《たるき》を持ち上げたの？」

「まだまだ足りないのさ」キャムは敷物から顔を上げずに答えた。「わかってるだろうが、あの気の毒な娘は身ごもっている」

「やっぱり」ヘリーンは腰に近い部分を優しく揉みほぐした。「そういうことなんじゃないかと思ったわ。エミーの洗礼式で会ったときの彼がひどく怒りっぽかったから。でも、ベントリーはきちんと責任を果たす父親になるわよ。見ててごらんなさい」

「まさか。あいつは〝責任〟という言葉の意味すら知らない」夫は腹立たしげに言った。「あいつはいつまでも変わらないよ、なにがあろうと絶対に」

ヘリーンは片手に顎を載せた。「そうね、以前はたしかにそうだったかもしれないけれど」

しかし、キャムは聞く耳を持たなかった。「ああ、くそ、あいつは最悪の女たらしだ！しかも、今回はどうだ！　彼女はまだほんの子どもじゃないか、ヘリーン」

「そうかしら？　変ねえ！　十八歳だと彼女から聞いたけど」

「だから、うぶな娘なんだ！」ヘリーンの皮肉には気づかず、キャムは言いつのった。「立派な家族のもとで育てられた優しい娘だ！　親代わりのラノックがあいつを殺さなかったのは幸運としかいいようがない！」

「いくらなんでも大袈裟よ、あなた」ヘリーンは夫をなだめた。「若い人の恋路がいくらか無軌道に走ったからって、殺すほど怒ることじゃないでしょ」

　キャムは頭の向きを変えてヘリーンを見上げた。そうすると彼の額の頑固な逆毛が片側に垂れ、子猫の一匹がこれにそそられて肢ではたこうとした。「若い人の恋路だって？」キャムは茶化すように言った。「その結果こうなったと思うのかい、ヘリーン？　ベントリーは十六のときから――おそらく外見はもっと若く見えただろう――毎日のように女と寝ているんだぞ。それも、いいか、恋愛なんてものとはまったく関係なく。わたしはようく知っているんだ。胼胝《たこ》ができているのさ、あいつのペニ――」

　ヘリーンは降参の印に片手を上げた。「その先は言わないで、キャム！」

　キャムの耳の上端が赤くなった。「父上が奨励していたからな」暗い口調で言う。「しまいには、ベントリーが酪農女中《ディリー・メイド》のひとりをたぶらかしているところを目撃されずに一週間過ぎることがなくなった。あるいは、どこかの酒場の娼婦のスカートの下にもぐりこんでいるところをな。父上はそれを大いにおもしろがっていた」

「ベントリーほどの魅力があれば、相手がだれでも無理強いしたとは思えないわ、あなた」

「魅力？」キャムは信じがたいという顔で彼女を見た。「やれやれ、へリーン！　あいつはきみにまで誘惑の手を伸ばしたんだぞ！　それを忘れたとは呆れるね！」

へリーンは笑って受け流した。「そんなことはされていないわ、キャム。彼は自分を傷つけたくて、あなたにもぶつかっていったけれど、わたしを故意に傷つけるようなことはけっしてしなかった。フレデリカのことだって傷つけようなんてちっとも思ってないはずよ。彼女は可愛らしい娘さんだし、わたしとしては、ベントリーはとても運がいいと思ってるの」

「ああ、そうだな。で、彼女についてはどうだ？　彼女はどうなる、へリーン？」

へリーンは両膝を折り曲げて座りなおし、考えこんだ。「ベントリーはかならず彼女を愛して、彼女をしっかり守るわ」とようやく答えた。「わたしは全面的に信頼してる」

キャムは敷物の上に苦労して起き上がった。「となると、信頼の度合いはわたしよりもはるかに高いな。いつになったらきみは認めるんだ、あいつがみずから厄介を招く男だってことを？」

ついにへリーンの堪忍袋の緒が切れた。「いつになったらあなたは認めるのかしらね、ベントリーは……問題を抱えてるってことを？」

「それは、無責任な性向をしのぐほどの、という意味か？」

「重篤《じゅうとく》な、という意味よ、キャム」へリーンは譲らなかった。「この数年、このことをあなたにきちんと話してなかったかもしれないけれど」

「なにをだ？　いったいなにが重篤なんだ？」

「くそ、わからないわよ、わたしにだって！」ヘリーンは感情を爆発させた。

キャムは彼女の頰を優しく叩いた。「こら、汚い言葉を遣うんじゃない、ヘリーン！」彼は立ち上がり、片手を差しだした。「潔く降参して認めろよ。また、例の危険な本で調べあげて、単に父親に甘やかされただけの若い男に小難しいラテン語の病名をあてはめようとしたんだと」

ヘリーンは座ったまま、差しだされた夫の手をにらみつけた。「甘やかされた？」彼女はキャムの手をはねのけ、助けを借りずに立ち上がった。「じゃあ、どんなふうに彼は甘やかされたの？　あなたのお父さまはこすり合わせるシリング硬貨二枚すら、めったにお持ちじゃなかったのに」

「悪習に染められたのさ。あるまじきおこないを見せつけられたのさ。いろんなことを教えられ、勧められたんだ。どういう意味かはわかるだろう」

「なるほど、わかってきたわ」とヘリーン。「それで、悪いのはみんなベントリーだというのね？」

キャムはシャツの裾をズボンに押しこみはじめていた。「わたしは――いや、そうじゃないが。とにかく、あのふたりはとてもよく似ているんだ、ヘリーン。でも、ベントリーがどう思おうと、わたしはあいつを憎むことができない」

「あら、彼は自分を憎んでるわよ、あなたたち兄弟ふたりぶんも」ヘリーンは静かに言った。「自分に価値があると少しでも思える人間は、あんな危険を冒したり、あれほど無頓着に人生を棒に振ったりはしないはずだもの。でも、ベントリーが考える自分の価値とはそういうことなのよ」

ヘリーンを見るキャムの目に穏やかな懸念が浮かんだ。「ヘリーン、きみは心の優しい女だね。だが、ベントリーに関してわたしが同意できるはその部分だけだ」

ヘリーンはなんとか微笑み、夫のチョッキを手に取った。「だったら、喧嘩はもうやめましょう、キャム」夫のためにチョッキを広げた。「そのかわり、どうすればフレデリカの力になれるか、プランを練りましょう。たとえ最良の環境で結婚しても、はじめから厳しい試練が続くことだってあるんですもの」

「ああ、そうしよう」キャムはチョッキと上着を身につけた。「わたしたちがこの結婚に賛成していることを示すために、まずなにをしようか、ヘリーン?」

「わたしは彼女を連れて村を訪問してまわろうかしら」ヘリーンは考えをめぐらした。「村の学校の仕事を彼女に手伝ってもらってもいいわね。ベルヴューのジョーンはきっと彼女を歓迎してくれるだろうし、キャサリンはわたしたちを晩餐に招いてくれるかもしれない」

キャムはボタンを掛けながら言葉を挟んだ。「しまった! きみに言うのを忘れていたよ。

キャサリンがマックスの祖母ぎみについて、書き殴ったような手紙をよこしたんだ。オールド・ミセス・カステッリはまたしても管財人をこてんぱんにやっつけたらしい。哀れなその男は、ミセス・カステッリがそばに近づかないよう取りはかってくれなければ管財人をやめると言ってきたそうだ。それでマックスとキャサリンは急遽、今朝ロンドンへ発った」

「あらあら！」ヘリーンはつい笑ってしまった。「キャサリンがこれまでに経験しそこなった興奮を知り尽くすころには彼女の命運は尽きているでしょうね。さあ、元気を出して、あなた。熱いお湯にゆったりつかって、凝った筋肉をほぐさなくてはね。そのあとにはべつの種類の療法も用意してあるかもしれないわよ」

11　レディ・マデリン、解説する

フレデリカがベントリーの寝室のドアを押し開けると、ちょうど夕陽が急速に沈みかかるところで、金色のまばゆい光が低い角度で部屋に射しこんでいた。どっしりとした暖炉にはだれかの手で夜の火が入れられており、化粧箱もベッドの脇に置かれていた。ドアの掛け金を掛ける音が背中に聞こえた。ベントリーはさらに錠前に鍵を差した。フレデリカは不意に不安になった。

だけど、なぜ？　ここにいるのは……ベントリーよ、そうでしょ？　階段室のそばで感じた暗いひらめきはなんでもなかったのだ。疲れているので妄想がたくましくなっただけだろう。とはいえ、彼がなにかを求めているのは直感でわかった。それは、彼の目の表情と感触からかすかに伝わってくるものだ。彼女もまた彼を求めていた。思いきって彼と結婚までしたのだから。ならば、不安であろうとなかろうと結婚の利点を享受するのはいけないことではないでしょう？　それに、まちがいなく、この夫にはかなりの利点があるのだから。ウィニーの言ったとおり。

ベントリーはベッドの裾をまわって暖炉へ近づいた。乗馬用の重いブーツにぴっちりした短ズボンという旅の出で立ちのままだ。彼は足を止めてこちらを向き、両腕を上げた。「ミセス・ラトレッジ？」と言って、片眉をくいと吊り上げてみせた。「妻の務めとして、上着を脱ぐのを手伝っていただけますか？」

フレデリカはいそいそと彼に近寄り、両腕を上げて――うんと高く――最高級の布地の下に両手を滑りこませると、彼の肩先まで移動させた。長い一日だった。彼はそのほとんどを馬の鞍で過ごしていたため、馬と汗との匂いがした。それと彼にしかない匂いも。ベントリーが体の向きを変えて腕を上着から抜き取ると、フレデリカはその温かい匂いにくるまれた。シャツ一枚になった男性は何人も見てきたけれど、こんなに姿のいい人はいなかった。ベントリーの肩は幅広く、がっしりとしている。暗い色の長すぎる髪はシャツの襟のところでゆるやかにカールして、薄手のキャンブリック地の素朴な白によく映える。

思わず見とれてしまったらしい。「どうした？」彼が静かに訊いた。「チョッキもだよ？」

フレデリカは彼の目に視線を戻した。本気でわたしに服を脱がせてもらいたがっているのね！　服を脱がすというのはいかにも睦《むつ》まじい行為に思われた。それに、ひどく興奮をそそる。なのに、彼女の慣れない指はボタンをはずすのに手間取った。最後のひとつがはずされると、ベントリーの長く黒い睫毛が伏せられた。「ありがとう」彼はチョッキが床に滑り落ちるにまかせた。

フレデリカはシャツが発する熱のなかに石鹸の残り香を嗅ぎ分けた。「クラヴァットのゆるめかたがよくわからないの」

あの心をとろかす茶色の目が大きく開かれ、彼女の目をとらえた。彼は指の一本を彼女の顎の下に滑らせた。「では、お教えしましょう、ミセス・ラトレッジ」いたずらっぽい笑みが浮かんだ。「知りたいことはなんでも教えてあげるよ」

ああ、彼はこういうことが上手なのだ。わたしの夫は。シルクのようになめらかな手触り。どこまでも深い声。ふと、場違いな記憶がフレデリカの頭をよぎった――チャタムの庭園の草の上で彼女にのしかかり、昂りを迎えて頭をのけぞらせていた彼の姿が。すると、下腹にとろけるような熱さが広がりはじめた。彼は今は微笑みかけている。まるで彼女の心の奥の奥を見通すかのように、口の片側をちょっと寄せた訳知りな笑みを浮かべて。

彼の両手に指を囲いこまれると、彼の体に流れている生々しい欲望を感じた。彼は射すくめるように目を覗きこみ、それから彼女の掌を開かせて、自分の体を押しあてた。視線をいっときもはずさず、クラヴァットの結び目をすばやくゆるめ、シャツの襟を左右に広げた。

クラヴァットが床に落ちるのが片目の端に見えると、フレデリカは唇を舐めた。彼がどんな人間だとしても、自分が彼に対してほかのなにを感じているとしても、体は彼を求めている。熱い欲望が血のなかを駆けめぐり、背筋を這いのぼっている。彼は突然あとずさりしてシャツの裾を引っぱりだすと、そのまま頭の上へ引き上げた。

フレデリカは目を瞠った。頬が火照った。彼の胸はうっとりするほどなめらかで、筋肉がきれいに重なっている。まるで石から彫りだし、神がみずから息を吹きかけて温めたかのようだ。暖炉の火明かりが生む影と光が、筋肉のひとつひとつの形をくっきりと見せている。

ベントリーはもう一度フレデリカの顔に触れた。「いいんだね、可愛い子？」指が喉をおりて鎖骨のカーブをたどり、炎のように熱い跡を残した。「よし、フレデリカ、きみを悦ばしたい。きみにしてあげられることが少なくともひとつはある。しかも、そのひとつがぼくは得意なんだ」

ウィニーに耳打ちされた噂話を思い出し、またしても顔がかっと熱くなった。ベントリーは笑みを浮かべて頭をかがめ、喉もとにキスをした。ふたたび指がドレスの襟ぐりをなぞり、さらに深くもぐりこんだ。息をするのが苦しくなってきた。乳房が膨らんだような、熱で重みを帯びたような気がする。乳首も硬くなっている。ベントリーは喉の奥で小さな音を発すると、手を下へ滑らせて乳房の片方をすくい上げた。

「これが好きかい？」耳たぶのうしろの敏感な個所に舌先で触れながら、かすれ声で訊く。

「言ってごらん」

答えようとしても、喉を締められたような声しか出てこない。彼は尖った乳首をドレスの生地の上から親指で押した。フレデリカはぶるっと身を震わせて息を吐きだした。「ぼくたちにはこれがあるんだ、フレデリカ」彼は満足げに言った。「そのことを覚えておけよ。ほかにはなにもないとしても、ぼくたちにはこれがあるんだと」

フレデリカは抗議の声をあげようとした。これがすべてじゃない、もっとほかにもあるはずだと。だけど、ほんとうにそう？　今はそんなことはどうでもいい気もする。今はただ、ベントリーにもう一度あのときのようにしてもらいたいだけ。そう思うと、そもそも自分がどうしてこんな窮状に陥ったのかが明白に見えてきた。足蹴にされて傷ついていたとか、そんなことは最初から関係がなかったのでは？　ジョニーとの一件を下手くそな言い訳にしただけで、理性では抑えきれない欲望をこの男に、昔からずっと惹かれていた男性に感じてしまっただけなのだ。美しい容姿をもち、女心をそそらずにはおかない、少なからぬ危険をはらんだ男に。その茶色の目で熱っぽく見つめられたかった。その信じがたいほど優美な体が欲しかった。そんな自分の肉欲を罪深いと感じなくてはいけないのに、そうは感じなかったのだ。

そして今も、彼が仕掛ける甘い拷問に全身を弓なりにさせている。彼はまだほとんど体に触れてもいないのに。ベントリーは片手を彼女の腰にあてがって頭を下げ、顎のカーブに沿って唇をそっと這わせた。歯先で肉に印をつけながら喉をおり、甘やかな苦痛をそろそろと送りこんだ。フレデリカは吐息とともに口を開き、唇を彼の首に押しつけた。彼にせがみそうになるのを意思の力でこらえた。

「ああ、フレデリカ」彼がうめいた。

それから、彼の両手が背中をするするとのぼり、慣れた手つきで髪からピンを抜いた。つぎはボタンがはずされた。ドレスの締めつけが解かれ、乳房からはらりと布が落ちた。彼はひざまずいて、お辞儀をするようにちょっと頭を下げた。太腿の片方を彼の頭がかすめる。彼はスカートの下から手を入れると、ストッキングをくるくると巻きおろした。無遠慮な指がシルクをつまみ、じらすように肉を刺激する。そうしてやっと、もどかしいほどゆっくりと、彼女がまとっているものを一枚一枚剝ぎ取った。薄いローン地のシュミーズのみを残して。

「それも脱いで」と、かすれ声で言う。

フレデリカの目が窓のドレープ・カーテンにすばやく移った。

彼の両手が肩に置かれた。「だめだ」彼女の考えを読み取ったように囁く。「きみはぼくのものだ。昼の光のなかできみを見たい」

彼は究極の代償を払ってくれた。それが意味するのはこういうことなの？　顔をそむけそうになったが、彼につかまえられ、抱き寄せられた。「怖がるな」

「怖いんじゃないわ」でも、怖かった、少し。息遣いが荒くなる。

ベントリーが体を押しつけると、彼の興奮を物語る隆起した太いものが感じられた。それで体の重心をずらすと、彼はその動きを誤解したのか、彼女の背骨の低い位置に片手をあてがって互いの腿がぴたりと重なるようにした。頭をかがめて唇で彼女のこめかみをかすめてから、彼女が信じるのをなかば恐れているあの短い言葉を囁いた。「ぼくを信じてくれ」続けてこう言った。「信じてくれ、きっときみを大事にするよ、フレディー」

膝から力が抜けるのがわかった。ベントリーは彼女を深く抱き寄せると、肺の空気を全部奪うようなキスをし、彼女を途方に暮れさせた。絶え間なく動く両手が背中から尻へおり、薄いシュミーズの上から撫でまわし、欲望を激しくかき立てる。フレデリカは体を引くと、薄い生地を両手でつかみ、そのまま上に持ち上げて頭からシュミーズを脱いだ。

彼の視線が喉から乳房へ、さらにその下へと移動した。「きれいだ」息が詰まったような声で言うと、彼はもう一度うめき声を漏らして彼女を抱擁し、片手を髪にくぐらせながら、ぎゅっと抱きしめた。彼の体の熱と匂いが強まっている。体の下の命の脈動までが感じられるようだ。彼はたくましく引き締まった腿のあいだに彼女を引き入れ、思いもかけぬ力強さで押さえこんだ。

「答えろ、フレデリカ」髪のなかに入れた手で彼女の頭をつかんでうしろへ引き、彼女の喉の肉をむきだしにして、目と目を合わせた。「こうするときみも欲しくなるのか、ぼくと同じように？　ぼくはもうきみをそんなふうにしてしまったのかな？　それとも、今でもうぶなままなのかい？」

フレデリカは本能的に彼に腕をまわしていた。目を上げると、彼の目が荒々しくたぎっているのがわかった。耐えきれず伏し目になった。無理よ。彼には抵抗できない。「あなたが欲しい」と囁いた。本心から。彼とのあいだに距離をおくことなんてできない。

ベントリーは微笑んだ。でもそれは、あの奇妙な、この世をはかなむような哀しみの色を帯びた微笑みだ。フレデリカはそれが見分けられるようになっていた。彼は彼女をベッドに座らせると、上から見おろしてブーツを脱ぎ、身につけている衣類も脱ぎはじめた。短ズボンと下穿きが彼の腿をするりと落ち、いきり立ったものが激しく脈打ちながら荒々しく飛びだすと、フレデリカは息を呑んだ。

ああ、すごい。ほんとうに。

「準備はいいぞ、フレディー」大胆な笑みが彼の口もとに戻ってきた。一糸まとわぬ彼の体は言葉では言い表わせないほどの雄姿だった。男ばかりの家庭で育っていれば、男性の肉体を垣間見ることもときにはある。でも、服を脱いでもこんなに男らしく見える男性はひとりも知らない。フレデリカはなぜだかそう確信した。野性的という言葉はベントリー・ラトレッジのためにあるのだわ。なめらかで、美しい。自然のままに。その姿はエデンの園での誘惑を連想させた。彼は彼女の手首をつかむと、ベッドのきわまで引き寄せた。フレデリカはうっと声を漏らした。両手が肩に置かれて押し倒され、そのあとから彼の体の重みがついてきた。

ふたりの下でマットレスがうめいた。フレデリカが仰向けになると、彼は左向きに横たわり、炉に顔を向けて彼女の体を取り巻くような体勢を取った。彼の目が眺めているのは彼女の顔ではなく自分の片手だった。その手が乳房の重みを測るようにすくい上げ、乳首を愛撫する。乳首が硬く尖ると、今度は頭を少しかがめて、乳輪を歯で挟んで引いた。フレデリカが小さく叫び、体をそらすと、彼は片方の腿で上から押さえて強引にマットレスに戻させた。口を使って甘く緻密に、ベントリーは彼女から熱い炎を引きだした。強く吸いあげ、彼女を気も狂わんばかりの状態に追いこんだ。大きな掌は下へ向かって滑り、あばら骨のあたりを軽く撫で、薄い下腹を優しくじらすようにしばらくとどまってから、やっと太腿に分け入った。両脚を割り、指を押し上げるようにして肉に食いこませて彼女をあえがせ、身をよじらせた。声のひとつ身震いのひとつも彼の意のままだった。その道の達人は彼女の反応を引きだしては誘導した。

「ああ、お願い……」自分の声がフレデリカに聞こえた。

すると、ベントリーは立ち上がり、暗い雄姿をさらした。頑丈な骨格の上に筋肉が層を成した、たくましい上腕。厚みと張りのある両の腿は黒い毛にうっすらとおおわれ、腿の交わるところでそれが黒々と濃くなっている。勃起したペニスがひくひくと引きつっている。彼はみずからその中心軸に触れ、性急な欲望を抑えようとするように撫でおろした。「脚を開いて」

フレデリカは命令に応じた。それも、はやる思いで。彼を挟みこめるように両膝を立てた。けれど、彼は彼女の望むようにまたがって押し入ろうとはしなかった。そうするかわりに彼女の股間で膝をつき、両手で下腹にゆっくりと優しく円を描いてから、頭を近づけてそっと口づけをした。黄昏が迫り、金色の光が部屋を熱く染めていた。彼は顔を上げ、穏やかなまなざしで彼女の腹を撫でた。お腹の子のことを考えているのだとフレデリカは察した。今までとはちがう種類の喜びが胸にあふれた。夫が目をつぶった。

ベントリーは太陽に肩が暖められるのを感じながら、懸命に呼吸を整えようとした。頭をめぐる想念を鎮めようとしていた。この気持ちから距離を置きたい。いや、置く必要がある。あまりに強烈な、あまりに現実的な思いから。今感じているのは単に性的満足を得たいという欲求ではなかった。ベントリーが欲しているのは彼女そのものなのだ。彼女を欲する思いの強さゆえに、自分の内部でなにかが激しく脈打っていて、しかもそれは、あろうことか、股間に備えた器官ではない。この感覚が今、ベントリーに警報を鳴らしていた。何週間もまえのあのときに鳴らしてくれればよかったものを。この渇望。強烈にだれかを欲している——単なる肉欲ではなく、ほとんど形而上学的に。およそ彼らしくなかった。

自分の種を彼女の子宮に植えつけたからだろうか？　彼女の腹に何度も口づけをしていると、自分たちがつくった子のことが頭に浮かんだ。だから、彼女に対してこんな柄にもない気持ちを抱くのだろうか？　だから、心を切り離して、肉体が欲する性的満足を得ることにのみ集中することができないのだろうか？　ベントリーは目を閉じたまま、彼女の引き締まった平らな腹の上に両手を滑らせた。必死で否定した。恐れるように。メアリをこんなふうに欲したことはなかった。想像すらできなかった。彼女が自分の子を産んだと知ってさえ。

おお、神よ、どんなにか妻をファックしたいことか。妻のなかに押し入り、突きあげ、うめいて、妻と交わりたいことか。呼吸が速まり、熱い息を吐き、雑念が消されるまで。噴きでた汗が顔から喉を伝うまで。存分にまぐわいを味わい、彼女が——ほとんど名前さえ知らぬ愛人たちと同列に連なるはずだった女が——この体の下で息を切らして悦びの声とともに果てるまで。

しかし、そんなふうにはならないのではないか？　ああ、そう易々と事は運ばないだろう。陽が落ちかかっていた。彼は首を振って小さく悪態をついた。フレデリカは彼の名前を呼んだ。震え声の弱々しい問いかけだ。彼女の指がせつなげに腿をさすってくる。それでも、彼は答えなかった。

だめだ、そんなふうにはできない。そんなふうには。心を切り離して冷静になど。そうではなくて、むしろ精神を統一し、意識を集中して彼女と愛し合うのだ。これを、すべての意味において無感動な、肉体の疼きを鎮めるためだけの行為にしてはならない。そうではなくて聖なる行為にするのだ。夫婦の営みに。この体と彼女の体を、敬愛を伝えられるであろうとすでにわかっているやりかたで結びつけるのだ。

だが、それはベントリーのような男にはおよそ似つかわしくないセックスに思われた。彼は目を開けると、フレデリカの腿の内側を撫でおろした。彼女の肌は夕陽を受けて金色に輝き、目は驚いたように大きく見開かれている。ベントリーが身をかがめ、彼女のもっとも秘めやかな部分に舌先でそっと触れると、フレデリカは小さな叫びをあげた。片手を上げ、頼りなげにはためかせた。彼はその手をとらえると、指を絡ませ、彼女の下腹まで引きおろしながら、彼女が発する飢えた低い声に耳を傾けた。

ほどなくフレデリカが息を荒らげてのたうった。ベントリーは片腕の力で彼女の体の自由を奪い、むきだしの尻をベッドカバーに強く押しつけると、口で彼女を静かにさせた。その反応のすばやさは彼を驚かせた。フレデリカは真に官能的な生き物であり、脆《もろ》いといってもいいほど繊細な妻だった。彼女の高まりが感じられた。腰が持ち上がらないようにこらえているのが伝わってきた。

が、彼はもっと長く激しく彼女を悦ばせたかった。自分の力量を立証したいからではない。彼女を悦ばすことに突如新たな喜びを見いだしたからだ。もっとも、フレデリカが持ちこたえそうにないのは目に見えていた。彼女の手を放し、腿に指を這わせてやると、ふたたび身を震わせ、せがむような低いかすれ声が返ってきた。彼はこれに応えて指を二本、彼女のなかにするりと入れた。彼女は頭をうしろへ倒し、全身を弓なりにして、またも声をあげた。傷ついた獣を思わせる絶望の静かなむせび声を。

もう彼女を引き止めることはできなかった。フレデリカは両手を垂らし、片方の手で自分の腿を、もう一方の手で狂おしく彼の髪をつかんだ。最後にたっぷりと一回、指を往復させせながら、もう一度舌を這わすと、彼女は砕け散った。腰が持ち上がって彼の口を押し上げる。波が彼女の全身を激しく震わせる。何回も波が押し寄せるのがわかった。最後の小刻みな震えがおさまり、波に取り残された彼女がすすり泣きを始めると、彼は自分の体を引き寄せて彼女の上に重なった。

ほんとうに泣いているのか?

ああ、まずい。涙には耐えられないのに。そのとき、涙がひとしずく彼女の目からこめかみへこぼれるのが見えた。なお悪いことに、こちらを見つめている。感謝をはるかに超えた、危ういまでの絶対的崇拝に近い表情を浮かべて。よしてくれ、ぼくはそんなものに値する男じゃない。涙もだめだが、崇拝はもっと困る。記憶のかけらが、ある警告がよみがえってきた。それは、教会での婚礼でアマースト牧師が語った、〝すべての心の秘密が暴かれるであろう最後の審判〟というくだりだった。ああ、そのとき、彼女はこんな温かく優しい目で見てはくれないだろう。こんなにたやすくぼくを抱きしめようとはしないだろう。だが、今はまだ腕を広げ、ぼくの名を口にしている。

ベントリーは片手にペニスを取ると、反対の手で温かい肉を引き戻すようにして彼女を開かせた。躊躇《ちゅうちょ》したのは一瞬で、すぐに待ちきれなくなり、一回で彼女の奥まで突き入れた。フレデリカは叫んだが、それがショックによるものではなく悦びの声なのは本能でわかった。下になった彼女の体がふたたび弓なりにそった。と、望んでもいないことを懇願する自分の声が聞こえた。

「ぼくを愛してくれ」頭をのけぞらせてベントリーは囁いた。「ああ、フレディー、ぼくを愛してくれ、頼む」

ぼくを愛してくれ。それはフレデリカの耳に魔法の言葉のように届いた。思いもよらずベントリーが無防備な存在に見えた。フレデリカは彼を抱きしめた。自分の体を彼の体に溶けこませ、動きを合わせ、悦びを彼に示した。本能と渇望に導かれるままに。ベントリーは彼女のなかでゆっくりと動きながら、一回ごとにその動きの意味を教えこんだ。目をきつく閉じ、力強い腕をぶるぶる震わせて。フレデリカはそれに応えて両手を下へ滑らせ、彼の尻の張りつめた筋肉にあてがった。彼が満足そうにうめくのが聞こえた。

彼女は目で彼を味わった。自分を突き上げている彼の、喉の腱が浮きでてぴんと張るさまに、汗が額で玉を結ぶさまに見入った。彼の首から汗がしたたり落ちて鎖骨のくぼみに溜まると、そっと舌で触れてみた。上になった夫の体がぶるっと震えた。彼は何度も彼女の名を口にした。しわがれた飢えた声で。フレデリカは腰を高く浮かせ、本能的にペニスを締めつけた。快楽と苦痛の両方から彼の顔がゆがむと、ぞくぞくする興奮を覚えた。

それから、彼の体が彼女を絶頂にいざなう激しく熱く長い往復運動を開始した。フレデリカはそのリズムに身をまかせた。腰がさらに高く持ち上がって彼を迎えた。彼女は貪欲に彼を味わった。すぐそこにぶら下がっているとわかる至福に身を投じた。ベントリーの目がぱっと開いた。そこで彼は悟った。黒髪が幕のように顔にかかっても彼はリズムを崩さず、贅肉のない体を汗まみれにしてくり返し突き入れた。新たな悦びを約束して彼女を誘いこんではいじめた。彼女は欲しくてたまらないのだ。欲しくて欲しくてたまらないのだ。これが彼自身が。彼女の夫が。

ベントリーは再度、往復を開始した。今度はもっと高い位置から深く。激しさをどんどん増すと、フレデリカはついに泣きだした。彼女の体は溶岩のように溶け、彼のまわりを流れだした。彼は両手で彼女の肩をつかみ、彼女のなかに自分を叩きこんだ。ついに彼も声を発した。優しく低い苦悶の声を。熱い種がほとばしって自分のなかに何回もそそぎこまれるのをフレデリカは感じた。そうしてやっと、互いの情熱が果てると、使いきった力を表わすように彼の胸が大きく波打った。

息も絶え絶えに彼は倒れこんだ。「フレディー」彼女の上に落ちて重なりながら、彼はつぶやいた。「ああ、まいった」

一瞬の警戒が彼のなかに兆すのをフレデリカは感じた。彼は横向きになって彼女をかたわらに置いた。消えかかる光のなかで、彼の目が穏やかに彼女の目をとらえた。「赤ん坊。まずかったんじゃ……？」

フレデリカは疲れ果てて仰向けになった。「いいえ」きっぱりと答える。「いいえ、ベントリー。あれで赤ちゃんが傷つくことはないわ」

「そうか？」おずおずと尋ねる。「確信があるのか？」

フレデリカは気弱な笑みをなんとか浮かべた。「もちろんよ」

ベントリーはもう一度キスをしてから、あとはなにも訊かず、体を彼女に巻きつけて腹に片手をあずけた。つぎの瞬間にはもう眠りに落ちていた。

ドアをノックする音でフレデリカが目を覚ましたのは、それから少ししてからだった。何日も経ったように思えたけれど。

「ミスター・B？」ロンドンの下町訛《コックニー》りのある陽気な声がした。「ミスター・B？　早く起きてくださいってば、可愛いお人。お湯を持ってきたんです。ミセス・ナッフルズの林檎のタルトも焼き上がってますからね」

翌朝、目を覚ましたベントリーはつくづくと思ったものだ。ひと晩じゅう眠りつづけたことなどシャルコートでは十五年以上もなかったと。片肘をついて、乱れた髪の向こうに目を凝らすと、淡い銀色の陽光がドレープ・カーテンを通して射しこんでいるのがわかった。昨夜、晩餐のあとにそのカーテンを引いたことがうっすらと記憶に残っている。

かすかな物音が聞こえた。小さくひと声うめいて寝返りを打つと、フレディーがあくびを嚙み殺して、満足しきった優しげなまなざしで見つめている。一瞬、心臓が止まったかと思った。愛しさが洪水のように胸に押し寄せた。ついぞ味わったことのない感覚。しかも、け

りだ。
った感情よりは、ある意味で居心地が悪い。いやはや。この居心地の悪さはいよいよ増すばか
っして不快ではない感覚だ。とはいうものの、ゆうべ彼女と愛し合ったときに胸にこみ上げ

当惑を隠すために、ベントリーは片手で顔を乱暴にこすった。「おはよう」

「おはよう」フレデリカは手を伸ばして、彼の髪を指で梳いた。「よく眠れた？」

「死んだみたいにぐっすりね」彼は笑い、彼女のほうにごろごろと近づいた。「これに慣れることができそうだよ」

彼女も笑った。「これって？」

ベントリーは彼女の首に顔をこすりつけた。「目を覚ますとベッドにきみがいること」

フレディーはにっこりして、猫のようにしなやかな体を思いきり伸ばした。「ほんとうにできる？」

「ふうむ、確かめさせてくれ」ベントリーは彼女の片方の肩に手を置いて、少しだけ押しやり、彼女の顔に視線をさまよわせた。「ああ、できる。きみは朝一番に目にはいる魅惑的な眺めになるぞ。これは結婚の最大の利点といっていいだろうな。まあ、なかには長い鑑賞に耐えない女もいるだろうけど」

フレディーはいたずらっぽい笑みを浮かべた。「朝起きて、後悔したことがあるの？」

ベントリーはたじろいだ。「あ、ああ、何度かは。だけど、そのだれとも結婚しなかった、

ありがたいことに」

フレデリカは笑った。彼はそのお返しに彼女に腕をまわしながら仰向けになり、彼女を抱きくるんだ。神の力添えがあったのか、フレデリカはすっぽりと彼の片腕に収まった。上掛けがずり落ちて、寝間着の下の乳房の繊細でまろやかな曲線があらわになっているのに気づくと、愛しさが新たに湧いてくる。その感情を押しのけるように彼は上掛けの下に片手をもぐらせ、彼女の腹を撫でた。「可愛いフレディー、きちんと食べてるのかい？　もっと太らなくてはいけないんだろう？」

フレディーはちょっと不満そうに唇を尖らせた。「十一月の聖マルタン祭までには山みたいに大きなお腹になってるって、エヴィーが言うの。そのころのわたしはあまり魅力的には見えないかもしれないわ」

ベントリーは衝動的に唇を重ね、激しいキスをした。「今よりずっと魅力的になってるさ」と囁く声の熱烈さは彼自身を驚かせた。彼はフレデリカの子宮の真上に片手をあてがった。「そうとも、もっときれいになってるよ、フレディー。ぼくの子を宿して丸みを帯びたきみは、そのころにはもっと艶めかしく女らしくなってるはずだ。そういう魅力に気がつかない男はいない」唇が彼女の顔を動きまわって細かなキスの雨を降らせた。「きみがきれいになりすぎて、耐えられなくなるかもしれない。暖炉の箒《ほうき》でぼくを追い払わなくてはならないぞ」

　これにはフレデリカも吹きだした。ベントリーは上掛けを押し下げ、自分の手を置いた場所に口づけをした。寝間着の薄い生地を通して彼女の温かい肌となにかの花の石鹸の匂いがする。「聞こえるかい、スイートピー？」フレデリカの臍《へそ》に向かって彼は言った。「きみのお母さまはくらくらするほど魅力的になっていくし、きみのお父さまはますます欲張りになるだろうから、この先何ヵ月も押し合いへし合いが続くかもしれないぞ」

　フレデリカはなおも笑いながら枕に頭を投げだし、彼を引っぱって顔を上げさせようとした。ようやく彼が顔を起こした。「スイートピー？」

「ああ、この子は女の子だからね」ベントリーは彼女の肩に頭をあずけた。「わかるんだ」

　フレデリカは首を振って言い返した。「いいえ、男の子よ。ウィニーもそう言っているもの」

「ほう、ウィニーがそう言ったって？　で、父親の直感はまったく考慮されないのか？」

「それはあなたがウィニーの特別な石を持っていないからよ」フレデリカは片目をつぶってみせた。「あの石の占いが当たらなかったことはないの」

　ベントリーは片眉をくいと吊り上げ、「へえ、特別な石ならぼくも持ってるぜ」と、思わせぶりに小首を傾げてみせた。「見たいかい？」

　フレディーが懸命に真顔を崩さぬようにしているのが彼にはわかった。「いいえ、ウィニーのは人の意思が伝わる魔法の石なの」彼女は目に見えぬ石を指でつまみ、胃のあたりで振る仕種をした。「ウィニーがにフィレンツェの魔女からもらい受けた黒オニキスよ。これを新月に母親の子宮の上に提げておくと、もし赤ちゃんが女の子なら石が時計まわりにまわって、男の子なら反対まわりをするのよ。エヴィーのときも一度もまちがわなかったんだから」

「でも、今度はまちがうよ」ベントリーは妻のうなじに顔をうずめ、軽く歯を立てた。

「痛っ！　あなたはそんなに娘が欲しいの？　男の人って息子を欲しがるものなんじゃないの？」

ベントリーは彼女の横で肩をすくめた。「引き継がせる爵位があれば、そうかもしれない」彼は考え深げに言った。「でも、ぼくは爵位をもたない。それに、女の子は可愛いし、男の子よりいい匂いがする。アリアンが小さかったころが懐かしいよ。マデリンにエミーもそうだ。もちろん、キャサリンの娘のアナイスも」

フレディーは枕に頭を戻した。「あなたはほんのわずかでも女を感じさせるものに魅了されるようね。だけど、わたしに言わせれば、男の子のほうがずっとこの世の中を生きやすいわ。男の子には選ぶ自由があるもの。人生で自分の望むことをするチャンスも自分の望むものになるチャンスもあるし」

ベントリーは頭を起こして真剣なまなざしを向けた。「ぼくたちの娘は選ぶ自由もチャンスも手に入れられるさ。かならずそうさせてやる。なぜそんなに心配するんだ、フレディー？」

フレデリカは肩をすくめ、ぼんやりと上掛けの縁を指でいじくった。「そうね、なんだか馬鹿みたいよね。子どものことじゃなく自分のことを言ってるみたいよね」彼女は目を上げてベントリーの視線を受け止めた。急に真剣な目をして彼を見据えた。「だけど、子どもの性がどっちだろうと、ベントリー、それに、この結婚がこの先どういうことになろうと、わたしの子はわたしよりは平坦な人生の道を歩むだろうってことはわかってるの。あなたにそのお礼をまだ言っていなかったわね。言うべきだったのに」

予想もしなかった感情にベントリーは胸が詰まるのを感じた。「ぼくは無私無欲な聖人じゃないぞ、フレディー」と静かに言う。「聖人扱いはしないでくれ。ぼくにはぼくの理由があって、きみと結婚したんだから」

フレデリカはかなり長いこと押し黙り、なぜか唐突に話題を変えた。「昨日、あなたの家族にお会いして愉しかったわ。とくにお兄さま、大好きになっちゃった。晩餐のときにもおしゃべりがはずんだの」

「ああ、キャムが気配りのできる男だってことはぼくも気づいてたよ」ベントリーはそっけなく言った。結婚に関して彼女が言ったことは彼の心に痛みをもたらしたが、この話題も気に入らなかった。

フレディーは探るような目で彼を見た。「最初、お兄さまはわたしたちの結婚に不賛成なんだと思ってたの。昨日のお茶の時間ではよそよそしい感じだったでしょう？　でも、ヘリーンが言ったの、心配してるだけなんだって」

「ああ、キャムは余計な心配をすることにかけては大家《たいか》だからな」ベントリーはぼそりと言った。「彼が賛成かどうかを気にする必要などないぞ。ぼくたちは彼の施しにすがって生活するわけじゃないんだから」

フレディーは驚いて彼を見た。「そんなこと、考えもしなかったわ。どうしてそんな言いかたをするの？」

ベントリーは眉をひそめて天井を見上げた。「その話はもういい」

フレデリカは首を横に振って食い下がった。「よくないと思うけど。お茶のときはなんだかひどくぎくしゃくした雰囲気だったわね、ベントリー。晩餐でもそうだったわ。あなたはお兄さまを好きじゃないようだし、お兄さまはあなたを信用していないようね」

「ああ、そうだ、最後の部分はまったくきみの言うとおりさ」

フレディーはしばらく口をつぐんでから、ため息をついた。「あなたたち兄弟はときどきぶつかることがあるとヘリーンが言ってたけど」落ち着こうとするように髪を撫でつけた。「どうしたら力になれるかしら、ベントリー？」

お節介はやめろ、と怒鳴りたかった。だが、そこまで愚かではない。妊娠で不安定な状態にある彼女を怒鳴りつけたりすれば、泣きだしかねないし、そうなった場合、なにをさせられるかは神のみぞ知る。兄の足に抱きついてブーツにキスをし、許しを請う。たぶんそんなところだろう。それに、フレディーはよく泣くけれども、トラブルを避けて通るタイプではないし、盲目的に命令に従うタイプでもない。チャタムでは論じ合うこと、問うこと、考えることを許されていたのだから。いや、教えこまれたのだから。結婚の誓いで〝従う〟という言葉を口にしながら、こっそり人差し指と中指を交差させていたにちがいない。

「わたしはただ、お互いの家族と親しくしたいだけよ」フレデリカは自分の指を彼の指に絡ませ、軽く力をこめて彼の手を握った。「わたしにとっては大事なことなの。わたしたちの子にとっても」

ベントリーは苦々しく笑った。「仲裁役を買って出ようというのかい、フレディー？」と、うわべだけは気楽な調子で訊いた。「やめておけ。キャムとぼくの問題をきみが気に病む必要はない」

フレディーはしかし、穏やかに主張した。「でも、わたしが気に病むのは当然でしょう、ベントリー。あなたの妻になったんだもの。わたしたちは一緒に家族をつくるんですもの。だから、なんとかあなたのことを理解しようと――」

ベントリーはまたも大声で笑って彼女の言葉を遮った。「そんな必要はない！」彼は乱暴に自分の枕を押した。「ぼくは自分で自分が理解できないこともしょっちゅうなんだよ」

「ベントリー、わたしはあなたの人生から締めだされたくないの」

「後生だから、フレディー！」彼はいきなりベッドで起き上がった。「これは新婚旅行なんだぞ。なぜどうでもいいような問題で悩まなければいけないんだ？」

「家族の問題より大切な問題なんかないからよ、ベントリー」フレディーはやにわに一歩も譲らぬ口調になった。「わたしにとっては、家族の絆《きずな》はなにより大事なことよ。ほかのなにを措《お》いても守られるべきものよ。プライドを措いてもね。こういう気持ちを結婚のまえにもっとはっきりさせておくべきだった？」

「なんだよ、フレディー、朝っぱらから、なにをそんなに怒ってるんだ！」

しかし、フレディーはやめなかった。穏やかだが強い口調でさらに続けた。「いいえ、わたしの話をちゃんと聞いて、ベントリー。わかってるでしょ、わたしには家族がいなかったのよ。エヴィーが引き取ってくれるまでは。家族がいないというのがどんなに不安で恐ろしいか、あなたには想像できないのよ。あなたにはなにもかもあるから――」言葉を切り、手を大きく払った。「気遣ってくれる親戚も、こんなすばらしい家庭も、先祖代々受け継いでいるものだって。しかも、あなたはそれを大切には思っていないのよね、ベントリー。思うべきだわ。それはほんとうにかけがえのないものなのだから。わたしは怒りや仲違いのある家族のなかで我が子を育てたくない。そんな家族なら要らないわ」

「だったら、きみはまちがった家族選びの結婚をしてしまったようだね」ベントリーは言い放った。言ったそばからその言葉を取り返したいと思ったが。

けれど、彼の花嫁は、彼が受けてしかるべき反撃のきつい一発を返してはこなかった。そのかわり、体の向きを変え、開いた掌を彼の心臓の上にあてがった。「わたしがあなたと結婚したのは、わたしたちのどちらもこの子の幸せを願ってるんだと、あなたが言ってくれたからよ」フレデリカは囁き声になった。「それがまちがってたの？」

ベントリーはちょっとのあいだ、ただ部屋の奥をじっと見つめていた。

「ベントリー、わたし、まちがってたの？」

「いや」やっとのことで答える。「いや、まちがってないよ。わかってるだろう、フレディー、ぼくがこの子をどう思ってるかは」

彼女は彼の胸から片手を離さなかった。掌がその下の皮膚を温めている。彼女にさわられていると気持ちがよくて、心が慰められた。男がひとりの女を満足させるために、否応なく生きかたを変えると、わずかな慰めを得られることがあるらしい。そう気づいて驚きを覚えた。「わかってるんだ、フレディー、キャムについてきみの言うことが正しいのは」彼はついに認めた。「だけど、この件はぼくなりのやりかたと時間のなかで処理させてくれ、いいだろう？とにかく……せっつかないでほしい。おおかたはうまくいってるんだよ、キャムとぼくは」

「でも、仲直りしてくれるでしょう？」彼女はやんわりと念を押した。「やってみてくれるわよね、なるべく早く、わたしたちの家族のために？」

ベントリーはゆっくりとうなずいた。「ああ。だけど、キャムとぼくのあいだのこの問題は古すぎて、事の始まりがなんだったのか実際にはだれも覚えていないのさ」と、自分の言葉の少なくとも半分が嘘なのは百も承知でそう言った。「きみには理解しがたいだろうと思うけれども。チャタム・ロッジの家族との生活は幸せなものだったろうからね。でも、うちの家族の場合はちがったのさ、フレディー。キャムには子ども時代さえなかったし、キャサリンにしても——」

そのとき、ドアのノブが妙な音をたてた。まるでだれかが怪しげな手つきで必死にドアを開けようとしているかのように。ようやくドアが軋みながら開き、ベントリーがそちらを向くと、幼いマデリンの頭がひょっこり現われた。ベッドから彼が見ているのがわかると、マデリンはにやりと笑い、ドアをばんと閉めた。幼女はこっちへおいでと呼ばれるのを待たなかった。ベントリーが帰っているときにはよくあることだった。マデリンは自分の背丈よりも高いベッドを目指して突進してきた。

やれやれ。むろんマデリンを深く愛しているが、ドアに鍵を掛けなかったことがいささか悔やまれ、フレディーも自分も一応は衣類を身につけていることに大いに安堵した。ベッドの様子が今までとはちがうことを、だれかが子どもたちに説明してくれているとよいのだが。しかし、どうやら、そうではなかったようだ。というのも、ベントリーがマデリンの手をつかんで最後の数インチを引き上げてやると、彼女は彼の上まで這いのぼってきたのだが、フレデリカを見るなり凍りついたように動きが止まったから。「わぁ!」マデリンは小声で言った。

ベントリーはくすくす笑った。「びっくりしたかい、ちびすけ?」マデリンを抱き上げ、顔と顔が向き合うように膝に乗せた。「フレディーを覚えてるだろ?」

マデリンは親指を口に入れて、怪しむような目つきで新しい叔母を観察した。彼は上体をかがめて姪っ子の頭のてっぺんにキスをしてから、親指をゆっくりと口から引きださせた。「フレディーを昨日うちへ連れてきたのは、ぼくの奥さんになったからなんだ」マデリンの小さな両手をつかまえたままで彼は続けた。「夫婦はふたりで同じベッドに寝るだろう?」しぶしぶ認めるというふうにマデリンはうなずいた。「お母さまもお父さまのベッドで寝てる」

ベントリーはすまなそうな視線をフレデリカに送った。「いやじゃないかい?」マデリンのほうへ頭を寄せて、口の動きだけで尋ねる。

フレデリカは温かい笑みを浮かべ、かぶりを振った。「おはよう、マデリン」身を乗りだして、幼女の額にかかった黒みの強い髪を手で払った。「昨日はよく眠れた?」

幼女は大きくうなずいた。「うん。でも、ジェルヴェーは眠れなかったの。怖い夢を見たから。すごうく怖い夢。ジェルヴェー、泣いちゃったの。おっきな赤ちゃんだから。あたしはぜったい泣かないの」マデリンはそこで我慢できずにベントリーに向きなおった。「ベントリー叔父さん、犬たちと狩に行く？　あたしも行っていい？　銃があるのよ。キャット叔母さんがね、ロンドンから持ってきてくれたの。あたし、もう撃てるようになったんだ」

フレデリカの驚いた表情を見て、ベントリーは目配せを送り、それからマデリンに首を振ってみせた。「今日は行かないよ、マデリン」

マデリンは両腕で自分の胸を叩くような仕種をした。「じゃあ、いつ行く？」

ベントリーはあくびをした。「そうだなあ、明日あたりかな、ちびすけ」幼女の気をそらそうとするように、目を大きく見開いてみせた。「マデリン、秘密を知りたくないか？」

マデリンは目をまん丸にして神妙にうなずいた。

ベントリーはフレデリカの腹をちょんと軽く叩き、姪に向かって眉を吊り上げた。「ここに赤ちゃんがいるんだ」

「ほんとぉ？」マデリンは小声で尋ねた。

ベントリーはうなずいた。「いとこがもうひとり増えるんだよ、アーマンドやアナイスみたいな」

マデリンの目がフレディーの腹部に据えられた。「聞こえる？」

ベントリーがうなずくと、マデリンはよじ登ってきて、フレデリカの腹に片耳をつけた。

フレデリカはマデリンの巻き毛越しにベントリーに顔をしかめてみせた。ベントリーは肩をすくめ、目顔で詫びると、声をひそめて言った。「いつまでも隠しておくことはできないんだから、むしろ自慢して、ぼくらは互いに夢中だと見せつけたほうがいいのさ。そうすれば、噂好きの連中が大恋愛だと触れまわってくれる」

フレディーの渋面が徐々に薄れて物言いたげな笑みに取りこまれるのを、彼はかすかな痛みを覚えながら見守った。彼女は無意識に右手でマデリンの背中をさすりはじめた。本能的になにかをなだめるような手つきだ。彼女を不意に襲った哀しみが彼には理解できた。フレディーはきっと大恋愛をしたいわけではないのだろう。今の提案はいささか乱暴だった。だが、マデリンと一緒にいる彼女を見ていると、ある一点では心がなごんだ。フレディーはすばらしい母親になるにちがいない。そして自分は実際にこの新婦に夢中なのだ、とベントリーは思った。露ほどの疑いもなく。

マデリンがぱっと頭を起こした。「聞こえる!」

「まあ、そう!」フレデリカは両手を幼女の頬に押しあてた。「聞こえるの？　どんな音がするの？」

マデリンは飼い猫同士の喧嘩のような奇妙な唸り声を発してから、両手で口を叩いて、くすくす笑った。

空腹で腹が鳴っているのかと、ベントリーは思ったが、それはそれとしてもうれしさが胸にこみ上げた。「そんな大騒ぎをしてるのか。叔父さんも聞くとしよう」

くすくす笑いをしているマデリンをあいだに挟んだまま、ベントリーは体をひねってフレディーの腹に耳を近づけた。顔を上げると、片目をつぶってこう言った。「おう、ほんとだ、マデリン！　叔父さんにも聞こえたぞ！」

「ほんとうに？」フレディーは冷静に応じた。「それで彼はなんと言ってるの？　〝お願い、ぼくを押しつぶさないで〟って？」

「彼女だよ」ベントリーは正した。「彼女がなにか言ってるな……ええと、なになに？」彼は芝居がかって頭をくねらせ、フレディーをこっそりつねった。「おお、そうか！　聞こえたぞ。あたし……あたし……お父さまに……してほしいことが……なにをしてほしいんだい？　おっと！　肝腎なところが聞き取れない！」

「聞いてよ！　聞いて！」マデリンは叫んだ。「なにをしてほしいって？」

ベントリーは耳をもう少し強く押しつけるふりをした。「連れていって……ほしいの……ほら、ピクニックに！」聞き取り完了。「なるほど、そうか、そういうことだ、マデリン！　ピクニックだってさ！」

フレデリカは吹きだした。「ピクニック？」がばっと起き上がって言った。「ほんとうに？」

「そうだよ」ベントリーも体を起こし、どうだとばかりにわざとらしく埃を払うように両手を打ち合わせた。「ようし、これで決まりだな！　フレディー、きみももちろん一緒だぞ。

きみたちはくっついてるんだから。ミセス・ナッフルズに言ってバスケットに昼食を用意してもらおう。今日の午後ピクニックに行けるように」

しかし、彼のこのプランに突如フレデリカは気分を害したようだった。顔から血の気が失せて、目が見開かれたかと思うと、マデリンをベントリーに押しつけた。ベッドを離れて浴室へ駆けこんだ。ベントリーはびっくりして追いかけた。マデリンを抱き上げて。「フレディー?」

が、返された答えはすさまじい嘔吐の音だけだった。死人のような白い手がドアをつかもうとしているのが見えた。ベントリーは考えるより早くマデリンを下におろして、小部屋へ飛びこんだ。フレデリカは便器におおいかぶさるような格好をして、逆の手を便器の背に不安定に突っぱらせていた。「大丈夫か、フレディー?」彼は彼女の体にそっと触れた。

フレディーは喉の奥から恐ろしげな声をたてた。「行って。来ないで」

しかし、二度めの痙攣の波がその細い体に襲いかかり、フレディーはもう一度吐いた。ベントリーは彼女の髪が汚れないように片手でつかんで引き上げてから、いたわるように腰に腕をまわした。三たび痙攣が始まった。今度のはさらに強烈だった。「出ていって!」フレデリカはむせながら言った。

だが、ベントリーは彼女とともにかがみこんだ。そうするべきだと思ったのだ。案の定フレディーは抵抗をやめ、体重を彼の腕にあずけた。ベントリーは無意識に彼女を引き上げ、髪が落ちないようにした。またしても波が来た。げえげえと血も凍るような恐ろしい音が延々と続いた。

彼女が苦しむのを見ているうちに、自分が最悪のやつだと思えてきた。どうして、なぜに、一物をズボンのなかにしまっておけないのかと。「ああ、フレディー」つぎなる波と戦うフレディーに彼は声をかけた。「これはみんなぼくのせいなんだね？」

「ちがうわ」フレディーは弱々しく答えた。

「ちがう、ちがう」ベントリーの膝のあたりから、きっぱりとした小さな声がこだまのように聞こえた。「あの赤ちゃんのせいだもん。お腹にいる赤ちゃんの」

見おろすと、マデリンがふたりを見上げていた。黒みの強い巻き毛がベントリーの白い下穿きと鮮やかな対照をなしている。「ああ、もう！」フレディーは便器の上でうめいた。

マデリンは解説を続けている。「だってね、赤ちゃんは蹴飛ばしたり、体をくねくね動かしたり、いっぱいするでしょ」

「そうなのかい？」ベントリーはつぶやいた。

マデリンはうなずいた。「それとね、はらわたをガボガボさせるでしょ？」

「はらわた？」

「ちょうとか、いとか、かんぞうとか」マデリンの解説によってフレディーの嘔吐の声は激しさを増した。「だから、ものすごぅく気持ちが悪くなっちゃうのよ」

「へえ、そうか」ベントリーは気弱に応じた。

マデリンはこっくりとうなずいた。「お母さまのはらわたがガボガボしたから知ってるの。エミーが飛びでるまで毎日ゲロを吐いてたんだよ」

父親のような憤りに駆られて、ベントリーは訊き返した。「ゲロ?」ふたたび嘔吐が始まると、フレディーをつかまえている腕に力をこめた。「だれがそんな言葉を教えたんだ?」

マデリンは肩をすくめた。「覚えてないもんね」と守勢にまわった。「でも、聞いちゃった。ゲロはぜぇんぶエミーのせいだって、クウィーニーがお母さまに言ってた」

「もう、いや!」フレディーはむせた。

「エミーのせいじゃないんだぞ」小刻みに震えるフレディーの体にしがみつくようにして歯の隙間から声を絞りだした。「その言葉を遣うのはやめなさい! それに、赤ちゃんは飛びでるんじゃない! 赤ちゃんは……ええと、運ばれてくるんだ。コウノトリによって」

「コウノトリってなに?」マデリンは疑わしそうに訊いた。

「事の始まりはあなたでしょ!」と、げえげえの合間にフレディー。

「ものすごく大きな鳥さ」ベントリーはむきになった。「この世界に赤ちゃんを運んでくる鳥だ」

幼女は下唇を突きだした。「クウィーニーが言ったのとちがう。クウィーニーはエミーがバターを塗ったパウンドケーキよりも速く飛びでたって言ってた。鳥はパウンドケーキに似てないと思うけどな」

その光景が目に浮かんだのが運の尽き、フレディーはただちにまた背中を向けて、昨夜の晩餐のごちそうを残らず嘔吐した。


だが、それから数時間足らずで、フレデリカはすっかり回復し、真昼の陽射しで背中を暖めながら、古いウールの毛布の上に寝そべっていた。夫の顔がよく見えるように両肘をついて。ベントリーは仰向けに寝て片膝を立て、陽光を締めだそうとするように片腕を目の上に投げだしていた。上着とチョッキとクラヴァットは無造作に草の上に重ねられていた。眠っていると端正な顔が柔らかみを帯び、顎ひげが早くも薄い影を落としていても、何歳か若返って見える。無邪気な顔といってもいいくらいだ。

その思いつきに、フレデリカは笑いそうになるのをこらえた。なんて愚かしいロマンチックな想像なのかしら！　今朝の——そしてこの愉しい昼下がりの——不思議な出来事に自分が浮かれるのを許したということ？　たぶんね。でも、当然でしょう？　どちらも感動したのは否定しようのない事実なのだから。

「これから数時間、きみをこの家から連れだすけど」料理人が用意してくれたピクニック・バスケットを掲げてベントリーは言ったのだ。「ろくに顔も知らない人間が部屋に押しかけてくるのに辟易してるだろ？　おつぎは噂好きな村のご婦人が玄関扉をひっかきに来るぞ。

彼女たちはノーという返事を受け付けないんだ」

夫とふたりきりの時間をもてるのは歓迎だった。はじめて訪れたこの土地で新たな一日が始まったことを考えるにつけ、つくづく人生とは異なものだと思われて、フレデリカは草の上に広げた毛布のへりの房飾りを見るともなしに眺めた。わたしはもう人妻、ベントリー・ラトレッジの妻なのだ。幼いころから知っていると思っていたチャーミングなならず者の。でも今は、彼のことをほとんどなにも知らないのだという気持ちが強くなっている。ベントリーといると、ごくあたりまえの古い自分と、驚きと謎に満ちたこの新たな自分との狭間《はざま》にある人生を、一種の夢遊状態で動きまわっているような感じがする。でも、ベントリーこそが謎の多い存在だ。謎はかならず解き明かすつもりだ。この結婚の成功はそこにかかっているのかもしれないと思うと、とても怖いけれど。

ここまで歩いてくるあいだに頭はすっきりして、つわりの吐き気にもあれからはまだ見舞われていない。子どもたちは結局、ベルヴューの大勢の従弟や従妹たちと昼食の約束をしていたことがわかったので、フレデリカとベントリーのふたりだけで出かけることになり、健脚を誇って一マイル以上も歩いてきたのだ。ベントリーが選んだのはシャルコートを見おろす高い丘の上の、小径に沿った雑木林にほど近い場所だった。彼は持参した毛布を広げると、イングランドじゅうでこの丘が一番のお気に入りなのだと宣言した。理由はフレデリカにもわかった。丘の頂き近くからは何マイルも広がる森林と原野が一望のもとで、そのなかに石造りの小屋や覗き窓のある教会の尖塔が点在し、空にそびえる屋根の輪郭線もところどころに見えた。そうした風景を切り分けるコルン川は、羊たちが斑点模様をつくる緑の牧草地のなかをくねくねと流れていた。

毛布にのびのびと身を横たえながら、ふたりは冷やしたローストチキン、果物、チーズ、皮の堅いパンの昼食にあずかった。フレデリカが少しずつゆっくりと口に運んでいると、ベントリーはときどき林檎のひと切れを、あるいはチーズのひとかけらを彼女の口に入れた。まるで、彼女にはそういう励ましが必要だとでもいうように。昼食がすむと、彼は片肘で上体を起こしてブーツの踝のところを交差させ、マデリンのおかしな話を聞かせてくれた。そんなベントリーを彼女はうっとりと眺めた。そよ風に髪をなぶらせながら。

今、フレデリカは小首を傾げ、夫の横顔をもっとよく観察しようとした。そういえば、姪のマデリンと彼はとてもよく似ている。トレイハーン卿の眉間にいつも皺が寄っているのも無理はないのかもしれない。

ベントリーとトレイハーンのあいだにあるらしい不和について、もう一度考えてみた。兄弟間にある程度の競争が存在するのはふつうのことだと思う。ガスとセオにしても、ありとあらゆる男らしさの追求において互いを打ち負かすことしか念頭にない。でも、シャルコートに垂れこめている灰色の雲には、兄弟同士の競争とはまるでちがう、踏みこむことを許さない深い哀しみのようなものが感じられる。それは長いこと膿《う》んだままの傷にも似て、手当をしなければいけないとフレデリカには思えた。

不意に教会の鐘が鳴りだして、その深い響きが空気を震わせた。音のするほうを向くと、陽射しを受けて金色に輝く聖ミカエル教会の鐘楼が見えた。鐘の音はまもなく、冷たく甘い雨のように丘全体に降りそそいだ。いつしかフレデリカはこの時間が永遠に続くのではないかと空想しはじめた。こうして教会の鐘の音に包まれてベントリーとともに太陽の下にいつまでも横たわっていられるのではないかと。

ああ、でも、人生はそれほど単純じゃない。ベントリーとのこの新しい人生はわたしをどこへ連れていくの？　そうした問題を彼と論じたことはまだ一度もなかった。シャルコートにいつまで滞在するの？　家族となったわたしたちがどこで暮らすのかを彼は考えているの？　ロンドン？　それとも彼の仮住まい？　自分たちの不運と軽率さゆえに追いこまれて結婚したようなものなのに、ほんとうに満足できるの？

「考え事かい？」耳もとでかすれ声がした。

フレデリカはぎょっとした。その拍子に顎が片手の拳から落ちると、ベントリーは声をあげて笑い、もう一度仰向けになって、彼女を自分の横へ引っぱった。「なぜそんな浮かない顔をしてるんだ、フレディー？」

フレデリカは緊張を解いて、手足を伸ばし、彼の胸を横切るように寝そべった。「なぜかしらね」と物憂く言った。「ただ、ちょっと……迷子になったような気分なの、どうしてだか」

「迷子？」ベントリーは手の甲で彼女の頬を撫でた。「わかるように話してくれないか？」

フレデリカは彼の胸に頭をあずけ、野苺の茂みを見つめた。「闇のなかにいるときは、ベントリー」覚悟を決めて、はっきりと言おうとした。「きちんとした計画を立てるべきなんじゃないかしら？　つまり、将来について」

ベントリーの胸を笑いが走り抜けるのを感じた。「言わせてもらうけど！」彼はからかい口調で言った。「こう見えて、ぼくたちは三日まえに結婚してるんだよ」

フレデリカは頭を起こすと、軽い苛立ちを顔に出して彼を見た。「ベントリー、あなたはやっぱり真面目になれないの？」

彼のなかでなにかがずれて変化した。その変化をフレデリカは彼の声に、体をさする手の感触に感じ取った。「すまない、フレディー」彼の息で髪がそよぐ。「ぼくはこれまで将来の計画を立てるのが得意な人間じゃなかったんだ。でも――」

「どうして？」フレデリカは興味を惹かれた。

彼はこの問いを穏やかに黙殺した。「でも、きみがなにを知りたいのか教えてくれれば、始める努力をするよ。きみのどんな心配を無視してしまったのかな？」

フレデリカは彼の顔から視線をはずし、遠くに広がる緑の景色に見入った。そのほうがなぜだか話しやすかったから。「わたしにはあなたがなにを考えてるのかを知る必要があるのよ、ベントリー」ダムが決壊するように言葉がほとばしった。「あなたはなにを考えてるの？　どう感じてるの？　あなたはそう思われているほど浅はかな人じゃないはずよ。わたしといて幸せ？　子どもができたことを本心から喜んでる？　それに、いつまでシャルコートにいるのかも知りたいわ。そのあと、どこで暮らすのかも――」

「ここが気に入らないのか？」ベントリーは流れをせき止めるように言葉を挟んだ。一本の指を彼女の顎の下に滑らせて顔を持ち上げ、自分の顔と向き合わせた。「もしそうなら、フレディー、明日ここを出ていこう」

彼女は首を横に振り、視線を彼に戻した。「いいえ、ここは大好きよ。世界で一番美しいところだと思うぐらい。だけど、ここはわたしたちのうちじゃないでしょう、ベントリー。ここを訪ねてから、このあとはハムステッドのあなたの仮住まいへ行くことになってるの？それとも、ロンドンに家を買って、その家で一緒に暮らすの？」

ベントリーは妻の声音に不安を聞き取った。彼がそういうことをまったく考えていないと言いたげだ。ベントリーはそのことばかり時間をかけて考えてきた。だが、フレディーは人生に家庭と確実性を求めている。むろん、たいていの女がそうだけれども、フレディーの場合はその思いがとくに強い。それを忘れてはならないのだ。「都会で暮らしたいのかい、フレディー？」

彼女はふたたび首を横に振った。「そういうわけじゃないけど、あなたが……」

「ぼくがなんだい?」彼は迫った。「田舎暮らしだと死ぬほど退屈しそうか?」

「ええ」フレディーは肩をすくめて認めた。

ベントリーは彼女が誤解しているのだと不意に気づいた。彼は田舎暮らしを愛していた。子どもを——いや、子どもたちをここで育てるのは田舎が一番だ。子どもはもちろんふたり以上欲しい。それに、子どもたちをここで育てたいと思うのは、いい思い出もいやな思い出もあるにせよ、ここはやはり故郷だからだ。ただ、このシャルコートではキャムとの関係に余裕がもてないのはたしかで、それが再三再四ここを離れる要因になっている。もうひとつは、なにかから逃げたいという思いだ……おそらくは自分自身から。

ベントリーは彼女の額にキスをした。「じゃあ、田舎にぼくたちの家を買おう。じつを言うと、そうしようかとずっと考えていたのさ」

「だって——家を買うお金なんかわたしたちにあるの?」

ベントリーは彼女を見て笑いだした。「ありますとも。二、三軒は買えると言っておくよ。むろん、ハムステッドのローズランズも美しいところだが——いつかきみを連れていって見事な薔薇園を見せてやろう——あの家には、きみが言ってたクリケットの一チームははいりきらないだろうな」彼は腕をちょっと上げてフレデリカを抱き寄せた。将来の計画を立てるという仕事は思っていたほど難しくはなさそうだ。「ほかにもなにかあるかい、フレディー?」

フレデリカは頭を起こして彼の目をまっすぐに見つめた。「情婦がいるのかどうか知りたいわ」静かだが有無を言わさぬ物言いだった。「もし、いるなら、はっきり言うわ、認めるつもりはありません。結婚するまえに言っておくべきだったけれど。それと、あなたの子どものこともわたしに話すべきだと思うの。あの日、音楽室で言いかけたでしょう。その子は大事にされてるの？　男の子？　それとも女の子？」

ベントリーの呼吸が止まった。質問が厳しくなってきたのではないか？　小刀の切っ先が血管に押しあてられているのを感じた。メアリのこともブリジットのことも口にした記憶はない。口走ってしまったのだろうか？　たぶんそうなのだろう。くそ。彼は深く息を吸いこんだ。「以前に情婦がいた。彼女はぼくの子を産んだ」ベントリーはややぶっきらぼうに語りだした。「娘だった。名はブリジット。だが、その子はまだ幼いときに死んだ」

「まあ」フレデリカは小さな声を漏らした。

彼女の声が哀悼《あいとう》で途切れるのがわかったが、詳細な事情を語るのは耐えられない。今ここでそれを語るのは。彼女とのあいだにもうけた子には喜ばしい未来が開けているときに。

「で、あとはなにが訊きたかったんだっけ？」ベントリーは動揺を鎮めようとした。「ああそうか、情婦だな！　ぼくはあちこちに女を囲ったことは一度もないし、将来、新たに囲うつもりもないよ、フレディー。きみと同じ屋根の下で暮らしているかぎりは」

「でも、その人はどこにいるの？」フレディーは寝返りを打って離れ、起き上がった。「亡くなった女の子の母親は？」

　ああ、これは話したくない。どうしても。「母親も死んだ」彼は立ち上がった。「数年まえに。ここまで、きみの満足がいくように質問に答えられたのなら、フレディー、この話をこれ以上続けるのは気が進まないな」

「ええ、わかったわ」フレデリカが立ち上がる気配を見せると、彼は手を差しのべて引き上げ、落ち着かない様子で雑木林のほうへそぞろ歩きを始めた。彼女と手をつないだまま。

「ぼくが幸せかとも訊いたね、フレディー」足を止め、通り道を転がっている石を蹴飛ばす。「ああ、きみといると幸せさ、そういう意味で訊いたのなら。お腹の子についてどう思うかといえば、そうだな、実際こうなった経緯は遺憾だが、うれしくないわけじゃないんだ」

「わたしもうれしいわよ」フレデリカは上目遣いに彼を見た。と、彼女の目がからかうように笑うのが、長くて濃い睫毛を透かして見え、これでよかったのだと思った。ほんのいっときでも彼女を幸せにできたのだと。そう思ったとたん、妻に対する欲望を自覚した。今ここにフレディーを組み敷きたいと、息苦しいほどに願っていることを。それは自分の性欲を満たし、彼女を悦ばせるためだけでなく、今しがた交わした会話を封印するためでもあった。

　妻の考えはべつのところにあるようだった。「この子になんという名前をつけたい？」と、空いているほうの手を腹にあてがいながら訊いてきた。「男の子だったら、ランドルフはどう？」

「だめだ！」ベントリーは異様に激しく反応した。「その名前はぼくの首に括《くく》られた挽《ひ》き臼《うす》なんだ（『新約聖書』十八章六節に登場する文言）。息子にそれを伝えるのはむごすぎる」

「挽き臼？」フレデリカは目をぱちくりさせて彼を見た。「可愛らしくて、いい響きの名前だと思うけど」

ベントリーは苦い笑いを漏らした。「きみはぼくの父に会ったことがないからそう言うのさ。イングランド広しといえど、あれほど可愛げのない、一家の主《あるじ》と呼ぶに値しない男はいなかったよ。ランドルフはだめだ、絶対に。ほかの名前を選ぼう。きみの父上にちなんでフレデリックはどう？」

フレデリカのまなざしがやわらいだ。「じゃあ、女の子だったら？」

ベントリーは眉根を寄せて考えこんだ。「そうだなあ。一族のこれという女性名は全部キャサリンとヘリーンに取られてしまったし。きみのお母上の名前はなんといったの？」

「ルチアナ」フレデリカは言った。「ルチアナ・マリア・テレサ・ドス・サントス・ダヴィレス」

「きれいな名前だね。とても印象深いし」

今度は笑みが彼女の目と口もとの両方に達した。顔全体に優しさが広がったように思えた。

ベントリーは小径の途中で立ち止まり、フレデリカをじっと見おろした。これはぼくが知っている愛とはちがう。さすがに、そこのところを混同するほど愚かではない。が、かすかな望みはつなげるのでは？　質問のほとんどにどうにか答えて彼女をつなぎとめたのだから。それなら、もしかしたら——希望的観測ではあるが——結婚というこの難破船は結局のところ救助されるのかもしれない。もしかしたら、彼女に対してほぼ絶え間なく抱いている欲望もそう浅ましいわけではないのかもしれない。もしかしたら、こんな自分でも実際にふつうの人生を送ることができるのかもしれない。それこそを求めているのだろうか？　そんなふうに考えたことはただの一度もなかったが。

フレデリカの茶色の目は今はぬくもりをたたえ、ゆっくりと彼の顔をさまよっていた。彼の目鼻立ちのひとつひとつを記憶に刻もうとするかのように。ベントリーはつられるように両手を上げて彼女に触れた。両の親指で顎をたどり、うなじにゆるやかに垂れている髪に残りの指をくぐらせた。フレデリカは顔の向きを変えた。そうすると乳房がぴたりと押しつけられた。彼女はつま先立ちになった。吐息とともに睫毛が伏せられた。

これが、口には出されず宙に浮かんでいる質問への彼女なりの答えのようだった。彼は両手で彼女の顔を受けたまま、唇を斜め上から重ねた。最初は優しく。徐々に激しさを増し、むさぼるように。ああ、彼女が欲しい！　フレデリカはそれを察して唇を開いた。ベントリーは低くうめき、その唇を奪った。にわかに欲望をむきだしにして、死に物狂いで。彼の荒々しい欲求のなにかが彼女に伝わったのだろう。フレデリカは体を引き離した。

「来て」小声でそう言うと、小径から少しはずれた森のなかへベントリーを引っぱっていった。ベントリーは従った。フレデリカは木々を分けて森の奥へ進んだ。彼女のスカートが弾力のある薄緑の羊歯《しだ》の葉むらを割った。ひんやりした葉陰がふたりを包み、完全とはいかないまでも、ほぼ姿を隠した。彼女はどっしりしたオークの若木のそばで足を止めると、幹にしっかりと背中を押しあててから、ぐいと彼を引き寄せた。「わたしを愛して」そう囁くのと彼の唇が彼女の唇に触れるのは同時だった。

大地が足の下で揺らぐのをベントリーは感じた。「ここで？　今？」

フレディーは彼の顎骨に唇を這わせ、「あなたは不道徳な放蕩者のはずでしょう？」と、からかうように言った。「そうよ、ここで、今」それから、舌先で彼の耳たぶをついばむと、首の腱に沿って唇が滑りおりるにまかせた。ベントリーはごくりと唾を飲みこんだ。彼女の熱い唇の下で喉仏が上下に動いた。彼は自分が獣じみたうめき声を発するのを聞いた。つぎは彼の番だった。手で彼女の肩に、乳房に触れ、尻の曲線と重みを確かめた。艶《なま》めかしい彼女の肉体が両手にあふれ、彼女の匂いが鼻孔を満たした。

フレディーは早くも彼のシャツの裾を引っぱりだそうと奮闘していた。糊の利いたキャンブリック地のシャツがズボンから引きだされ、彼女の温かな手は待ちきれないようにシャツの下へ滑りこんだ。掌がそろそろとあばら骨をなぞってから、胸にぺたりと押しつけられた。両手の親指で乳首をもてあそぶと、生々しい欲望に彼女の全身が引きつるのがわかった。妻に対する欲望は今日一日の大半を費やして今や煮えたぎっていたから、ベントリーは二度めの誘いを待たなかった。人目がないかと気にしたのはほんの一瞬で、すぐさま片手を下へ伸ばしてモスリンを握りしめ、スカートを乱暴にまくり上げた。口を彼女の口から一度も離さずに、その体をいっそう強くオークの幹に押しつけた。粗い樹皮が髪とドレスをこする音が聞こえた。スカートの下を手探りし、下穿きのなかで割れ目を探した。見つけると熱い肉に指を差し入れた。やはり彼女も欲しがっている。すぐにフレデリカの体が震えだすのが感じられた。

彼の美しい妻はもはや恥ずかしがり屋の小娘ではなかった。彼の腰のくびれにまわした両手が下へ向かっている。腰と腰を密着させることを望むように。もう待てなかった。柔らかな羊歯のベッドに横たえて、彼女のなかに押し入り、自分の下で爆発させる潮時だろう。口を開いてそう告げようとしたのだが、フレデリカの手がズボンの前立てに近づくころには、なけなしの集中力を失ってしまった。彼女はがむしゃらといっていいほどにボタンをはずしにかかった。だが、互いの体がくっつきすぎているため、思うようにボタンがはずれてくれない。彼女はもどかしげな声を喉の奥で発して諦めると、今度は手でズボンのまえを撫でおろし、硬く盛り上がったペニスを揉みはじめた。

「うっ、フレディー！」ベントリーは思わず声をあげ、わずかに体を引いた。「両手で、はずして――くれ――ボタンを、ああ」

歯の隙間から苛立たしげな音を発しながら、フレデリカはふたたびボタンの穴に攻めこんで、どうにかボタンをひとつはずした。それで充分だった。彼女が彼の下穿きのリネンを脇へどけると、勃起したペニスが解放されて飛びだした。ベントリーは彼女の尻に両手をあてて持ち上げた。「脚を」とかすれ声で言う。「早く、ああ、フレディー！」

フレデリカが本能的に片脚を彼の腰のくびれに巻きつけると、彼は彼女の尻の位置を上げ、自分の尻を浮かせて強く一回押しこみ、ペニスで彼女を固定した。フレデリカは木の幹にあたるまで頭をのけぞらせた。すでに苦しげな熱い息遣いになっている。「ああ、神さま、ああ、神さま」ベントリーが再度突き上げるとくり返し言った。「ああ、ベントリー、そうして――ええ、そう、そういうふうに」

周囲を気にする余裕はなかった。ベントリーはもう一度キスをした。彼の口は乱暴で容赦なかった。ざらついた樹皮が彼女の髪に引っかかってヘアピンが抜けると、豊かな黒髪が解き放たれた。彼が幾度となく奥へ差しこむたび、彼女の体が木にぶつかった。そのたびに、オークの若木も身震いし、ふたりの頭の上で枝と葉がわなないた。フレデリカは目をきつくつぶって彼にすがりついた。その顔は一刻の猶予もならぬ欲望の仮面と化していた。

狂おしい欲望をふたりで分かち合っているという感情に浸りながら、彼は先刻の毛布の上での甘い間奏を思い起こした。彼女はぼくを欲しがっているが、ただこれだけのためでない。与えられる肉欲の悦びのためではなく、それ以上のものがあるから、ぼくを欲しているのだ。そういうこともあるのだと畏敬の念に打たれた。肉体の快楽以外にも与えられるものが自分にあると思わせてくれた女はこれまでにひとりもいなかったから。ひたすら突き上げるこの体を本能で巻き取りながら、彼女は貴重な贈り物を差しだしてくれている。彼は目を閉じて、それを受け取った。それを大切にしまって存分に味わった。できるかぎり長く自分を抑え、柔らかな吐息と、彼女の、自分の妻の、女らしい香りに溺れた。妻の体が張りつめて小刻みに震えだすのを感じると、もてるテクニックを総動員した。やがて彼女の頭と肩がうしろへ倒れ、体が幹にぶつかった。全身が悦びに打ち震えているのだ。彼女はそれから泣き叫んで、彼を求めて夢中で手を伸ばした。

彼女の指が肉に食いこむ。「ああ、ベントリー。ああっ!」

彼はそこでやっと自分が絶頂を迎えるのを許し、腰を往復させて何回も彼女の体に種をそそぎ入れた。安堵と歓喜の急激な高まりとともに刺しこんだ。ふたりして無限の宇宙に到達したあと、至福の境地でようやく彼は幹を背にした彼女のほうに全身で倒れこんだ。真っさらな気分。しかも、なぜか自分が以前より上等な男になった気分だ。

永遠とも思われる時間が過ぎると、妻は彼の肩から頭を起こし、自分たちの足もとの緑の絨毯を食い入るように見つめた。「ああ!」夢から覚めたようにこう言った。「ほんとうにびっくりよ! 立ったままでできるなんて知らなかったんだもの」

「可愛いフレディー」ベントリーは妻がそろそろと彼の脚をおりて立つのにまかせながら、つぶやいた。「今したいときみが言ったからさ」

12 我らが英雄、客間でのゲームを目撃される

フレデリカにすれば、シャルコートでのその後の二週間は、ただぼうっとしているうちに過ぎたようなものだった。五月になると、コッツウォルズの丘は一気に青葉と鳥のさえずりに包まれた。ベントリーの家族は相変わらず親切で、いくつか質問もしてきた。教会では従妹となったジョーンに会った。ジョーンの夫は教区牧師のミスター・バジル・ローデス。礼拝がすんで教会堂からどっと出てくる信徒たちの多さにフレデリカが感想を述べると、ヘリーンは笑い、ベントリーを服従させた女性をひと目見ようと村をあげてやってきたようだと言ったが、フレデリカには自分がそんな大それたことをしたとは思えなかった。ベントリーは表面的にはほとんど変わっておらず、今までどおり快活にふるまっていたから。

主のいない寝室での奇妙な出来事はあの一度きりだったことには安堵していた。ただ、彼とのあいだになにかがわだかまっていて、親密な時間を過ごしていても、結婚生活に期待していた夫妻の親しさには達していないという気がしてならない。こんな性急な、しかも不幸な形で結ばれた関係に多くを望みすぎているのかもしれないけれど。

　そうはいっても、ベントリーが妻に魅了されているのは一目瞭然で、その点について失望を感じることはなかった。毎夜かならず、少なくとも一度は愛し合った。昼日中でもフレデリカがひとりでいると、彼は臆することなくつかまえようとした。そして寝室のドアに鍵を掛け、スカートを脱がせ、すばやく激しく彼女を悦ばせようとした。その捨て身の情熱にうっとりとなった。でも、終わったあとにベントリーはときおり謝罪の言葉を口にするのだ。自分勝手に愉しんでしまったのを詫びるかのように。そんなのはまったくおかしかった。彼女も愉しんだのはわかりきったことなのに。

　ベントリーがなにかを隠しているという思いを強くさせられる出来事はほかにもあった。夜、愛し合ったあと、フレデリカが眠りについたと判断するとすぐに彼はベッドを離れた。ふと目が覚めて、部屋着を羽織ったベントリーが窓辺に立っているのを見かけることがときどきあった。片手にブランデーグラスを持ち、もう一方の手をそのグラスに押しつけるような仕種をしていた。自分がそこに閉じこめられているのを確かめようとするかのように。一度、彼を探しにいったこともある。黄色の間にひとりでいる彼を見つけた。象眼細工のゲームテーブルが広げられ、ベーズ（フェルトに似た緑色の生地）の張られた盤にバックギャモンの駒が散らばっていた。空っぽのグラスのなかには、だいぶまえに揉み消されたとおぼしき両切りの葉巻が少なくとも三本はあった。ベントリーは椅子に腰掛け、テーブルのへりにつっかえ棒のようにブーツを載せていたが、居眠りをしていた。

彼の姿が消えたままだった夜も幾度かある。そういうときは〈薔薇と冠〉に一杯飲みに出かけたと翌日に言い訳したが、その話題に触れないことのほうが多かった。むろん、いつも早朝にはベッドへ戻っていて、そこでもう一度愛の行為におよび、互いの腕のなかでまどろむというのがお定まりのコースなのだが、最後にはフレデリカは起きざるをえなくなり、浴室へ駆けこんでつわりと戦った。ベントリーはいつでも大袈裟なほど心配した。彼女は痩せすぎで、食事の量が少なすぎるという説を依然として譲らず、医者を呼ぼうとまで言いだす始末だった。

シャルコートでの最初の数日、フレデリカは自分の体の状態をヘリーンに打ち明けていた。義姉の話を聞けばベントリーの心配が軽くなるのではないかと願って。それがいけなかった。ヘリーンは一度流産した経験があるので、妊婦のあらゆる症状を熟知している。結局、フレデリカにはメイドがふたり付けられ、こまごまと世話を焼かれたうえに二倍の質問を浴びる羽目になった。ベントリーは毎朝、フレデリカのつわりが治まるまで寝室の床をうろうろと歩きまわり、それからヘリーンに詳細な報告をした。

だが、そんな通俗劇めいた朝のシーンが一段落して、ふと気がつくと、夫が姿を消している。家から逃げだす決意をしたかのように、ベントリーはいつも銃を手に犬の一団を従えて出ていくようだった。獲物を持って帰ってきたことは一度もなかったが。

そんなことが続いてから、悩ましい事態が発生した。フレデリカが強く迫らないかぎり、ベントリーは自分たちの将来の話を口にしなくなったのだ。そういうことを考えていないふうを装っているが、そうでないのは、あのピクニックでの会話から察せられた。それどころか、生まれてくる子のことは絶えず彼の念頭にあるにちがいなかった。彼の触れかたでそれがわかる。お腹を優しくさすってくれる彼の顔には心配と喜びの両方の表情がかわるがわる浮かんでいた。そのくせ、どこに住もうとか、子どもの名前はどうしようかとか、そういう議論をまた始めようとはしないのだ。

ベントリーの沈黙にはなにか理由があるのかもしれない。半年は同居すると彼は最初に言いきった。同じ屋根の下で暮らしているかぎり貞節を誓うとも。わたしが彼と別れたがるかどうかをうかがっているのだろうか？　それとも、彼自身がこの先ひとりで暮らすべきかと迷っているのだろうか？　ああ、神さま、そうではありませんように。口数が減ったとはいえ、彼の思いやりや優しさには驚かされるばかりで、もしかしたら自分はこの夫を本気で愛しはじめているのかもしれないという小さな不安がフレデリカの心に芽生えていた。

そんなわけで、鬱々と自問をくり返すのを避けて、キャムやヘリーンと過ごすことが多くなった。フレデリカとキャムにはたくさんの共通の興味があり、午後のひとときを彼と語らいながら、のんびりと過ごすのは愉しかった。晩餐では、ふたりが政治や歴史について意見を戦わしていると、しまいにヘリーンはあくびを始め、ベントリーは顔をしかめた。

ヘリーンもまた温かい人だった。シャルコートは小作農家を数戸抱えていて、ヘリーンによると、ラトレッジ家の花嫁は一軒一軒の農家を訪問するのが通例らしい。子どもたちの学業にも気を配らなければならない。ジェルヴェーには最近は家庭教師がひとりついているのだが、レディ・アリアンの勉強を見るのはヘリーンの役目だ。ヘリーンは村の学校も訪れて、年長の生徒の何人かにラテン語を教えているので、フレデリカが奉仕活動にぜひにと誘われるのに時間はかからなかった。シャルコートへ来て数日後には、ジョーン・ローデスに午後のお茶会に招待された。シャルコートに隣接する広大なベルヴューは彼女の所有地だった。

その午後ははじめのうち愉快に進んだ。ベルヴューは遠くから眺める以上に美しいところで、ローデス家の子どもたちは申し分なく行儀がよかった。フレデリカと教区牧師の妻は一時間あまり、園芸やら裁縫やら育児を話題にあたりさわりのないおしゃべりをしていた。だが、そのあとすぐ、ジョーンには喉まで出かかっているのに語れずにいることがあるようだとフレデリカは感じはじめた。それでも結局、帰宅の時刻になってしまったので、お茶会への招待に何度も礼を述べて、ティーカップの受け皿をテーブルに置いた。

「わたしたち、歳がすごく近いでしょ」フレデリカが帰り支度を始めると、ジョーンは口を滑らせた。

フレデリカはぎこちなく立ち上がった。「今なんておっしゃったの?」

ジョーンは頬を染めた。「ごめんなさい」彼女は見送りのために立ち上がった。「なんのことだかわからなかったわよね? ベントリーとわたしは、と言いたかったの。わたしたちの生まれた日は数週間しか離れてないのよ」

「まあ、そうなの」

しかし、ジョーンはひどく気まずそうな顔つきになっていた。「幼いころは、離れがたいといってもいいほどだったの。いつも家を抜けだしては会ってたわ。そもそも同じ歳ごろの遊び友達がほかにいなかったからなんだけど」

フレデリカは微笑もうとした。「あなたが彼の友達でいてくれてよかったわ」

ドアのまえまで来ると、ジョーンはノブに手を掛けたきり、心許ない様子でなかなかドアを開けなかった。「だから、わたしたちがおとなになって、周囲の人たちがそう思ったのも無理はないの。みんな思ってたのよ――つまり、その――わたしたちの……親しさがそのまま続くんだろうと」

フレデリカの眉はすでに上がっていた。「そうじゃないの?」困惑して尋ねた。「だって、親しいんでしょう?」ふたりが親しいのはまちがいない。ベントリーがジョーンといるところは以前に見ていたし、ふたりはとても仲がよさそうに見えたから。

が、ジョーンはきっぱりと首を横に振った。「いいえ、ちがうの――そうじゃなくて――仲のいい友達という以上の関係ではまったくないということ。親戚だし。それだけなのよ」

フレデリカは笑みを浮かべてショールを肩に掛けた。「愛情深い一族を結びつける友情ほど強いものはどこにもないんじゃない? あなたたちふたりがこのままずっと親しくしてくれることがわたしの望みよ、ジョーン」

するとジョーンは衝動に駆られたようにフレデリカにキスをした。「ああ、ベントリーがなぜあなたを愛するかわかる気がするわ、フレデリカ」

その言葉にフレデリカはショックを受けた。「なぜ彼がわたしを愛するか？」

ジョーンの笑みがようやく目に届いた。「ベントリーの気持ちがわたしにはわかるの。たいていは彼自身がわかるよりずっとまえにね。もう、あなたのことも従姉と呼んでいいでしょう？　あなたとも友達になれたら素敵だわ。もし、訊きたいことがあったら、いつでも遠慮なく訊いてちょうだいね。どんなことでもかまわないから」

この機会にベントリーの過去についてジョーンに尋ねるべきだったのだろう。けれど、少なからず混乱していたフレデリカは、ジョーンにキスを返して暇乞《いとまご》いをした。ジョーンの言葉はなるべくなら深く考えたくなかった希望を呼び覚ましてしまったのだ。

ベルヴューを訪問したあとは、それまで以上にシャルコートでの仕事に精を出し、忙しくしていた。午後は子ども部屋か庭園で子どもたちと過ごすことが多かった。小さなジェルヴェーとマデリンといるとほんとうに愉しくて、ホームシックがみるみる解消した。ジェルヴェーは父親に似たいかめしいまなざしをした子だが、笑い声はあきらかにベントリー譲りだ。マデリンは最初に叔父さんのベッドでフレデリカを見つけるというショッキングな体験をしながらも、たちどころに新たな叔母になついた。末っ子のエミーはまだ生後三ヵ月にもなっていないのに、早くも異性の関心を惹くような笑みを叔父に送ろうとしていた。実際、子どもたちの全員がベントリーを崇拝していて、隙あらば子ども部屋に誘いこもうとした。彼が部屋にはいってくれれば、マデリンは馬乗りになって耳を引っぱり、ポケットに手を突っこみ、かたやジェルヴェーはおもちゃの兵隊を見せびらかしたり、チェス盤をいそいそと用意した。

ベントリーはとりわけレディ・アリアンと親しいようで、姪っ子というより友達として対等に接していた。アリアンはじつにおとなびた若き淑女だった。おかしなもので、フレデリカは自分とこの歳下の子どもたちとのあいだにこれっぽっちも共通点がないことに気づかずにはいられなかった。アリアンがヘリーンの産んだ子ではなく、トレイハーン卿と最初の妻とのあいだにできた娘だと知ったのは、ずいぶん日が経ってからだ。不幸にも若くして亡くなったその女性のことはだれも、アリアンでさえ触れようとしなかった。ジェニーが階下の使用人部屋から仕入れてきた噂話では、ヘリーンはアリアンの母親の死後、家庭教師としてこの屋敷に雇われたらしい。ヘリーンはスイスの専修学校を出たのち、賛否両論の新分野である精神の病を学ぶためにウィーンへ渡ったのだという。どれもが興味をそそられる話だった。アリアンが精神的な病に罹《かか》っていたのだろうか？　ヘリーンもアリアンもそうした話はいっさいしないので、こちらから尋ねるわけにもいかなかった。

そんなふうにして、心地よい単調さとともに毎日が過ぎていったが、ある朝、目覚めるとベントリーがベッドに戻っていなかった。フレデリカは胸騒ぎを覚えて起き上がると、部屋着を羽織った。薄暗いなかでは炉棚の置き時計の針の指す時刻はわからず、敷物の上をそっと横切って、ドレープ・カーテンを指で引き開けた。もうすぐ夜が明けそうだ。夫はいったいどこにいるのだろう？　ひょっとして、また黄色の間で眠りこんでしまったの？

いいようのない不安がつのる。フレデリカは室内履きを履くと、足音を忍ばせて階段を降りはじめた。一階に降りると台所で洗い場女中《スカラリーメイド》が立ち働く物音が聞こえた。火を熾したり鍋をおろしたりしている。だが、屋敷のなかで音がするのはそこだけで、ほかの部屋はまだ静まり返っている。客間まで行くと、ドアがすでに開いていることに驚いた。迷わずドアを押して広く開け、仄暗い明かりが灯された部屋のなかへ歩を進めた。

たちどころに気分が悪くなった。炉床のそばに立った家女中《ハウスメイド》のひとりが、夫の腕に抱擁されかかっていた。喉を鳴らすような彼の低い笑い声が聞こえ、彼の片手が無遠慮にその女の体をつかむのが見えた。召使いはふざけて怒ってみせながら体を引いた。ベントリーはこれに応じて頭をかがめ、女にキスをした。彼女の口にまともに口づけをしたのだ。

おそらく大声をあげたにちがいない。女がぱっと頭を起こし、ベントリーの肩越しにこちらをにらみ、フレデリカの視線をとらえた。憐れむような表情が女の顔に浮かんだ。

胃で吐き気が氾濫を起こした。フレデリカは思わず片手で口を押さえた。そのあとのことはほとんど覚えていない。たぶん部屋から飛びだしたのだろう、つぎに気がつくと、階段の踊り場を曲がっていたから。階段を昇ってくるベントリーの重いブーツの音がうしろに聞こえた。あっというまに距離が縮まる。彼が一度、名前を呼んだ。切迫した懇願の響き。フレデリカは歯ぎしりをした。

呪われるといい。地獄へ堕ちるといい。心のなかで叫びつづけた。

なけなしの安心感が砕け散ったのがわかる。急を告げる熱い涙が目の裏にこみ上げる。なんて馬鹿なんだろう！　こうなるに決まっていたのに。女たらしのベントリー・ラトレッジが貞節な夫になれるわけがないのに。それぐらい最初からわかっていたんじゃなかったの？

あの召使いも知っている。声が大きくて魅力のかけらもない女だ。くしゃくしゃのブロンドの巻き毛と、熟《う》れきった肢体を魅力とみなさなければ。おまけに、しじゅう甘ったるい声でベントリーの噂をし、〝可愛いお人〟などと彼を呼んでいる。そう、名前はクウィーニー。〝図々しい女〟だとジェニーが言っていたけれど、あれは控えめな表現だったらしい。

ベントリーの足音が近づいてくる。「フレディー！」警告の響きを帯びた鋭い声。

フレデリカは無視した。部屋のドアを開けるのとベントリーが階段の一番上まで達するのはほとんど同時だった。フレデリカはうしろを振り返らずにドアを叩きつけると、鍵を掛けた。彼が乱暴にノブをまわす。ドアが開かないと今度は拳で叩いた。「開けろ、フレデリカ！」と怒鳴って、叩きつづける。「今すぐドアを開けるんだ！」

フレデリカはベッドに突っぷした。「悪魔のところへ行きなさいよ、ベントリー・ラトレッジ！」重厚なオークのドアの向こうまで届くように声を張りあげた。

彼はドアを蹴りはじめた。ものすごい力で。ドアの下端がたわむのが見えた。「開けるんだ、フレデリカ!」彼は怒声をあげた。「開けろ! 開けなければここでもっと騒いでやるぞ、そうしたらキャムとヘリーンと家の者の半分がやってくるぞ!」

この脅しがフレデリカを怯えさせた。短気を起こしても、感情を下品に表に出すことには眉をひそめるのがイングランド人だ。それは充分にわかっている。恐慌をきたしたフレデリカはベッドカバーの下で両手を拳骨にした。

「フレディー!」ベントリーはオークのドアを拳で殴りつづけ、とうとう蝶番が悲鳴をあげはじめた。「くそ、フレデリカ、このドアを壊させるつもりか!」

慌てて手の甲で目の下を拭きながら、ベッドから出てドアのまえまで行った。鍵穴に差した鍵をまわすが早いか、彼が部屋にはいってきた。恐ろしい勢いで押し開けられたドアが半回転してうしろの壁にぶつかった。ベントリーは乱暴にドアを閉めなおすと、苦しげな、だが残忍さを感じさせる目でフレデリカを見つめた。「これだから、女は。二度とこういうことをするな」険しく低い声で言った。「ぼくの寝室に鍵を掛けてぼくを締めだすなんて真似は。聞いてるのか?」

捕食動物さながらの無駄のない動きで彼が大股にこちらへ向かってくる。ここで降伏させられるのはごめんだから、くるりと背を向けた。彼の手が肩に触れた。優しく、でも、あとへは退かぬというように。フレデリカはすぐさま振り返ると、彼の顔を平手打ちにした。

「さわらないで！」

彼の目に痛みが走るのがわかった。恐ろしげな暗い影が彼の顔をよぎった。彼の指が肩に食いこむ。「なんだと、この黒い目をしたポルトガルの魔女め」声がかすれた。「きみは男に釈明の機会も与えないのか？」

もう一度、彼をぶとうとしたが、今度はその手をつかまれた。顔に唾を吐きかけたい衝動をかろうじて抑えた。「わたしが味も素っ気もないイングランド女じゃないと言いたいのなら、そのとおりよ！」フレデリカがまくしたてると、ベントリーは彼女の体をぐいと引き寄せた。「夫が召使いを撫でまわして、妻を馬鹿にしても、わたしは文句も言わずに眺めてるだろうと思ってたなら、大まちがいよ！」

ベントリーの唇が苛立たしげに引き結ばれた。まだ剃られていない顎ひげの青黒い影が彼の顔に残忍さを加え、底意地の悪い薄情な男に見せた。「いい加減にしてくれ、フレディー、そういうことじゃないんだ」

「ええ、そういうことじゃないわね」フレデリカは言い返した。「全然そういうことじゃないわ。どれだけわたしが間抜けだと思ってるの？」

ベントリーはやれやれというように首を振った。フレデリカは彼の目に不安の色を垣間見たと思った。「そんなことは思ってない」ベントリーは静かに言った。「フレディー、きみがきちんと説明させてくれれば——」

フレデリカは顔をさっとそむけた。「弁解は結構よ。なにも聞きたくないわ。あなたのなかに少しでも紳士の部分が残ってるなら、ベントリー・ラトレッジ、出ていってちょうだい。出ていって。わたしをそっとしておいて。気分が悪いの。そして、あなたを必要としないし、あなたにここにいてほしくないの。今までもそうだったのよ。一番最初にそう言ったわよね」

彼の手から力が抜け、するりと離れるのがわかった。「そうだな、たしかにきみはそう言った」ベントリーは優しく言った。

つぎに聞こえたのは、ドアがそっと閉められる音だった。その音と同時に絶望感が襲いかかった。フレデリカはふたたびベッドに身を投げだし、胸が張り裂けんばかりにむせび泣いた。実際そうなのだ。今ようやく、そのことを悟った。つらくて胸が張り裂けそう。愚かにもベントリー・ラトレッジに心を与えてしまったから。彼はそれを踏みにじったのだ。

13　トレイハーン卿、朝の息抜きを破られる

トレイハーン伯爵は習慣を堅持する男だった。毎朝六時きっかり、朝食をひとり食堂でとるのが長年の習慣である。そして、食事の内容も毎朝同じ、ブラックコーヒーと薄くバターを塗ったパンが二枚。彼は毎朝のこの習慣をちょっとでも変えようとは思わない——変えられることを好まない。だから、六時五分過ぎ、昨日の服を着たままの弟がひどい顔をして食堂へどかどかとはいってきたときには迷惑をこうむったような気分だった。

服がしわくちゃなのはどうでもいい。ベントリーの場合、昼夜が混同して区別がなくなるのはいつものことなのだから。しかし、今日は二日酔いで苦しんでいるようには見えなかった。この先に待ち受けていることを心底恐れているような顔つきなのだ。実際のところ、弟があまりに哀れな様子なので、伯爵は食堂から追い払う気にはなれなかった。それがひとつの意思表示となった。

「おはよう」唸るような声で朝の挨拶をひとこと。「コーヒーは？」

ベントリーはそっけなくうなずくと、食器台のまえへ行って、乱暴にカップを受け皿に置

き、断末魔の力をこめたかと思うような手つきでコーヒーポットをつかんだ。カップにコーヒーをついでからテーブルに置き、荒っぽく椅子を引いて、どさりと腰掛けた。「ひとつだけ教えてくれ、キャム」と、ブラックコーヒーをむっつりと見つめながら言った。「女ってやつはなにを望んでるのかね？」

トレハーンは口の端から舌打ちを発した。「それは謎だな」と答え、二枚めのパンにバターを塗った。「ついでにいうなら、千変万化する謎だ」

ベントリーは目を上げて兄と目を合わせた。ベントリーの目にはトレイハーンが見たこともない深刻な表情が浮かんでいた。「女どもは男が血管を切り開いて、自分のために血を流すのを望んでるってことかな？　男に裁量は与えられないのかね？　自己弁護は許されないのかね？　手綱をほんの数インチゆるめるのも、心に一オンスの情けをそそぐのも許されないのかね？」

「おいおい」トレイハーンは頬の内側を嚙んで笑いをこらえた。「今度はなにをしでかしたんだ？」

ベントリーは一瞬、返答に窮した。「べつになにも」

「なにも？」トレイハーンは片眉を吊り上げた。「わたしの助言が欲しいんじゃないのか？」

ベントリーは気色《けしき》ばんだ。「兄さんからなにかを欲しいとは思わないよ」

伯爵はコーヒーカップを手に取り、カップの縁越しに弟をじっと見据えた。「そうか、それは悪かったな、じつになんとも、ベントリー。わたしの意見を求めているようにしか聞こえなかったんだが」

弟の目は焦点を定められないように見えた。「兄さんをあてにしていいのかどうかわからなくなることがあるのさ、キャム。本心からぼくのためを考えてくれてるのかってね、問題がぼくの妻のことになると」ベントリーは小声で言った。「ときどき不安になる……ぼくがこの件でしくじるのを見たいんじゃないかって」

「ずいぶんな言い種《ぐさ》だな！」傷ついたようにトレイハーンの声音が鋭くなった。「おまえはどうしてそういうことを言えるんだ？」

「さあ」ベントリーは視界の曇りを晴らそうとするように頭を振った。

「ベントリー」トレイハーンはいくぶん優しく問いかけた。「なにがあったのか言ってみろ」

この問いに目を伏せるだけの礼儀は弟もわきまえていた。「クウィーニーの尻をつかんだ、ぎゅっと。それだけさ」と物静かに告白した。「あとは――まあ、キスしようとしたというか」

伯爵はかちゃりと音をたててカップを受け皿に戻した。「おまえってやつは、ベントリー！」不快感をあらわにパン皿を押しのけた。「二度と使用人に軽々しい真似をするな。ことにクウィーニーには。彼女をここへ連れてきたのはおまえの考えだったんだぞ。ああいう商売から抜けさせるためだと言って」

「よせよ、キャム、そういうのとはちがったんだ!」ベントリーは耳障りな声をたてた。「挨拶代わりの軽いキスさ。尻だってそうさ。彼女は男の関心を少しでも惹けると元気が出るんだよ。たまにこっそり尻でもつねってもらえれば」

トレイハーンはいくらか気を鎮めた。「自分の新妻も元気づけたんだろうな、ええ? その現場を彼女に見られたのか?」

「そんなところだ」ベントリーは認め、テーブルに肘をついて頭を抱えた。「どうすれば釈明できるのかわからない。ぼくが自分の寝室に戻ることも許してくれないんでね」

トレイハーンは弟の窮状について考えをめぐらしながら、少なからぬ満足を覚えた。彼にはできなかったことをフレデリカがやっているように思われたから。少なくともベントリーの悪習のひとつは断たれようとしているのだから。「そういうことなら」彼はいかめしく言った。「ほかに手はないね。チェルトナムへ足を伸ばして宝石でも買ってやるしかないだろう」

「宝石?」ベントリーは不満げに訊き返した。「ふつうはそういう手間をはぶいてるんだがな。相手が泣きわめくまでは」

「彼女は泣いているさ」トレイハーンは確信をもって言った。「絶対に泣いている。ベッドに突っぷして、胸が張り裂けんばかりにむせび泣いているさ、わたしたちがこうして話している今も」

ベントリーは顎をしごいた。「だけど、さっきぼくを張り飛ばしたときは泣いてなどいなかった。あばずれみたいに唾を吐いて悪態もついた。彼女の血に流れてるイベリア人の短気にこれからも苦しめられそうだ。白状すると、キャム、この結婚は前途多難と思えることがあるんだよ」

「ああ、そうかもしれない」伯爵はバターナイフを脇に置いた。「大いにありうることだ」べつの男が困り果てているのをいつからこんなに愉しむようになったのだろう。

「えへん！」戸口から声がした。

トレイハーン卿が顔を上げると、妻が立っていた。さも気に入らないというふうに腕組みをし、一方の肩をドアの枠にもたせかけて。彼のお気に入りの紫色のガウン姿で、豊かな黒髪をねじって上で留めただけの妻は目を瞠るほど魅力的でもあった。ただし、その左眉は額のなかほどまで吊り上がっていた。要するに、しばらくまえからそこで話を聞いていたということだ。これはまずい。

しかし、彼は声に出してそうは言わなかった。そのかわり、にっこり笑って、さっと立ち上がった。「おはよう。コーヒーを飲むかい？」

ベントリーは早くもテーブルをまわりこんでヘリーンのために椅子を引いた。「ありがとう、いただくわ」彼女は椅子をまえに押しだすベントリーに肩越しの用心深い一瞥を投げた。

ベントリーは座っていた椅子に戻ると、ふたたび不機嫌なポーズを取った。キャムはヘリーンのカップをテーブルに置き、彼女の髪の一番高いところに軽くキスをした。「ずいぶん早起きなんだね」

「階上であれだけ大騒ぎをされたら、起きざるをえないでしょ？」答えながら、またも険悪な視線を義弟に投げた。「ベントリー、なにが始まってるの？」

ベントリーは簡潔に事情を説明した。名誉にかけて、ひとことの粉飾もしなかった。「まったく間抜けな話だ」話し終えると、そう認めた。「だけど、ただの偶然だったんだ」

ヘリーンはさも不思議そうに彼を見て、「そういうことは絶対に偶然には起こらないものよ、ベントリー」と静かに言った。「あなたはそれをした。意図的にそれをしたんでしょ。なぜかと自分の胸に訊くことね」

「なぜ？　いったいどういう意味だよ？」ベントリーの声が茶目っ気を帯びた。「ぼくは妻を敵にまわそうとしたわけじゃない。そういうことを訊きたかったなら」

「そうかしら？」ヘリーンは穏やかに訊いた。「ほんとうにそう？　わたしには手のこんだ破壊行為《サボタージュ》に思えるけれど。正気な男なら、最後まで妻に知られないだろうと確信して召使いにキスをしたり、召使いを抱擁したりはしないわよ」

ベントリーは鼻で笑った。「破壊行為？　まいったね、ヘリーン、キャムの言うことも一理あるのかもしれないな。また例の……サイコ――いやサイキか――危ない本を読みすぎているらしいね」

ヘリーンの目が危険な光を放った。「ベントリー、妻の献身的な愛情がなぜあなたには無価値に感じられるのか、胸に手をあてて考えてみれば、もっとましな答えが出るかもしれないわよ」トレイハーンは妻が弟に対してこれほど辛辣《しんらつ》な物言いをするのを聞いたことがなかった。「この数週間、フレデリカがあなたを見る目にはいつも敬愛の念があったわ。でも、あなたは自分の時間をめったに彼女に割《さ》こうとしない」

これにはベントリーも本気で笑った。「ほう、ぼくの妻は夫に顧《かえり》みられていないというんだ、ヘリーン。やけに自信たっぷりのようだね」

ヘリーンは椅子を少しうしろへ押しやり、「ひとつ言わせてちょうだい、ベントリー」と警告した。「女のスカートを脱がせて、一日に一回、いえ二回、いえ三回、上手に突っこむだけが結婚ではないのよ」

「突っこむ！」ベントリーは嘲りの声をあげた。「親愛なる義姉上《あね》、兄貴を擁護するのは難しいかもしれないが、断言しよう、ぼくの場合は、それよりはるかにうまくおこなっているさ、むやみに突っこむだけが――」

伯爵ががばっと椅子から立ち上がった。「もういい、もうたくさんだ！」さも厭わしそうにナプキンをテーブルに落とす。「ベントリー、おまえには昔から驚きの域を超えて驚かされどおしだが、ヘリーン、きみにも呆れたよ。こういう議論は男女同席の場でおこなうものではない」

「わかりました」彼の妻はぴしゃりと言って、椅子をぐいと押しやった。「でしたら、わたしは失礼しますから、あなたが彼を諭してくださるわね、キャム。これは本来、わたしではなくあなたの義務ですから。もっとも、その義務を果たすのを三十年近く先送りにしてるわけはわたしにはちっともわかりませんけど。それから、ひとつ提案させていただくなら、〝宝石でも買ってやる〟よりはもう少し実のある助言を彼になさるべきね！」言い終わると同時にヘリーンは紫のシルクをひるがえし、食堂から出ていった。残されたふたりの男は彼女の手つかずのコーヒーを見つめるしかなかった。

陰鬱な沈黙が部屋に垂れこめた。ベントリーは掌を威勢よく打ち合わせてそれを破った。「で、兄上、ぼくになにを諭してくれるんですか？　どうすれば結婚生活における和を保てるかとか、そういうこと？」

伯爵はぐったりと椅子の背にもたれた。「知ったことか。わたしに今わかるのは、妻が怒りまくっていること、朝食が台なしになったこと、今日は最低な一日になりそうだということだけだ」

ベントリーはうなずいた。「それじゃあ、馬車を出して兄弟連れだってチェルトナムまで行くことにしますかね？　率直に言って、キャム、サファイアの新しい耳飾りをつけたら、ヘリーンはさぞ素敵だろうと思うんだよ。だから、ぜひとも買ってやったほうがいい。彼女に突っこむしかできないならなおさら」

フレデリカは枕の山にもたれて今なお涙と怒りを抑えようとしていた。と、ドアがまたも軋み音をたてて開いた。愚かにも胸がどきんとした。ベントリーが戻ってきたのではないかと、足もとにひざまずいて許しを請うのではないかと思ったから。でも、そうではなかった。それよりひどい、はるかにひどい事態だった。現われたのはクウィーニーと呼ばれるあの女だった。ドライ・ビスケットの小皿と湯気の立つお茶のカップを盆に載せて運んできたのだ。

フレデリカは驚きのあまり言葉を失った。

クウィーニーもまた、はなはだしく気まずそうだった。「さあどうぞ、ミセス・ラトレッジ」と、盆を置きながら言った。「そんなにぐずぐず泣くことないですよ」

フレデリカは背筋をこわばらせた。「ぐ、ぐずぐず？」

クウィーニーは心得顔でうなずいた。「はあ、お子がおできになったんでしょ。見りゃわかりますって、目玉さえついてれば」そう言いながら、エプロンから小さな包みを取りだし、中身をお茶のなかに落とした。「そうするとね、いらいらしたり、めそめそしたりするんです。だから、あたしがとっておきの気付け薬をつくってあげます。これは賭博場で商売をしてたときに覚えた術でね、これとおんなじもんを奥さまにも特別につくってさしあげたんですよ。お腹にお子ができて苦しんでらっしゃったときにね。可哀相にあんたもそうなんですね」

フレデリカはこの女のまえでは泣くまいと、ハンカチーフをきつく握りしめた。「なんですって?」

家女中はフレデリカの目を見ようとはせず、ティースプーンを手に取り、お茶をかきまわしはじめた。「いえね、さしでがましいのはわかってるんです。マダム、でも、今朝、客間でごらんになったことは――あれは、なんでもないんですって。ミスターＢが年増女のうぬぼれ心をくすぐろうとしてくだすっただけで」彼女は肩をすくめ、スプーンを置いた。「ほんとに考えなしですよ、あのお人も、ええ。でも、これでおわかりになったでしょ。ミスター・Ｂは崖の下を見るより先に飛んじまうタイプの殿方なんです」

なぜだか自分でもわからないのだが、気がつくとフレデリカは差しだされたティーカップを受け取っていた。この召使いはわたしを毒殺しようとしているのかしら、とぼんやり思いながら。カップのなかは今や泥水の様相だが、奇妙な泡も浮かんでいる。

「お飲みなさいってば!」クウィーニーは頑強に言った。「嘘みたいに治っちまいますから」

これまた妙なのだが、フレデリカは召使いの言葉に従った。恐ろしくまずいけれども、死にそうな味ではなかった。

クウィーニーは空のカップを受け取った。「ちがいますからね、ミスター・Ｂはあたしなんかなんとも思っちゃいませんからね、マダム」と、少々哀しげな口ぶりでなおも言った。「ちょっとしたゲームってだけなんです。よくやるんですよ。昔っからね、やってたんです、あたしたち。だけど、もう結婚なすったわけだから、ああいう馬鹿な遊びはやめなきゃいけませんよね？　あのお人もそれに気づいて、これからはきちんとなさるでしょうよ。これでしばらく悩む時間ができたんだから、どっちみち」

「そうね、彼はしばらく悩んだほうがよさそうだわ」フレデリカは脅すように言った。

とたんにクウィーニーのしかめっ面が驚くほど可愛らしい笑顔になった。「結婚したってことに慣れる時間を与えておあげなさい、マダム。立派な人ですよ、あんたのご亭主は。そうは見せたがってないけど。トレイハーン卿もほんとのところをご存じじゃないだろうって、ときどき思うことがあります。使用人のあいだじゃ人気者なんですよ、ミスター・Bは」

「そのことはわたしもだんだんわかってきたけれど」フレデリカはつぶやいた。「ただ、あなたのうぬぼれ心をくすぐるという部分はやっぱり理解できないわ」

「ああ、それはね、あたしが寝て稼ぐのが身についた女だからですよ」クウィーニーは軽い調子で言った。「ミスター・Bとこちらの旦那さまがシャルコートのこのお屋敷に連れてきてくださるまでは。小さいアリアンと奥さまがあの悪党に連れ去られたすぐあとに」

「寝て稼ぐ？」フレデリカはまだ話についていけなかった。「それに悪党ってなんの話？」

「へええ」心底不愉快そうな表情がクウィーニーの顔をよぎった。「こう見えて、あたしだって昔はたくさんの紳士から贔屓《ひいき》にされてたんですからね。まあ、このへんにしときましょ。悪党ってのは——ああ、その話は自分でご亭主にお訊きになったほうがいいです。でも、正直、相手が殺し合いをしたがってたのはたしかです。で、ミスター・Bはきちんとその仕事をなすった。だから、だれも、これっぽっちもミスター・Bを責めませんでしたよ」

「こ、殺し合いをしたがってた？」この女は頭がおかしいのではないかとフレディーは疑いはじめた。

クウィーニーは唇をすぼめ、小皿をフレデリカに手渡した。「さあ、この乾パンを一枚でも二枚でも召し上がってから横におなりなさい、マダム。五分もすりゃジグを踊れるようになりますから」家女中は警告するような視線をよこした。「そしたら、きっと着替えをして食堂に降りてきたくなるはずです。ミスター・Bと旦那さまは今度のことでまた殴り合いを始めそうだから」

「そうなの？」フレデリカはつぶやいた。「そうね、あなたの言うとおりなんでしょうね。あのふたりはいつもお互いを牽制してるものね」

クウィーニーはせわしなく炉床へ向かうと、籠《かご》形の火格子の灰を振り払った。「うんうん、あのふたりはそんな感じですね、マダム」でっぷりした尻が行きつ戻りつ何度も揺れた。「まるで納屋の雄鳥みたいだ――だけど、あれをやるより価値のある男がどこにいるもんですか、ねえ？　でも、もっとひどかったのは、聞いた話じゃ、旦那さまがミス・ベルモントをミスター・Bからかっさらったときです。ミスター・Bがあんなに惚れてたのに。可愛らしい娘さんだったからね。それにしても、ミス・ベルモントのやりかたはいただけません。

ミセス・ナッフルズがそう言うんですからまちがいないですよ」

ミス・ベルモント？　だれなの、ミス・ベルモントって。フレデリカはクウィーニーのおしゃべりを続けさせるためだけにうなずいた。

クウィーニーはちょっとのあいだ石炭バケツをカタカタ鳴らしながら動きまわった。「もちろん、最後に笑ったのは彼女でしたよ、ねえ？」

「わたしにわかるわけないでしょう」フレデリカは答えたが、朝の割り当て仕事に一生懸命のクウィーニーは気がつかなかったようだ。

「なんたって、グレトナ・グリーンで駆け落ち結婚したんだから」クウィーニーはくっくっと笑った。「あんな男ぶりのいいラトレッジ兄弟の両方を袖にして、貧しい副牧師を選んだんだからね、ミス・ベルモントは！　おまけにその男は溲瓶《しびん》を買う金も――」クウィーニーの尻が急におろされ、頭が起こされた。あまりに速い動きだったので室内帽が傾いた。「おっといけない！」彼女は怯えたように声をひそめた。「また噂を広めてるってナッフルズに怒られちまう」石炭バケツをつかむと、クウィーニーはそそくさと膝を折るお辞儀をした。

「すぐにラーキンを呼んで火を熾させますね」

クウィーニーは黒い梳毛《そもう》織りの制服をひるがえして姿を消した。くしゃくしゃのブロンドの巻き毛を背中ではずませて。フレデリカは深々とため息をついた。家女中の言ったことはほんとうだ。いくらベントリーでも彼女を誘惑していたということは万にひとつもありえない。だが、それも小さな慰めにしか思えなかった。フレデリカの希望はただひとつ、この惨めな一日の残りがクウィーニーに負けないくらいの速さで消えてほしいということだ。でも、そうはならないだろう。すでにその予測がついていた。そして、その予測は正しいと証明されるのである。

午後の遅い時刻、どうしてそこへ来たのかわからぬままに、気がつくと村を見おろす丘の上に立っているということがベントリーにはときおりあった。そこに立ち、シャルコートや聖ミカエル教会や教会墓地を見つめていると、自分の過去と現在の狭間に囚われたような気分に陥った。あの日の空は晴れ渡っていた。今も、地平線に暗い雲はあるが、西陽はまだ彼の肩を暖めている。頭上では鷹が一羽、ゆっくりとけだるい輪を描いて飛んでいる。黒い羽《う》衣《い》が空に映る。でも、そうした光景をベントリーはほとんど愉しむことはできなかった。

今朝、チェルトナムへ向かいかけてから、またしても無駄足を踏もうとしていることに気づいた。キャムはまちがっている。表面を取り繕ったからといってフレデリカが怒りを解くとは思えない。どんなに大がかりに取り繕ったとしても。ひと粒の宝石は彼女の怒りを煽《あお》るだけだろうし、もっと悪くすれば、それを顔に投げつけられて片目が失明するという事態にもなりかねない。彼女が求めているのは、本人が自覚しているかどうかはともかく、形のないなにかなのだ。兄の朝食の席で血管を切り開くうんぬんと言ったのは、あながち冗談ではなかった。それが自分に期待されていることなのかもしれないとうすうす感じ取っていた。

結婚生活に踏みこめる資質もないくせに結婚生活がうまくいくなどと考えるとは、愚かにもほどがあった。むろんセックスはべつだ。セックスはつねに欠点を補う取り柄だったのだから。シーツにもぐって磨き抜いたあの技能は。現に数多《あまた》の女から称賛を浴びたではないか。が、そんな自分がフレデリカに対してあれほど頻繁に欲情してしまうのが気恥ずかしい。欲望の激しさとその欲望に対する嫌悪の深さから、となりに彼女が寝ているのが我慢ならないこともある。高い金を支払う娼婦が相手なら妻を抱くときのようには燃えないだろうに。女に対して誠《まこと》を尽くした最後はいつだったか思い出せないほどだ。しかし、かりにちがう生きかたをしたいと願ったとしても、神に誓って、今の自分は絞りかすのようなものだし、そんな願望もない。くそ、あってたまるか。

進退これ谷《きわ》まるとはこのことだ。しかも、結婚の現実が始まるのはこれからなのだ。ベントリーは尾根伝いの道にゆっくりと馬を進めた。半年後にフレディーが別れると言ったら、いったいどうすればいいのだ？　いや、六年後であってもだ。それを考えると血の気が退いた。この結婚から容易に抜けだす道を彼女に与えたくなくてそんな条件をつけたが、一方で、なにがなんでも彼女を自分のものにしたいという気持ちもあったのだ。そもそも、男が妻に同居を強いることはできないだろう？　いや、それは子どもという人質を取られていなければということか。子どもがいれば法が認める。だが、残酷だ。

そのうえ、恋に破れた愚か者よろしく、無理強いはしないという約束までしてしまい、だから、こうしてのっぴきならぬ状態に陥っている。まるで麻薬のようだ、あの世間知らずの若い妻は。あの夜、庭園で起こった出来事はもとより、そのはるか以前から、彼女が危険な存在であることには気づいていた。そして、去年のボクシング・デイにこの唇が彼女の唇に触れた刹那、そのことを確認した。あれはかつてない不思議な体験だった。素朴なあのキスは。あれが不可解な暗い憧れのようなものを呼び覚ましたのだ。

堂々めぐりの物思いを打ち切るとベントリーは視線を上げ、まぶしそうに目を細めてベルヴューの方向を見やった。白い石塀が西陽に輝いている。昼からずっとウィジントンに近い沿道のパブでエールをあおりながら、さいころを投げていたので、もう三時近くになるはずだ。ベルヴューではジョーンが子どもたちに昼寝をさせているころだろう。バジルは書斎にこもっているにちがいない。ベントリーは手綱をたぐると鐙《あぶみ》に足を踏み掛けて、ふたたび鞍に乗り、馬を南へ向けた。ジョーンがしきりにしたがっている長話をする気は起こらなかったが、彼女と長い散歩をすれば少しは気分が楽になるかもしれない。それに、帰宅を少し遅らせることができる。そのころにはたぶんフレデリカへの弁解を思いつくだろう。

ベルヴューに着くと、ジョーンは家のなかだとわかった。彼女はベントリーの来訪を喜び、彼が馬を休ませに厩舎へ向かうと、自分のマントを取りにいった。ほどなくふたりは、館を囲む庭園を観賞池のほうへとぶらぶら歩きはじめた。気がおけない沈黙を愉しみながら池に着くと、ほとりをそぞろ歩きした。やがて、水のなかにしつらえたミニチュアのギリシャ神殿が見えるところまでやってきた。ベルヴューにあるものの多くはベントリーの凡庸な目にはむしろ優雅すぎた。だが、その美しさは否定できない。それにベルヴューには彼が欲しくてたまらない庭園がいくつもある。とくに好きなのは薔薇園で、ふだんは、ここの庭園が全部自分のものだったらと、夢物語と知りつつ想像することがあった。ところが今日は、そんな白日夢を見ても心はちっとも晴れない。

「どうかしたの、ベントリー?」ジョーンの言葉が意識にはいってきた。「なにかあるんでしょ。わかるわよ」

そう言われてはじめて、径の途中で足を止めていたのだと気がついた。そう、結局は話をしたくてここへ来たのだろう。「まいったよ、ジョーン」ベントリーはつぶやいた。「呪われた我が人生をついにぶち壊してしまったらしいのさ。こういう話はどこから始めるものなんだい?」

「最初から」ジョーンは池に架けられたアーチ型の小さな橋のほうへ彼を導いた。橋は神殿のなかまで通じている。

「最初から!」ベントリーは苦りきった口調で言った。「最初の部分はとうの昔から知ってるじゃないか、ジョーン。ぼくがどこで道を誤ったかは知ってるだろ。たぶん、きみはそれを知る唯一の人物だよ。もっとも、キャムもうすうす感づいてるんじゃないかとは思ってるけど」

ジョーンは彼の手に触れ、声をひそめて言った。「馬鹿言いなさい。彼は知らないわ。知ってるとしても、今さらたいした問題じゃない」

ベントリーは苦々しく笑った。「そんなふうに思うなら、ジョーン、きみにはまだ人間の本性がわかってないな」

しかし、ジョーンは譲らなかった。「それはちがうわね。とにかく、今の問題を話して」

そこで彼は洗いざらい打ち明けた。ほぼ、洗いざらい。妻の当惑を増すことにつながりそうな詳細ははぶいて。フレデリカが結婚を承諾するまでの経緯、彼女を自分と結婚させるという目的のためだけに結んだ悪魔の契約。それらを語りながら自分でも驚いていた。今朝やらかした説明のつかない愚かな過ちと、フレデリカの反応までも打ち明けた。

ジョーンは渋い顔を彼に向け、「彼女がさっさと家族のもとへ帰らないでいてくれたら、あなたは運がいいわ、ベントリー」と暗い声で言った。「わたしが彼女の立場だったら、まず実家へ帰ることを考えるもの」

彼は石の欄干に両手を突っぱらせて、池の水面に身を乗りだした。青と白がうねになった空が映っている。「いや、きみは考えない」確信をもって言った。

ジョーンの深緑の目がおもしろがるように光った。「それが昔、わたしと結婚するという思いつきに飛びついた理由なの、ベントリー？」彼女はつぶやくように言った。「あなたがどんな意地悪をしてもじっと我慢しそうな意気地のない娘だと思ってたから？」

ベントリーは肩をすくめた。「ぼくがきみと結婚したかったのは、ジョーン、ほかの女と一緒になるという考えがまったく頭に浮かばなかったからさ」それは正直な答えだった。「きみは子どものころからの親友だったからね」

「でも、あなたが寄宿学校へはいるために家を出てからは、会うこともめったになかった」ジョーンはからかい口調で言った。「手紙は一通もよこさないし、うちを訪ねてくることもほとんどなかったし。わたしに言い寄るどころか、ベントリー、盛んな女遊びを隠そうともしなかったわよね」

ベントリーは苦笑いをした。「それも全然頭に浮かばなかったな。きみはいつでもそばにいてくれる人だったんだよ、ジョーン。いつでもそこにいてくれるものと、なぜだか思いこんでたんだ。だから、故郷へ帰ってきて、状況が一変しそうだと――きみとキャムが結婚しそうだと――気づいたときには、人生でただひとつの確実なものが自分から切り離されるような気持ちを味わった。それがぼくを罰する彼のやりかたなんだと――あるいは、神のなさりようなんだと。キャムの妻になれば、きみはぼくの……ぼくのものではなくなってしまうから、どんな意味でも」

「わたしはそんなふうに考えたことは一度もないわ」

「ああ、でも、三人のうち最後に笑ったのはきみだっただろう？」ベントリーは悔しげに言った。「キャムもぼくも身の程をわきまえさせられただろ？　オールド・バジルによって。だれがそんな結末を想像した？　そして、キャムはヘリーンを得た。キャムは最初から彼女を愛してたんだとぼくにはわかってたけどね」

ジョーンの目に笑みが灯った。「そのとおりだとわたしも思う」

「だが、きみはどうなんだい、ジョーン？　バジルと結婚して幸せなのか？　もちろん、そう見えるけど」

「彼とわたしはうまが合うの、最高に」とジョーンは言った。「それに、きっと惨めになってたはずだわ、かりにあなたと――」

「それはもうさんざん聞いた」ベントリーはぶっきらぼうに遮った。

ジョーンは顔をしかめ、「あなたと結婚したとしても、キャムと結婚したとしても」と締めくくった。「キャムはわたしには昔からなんでもできすぎる人に思えたし、あなたは、そう、性的能力が強すぎるように思えたの、たぶんね」これにはベントリーも笑ってしまった。今日はじめての本物の笑いだった。が、ジョーンは続けて言った。「今度はわたしが大事な秘密を打ち明けていい、従兄のベントリー？」

ベントリーは彼女の肩に腕をまわした。ふたりは円形の神殿のまわりをゆっくりと歩いた。

「だいたい見当がつくぞ」彼はぼんやりと視線をさまよわせた。イオニア様式の円柱のてっぺんに鳥が巣をつくろうとしているようだ。「また子どもができたんだろう、ちがうか？

ぼくはきみを知りすぎてるからね、ジョーン、きみの顔がちょっとでも丸みを帯びると見逃さないのさ」

ジョーンは真っ赤になった。「ええ、じつはそうなの。十月に赤ちゃんが生まれる予定なの。あなたの子どもよりほんの何週間か早いだけよ」

「それは素敵だな、ジョーン。もし、フレディーがぼくと別れなければ、ぼくらの子もぼくらと同じように、友達にしていとこ同士になれるかもしれない」

彼の言葉にジョーンは少し悲しい顔をして、「それは、難しそうだわ」と静かに言った。「わたしたち、ここを出ていくの、ベントリー。オーストラリアへ渡るの。向こうの神学校からバジルに誘いがあって。彼の長年の夢が叶うのよ。彼は聖ミカエル教会での生活を諦めてでも行くつもりよ。キャムが後任の教区牧師を見つけてくれるまでは公にしないけれど、ベントリー、わたしたちがイングランドへ帰ってくることはないと思うわ」

ベントリーはくるっと振り返って彼女と向き合った。「そんな、ジョーン、オーストラリアなんて遠すぎるだろう」両手を彼女の肩に置いて言った。「本気でそんな遠くへ――いや、きみが本気なのはその目を見ればわかる。ああ、寂しいな。ぼくの少年時代のシャルコートはもう昔と同じではなくなるんだな」

ジョーンはわかっているという表情で彼を見上げた。「あなたの少年時代のシャルコートはとうの昔に消えたでしょう。よくも悪くも、昔と同じものなんかないはずよ。わたしの言いたいこと、わかるわよね？」

ベントリーは両手が滑り落ちるにまかせた。「ああ」と静かに答えた。「でも、どうせなら、それ以外の話をしたい」

「じゃあ、早く帰りなさい」とジョーン。「そして話をなさい、ちゃんとした話を、自分の妻と」

ベントリーは身をかがめて彼女の額に軽いキスをした。「そうするべきだろうね」不意によそよそしい口調になる。「引き延ばしてはだめ、だろう？　帰ったときにまだ彼女がいるかどうか心配だ」

「たぶん大丈夫」ジョーンは優しく言った。「でも、あなたは罪滅ぼしをたくさんしなくちゃいけないわ。それに、あなたには友達が必要だとも思うのよ、ベントリー。わたしがその友達なのがうれしいの、わかるでしょ。いついかなるときも、どんな事情があっても、わたしはあなたの友達よ。それは昔とちっとも変わらない」

「わかってる」だが、彼の声にはあきらかに疑いの色があった。

ジョーンは彼の手をぎゅっと握った。「ほんとうにほんとうよ、ベントリー。今はほとんど毎朝、聖具室にいるから、話がしたくなったら、いつでも気軽に立ち寄ってくれていいのよ」

彼は口をゆがめて笑った。「ぼくが聖具室にはいるたびに、聖ミカエル教会が崩れ落ちるんじゃないかと心配するなよ、ジョーン」

ジョーンは目を剝いてみせた。それを潮に、ふたりはどちらともなく腕を組み、ベルヴューの館への帰路についた。

しかし、いざ厩舎から馬が連れてこられると、ベントリーはシャルコートへ帰る気持ちにはなかなかなれず、わざわざ遠まわりをして、ゆっくりと村を抜けた。丘の麓《ふもと》まで来ると道の真んなかで馬を止め、〈薔薇と冠〉の扉の開け閉めに応じて金属の枠にはまった看板がたてる悲鳴のような音に聞き入った。空気がやけに重くなってきて、今はセヴァーン川のほうから強い風が吹きはじめている。今夜のうちに嵐になりそうだ。こんな悪天候では馬車での長旅に出発しようと考えるやつはいないだろう。

もっとも、それは、その場所を離れたいと願う気持ちの切実さにもよる。フレディーはいかにも性急な行動を取りそうだ。ストラス・ハウスへ帰ろうとする彼女を追いかけている自分の姿が早くも目に浮かんだ。そうなった場合は実際に追いかけるつもりだった。ただ、彼女はもう何時間もまえに出発してすでに旅の途にあるかもしれない。それならばと、空っぽのベッドと対面するのがまだ少し怖いベントリーは、馬から降りてパブの扉に向かって歩きだした。大型の四輪馬車がシャルコートから出ていくのを目撃されていれば、店にいるだれかがそのことに触れるかもしれない。一杯おごろうとだれかが声をかけてくるのはわかっているから、それとなく尋ねてもいい。

パブのなかはすでに煙と会話とフィドルの調べに満たされていた。暖炉のまわりに集まった人々のうち三人は楽器を手にしており、全員がつま先でリズムを取っていた。その人々のあいだに一脚置かれたスツールにロイヤル・フュージリア連隊（英国最古の歩兵連隊）の軍服を着たウエールズ人が腰掛けて、深みのある澄んだバリトンで力強いバラッドを歌いあげていた。ベントリーは厨房に近い架台式テーブルのひとつのまえに陣取ると、葉巻煙草《チェルート》の一本めに火をつけて周囲に目を走らせ、さいころ賭博の相手を物色した。カード賭博の相手でも、なんなら喧嘩の相手でもよかった。考え事から遠ざけてくれるものならなんでも。

が、利するところはなにもなかった。どのみち考えこんでしまうのだから。もはや考え事をしないのは不可能と思われた。だから、彼はただそこに座って、やるせない思いに浸るしかなかった。

そのうち、木造の低い天井の下で煙も人混みも濃さを増し、ついには黒い梁がかすんで見えなくなった。テーブルを通り過ぎる人たちにうわの空で挨拶をしながら、自分がいつからそこに座っているのかも、だんだんわからなくなってきた。飲み物の味もわからない。それに、カードにもさいころにも、どんな種類の悪徳にも、だれも興味を示していないように見えた。ウエールズ人がみんなの心をつかんでいたから。

さすらうような足取りで客たちのあいだを進みながら、料理の皿やエールの蓋付きジョッキを置いているジェイニーの姿がときおり目にはいった。彼女は絶えず彼のほうにぎらついた視線を投げていたが、その目には温かみがまるでなかった。彼女が怒っているとは残念だ。ジェイニーのことは好きだったのに。しかし、今はジェイニーのプライドよりも火急の問題を抱えている。というわけで、ベントリーは視線をはずした。

ジェイニーはしかし、軽んじられるのをけっして納得しない女だった。陽が落ちてしばらくしてから、ベントリーのテーブルの脇をかすめるように通った。汚れた皿の載った盆を高く掲げて。彼女は悪意をこめた最後の一瞥を彼に送った。と、最後の最後に、彼女の肘が彼の座っている長椅子の背もたれをかすめた。その瞬間、中身が半分はいったブランデーグラスが彼の頭に当たり、けたたましい音とともにテーブルに転がった。ブランデーが飛び散り、グラスも砕け散った。食べ残しの茹でキャベツの載った器が逆さまにブーツに落ちてきた。フィドルの演奏がぱたりと止まった。炉床の近くから喝采が起こった。

ふだんどおりの人のいい笑みを無理やり顔に広げると、ベントリーは椅子から勢いよく立ち、一礼し、しかるのちに、上着の折り襟をびしょびしょにしたブランデーを拭きはじめた。その間ずっと癇癪を起こすまいと必死だった。ジェイニーは可愛い笑みを浮かべると、エプロンから布巾《ふきん》を取りだし、ぽいと投げて、颯爽《さっそう》と引きあげた。ベントリーはもう一度上着の下のほうを覗きこんだ。台なしだ、と思いつつ、ジェイニーのよこした布巾でウール地をそっと叩いた。今度はケンブルに殺されてしまう。これはサヴィル・ロウで仕立てたとびきり上等な緑色の上着なのだから。しかもアルコールの臭いが全身に染みこんでしまった。

弱り目に祟《たた》り目。いよいよ帰る潮時だ。つぎに頭に落ちてくるのはグレイビーソースで煮こんだ野兎かもしれない。これはおそらく神の思し召しなのだろう。さっさと帰って妻のまえにひざまずき、許しを請えと、神はこの無分別なごろつきにおっしゃっているのだろう。むろん、彼女を見つけられればという前提での話だ。

が、それをいうなら、彼のかわりにキャムがフレディーを見つけてくれたようなものだった。厩舎に馬を入れてカラスムギをいつもより多めに与えたあと、ベントリーは厨房から家のなかへはいった。ミルクを一杯がぶ飲みすると、戸棚を漁り、きいきいうるさい蒸留室《スティルルーム》の蝶番に油を差した。階下をうろつく口実がついに底を尽きると、廊下を進んで階段のほうへ向かった。ところが、長い廊下をまだ半分しか歩いていないところで、兄の大声が飛んだ。ベントリーは足を止めた。書斎のドアが大きく開け放たれていた。一家の鑑《かがみ》はシャツの袖をまくり上げて机についていた。枝付き燭台の蠟燭の何本かが灯され、帳簿は五、六冊、片肘の横に積み重ねられていた。実利的効率を絵に描いたような光景だ。

「お呼びですか?」ベントリーは戸枠に一方の肩をもたせかけて尋ねた。

キャムは椅子から立ち、机をまわりこんできた。今朝ヘリーンから浴びた痛言による傷はすっかり癒えたようで、ふだんと変わらぬ厳格で敬虔《けいけん》な雰囲気をその身に漂わせていた。

「こんな時間までいったいどこへ行っていたんだ?」

ベントリーはさりげない笑みを無理して浮かべ、キャムを上から下まで眺めおろした。

「あちらこちらへ」と、間をもたせて答えた。「なぜだい？　外出には兄上の許可が必要なのかい？」

「妻の許可が必要だろう！」伯爵は嚙みつくように言った。「彼女に償いをするつもりなのだと思っていた！　だが、どうやら、まる一日を浪費しただけで、彼女のことは考えもしなかったらしいな」

ベントリーは視線を落とした。キャムのシャツの袖口がインクでひどく汚れているのがぼんやりと目に留まった。「余計なお世話だけれども、それ以外のことはほとんど考えられなかったよ」彼は肩をすくめた。

「では、その考えたことを階上で実行しろ」

「なぜなんだい、キャム？　必要がないときにはいつもお節介な助言をしたがり、だれかがほんとうに助けを借りたいときには、そばにいたためしがないのは？」

ベントリーは無理して視線を上げた。が、キャムには彼の言葉が聞こえなかったようだ。キャムの顔はますます暗い翳《かげ》りを帯びて、汚らわしいものの臭いを嗅いだかのように鼻孔が広がった。「ベントリー、わたしはときにおまえの愚かさ加減を測りかねるんだ」彼はもう一回鼻孔を広げた。「日がな一日酒を飲みつづけていたわけか？」

ベントリーは唇の片端をゆがめた。「正確にはちがうな」

「正確にはちがうだと――？」キャムは苦りきった口調で言った。「酒が毛穴からにじみでているようなひどい臭いがここまで漂ってくる。階上にいるおまえの新妻も魅了されることだろうよ」

彼女はまだいるのか！　ベントリーは一瞬、目を閉じた。だが、目を開くとキャムが歩み寄っていて、彼の鼻孔が目のまえにあった。「おまえってやつは、ベントリー」彼は歯の隙間から声を発した。「妻の様子をしっかり見ていなければいけないときに、自堕落に飲むしか能がないのか。いったいぜんたい、おまえのどこがおかしいんだ？　わたしに説明できるか？　ええ？」

どこがおかしい？　どこもおかしくはない。どこもかしこもおかしい。人生に秩序があったためしはなく、収拾のしかたもわからないのだ。「ほっといてくれ、キャム」ベントリーはとうとう兄を怒鳴りつけ、ドアから体を離した。「飲むというほど飲んじゃいないよ、ちくしょう。つむじを曲げたジェイニーがわざと――」

キャムの怒りが爆発した。「ジェイニーだと！　ふざけているのか、ええ、ベントリー？自分が招いたこの混乱をうっちゃって、またあの女とベッドにもぐりこんだのか？」

これが我慢の限界を超えさせた。神経はずたずた、緑色の洒落た上着は台なし、おまけに、酔いどれのペテン師だとして非難されたのだ。ベントリーのなかでなにかが音をたてて折れた。彼は片手の指先四本をキャムの胸の真んなかに押しあてた。「ほっといてくれと言ったはずだ！」と唸りながら、キャムを突いた。「今日の午後、シャルコートからニューキャッスルまでの女全員とやりまくったとしても、口出しされるいわれはない。デイヴィーの豚（ウェールズの伝承で、酒場の店主デイヴィッド・ロイドの女房が酔って豚小屋で寝たことからついたあだ名）みたいに飲んだくれて、明日、妻と離婚することをもくろんでるとしても、口出しされるいわれはない。手短に言うと、キャム、あんたは聖人面してなんにでも口を出す、うっとうしい野郎だ。後生だから黙っててくれ」

キャムの放った拳がベントリーの顎の下をまともにとらえ、彼の頭をのけぞらせた。たちまちにして〈ジェントルマン・ジャクソンズ〉でカーンとゴングが鳴らされたような状況になった。ベントリーは猛烈な怒りが体を駆けめぐるのを感じた。なんともいい気分だった。キャムを殴り返すと、もっと爽快だった。

左顎への強烈な一発はキャムをふらつかせた。机にぶつかって倒れずにすんだ彼は、ふたたび拳で殴りかかってきた。パンチの応酬がさらに数回、互いに身をかわせなくなると、そのまま取っ組み合いになった。今度はキャムが先にベントリーを倒し、ブーツの片足で胸を踏んづけた。ベントリーはキャムの片膝の裏をつかみ、力いっぱい引いた。キャムは転倒し、途中で机に顎をぶつけた。悪態を吐きながら彼はベントリーにのしかかり、なんとか立ち上がろうとした。

ベントリーはキャムの腰に腕をまわして、もう一度引きずりおろすと、髪をわしづかみにした。キャムの顔を絨毯にこすりつけてやるのが気持ちいいのだ。そういえば、もう何年もこういうチャンスがなかった。しかし、キャムも負けじと体を反転させてベントリーの上になった。ふたりはごろごろと何回も転がって上になったり下になったりした。そうして顔と顔を突き合わせ、ズボンのまえを閉じようとする大食漢のキング・ジョージ（ジョージ四世）さながらに荒い息を吐いてはうめく滑稽《こっけい》な暴力の応酬のなかで、ほんの一瞬、ふたりの動きが止まった。

突然、キャムの目が細められ、細長いすじになった。「臭いのはおまえの上着じゃないか！」彼は怒声をあげた。「この野郎！　おまえの息じゃないじゃないか！　おまえの上着が臭っているんだ！」

「ああ、それがどうした？」ベントリーはうめき、この機をとらえてすばやく体勢を逆転し、キャムの上になった。

キャムはベントリーを力ずくで押しのけた。「おまえは牧師顔負けに素面だろうが。なぜそう言わなかった？」

「なぜ言わなくちゃいけない？」ベントリーは仰向けになろうとして、ごつんと頭をぶつけ、またもうめいた。転がっているうちに、ふたりはいつのまにか絨毯のないところへ来ていたのだ。キャムの頭もオークの床にぶつかって不快な音をたてた。

「あうっ」キャムの目から火花が散った。「くそっ、ベントリー、おまえに生まれた日のことを後悔させてやる」キャムは、ベントリーのクラヴァットにうしろから手をまわしてひねった。

「もうしてる」ベントリーは息を詰まらせ、キャムの手を苦労してほどいた。拳と肘が飛び交うなかで、キャムの唇に一発食らわせた。血に飢えたような目つきでキャムが腕をうしろへ引く。だが、そこで、すさまじい悲鳴が空気を切り裂いた。

「やめて！」つぎの瞬間、フレデリカが床のふたりの横に立ち、ベントリーの腕を引っぱっていた。「やめてってば、やめて！　今すぐ！」

ベントリーにはやめる気はさらさらなかった。だが、キャムは、意気地なくもやめてしまった。そうなったら選択肢があるか？　ベントリーはフレディーに引っぱられるままになった。引っぱられながら、キャムのあばら骨に最後の突きを膝で入れてやったが。

フレディーはそれを見て、ベントリーの腿をぴしゃりと叩いた。「やめてって言ったでしょ！　まったく、ふたりとも気でも狂ったの？」

フレデリカが寝間着姿であることにベントリーは気づいた。解かれた髪が肩に垂れ、愛らしい高い頰骨は上気してピンク色になっている。彼は唾を飲みくだした。いやはや、この子がこんなにきれいなことをすっかり忘れていた。ただし、彼女のあの意地悪な目つきは忘れようがない。

キャムはよろめきながらも立ち上がった。「すまない、フレデリカ」裂けた唇に手の甲で触れながら言った。「レディがいるとは気づかなかった」

「それが言い訳になるとでも？」フレデリカは言い返した。ベントリーの手首を容赦なくつかみ、もう一方の手を腰にあてて毅然とした態度を示した。「ショックですわ、閣下。あなたがたふたりに呆れています。いいおとながわからず屋の十歳の子どもみたいに床の上を転がりまわるなんて！」

ベントリーは首を横に振った。「フレディー、きみにはわから――」

フレデリカはくるりと振り返って彼を見た。「ええ、全然わからないわ！」黒い瞳が光る。「説明できるものならしてごらんなさいよ！　なぜあなたたちが仲良くできないのか、わたしにはさっぱりわからない。でも、お兄さまと正式に喧嘩をするなら、ベントリー、決闘を挑んで紳士らしく解決するべきでしょう！」

「決闘を挑む？」ベントリーはぞっとした。

キャムはばつの悪そうな目を弟に向け、「すまない、フレデリカ」とまたも謝罪した。「どういうか、ちょっとした誤解があったようなんだ。ベントリーもわたしも――つまり、ふたりのどちらも、本気で相手を撃ちたいなどと思っているわけじゃないんだ。そんな局面を迎えてはいないはずだ。そうだろう、おい？」キャムは弟に向かって片眉を吊り上げた。

ベントリーは妻の手を振りほどき、この場で求められている以上の細心の注意を払って服の乱れをなおした。「決闘の必要なんかない！」ときっぱりと言った。「ただの誤解だったのさ、フレディー、短気を起こすと収まりがつかなくなるんだ。意味はない」

フレディーの両の眉が跳ね上がった。「意味はない？」

キャムはすでに机に戻り、帳簿を脇に抱えはじめていた。「わたしは休むよ」と、最後の一冊を机から取り上げながらつぶやいた。「寝るまえに蠟燭の火を消せよ、ベントリー」

14 ミセス・ラトレッジ、断固譲らず

階段を昇って寝室へ戻るまで長い旅となった。ベントリーはフレディーのあとについていった。優しく揺れる彼女の尻に見とれたが、一歩踏みだすごとに心は重くなる一方だった。階下でキャムに殴りかかったのはどこから見ても正当な行為だと思えた。なのになぜ今は自分がこんなに間抜けに感じられるのか？　また、自分は執着するだけの価値がある男であると、果たしてフレディーを納得させられるのだろうか？

もっとも恐れていたことが杞憂《きゆう》でなかったとわかったのは、ドアを押し開け、妻のあとから部屋にはいった瞬間だった。抽斗のふたつが開けたままになっていて、椅子の一脚に衣類がうずたかく積まれていた。もはや一刻の猶予もならない。ベントリーは妻の肩をつかんで、こちらを振り向かせた。「ぼくと別れる気なのか？」

彼のしわがれた囁きがフレデリカをびくっとさせた。「なんですって？」

「ぼくと別れるつもりなのか、フレディー？　もしそうなら、そうだと言ってくれ。そうだとひとこと。ああ、こんなふうに待つのはもう耐えられないんだ」

フレデリカはベントリーの声音に苦悩を聞き取った。ランプの淡い光のなか、彼の肩越しに視線をやると、開けたままにした衣装簞笥の抽斗が窓間鏡《まどあい》に映っているのが見えた。苛立った神経を鎮めるために衣類の整理をしてみたが、なんの慰めにもならなかった。で、温めたミルクでも飲もうと階下へ降りた。そうしたら、轟くような音と罵声が伯爵の書斎から聞こえてきたのだ。

ベントリーは彼女からいっときも目を離さず、上着を脱いでクラヴァットをはずすと、ベッドに投げた。フレデリカは簞笥のまえまで行って抽斗を閉めた。口を開くのが少し怖かった。彼の視線が背中を焦がす。〝ぼくと別れるつもりなのか？〟いいえ。そんなつもりはないわ。だが、別れたいと思っている自分も心のどこかにいた。怯えた兎のように家族のもとへ逃げ帰りたいと思っている自分も。

でも、神にかけて、わたしは別れない。結婚したのだから。手に余る荒波に襲われるかもしれないけれど、そのなかでもなんとか泳げるようにはなるだろう。ベントリー・ラトレッジだって癇癪を抑えられるようになるだろう――拳骨とペニス以外の手段で意思の疎通ができるようにもなるだろう。わたしたちのどちらも、戦わずして逃げだすことはない。振り向くと、彼が距離を縮めているのがわかった。体の脇で拳を固め、寝間着を着た彼女を眺めまわしている。

「ぼくと別れるつもりなのか、フレディー？」ベントリーはかすれ声で訊いた。「イエスかノーか答えてくれ。頼むから」

フレデリカは目をしばたたき、かぶりを振った。「別れるつもりはないわ」そびやかした彼の肩がほっとしたように下がった。「ジェニーに繕ってもらうストッキングを選んでただけよ。それより、あなたとキャムはどうしてあんなことに？」

ベントリーはふと哀しげな表情を見せて首を横に振った。「どうかしてたんだ。キャムはぼくが酔っぱらってると非難した。ぼくは酔ってなんかいないし、最悪の気分だった。きみが出ていくんじゃないかと胸が悪くなるほど怯えて、自分を憐れんでた。それでなにかをきつかけにエスカレートして、キャムが殴りかかってきた。いや、こっちが先だったかな。よく覚えてない。たまにあるのさ、ぼくらには」

「一日じゅうどこにいたの？」フレデリカはか細い声で訊いた。

ベントリーの目が閉じられた。シャツの襟もとがはだけているので、喉の筋肉が上下に動くのがわかった。

フレデリカが今朝、クウィーニーに言われたとおり食堂へ降りていくと、夫は三十分まえに馬を駆って猛烈な勢いで屋敷から出ていったと聞かされた。行き先はだれも知らず、「チエルトナムではないかな。すぐに帰ってくるだろう」とトレイハーン卿が言った。

たしかに彼は帰ってきた。でも、こんなに遅く。おまけに無精ひげをはやし、昨日と同じ服を着て。煙草とブランデーの臭いをぷんぷんさせて。寒々しい表情をランプの光にさらして。それでもとにかく帰ってはきてくれた。無事に。思いがけず安堵が全身を駆けめぐった。

「どこへ行ってたの、ベントリー？」フレデリカはさっきより優しく尋ねた。

ベントリーは片手で乱暴に髪を梳いた。「それが、自分でもよくわからない。ウィジントンまで行ってから、ベルヴューへ行って、それから村の〈薔薇と冠〉に寄ったんだと思うけど」

「疲れてるように見えるわ」

「きみはきれいに見える」彼はまだ目を合わせられなかった。「なぜきみがまだここにいるのかわからないよ。たぶんもう……いないだろうと思ってた。わかるだろ？　家に帰ったら、この部屋にはだれもいないだろうと、そればかりを考えてた」

おそらくそれは彼から受けられる謝罪または釈明にかぎりなく近いものなのだろう。これでいい――さしあたりは。フレデリカは手を差し上げて、無精ひげの生えた彼の頬を甲で撫でた。「半年と約束したんですもの」穏やかだが迷いのない口調で言った。「ふたりでやっていく方法を学ぶための半年間よね。もし、ふたりがやっていけるなら。わたしたちは今それを実践してるのよね、学んでるんでしょう……その方法を？」

それはどちらかといえば問いかけだったが、ベントリーは答えなかった。答えるかわりに彼女の手をつかまえて指を自分の口のほうへ引き寄せ、唇を押しあてた。「今朝、きみはぼくを必要としてないと言った」長い睫毛を伏せて囁き声で言う。「今までもそうだったと。

だけど、フレディー、ぼくにもそれはわかってたんだ。きみに言われるまでもなく」

フレデリカはかぶりを振った。「あんなこと言うべきじゃなかったわ——」

「しぃー」彼は遮った。「きみがほんとうはぼくを求めていないのはわかってた。あの夜、きみがぼくに触れた最初のときから。ただ、自分の弱さから、拒めなかった。こんな男はきみにふさわしくないよね、フレディー。今日一日、ずっと考えてたのさ、なぜ自分は強引にこの結婚を進めたのかを。考えてもわからないんだ、生まれてくる子のためにきみが最善を尽くすと信じて託すことがなぜできなかったのか。なぜ自分も関わることに固執したのか。どうすればきみを幸せにできるかもわかっちゃいないのに」

「ああ、ベントリー」フレデリカはかぶりを振り、片手を腹にあてがった。「わたしたちには大事な子がいるのよ。うしろめたく思うのはやめて、わたしたちの——そうよ、わたしたちのしたことについて。わたしはべつに不幸せなわけじゃないわ。ええ、少なくともそうじゃなかった、今朝までは——」

「わかってるとも！」ベントリーは最後まで言わせず、彼女の手を放した。「昔からの習慣はなかなか断ち切れないものらしい」

フレデリカは唇をきつく結んだ。「でも、断ち切らなくてはいけない習慣もいくつかはあるでしょう、ベントリー」穏やかだが妥協を許さぬ口調だった。「わたしはああいうのはいや。不都合を我慢するだけの価値がわたしにあるかどうか、この半年間で判断してくれればいいわ、ベントリー」

「あれはただのおふざけだったんだよ」ベントリーは弱々しく反論した。「きみを裏切ってはいないし、そんな気は毛ほどもなかった」

しかし、フレデリカはもう泣いていなかった。夫に代わって言い訳をするのもやめた。「でも、ああいうふるまいはわたしに対して失礼よ」断固として言った。「わたしの気持ちを気遣っていないとはっきり言ったのと同じだもの」

「気遣ってるさ、フレディー」とベントリー。「そう言っても、きみは信じないのか?」

フレデリカはためらった。「わからない」正直に答えた。「あなたがどう感じてるのか、なにを思っているのかわからないのよ、ベントリー。わたしたちのあいだに強い情熱があるのはわかるの。それがますます強くなってきているのも。だけど、あの日——ストラス・ハウスの音楽室でのことを覚えてるでしょ?——あなたは情熱以上のものを築くことができると言った。でも……」フレデリカはかぶりを振って視線をそらした。

ベントリーは彼女の肩をつかんだ。「でも、なんだい?」

「そのために努力してるようには見えないのよ。わたしたちはなにも……話し合ってないわ。この先のプランもない。心配や不安やいろいろな感情をふたりで分かち合ってはいないでしょう、ベントリー。ええ、たしかにわたしたちはお似合いよ——ある方面ではね。でも、わたしはそれ以上のものを待ってるの。ただ、それ以上のなにを待ってるのかがわからなくて、自分がとても……ああ！　愚かで未熟で――」突然、声が詰まり、もう泣くのはやめたはずなのに、新たな涙がこみ上げた。

ベントリーが彼女の声の途切れを聞き取るのと同時に、フレデリカの目が潤んだ。彼は自分に毒づき、彼女を抱き寄せると、そのまま抱き上げてベッドへ向かった。ヘッドボードに背中をつけて腰をおろし、彼女を片膝に乗せた。すすり泣く彼女を抱きしめながら、落ち着かせようと優しく声をかける一方、内心で自分を責めつづけた。彼女の言うとおりなのだ。それに彼女には譲るつもりはないのだろう？　フレデリカの主張がこれだけはっきりしているのであれば、やはり血管を切り開いてみせるしかないではないか。

いや、それだけはできない。それは最悪の選択肢だ。そうではなくて、このままいくこともできるだろう。涙ながらの話し合いと中途半端な真実の告白をなんとか切り抜け、フレデリカは、全体像にはなりえないものの断片を肉付けし、こちらはいつもどおり男の魅力を振りまき、はにかみ笑いとペニスを駆使してしのげば。くそ、それでは風の強い日に干し草の山を積み上げるようなものだ。しかし、やるだけはやってみなければ。なぜなら――ここがもっとも苦しい部分なのだが――彼女を愛しているから。といっても恋に落ちたのではない。彼女に恋をしたのはずっと昔だ。ぞっこん、というのともちがう。これほどのもめ事と不安要素をはらんでいるのだから。

ちがうのだ。ベルヴューの池のほとりにジョーンと佇んでいるときに、一番恐れていることとを彼女にずばりと言われた。妻が出ていってもおかしくないと。その言葉で、自分は妻を愛していると悟ったのだ。ぼくはフレディーを愛している。純粋に。単純に。自分が彼女に値する男であろうとなかろうと。もし彼女を失ったら、この急場をしのぐ道を見つけられなければ――神よ、考えることすら耐えられない。

よくよく考えれば哀れなくらい滑稽だった。彼は最初から結婚を――彼女を――思いどおりにしようと必死だった。数々の誤った理由からフレディーに結婚を強いて、自分に対しては彼女の純潔を奪ったからだと言い訳した。彼女が身ごもってしまったのだからしかたがないと。結婚するしか選択肢はないだろうと。だが、気の短いフレディーは、彼がいつもながらの安易な自己欺瞞《ぎまん》の道をたどるのを許さなかった。そうするかわりに彼女は、脅し文句や甘い言葉を彼に吐かせ、最後はとうとう懇願させた。今さら彼女のために結婚したのだなどと自分に対して白々しい嘘がつけるはずもなかった。彼女は持ち前の頑固さで彼の言い訳を剝ぎ取り、用意周到な、まぎれもない利己主義からの行動だったことに気づかせた。だが今、彼女が剝ぎ取ろうとしているのはこれまでの言い訳とは桁違いのものだ。皮膚を剝がされるような痛みを伴うだろう。

彼女の涙が止まりはじめている。ベントリーは頭をかがめてこめかみに口づけをした。ひとしきり泣いたあとの小さなマデリンのように熱を帯びている。彼はマデリンが――ジェルヴェーやアリアンもそうだが――膝小僧を擦りむいたといっては、叱られたといっては、こうして抱いてやった。だから、泣いている子の回復の段階も心得ている。つぎは泣きじゃくりになり、それから、ちょっときまり悪そうな顔をするのだろう。フレデリカは体を丸めて彼によりかかっていた。左の頰をクラヴァットに押しつけ、右手の掌を彼の胸にあてがって。

　ところが、驚いたことに妻は眠ってしまった。ぐっすりと。動揺と心痛が取り除かれてようやく休息を見いだしたときの深い眠りに陥ったのだ。ベントリーは妻の体をそっと上掛けの下に入れ、服を脱いでとなりに横たわると、もう一度胸に抱き寄せた。彼女の尻がしっくりと自分に合わさるようにして、彼女の髪に顔をうずめながら、安らぎを求めようとした。けれど予想どおり、安らぎは彼を避けて通った。

　彼女との結婚はまちがいだったのだろうか？　かけがえのないものを汚してしまったという、あの感覚が頭に忍び寄ろうとしている。ベントリーは容赦なくそれを追い払った。そうしなければならなかった。あの心理の罠にはまりこむわけにはいかない。自分とフレディーのあいだにあるもの――あるはずのもの――はまちがっていない。絶対に。それすらも思い出せないようでは、この結婚に存続のチャンスはなかった。だが、早くも彼はじっとしていられず寝返りを打ちはじめていた。フレディーは眠りを求めているのに。そろそろと体を伸ばして彼女から離れると、ベッドから抜けだそうとした。日ごろの習慣に従って。ところが今回は、彼女の口から落胆の小さな叫びが漏れた。

「いや」彼女はつぶやいた。ほとんど目覚めていないのに。「もうどこへも行かないで」

その穏やかな哀願が胸を打ち、彼女を置いていけなくなった。そうするべきだとわかっているのに。彼女の肩のぬくもりを胸で確かめ、彼女の腰に腕をまわしながら、彼は目をつぶった。眠りが訪れるのを祈りながら、一方では恐れていた。

いつから眠っていたのかフレデリカにはわからなかった。疲れていた。疲れ果てて、どうしようもなく眠くてだるくて、夢から目覚めることができない。けれど、なにかがそこで踊っている。意識の縁でなにかが眠りの底から彼女を引き上げようとしている。

突如、フレデリカは完全に目覚め、喉を絞められたような叫びを発した。今のはわたしの声？　ちがう。まだ頭が混乱していたが起き上がり、真っ暗ななかで見当識を取り戻そうとした。ここはシャルコートだ。ベントリーと一緒にシャルコートにいるのだ。顔にかかった髪を片手で無造作にうしろへどけた。なにがわたしを目覚めさせたのだろう？　夢を見ていたのかしら？

ベントリーがとなりでまた大きな寝返りを打った。彼の脚の力で上掛けが半分めくれてしまった。と、またしても、おぞましい音が聞こえた。それは喉の奥が詰まる音から、犬が鼻を鳴らすような弱々しい泣き声となった。

フレデリカも寝返りを打って彼の左側に寄り添うと、片方の腕で円を描くように腰のあたりをさすりながら、唇を鎖骨に押しあてた。汗まみれになって苦しげにあえいでいても、彼の体は頑丈で安心感があった。そのまま胸に頭をあずけた彼女は、彼の心臓が打つ早鐘にぎょっとした。

「ベントリー？」小さく声をかける。「起きてちょうだい。夢よ。悪い夢を見てるの」

「なにっ――？」だれかを制止しようとするかのように、彼は左腕を突きだそうとした。

フレデリカは彼をなだめようと、答えるかわりに全身を隙間なく寄り添わせ、片手で優しく体をさすった。が、腕がなにか熱くて重いものに触れた。彼は信じがたいほど――充分すぎるほど――昂っていた。

彼女の手の感触にぶるっと体を震わせ、「よせ！」としわがれた声で言った。地獄の底から言葉を引き剝がすように。「よせ、やめろ！」

フレデリカは即座に腕を引いた。だが、妙なことに彼の手が追ってきて、彼女の指をつかまえ、勃起したペニスのほうへ引き寄せた。「わかってたんだ……欲しかったんだろ」しわがれ声で言い、彼女の手を膨張した肉にがさつに触れさせた。

「そう――そうだけど」フレデリカの指がためらいがちにペニスをくるりと撫でおろすと、ベントリーはうめいた。

「ああ、そう、いい」と囁き、彼女の手をさすった。「そう、そう、いい」

なにか変な気がした。「ベントリー？」

そこで彼の意識が完全に戻ったのがわかった。ペニスに負けないくらい全身を硬直させた。

「なに？」声がかすれたままだ。「なんだ？」

「わたしはここにいるわ」フレデリカはなだめるように言った。「夢を見てたのよ。悪い夢を」

「フレディー？」

「大丈夫よ、ベントリー？」片脚を彼の体の上に滑らせながら、ぎこちなくそばへ近づいた。抱擁しようと思って。だが、彼は怒声を発して彼女を押しのけた。

「よせ！　やめろ——金輪際、そうやってぼくを窒息させるな！　くそっ、どうしてここは地獄みたいな熱さなんだ？」

フレデリカは背筋を伸ばし、「どうしたの、ベントリー？」と優しく訊いた。「なにかの夢を見たんでしょ。なんの夢？」

彼は歯の隙間から空気を押しだした。「べつになにも。覚えていない」

「ベントリー、わたしはあなたの妻よ。どこが悪いのか教えてくれない？」

「どこも悪くはないよ、フレディー」彼は言い張った。「ここがくそ熱くて息ができないだけだ」

しかし、さっきから冷たい雨が窓を打っていて、部屋のなかでもフレデリカにはかなり肌寒く感じられる。それなのにベントリーは汗ぐっしょりになっている。「窓を開ける？」

ベントリーは頭の下から右腕を引き抜くと、ごろんと転がって彼女と向き合った。彼の目が、自分はなにを言ったのか、なにをしたのかと探るように彼女の表情を追っている。薄暗がりのなかでもそれが感じられた。ベントリーは苦しそうになにかをつぶやいてから、小声で悪態をついた。ゆっくりと二回、息を吸ってまた吐きだした。それから体の向きを変えた。彼の重みでベッドが軋む。彼が上からおおいかぶさってきた。彼の欲望を察して、フレデリカは手を伸ばした。熱く火照った彼の体の重みでマットレスがめりこむほどに押されるのがうれしかった。

ベントリーは引き締まった腿で荒々しく彼女の股を割り、少しずつ押し開いた。闇のなかで、彼の口が頬を、額を、唇をむさぼった。「キスしてくれ」と囁くのは彼の声なのに、闇にやすりをかけたように聞こえる。「さあ、キスしておくれ、可愛いフレディー」

そこで彼女は応じた。彼の唇の下で唇を大きく開き、彼が奥まで探るのを、押し寄せる欲望の温かい波に引きこもうとするのを許した。狂ったような激しいリズムで舌が口のなかに押し入ると、疑念が溶けて消えた。外ではにわかに嵐が激しさを増し、けたたましく窓に雨を吹きつけている。ふたりは不意に孤立感と親密感に包まれた。フレデリカは吐息を漏らし、両の掌で彼の体の脇をたどって筋肉の張った尻をおおった。しかし、彼はその手をつかむと彼女の頭の上まで押し上げた。

「おいで、ぼくの奥さん」とつぶやいて腰を浮かせ、それからいきなり、彼女の体のなかに猛々しくはいってきた。「さあ、これでひとつだ。ぼくを愛してくれ、ぼくを完全なものにしてくれ」

嵐は夜が明ける直前にいったん弱まったが、ベントリーは二度と眠りに落ちまいとして、かたわらでうとうとしている妻を眺めていた。やがて、霧にかすんだ曙光《しょこう》が、窓の向こうに見える鐘楼にさまざまな影を映しはじめた。フレディーはほとんど俯《うつぶ》せに寝ていた。顔を彼のほうに向け、固めた拳を枕に押しつけている。上掛けがずれて華奢な肩胛骨とオリーブ色の温かく美しい肌ををあらわにしている。ふたたび欲望が高まるのを感じた。今度はもっと優しく穏やかな欲望だ。だが、今はそれを望まれてはいない。昂りを無情に封じこめて彼は起き上がった。

昨夜、自分を抑えられなかったことが悔やまれた。今朝、彼女がどう言うか、なにを訊いてくるかが不安だった。あんなふうに彼女の体を抱いたことを恥じていた。悪魔の遣いでもあるまいに彼女に馬乗りになり、情欲にまかせて、ひたすら押し入り、突き上げた……それでどうしようとしたのだろう？　あの忌まわしい悪夢の残像を振り払おうとしたのか。最近はあの夢を見ることがとみに増えている。あんなふうにして彼女を悦ばせることができただろうか？　彼女は絶頂に達しただろうか？　わからない。自分が達したいと一心だったから。ゆうべの記憶をたぐると自分が……薄汚く感じられる。我が身を救うために他者を貶《おとし》めたのだと思えてくる。

フレデリカのかたわらに身を置いていることに耐えきれず、ベントリーはベッドから離れたが、彼女を置き去りにするのはやはり心配だった。毎朝、具合が悪くなるのを知っているから。お腹に子がいるからだ。結局、彼女にいくつ重荷を課することになるのだろう？　またもや壁に包囲される感覚が始まった。外に出たい。新鮮な空気を吸いたい。今日のうちに片づけなければならないこともある。

ベントリーは手早く顔を洗ってひげを剃ると、いつもと同じように鏡をじっと見つめた。今朝は一段とひどい顔だ。蠟燭の光が口の周囲に刻まれた深い皺を強調している。目のまわりに隈《くま》ができている。

少年時代の彼は腕白な魅力を備えた美少年だった。だが、純真無垢《むく》だったことは一度もない。今、鏡に映った自分を見ると、肉体の美が自分を裏切るであろうときの予測がついた。そのときには、かつての魅力が奇矯《ききよう》となるのだろう。そのときには、なんであれ自分が築いたなけなしのものに頼ることになるのだろう。妻とともに。

彼女はこんな男のどこに魅力を感じたのか？　朝のひげ剃りをするのは一週間ぶりだろうか。顎ひげの最後の剃り跡が濃くなりすぎて、剃刀《かみそり》の刃がこすれるような音をたてた。ゆうべ、この顔が近づくのをフレディーはよく許したものだと思う。小声でひとこと悪態をつくと、彼は残った石鹸の泡に水を浴びせ、一番着心地のいい服を身につけて部屋を出た。

15 我らがヒロイン、ゆゆしき遭遇をする

目を覚ますと部屋にさんさんと陽が射していた。フレデリカはつま先まで思いきり伸びをした。そこでいやな予感がしてベッドに起き上がると、炉棚の時計に目を凝らした。なんと、もう九時を十五分まわっている！　慌てて上掛けを剥いで部屋着を羽織ったところへ、ジェニーがドアを開けて気ぜわしくはいってきた。メイドは蓋付きの皿とホットチョコレートのカップが載った盆を手にしていた。

「あら、フレデリカさま、お起きになったんですか？」窓と窓のあいだに置かれた小卓に盆を運びながら、ジェニーはさえずるような声で言った。「八時に一度覗いたんですけど、ぐっすりおやすみでしたから」

「おはよう、ジェニー」フレデリカは急いで部屋着の紐を結んだ。「今日はもうミスター・ラトレッジを見かけた？」

「一時間もまえにお出かけになりましたよ」ジェニーは答えた。「どこへいらっしゃるのかは伺ってません。さあ、そこに座って、少しでも召し上がってください。ミセス・ナッフル

ズが女中たちに食器台を片づけさせはじめたから、残ってたのを慌てて持ってきたんです」

ジェニーが蓋を持ち上げると、ベーコンのえもいわれぬいい匂いが立ちのぼった。そこではじめてフレデリカは、気分がちっとも悪くならないことに気がついた。それどころか空腹感さえある。小卓のまえに座り、チョコレートをすすった。「朝食を食べそこなったのは生まれてはじめて」と、恥ずかしげに言った。「だれか気づいた人はいる?」

「ミセス・ナッフルズです」ジェニーは答えた。「フレデリカさまがお起きになったら、女中たちになにか新しく作らせると言ってましたんですけど――」

「いいわよ、そんな!」フレデリカはジェニーの言葉を遮った。「これで充分よ、ジェニー。いいお天気ねえ。あの金色の外出着を出してくれない? 散歩でもしようかと思うの」

着替えをして階下へ降りると、トレイハーン卿は帳簿とともに書斎にこもっているのだとわかった。ヘリーンはアリアンにフランス語の文法の勉強を見てやっていた。温室のそばでミセス・ナッフルズを見かけたので、このあたりでお勧めの散歩のルートはないかと尋ねた。

年配の家政婦はリネンの束を腰で抱くような格好をすると、針金縁の小さな眼鏡の奥からフレデリカをじっと見た。「それでしたら、この裏にちょうどいい小径がございますよ」と朗らかな口調で言い、温室の扉のほうに首を傾げてみせた。「左へ行けば二マイルほどで聖アンドリュー・コルン教会があります。厩舎の脇をまっすぐに行って丘を越えるとベルヴューです。でなければ、右に曲がって家庭菜園を通って――」

「ああ、果樹園を過ぎると聖ミカエル教会なのよね」フレデリカは家政婦の言葉を引き取った。

ミセス・ナッフルズはうなずいた。「教会墓地を通って村へも行けますよ、近道のほうがよろしければ。ミスター・ラトレッジがよく使われるルートです。口笛を吹いてご自分のお墓のまえを通ってるとわたしどもはからかうんですが」

フレデリカの眉がわずかに上がった。「今朝もそっちのほうへ行ったの？」

「馬具屋へ行くとかおっしゃってました」ミセス・ナッフルズは曖昧に答えた。「でも、だいぶ時間が経ってますから、帰り道でばったりお会いになるかもしれませんね」年配の家政婦は笑みを浮かべ、戻っていった。フレデリカは温室から外に出た。だが、裏庭でマデリンとジェルヴェーに出くわした。ふたりはジェルヴェーの家庭教師に連れられて屋敷の裏門から帰ってきたところだった。

「おはようございます、ミセス・ラトレッジ」ミス・タフトが明るい声で言った。

「おはよう」フレデリカはジェルヴェーに目をやった。両手が汚れて、指の節には草染みがついている。ジェルヴェーは暗褐色の髪を微風になびかせて、真剣なまなざしでフレデリカを見返した。子どもたちはふたりとも温かい服を着て、靴を濡らし、鼻をピンク色に染めていた。

「これあげる」ジェルヴェーが背中に隠していたヒナギクの花束を差しだした。

「あら、可愛い！」フレデリカはひざまずいて花束を受け取った。

マデリンが大きく鼻を鳴らし、フレデリカの首に腕をまわすと、もうひとつの花束を差しだした。こちらは少々花がよれていた。「ベントリー叔父さんが摘《つ》むのを手伝ってくれたの」

「まあ、これもきれいね！　ありがとう」

「お花の勉強をしてたのよ」マデリンは自慢げに言った。「虫の勉強もしたの。毛むくじゃらの肢の気持ちわるぅい虫」

「虫じゃないよ」ジェルヴェーが訂正した。「ミツバチさ。ミツバチは花をつくるんだ」

フレデリカはふたりの真剣な小さな顔に微笑みかけた。「ベントリー叔父さまも一緒に朝の授業を受けたの？　想像がつかないわ！」

ミス・タフトが陽気に笑った。「ミスター・ラトレッジは授業の邪魔をする困った生徒だったかもしれませんわ。だから、マデリンがお花を摘むのを手伝う係を割り当てて、そのあいだに、わたしとジェルヴェーは他花受粉の話をしていたんですの。あいにく、ふたりのお花摘みに巻きこまれて笑ってばかり、ほとんど授業にはならなかったんですけれど」

「一番汚れてしまったのはだれかしらね？」フレデリカはマデリンのコートの袖についた草を払ってやった。「ベントリー叔父さまもいっぱい草を払う必要がありそうね」

「黄色いお花と白いお花だけを摘まなくちゃいけなかったのに」マデリンはため息をついて、しぶしぶコートを脱いだ。「ベントリー叔父さんてば、ぜぇんぜぇん、しじに従わないのよ」

「あらあら、そうなの?」フレデリカは小さなその花束の色を確かめてから、マデリンとジェルヴェーにキスをした。もう一度花束の礼を言い、愉しい朝をと三人に告げると、門をくぐって丘をくだりはじめた。夫は今どこにいるだろうと思いながら。

家庭菜園の脇を通って丘をくだれば聖ミカエル教会までの近道になる。石壁にはめこまれた扉の向こうが教会墓地で、門《ゲート》を持ち上げて力いっぱい押すと、鈍いうめきをあげて扉が開いた。教会の敷地にはいると、村の出入口に通じる径から離れぬよう壁に沿って歩いた。教会墓地の裏側のこのあたりは墓碑がまばらで、なかには時の流れとともに石がすり減り、表面がのっぺりとしているものもあった。くすんだ緑の苔《こけ》におおわれた墓、酔っぱらい同士が互いにもたれかかるような角度で傾いている墓も多かった。

大木も多い。とくに櫟《いちい》とこんもりとした黐《もち》の木が。なだらかな丘が盛り上がったところで大木の陰から出てみたが、すぐ戻った。オリーブ色のメリノ織りの波打つマントをまとった女性が、何フィートか先の墓のまえに膝をついて、野花と蒲《がま》の葉という珍しい取り合わせの供花を作っているところだった。マントの柔らかな色合いと質素な装いがその女性を取り巻く環境と見事に調和して、フレデリカは一瞬、大昔のどこかの森の巫女《みこ》が神に捧げ物をしている場面を覗き見しているような感覚にとらわれた。

後戻りしようとしたが遅かった。マントの女性は耳が鋭くて、さっと頭を起こし、優雅に立ち上がった。背が高い。力強く高い頬骨に、大きめの口、眼力の鋭い茶色の目。どことなく見覚えがある、心を乱されるような目だ。

「ちょっとお尋ねしますが」フレデリカは言った。「ベルヴューの村へ行くにはこの径でいいのでしょうか?」

「ええ、丘をくだって、あのゲートを抜ければ」肩マントはかなり着古したもので、裾のほうがだいぶ濡れていた。刈り取られた雑草の跡にマントの裾を引きずらせて、その人はこちらへ向かってきた。

フレデリカは礼を述べ、ふたたび歩きはじめた。

「お待ちになって」マントの女性は謎めいた笑みを浮かべると、フードを頭のうしろへ押しやった。無造作にまとめられた量の多い栗色の髪が現われたかと思うと、手袋をはめた手が勢いよく差しだされた。「あなたはたぶんわたしの新しい妹ね」穏やかでハスキーな声。「キャサリンよ。おはよう」

ベントリーのお姉さま? この妖精じみた素朴な人がド・ヴェンデンハイム子爵夫人?

「お目にかかれるなんて思いもよらない喜びですわ」フレデリカはかしこまり、手に花を持ったまま、膝を曲げてお辞儀をした。「お邪魔をしたことをお許しください」

しかし、レディ・ド・ヴェンデンハイムはフレデリカの耳もとでけらけらと笑った。「まあ、わたしにお辞儀などしなくていいのよ! なんだかうんと老《ふ》けた気がしてしまうわ。わたしはあなたの夫より——ええと、たぶん、ひと月かふた月早く生まれただけだったかしら」

妙なことに子爵夫人は御者がはめる手袋をしている。その手はなおも突きだされたままだ。フレデリカは義姉の手を受け止め、顔を赤らめた。「彼にとても似ていらっしゃるわ」

レディ・ド・ヴェンデンハイムの大きな口の片端が上がった。「そうね、わたしたちはいろんなところが似てるわね」彼女は櫟の幹の反対側に置かれたベンチを身振りで示し、「あそこに座らない？」と言いながら、草の上を歩きだした。「母のお墓に花を手向《たむ》けてたの。今日は母の命日だから」

ふたりは苔むした墓の列の端に近いところで立ち止まった。いくつかの墓碑に刻まれたラトレッジという家名が見て取れた。だが、その向こうには石がもっと古いものやテーブル型の墓碑もあり、キャムデンという名が刻まれていた。

「一族の墓所よ」手振りをつけてつぶやきながら、子爵夫人は腰をおろした。「あなたは大変な一族に嫁いできたわね。それはわたしが請け合うわ」

レディ・ド・ヴェンデンハイムは兄弟同様、率直な物言いをする人のようだった。フレデリカも花束を脇に置いてベンチに座った。「キャムデンと刻まれたお墓もたくさんありますけど、それも一族のお名前なんですか？」

遠くを見るようなまなざしでレディ・ド・ヴェンデンハイムはうなずいた。「この教会と村を造ったのはわたしの母方の一族なの。母はデヴォンシャーのラトレッジ家に嫁いだのだけれど」

「で、ご実家のシャルコートを相続されたんですね？」

子爵夫人はこわばった笑みを浮かべた。「それで大いに助かったというわけよ」そう言って、今しがた手向けた花のほうを示した。「母は、見てのとおり、名前をアリスといって、若くして亡くなったわ。ほんとうにまだ若かったから、ベントリーには母の記憶がほとんどないでしょうね。産後の肥立ちが悪かったの。幼いころに女親の愛情を受けられなかったことで、あの子はずいぶん苦しんだはずよ」

「お母上のかわりに彼の世話をする女性はいらっしゃらなかったんですか？」フレデリカは静かに訊いた。

子爵夫人は肩をすくめ、「かわりというならカサンドラかしら」と、おぼつかない返事を返した。「キャムの最初の妻の。でも、残念ながら、彼女は子どもを育てるのには不向きな人だった。それに、ベントリーはそのころはもう——そう、兄たちが結婚したときにはジェルヴェーと同じ歳ごろだったし」

「そのかたはどこに眠っていらっしゃるんです？」フレデリカは尋ねた。

子爵夫人は母親の墓と、それよりは小さい最後のふたつの墓碑とのあいだにぽっかり空いた空間を指し示した。「あそこよ」

「なにも……見えませんけど」

子爵夫人の顔にまたも謎めいた笑みがよぎった。「墓碑はないの。石の質に欠陥があったんですって。信じられる、そんなこと？　数ヵ月まえに石が割れてしまったのよ、〝最愛の妻にして母〟と彫られた言葉のあいだで。今、石工に新しい墓碑を造らせているんだけど、正直なところ神のお告げだったのかもしれないわ」

フレデリカは返答に窮した。「亡くなられたのはだいぶまえなのでしょうか？」

子爵夫人は肩をすくめた。「人によっては充分な時間が経ったとは言えないでしょうね」

「はあ」またしても答えようがなかった。ラトレッジ一族の率直さには驚かされる。「そのかたは……あまり好かれていなかったということですか？」

「まあ、一部の集団には好かれてたわ」子爵夫人はつぶやいた。「カサンドラには田舎暮らしが退屈だったの。だから彼女の友人や愛人が都会から大挙して押しかけてきて、彼女にしろ、わたしの父にしろ、まるでブライトン・パヴィリオン（ジョージ四世が愛用したヒンドゥー・ゴシック様式の王室の別荘）にでもいるつもりでシャルコートで暮らしてたのよ」

「とても想像できませんわ。今はこんなに穏やかな様子なので」

子爵夫人は鋭い笑い声をたてた。「そうかもしれないわね。でも、当時は馬鹿騒ぎがあたりまえのように続いてて――キャムの堪忍袋の緒が切れるまでは。彼はカサンドラから実権を奪い返して愛人たちを追い払い、彼女を家に閉じこめたのよ、いうなれば。ああ！　そのことでカサンドラがキャムをなじる声が今でも耳に残ってる！　復讐してやるだの殺してやるだの——悪夢そのものだった。今になって思い返すと正直、とにもかくにもベントリーがあの環境でまともに育ったのは奇跡のようよ」子爵夫人はフレデリカを見て、目配せをした。「まあ、ほぼ、まともに」

フレデリカは微笑んだ。「ベントリーはひとりぼっちだったんですね」

レディ・ド・ヴェンデンハイムは肩をすくめた。「ええ、あの子は父によく似てたから。ただ、それはあまり健全なことではなかった。ミセス・ナッフルズもいたし、わたしもいたんだけど。まあ、そうね、そういうことね」

「お母上に女性の親戚はおひとりも?」

子爵夫人は首を横に振った。「妹がひとり。アグネス・ベルモントが。でも、ベルモントの叔母はわたしたちのような貧しい親戚をほとんど相手にしない人だったわ」

ベルモント。なぜその名前に聞き覚えがあるのかしら？　フレデリカは微笑んだ。「ベントリーはシャルコートにはジョン・キャムデンの幽霊が出ると言ってます。みなさんもそう信じていらっしゃるの？」

レディ・ド・ヴェンデンハイムの笑顔がまたもやいわくありげな表情に変わった。「信じてる人もいるわ。祖父自身がそう言ってたそうよ、つまり、一族の領地を分割して母とベルモントの叔母に与えたときに。母と叔母の子どもたちは結婚してシャルコートとベルヴューをまた結びつけるようにと。そうすれば祖父の魂は安らかに眠るだろうと」

そう聞いて頭にひらめいた。ベルヴュー。ベルモント。トレイハーン卿とベントリーのふたりが結婚を願った人というのはジョーンだったの？　そうだったの！　クウィーニーがあれこれ言っていたけれど、よく聞いていなかったのだ。知らぬ間に無口になっていたにちがいない。フレデリカの手にレディ・ド・ヴェンデンハイムの手が重ねられた。「ベントリーがジョーンに恋をしてたというくだらない噂を耳にしたんでしょう。本気で欲しいわけでもない一本の骨を争う野良犬のように兄弟で張り合っただけのことなのよ」

「はい、わかります」けれど、自分の夫がジョーンと結婚したがっていたのだと考えると、心中穏やかではなかった。フレデリカはべつの話題を懸命に探した。「で、お父上はどこに？　やはりこの墓所に葬られたのでしょうか、奥さま？」

「奥さまだなんて、キャサリンと呼んでちょうだい！　ええ、父もそこに眠ってるわ、母のお墓のすぐ向こうに」

フレデリカは示された墓碑を見やった。「まあ、お父上も長生きはなさらなかったんですね。ご病気がちなかただったんですか？」

「とんでもない。健康そのものだったわ。三十年にわたる飲酒と賭博と女遊びを病気に数えなければ。男を滅ぼすのは結局それですもの。父はとうとう心臓発作を起こしたの、アリアンの元家庭教師との情事の真っ最中に」キャサリンはオリーブ色のマントの下で肩をそびやかす諦めの仕種をした。「もちろん、口止めなどできなかった。だから、父は死んでも生きてるのと同じだった。グロスターシャーじゅうに、さらにはイングランドの半分にも噂が流れたものよ」

キャサリンはベントリーと同じように、ほとんど感情を交えずに父親のことを語った。「その一番端のオゲーヴィンとあるのは？　それとも、そちらはべつの一族のかたかしら？」「少し新しいそちらのふたつの墓碑はどなたの？」フレデリカは話題を変えようとした。

「いいえ」キャサリンはふと黙りこんだ。「それは……メアリのお墓。ベントリーが——ある種の関係を結んだ女性の。まだ若かったころに。短い関係だったけど。それから、もうひとつは——子どもの。ブリジット。その子も母親と一緒にそこに眠ってるの」

肺の空気が全部抜けたような気がした。「ああ……そう」と言うのがやっとだった。「気づいてたら——お訊きしなかったのに。でも、名前が……」

「ええ、アイルランド人だったから」キャサリンは気まずい沈黙に言葉を挟んだ。「メアリは貧民地区のセントジャイルズ出身の娘だった。でも、ベントリーは彼女のことが好きになったんだと思うわ。あるいは、ただ同情しただけだったのかもしれないわね？　ベントリーの本心はだれにもわからない」

フレデリカは返す言葉が見つからなかった。ベントリーの姉は憤慨した目を彼女に向け、「ときどき弟の首を絞めてやりたくなるの」と、物騒なことを言った。「このことをあなたになにも話していないんでしょ？」

フレデリカは目を瞠った。「あ、いえ、少しだけ話してくれました」

子爵夫人はわずかに怒りを鎮めたように見えた。「じゃあ、少なくとも、事情の説明をすべてわたしまかせにはしなかったわけね」彼女は立ち上がった。「つらい事情があるのよ。彼女は、いうまでもないけれど、あの子の……情婦だった。なんて口にしやすい言葉かしらね、まったく。彼女はあの子には知らせず子どもを産んだ。あの子がインドに行っているあいだに。でも、彼女はその子を諦めてロンドンの波止場地域にある養育院にあずけてしまった」

「まあ！」フレデリカは急いでキャサリンの言葉を追った。「そんな……孤児院のようなところでしょう？」

キャサリンは唇をすぼめ、「孤児院と同じよ」と苦々しく言った。「そして当然ながら、その子は死んだわ。あのひどい環境に置かれた子どものほとんどがそうだったように。どうして彼女はわたしたち家族やベントリーの友人を頼らなかったのか、いまだにわたしにはわからないんだけど、わたしたちがその理由を知ることは永遠にないのよ。メアリも子どものあとを追うように逝ってしまったから。ふたりが埋葬されたのはロンドンだった。貧民の共同墓地よ、いずれにせよ。子どものことを知ったベントリーは……すぐに――」キャサリンは言葉よりも雄弁に墓のほうを手振りで示した。

「おふたりをここへ移したんですね？」フレデリカはほとんど無意識に腹に手をあてがった。

子爵夫人はしばらく口をつぐんでいたが、「おかしいわよねえ?」と、思い出したように言った。「だってそうでしょう、よりにもよってあのベントリーが、子どものことであれほど思いつめるなんて。でも、実際思いつめてたわ。だけど、バジルが! 彼はカトリック教徒を聖ミカエル教会に埋葬することには賛成できないと言ったの。それでもベントリーは引き下がらず、最後は領主であるキャムが同意した。ベントリーがあまりにも……取り乱してたからよ。ああ、世間に対してあれほど怒った男を見たことがないわ。キャムはもちろん、悪魔顔負けの癇癪持ちのわたしの夫ですら、あんなに怒ったことはないもの」

「彼はおふたりのことをみなさんの記憶に残したかったんでしょう」フレデリカは夫の気持ちに思いをめぐらした。「それに、安全に保護したかったんだわ、変な言いかたですけれど。彼らしいと思います」実際、キャサリンの話を聞いてフレデリカ自身、元気づけられていた。まだ生まれていない我が子の人生から除外されることへの理不尽ともいえる彼の不安にやっと説明がついた気がしたから。

ベントリーの姉は興味深げにかなり長いことフレデリカを見つめていた。「あなたは非凡な女性ね」キャサリンは思慮深い表情を浮かべると、ふたたび落ち着いた足取りで歩きはじめた。フレデリカは花束を手に取り、彼女と歩調を合わせた。そうすることを子爵夫人が望んでいるように思えたので。

キャサリンの肘にそっと触れると、子爵夫人は立ち止まった。「わたしが子どものころ孤児だったことをご存じでした?」フレデリカは訊いた。「ポルトガルで孤児になったんです、戦争で。幸運にもイングランドの従姉兄たちが進んで引き取ってくれましたけど。だからベントリーの苦しみが理解できるのかもしれません」

キャサリンはフレデリカに腕をからめた。「花嫁選びでは弟も最高に幸運だったと思うわ」と静かに言う。「じつをいうと、あの子がまた厄介なことになってしまったんじゃないかと心配でしかたがなかったの。でも、厄介どころか、まれに見る快挙だったようね」

フレデリカはうれしさに顔を赤らめた。「ありがとうございます」

キャサリンは腰をかがめ、ある墓碑の台座から枯れ葉を払った。「自分の死を悼んでくれる人がだれもいないところに葬られるなんていやよね?」と囁き声で言った。

「いやです、絶対に」とフレデリカ。

親密な語らいのひとときが過ぎ去ると、キャサリンは不意に立ち上がった。「ずいぶん変わった花束ね。だれか特別な人のために持ってきたの?」

「わたしはそんな気配りができる人間じゃありませんわ。ジェルヴェーとマデリンからもらったんです。ここに眠っておられる、ふたりのお祖母さまのお墓に手向けようかしら。今日がご命日ならちょうどいいわ」

キャサリンはにっこり笑った。フレデリカはベントリーの姉が大好きになった。「ねえ、フレデリカ。丘の上まで送ってあげましょうか? これからキャムを訪ねることになってるの。そのゲートの外に馬車を停めてあるのよ」

フレデリカは驚きを隠せなかった。「ご自分でここまで馬車を駆っていらしたの?」

「いつもそうよ」笑いながら義姉は答えた。「わたしは変わり者だから、もうわかってるでしょうけど。それに今日の馬は先週〈タタソールズ〉で競《せ》り落とした葦毛《あしげ》の二頭よ。といっても、馬車を転覆させないことは約束するわよ!」

だが、フレデリカはまだ帰りたくなかった。「ありがとうございます。でも、わたしは聖ミカエル教会までちょっと行ってこようと思っているので。お会いできてほんとうによかった」

キャサリンはフレデリカの頰に軽いキスをすると、マントのフードをかぶりなおし、颯爽とゲートへ向かった。フレデリカはキャサリンの手向けた花に並べて花束を置き、教会へ続く緑の丘をまた歩きはじめた。

聖ミカエル教会は歴史のある立派な建築物で、サクソン様式の特徴が随所に見られた。なかでも時代を感じるのは正面の扉だった。少し腐食しており、半分開いたままになっているように見えたから。ゆうべの雨で膨張した扉の下端が敷石に食いこんでいる。側廊を進むフレデリカのハーフブーツの踵が敷石にかすかな音をたてた。教会のなかはこの時間でも暗くて静かだった。窓のステンドグラスに太陽の光がまだ届いていない。正面の家族席には向かわず後方にとどまり、ノルマン様式の大きなアーチのそばの会衆席に腰を滑らせた。スカートを座席に収めるまもなく、上のほうから声が聞こえてきた。

好奇心をそそられ、首を伸ばして丸天井をぐるりと見まわしたが、人影はない。だが、また声がした。女性の声の柔らかな響き、それに答える男性のよく通る穏やかな声。鐘楼からこちらへ近づいてくるようだ。耳をそばだてると、螺旋の石段を降りてくる摺《す》り足の足音が聞き取れた。

フレデリカは緊張を解いて座りなおした。たぶんジョーンとバジルだろう。石柱の陰から覗きこむと、暗褐色のスカートがちらっと目にはいった。が、男性の姿が完全に視界にはいったところで、その人が教区牧師ではないことに気づいた。夫だ。夫の広い肩が内陣に通じる戸口を埋めた。ひと巻きにしたぼろぼろの汚い綱を片方の肩に担いでいる。石段を降りきると彼は振り返り、空いているほうの手を上げて、最後の一段を降りる女性にその手を貸した。

ジョーンとベントリー？　ふたりは戸口に佇み、見つめ合っている。ここにいることを告げるべきだと思いながらも、フレデリカは黙って観察した。すると、ジョーンの片手が上がってベントリーの胸にそっと置かれた。いかにも親密な仕種。でも、親しい友人同士や従兄妹同士ならする仕種だろう。それだけのことよ。

「ベントリー、ほんとうにいいのね？」ジョーンの囁きが内陣から運ばれてきた。

「いいんだ」彼は即答した。「できるだけ急いでくれ。フレデリカに気取られないように」

「彼女に話したほうがいいと思うわ、ベントリー」ジョーンは静かな声で言った。「わたしのためじゃなく、自分の結婚のために最善を尽くしなさいよ」

「ジョーン、またその議論を蒸し返さなくてはいけないのか?」彼の声がきつくなり、苦悩をにじませた。「このままぼくたちが離ればなれになるなんて考えられない。そのことにこれほど打ちのめされはしなかった、今日までは」

「わたしだって今からもう、あなたが恋しいわよ。予想以上に」

ベントリーはジョーンの手を自分の唇に持っていった。「ぼくたちはたくさんの秘密を分かち合ってきた。そのなかには育ちのいい娘の耳には入れてはまずいこともある」

「わからないわ、そのほうが自分には合ってるというわけ?」ジョーンは囁いた。「なぜそうやっていつも許しを必要とする行動を取らなくちゃならないの?」

「許されなくてはならないことがぼくにはたくさんあるからだ」彼は正面の扉のほうへ歩きだした。「ぼくは自分がなにをしてるかはいつでもわかってただろう、ジョーン」

「そうだった?」ジョーンの張りつめた声にベントリーの足が止まった。「わかってなかったときもあったはずよ。フレデリカについて言うなら、どういう事情でそうなったにせよ、彼女はもうあなたの妻なのよ。神の御前であなたたちは結ばれたのよ。それはもうもとには戻せないことなのよ。許しが必要なら彼女に請いなさい」

ベントリーはぱっと振り向いた。ジョーンはまだ戸口に残っていた。灰色の石段が螺旋を描いて彼女の背後の暗がりに呑みこまれていた。「なにもかも正直に話すよりもひどいことがあるのさ、ジョーン」彼の声がしわがれた。「そして、ありのままの真実より質《たち》が悪いことはほとんどないんだ。真実はぼくには提供できない慰めだと思う」彼は綱を肩に担いだまま扉のほうに向きなおり、内陣を横切った。

ジョーンも階段室から足を踏みだした。「ごめんなさい、ベントリー。鐘楼に昇って鐘綱を取り替えてくれて助かったわ。ありがとう」

ベントリーは立ち止まり、うしろを見ずに一礼してみせた。「綱の交換ぐらいおやすいご用だ。一日二日のうちに男連中を何人かよこして、この扉をはずさせよう。それから、かんなで削って、雨が降ってもこのひどい扉が閉まるようにすればいい」

ジョーンは腕組みをして立っていた。「そうしてくれたらありがたいわ」

ベントリーはあとはなにも言わず、教会の正面扉から出ていった。ジョーンはそれを見届けてから、重々しい幕の向こうの聖具室に消えた。

16 シニョーラ・カステッリ、カードを広げる

その夜、一家でキャサリンの自宅、オールドハンプトン・マナーへ赴いた。子どもたちは子ども部屋でアーマンドとアナイスと一緒に食事をさせるから、全員で来てほしいというのがキャサリンのたっての希望だった。フレデリカは夫とふたりで先頭の四輪馬車に乗っていくことになった。ところが、幼いマデリンがシャルコートの中庭でベントリーの膝にまとわりついて離れようとしなかった。ベントリーは根負けし、笑いながら身をかがめてマデリンを抱き上げた。ジェルヴェーもフレデリカと同じ馬車に乗ろうとよじ登りはじめていた。というわけで、先頭馬車には四人が乗り、残りの人々は後発の馬車で出発した。

携帯用のゲーム盤を持参したジェルヴェーはさっそく留め金をはずし、ミニチュアのドミノ牌一式を取りだした。馬車が走りだしてまもなく、兄は叔父とゲームがしたいだけなのだとわかると、ベントリーの膝に乗っていたマデリンは下唇を突きだした。「あたしもやりたい」と、手を伸ばして長四角の象牙の牌をつかもうとした。

ジェルヴェーは兄の傲慢さを目いっぱい発揮して、盤を引っこめた。「数も数えられない

くせに、とんま！　やりたけりゃ先に数を覚えろ」

暗い馬車のなかでマデリンはそっぽを向き、ベントリーのシャツの胸に顔をうずめた。小さな手で彼のクラヴァットの襞を握りしめ、鼻を鳴らした。「と、とんまじゃない！　ちがうもん！」

「ちがうさ、全然ちがうぞ」ベントリーは姪のこめかみに優しくキスをしてやった。今日にかぎって見事に結ばれていたクラヴァットをマデリンがぐちゃぐちゃにしていることに気づかずに。ベントリーの広い胸に置かれたマデリンの握り拳は彼の親指と変わらないくらいだった。

「ベントリー叔父さん、あたしにもやらせて！」マデリンは懇願した。

ジェルヴェーは一歩も退かぬという顔をした。「マデリンはやりかたを知らないんだよ！めちゃくちゃにしちゃうよ」

「これは難しいゲームだものね」フレデリカはジェルヴェーに腕をまわして引き寄せた。「でも、向こうに着くまでまだだいぶかかるでしょ。そうだわ、ジェルヴェー、マデリンに教えてあげたら？」

ベントリーはうなずき、「恐ろしく難しいぞ」と、深刻な顔をつくった。「でも、マデリンが叔父さんを負かすかもしれないな。なんといっても、叔父さんは一度〈フィドルを弾く犬〉で2を3とまちがえたことがあるからな。馬とブーツを賭けてたので、タイツで地べたを歩いて帰らなければならなかったんだ！」

喉を鳴らす笑い声が彼のクラヴァットから湧いた。「犬はフィドルなんか弾かないもん」

マデリンはようやく頭を起こして彼を見た。

ベントリーは両の眉を吊り上げた。「叔父さんもそう思ってたんだ！」にこにこ顔でマデリンを見おろす。「それがだな、その賭けにも負けたのさ――そのときは馬は取られずにギニー金貨二枚ですんだけど――なぜなら、ロンドンの〈フィドルを弾く犬〉には、ほんとに弾く犬がいるから！」

ジェルヴェーは目を丸くして座席から飛びだしそうになった。「本物？　生きてる犬？」

「いや、もう生きてない」ベントリーは悲しそうな顔をした。「可哀相にその子犬は、ロンドンのハイ・ホルボーン・ロードを猛烈な勢いで走ってた郵便馬車に轢かれてしまったんだ。でも、店の女給がそいつを剝製にしてカウンターの真んなかに後ろ肢で立たせた。で、そいつが小さなフィドルを弾いてるんだ、ちょうどこれぐらいのを――」ベントリーはマデリンの腰から片腕を離すと、十二インチほどの長さを示してみせた。「こうして、ちゃんと顎の下にフィドルを挟んで。いいか、ジェルヴェー、まるで、あの犬には自分の役目がわかってたらしいんだ」

「見てみたいよ」ジェルヴェーは言った。妹との諍いはもう忘れ去られていた。「ベントリー叔父さん、ロンドンへ連れてってよ、そのフィドルを弾く犬を見せてよ」

兄のおねだりにすぐさまマデリンも同調した。「あたしも！　あたしも！　行きたい！」

ベントリーは少しばかり困った表情になった。「でも、ああいう場所をおまえたちが訪ねるのを母上は許してくれないだろうなあ」

「どうして？」ジェルヴェーは食い入るような目でベントリーを見上げた。「いかがわしいパブなの？」

ベントリーは心外だという顔をして上体を引いた。「今なんて言った？」

フレディーが身を乗りだし、「こう言ったはずよ、いかがわしい、い、い、パブ」と、ジェルヴェーの言葉をくり返した。一語一語をことさらはっきりと発音して。「でも、叔父さまはそういうところはまるで知らないものねえ？」

「知ってるよ、叔父さんはそういうところには詳しいんだ」ジェルヴェーは無邪気に言った。「そういうところへ行って探せばベントリー叔父さんはいつでも見つかるって、父上が言ってるよ。女の人が叔父さんの片っぽの膝に乗っかってるって、母上に話してるのを、ぼく、聞いたんだ」

「あら、片っぽだけなの？」フレディーはにやりとした。「それじゃ、あなたの悪名も形なしねえ、せっかく膝がふたつあるのに！」

ベントリーはジェルヴェーをぎろりとにらんだ。「ドミノをやりたいのか？　それとも、キャサリン叔母さんのうちへ着くまでずっとおしゃべりしてたいのか？　ほんとうは、こてんぱんにやっつけられるのを避けているんじゃないのか?」

「やる、やる!」マデリンがベントリーの膝でぴょんぴょん跳ねた。またもやゲーム盤の占有をめぐる戦いが勃発したが、ベントリーが仲裁にはいり、マデリンのふっくらした小さな指を盤の持ち手から引き剝がした。

「じゃ、こうしましょう」フレデリカはマデリンの手を取って安心させるように握った。「チーム戦にするのよ」

ジェルヴェーは怪しむような表情を浮かべた。「なにさ、それ?」

ベントリーは素知らぬ顔で肩をすくめ、「ドミノのチーム戦は熾烈《しれつ》なゲームだぞ」と凄みのある声で言った。「筋金入りの賭博師しかやらない。やる場所はどこよりも暗い、どこよりもいかがわしいパブだ。チームを組んで、かわりばんこにドローとプレイをするんだ。ジェルヴェー、おまえはフレディー叔母さんと組むといい。フレディーは強力なプレイヤーだからな」

「ええ、そうよ!」とフレデリカ。「わたしも若かりしころ、いかがわしいパブに出入りしてたから」

ジェルヴェーは新たに芽生えた崇拝の目をフレデリカに向けた。マデリンは拍手を始めた。「じゃあ、叔父さんはあたしのチームね!」体をくねらせてベントリーを見た。「あたしのチーム!」

ベントリーは頭をかがめ、大きな音をたてて姪の頬にキスをした。「もちろんさ！　ジェルヴェーがさっき言ったとおり、筋金入りの賭博師はプレイするときにはかならず、縁起担ぎにきれいな女を片っぽの膝に乗せるんだからな」

フレデリカが怪訝な視線を投げると、ベントリーは急いで先を続けた。「では、ジェルヴェー、相棒、おまえが牌を裏にしてシャッフルしたら、フレディー叔母さんに最初のドローをさせよう」

それから半時間ばかり、機嫌よく仲良くゲームが進んだ。ベントリーは足をぶらぶらさせているマデリンを片膝に乗せ、彼女が牌を置く番になると優しくその手を誘導した。彼は子どもの扱いが驚くほど上手で、姪も甥もみな彼に敬愛の念を抱いている。シャルコートでのこの数週間は、子どもに対する彼の忍耐力が並々ならぬものであることをフレデリカに教えた。ベントリーがひどい父親になるだろうと一度でも考えたのが今では信じられないほどだった。

よい夫となる能力についてもこんなふうに強く確信できたらどんなにいいか。こんな穏やかな愉しい午後を過ごしながらも、今朝、聖ミカエル教会で盗み聞きした会話がフレデリカの念頭から去らなかった。あれはどういう意味だったのだろう？

自分の結婚のために最善を尽くしなさいよ。

このままぼくたちが離ればなれになるなんて考えられないよ。

まるで恋人同士の別れ話のようだった。でも、きっとそうではないのだろう。ベントリーは女たらしだけれど、いえ、以前はそうだったけれど、彼の姉でさえ、ジョーンに恋してはいなかったと信じている。ランプの淡い光のなかでフレデリカは目を上げて、もう一度夫を見た。

夫の膝に座ったマデリン。ハニーブラウンのふわふわの巻き毛が彼の顎の下にある。片方の靴が子どもにだけ聞こえるあの永遠のリズムを刻み、彼の向こう脛で跳ねている。向こう脛が痛いのだとしても、それと気づく人はいないだろう。ベントリーは文句ひとつ言わないから。そうするかわりに彼は幼女の腰を片腕で抱き、牌を置くときには声に出して牌のくぼみの数を数えてやっている。彼はまちがいなく、よい父親になるだろう。そのことを認めただけで、神の手によって心の重荷が少なくともひとつ、おろされた気がした。

フレデリカは笑みを浮かべ、片手でジェルヴェーの柔らかな髪をくしゃくしゃにすると、自分たちが取った牌のひとつを指で軽く叩いた。「今度のプレイでこれを出せば、たぶん、相手チームをこてんぱんにやっつけられるわよ」

オールドハンプトンに到着するや、ベントリーはべつの子どもたちにつかまった。ド・ヴェンデンハイム卿とレディ・ド・ヴェンデンハイムには双子がいて、歳はマデリンよりもひとつぐらい下だろう。その子たちもやはり叔父さんを敬愛しているふうだ。アナイスもアーマンドも元気がよく、柔らかい髪の色は黒、目も黒みが強く、肌はフレデリカと同じオリーブ色。ふたりを見ているだけで気持ちがくつろいだ。

ロード・ド・ヴェンデンハイムの祖母とその従妹も訪れていると知ってびっくりした。応接室でワインがふるまわれているあいだに紹介があった。そのあとベントリーはそそくさと中座してマデリンと双子を相手に絨毯で取っ組み合いを始めた。子どもたちが金切り声をあげても、くすくす笑いをしても、あるいは、四つん這いになったベントリーがどすんどすんと大きな音をたてて部屋を走りまわっても、一族のだれも気にしていないように見えた。キャサリンは一度か二度立ち上がり、花瓶や壊れやすい装飾品を嵐の通り道から移動させたが、それ以外はのんきなものだった。

ジェルヴェーはさすがにそうした年少者の遊びには加わらず、すぐに父親のところへ行き、ドミノのチーム戦の話を聞かせた。おとなたちの話題は早々と食事とワインに移った。温かいもてなしにあずかっているのだとフレデリカが気づいたのはそんなときだった。マックスの祖母とその従妹はロンドンから料理長を同行させていた。ふたりの貴婦人はともにイタリア北部の出身なので料理にはうるさいらしい。

高齢のシニョーラ・カステッリが小さな体に似合わぬ銀髪の暴君であることや、彼女に付き添ってきたミセス・ヴィットーリオは彼女より若くてふくよかなうえ、ユーモアにもあふれていることも、おいおいわかってきた。シニョーラ・カステッリが骨ばった指で杖の柄を握りしめ、フレデリカをじろじろと眺めまわしているあいだ、ミセス・ヴィットーリオは晩餐に用意している料理の逸品の説明をしていた。謎めいた笑みを所定の位置にたたえたキャサリンは、一家における自分の立場がこのふたり組に侵されてもいっこうにかまわないというふうだった。

ベントリーの膝がへばるのに時間はかからず、アリアン以外の子どもたちは子ども部屋へ飛んでいった。令夫人《シニョーラ》がロンドンから持ってきてくれた対《つい》の揺り木馬に大騒ぎだった。晩餐の用意が整ったことを知らせる鈴が鳴ると、シャルコートでの晩餐と同じく、トレイハーン卿がフレデリカをエスコートして食堂へ向かった。フレデリカは内心でちょっぴりがっかりした。とても魅惑的な風貌のド・ヴェンデンハイムのとなりの席に座りたいと思う気持ちもあったので。

一族がテーブルを囲みはじめても、フレデリカはド・ヴェンデンハイムを観察していた。子爵はこの部屋にいる紳士のうちで一番長身で、少し猫背だった。手はほっそりとしているのに力強そうだ。髪も目も漆黒。右手の小指に半ペニー硬貨ほどもあるカボション・カットのエメラルドの指輪をはめている。ただ、彼の指にそれがあるとちっとも大きく見えない。子どもたちと同じオリーブ色の肌をしているが、子どもたちよりはるかに暗いオリーブ色だ。存在感のある鷲鼻に、骨格のしっかりした細面。髪はかなり長めで、生え際がかなり後退している。トレイハーン卿がカントリー・ハウスでの気楽な食事会にふさわしい装いを、ベントリーも入念に選んだ形式張らない装いをしているのに対し、キャサリンの夫は全身黒ずくめだった。

ド・ヴェンデンハイムと肩書きにはフランス語がはいっているが、彼の訛りがフランス語でないのはあきらかだ。ドイツ語かイタリア語だろうが、充分すぎるほど旅慣れた耳を持つフレデリカですら特定できない。ただ、出身がどこであれ、ド・ヴェンデンハイムは侮れない男性に見えた。ヘリーンが彼のとなりに座った。ふたりは昔からの友人らしく、ヘリーンの故郷の葡萄《ぶどう》園が難儀している新しい腐葉土についての雑談がすぐに始まった。

トレイハーン卿はフレデリカのほうへちょっと身を乗りだした。「きみは知らなかったと思うが、キャサリンの夫はワイン事業をしているんだ。というより、彼の祖母ぎみが、と言うべきかな。マックスはそのことを無視しているがね」

「まあ」フレデリカは頭が混乱してきた。「子爵は以前、警察にいたことがあるというようなことをベントリーから聞きましたけど」

「ああ、それもほんとうさ」トレイハーンは言った。「しかも、非情な警察官らしい、人の噂を鵜呑みにすれば」

フレデリカの目が大きく見開かれた。「それじゃまだ……?」

トレイハーンの表情が少し険しくなったが、ちょうどそのとき、従僕二名がテーブルをまわってきた。ひとりが皿を置き、もうひとりがクリスタルの器から料理を盛りつけはじめた。

ヘリーンがうなずくと、即座に彼女の皿に料理がたっぷりと盛られた。「まあ、おいしそう」彼女は感嘆の声を漏らし、フォークを刺した。「ミセス・ヴィットーリオ、この葉野菜の名前をもう一度教えていただけます？」

「スピナーチョ」シニョーラが割りこんだ。テーブルの向こうからフレデリカをじっと見つめながら。

「そう《シ》」ミセス・ヴィットーリオは片手をひと振りして言った。「スピナーチョ。葉がとっても若いから、とっても柔らかい」

盛りつけ担当の従僕がフレデリカの席まで来ていた。皿に料理を盛りつけると従僕は引き下がろうとしたが、シニョーラが指を鳴らして引き留めた。「もっと！」と従僕に命じ、フレデリカのほうを手振りで示した。「早く《スビト》！」

従僕は一瞬ためらったが、フレデリカの皿に二度めの盛りつけをした。すでに盛られた料理の上に。老婦人はフォークを手に取ると、たっぷりすぎるその料理に差し、「お食べ、可愛い子《カリッスィマ》」と、ざらついた声で今度はフレデリカに命じた。「あんたにはそれぐらい必要だよ」

フレデリカは言われたとおりにした。華奢な老婦人は例の風変わりな杖をついて、よたよたと食堂へはいってきたけれども、フレデリカは騙《だま》されなかった。シニョーラの機嫌を損ねる者がいたら、彼女は嬉々としてその杖をまた取り上げ、哀れな犠牲者を力いっぱい打ちすえるにちがいない。

　あとに続く料理も同様の流儀で盛りつけられた。フレデリカがなにをどれだけ食べるかはシニョーラによって決められた。それについて口を挟む者はひとりもいなかった。まるで、老婦人の機嫌を取るための暗黙の同意があるかのように。もっとも、言われるままに食べるのはつらい仕事ではなかった。コース料理はどれもほっぺたが落ちるほどおいしかったから。だが、食事がすむと会話も一気にしぼみ、婦人たちが席を立ちはじめた。シニョーラ・カステッリは杖を取ると、床を一回強打した。全員が一斉に彼女のほうを振り向いた。

　彼女はド・ヴェンデンハイムを見据えて言った。「応接間でワイン《ポルト》を飲むんだろ、マックス」要望ではなかった。

　ド・ヴェンデンハイムの口の一方の片端がゆるやかに上がって笑みをつくった。「いかにも、マダム、お望みとあれば」

　老婦人は孫に答える労を執らず、体の向きを変えるとドアのほうへ歩きだした。ド・ヴェンデンハイムはデカンターと、グラスを載せた盆をとなりの部屋へ運ぶよう、従僕に合図した。ベントリーもぱっと立ち上がってシニョーラのためにドアを開けた。

　が、ドアまで行くと老婦人は立ち止まった。彼女は杖の先をベントリーのつま先に置いて身を乗りだし、「円盤の騎士《イル・カヴァリエーレ・デイ・ディスキ》」と声をひそめて言った。「また会ったね。勝負はまだついてなかったね、ええ？」

ベントリーはこれ以上ないというくらい物憂い笑みを送った。「なんの勝負でしたっけ、マダム？」

老婦人は眇《すがめ》でベントリーを見て、「読書室へおいで」とざらざら声で言った。「あんたとふたりだけで話がしたい。ポルトを持ってくるといい、もし飲みたければ。わたしとしては、持ってくることをぜひ勧めるよ」

十分後、ポートワインのグラスを手にしたベントリーは暗い読書室にいた。ちくしょう。部屋の暗さに目を慣らしながら、彼は胸の内で毒づいた。こんなペテンに引っかかってしまうとは。

彼女はすでに部屋にいた。狂った地獄のワイン商人は、獲物を待つ黒後家蜘蛛《くろごけぐも》よろしく暗がりで彼を待ち構えていた。シニョーラ・カステッリとは面識があった。この化け物じみた老女とは以前に一度か二度、口論になったことがあるのだ。だが、彼女が今どんな用事で自分を呼びつけたのかは見当もつかなかった。

シニョーラは小ぶりの一脚テーブルをまえに背筋をぴんと伸ばして座っていた。例によって黒一色のシルクのドレス、首に掛けた真っ黒な紐の先には重い金の十字架、耳にぶら下げているのは、木苺ほどもある大きなルビー。「もっと、こっちへおいで、カヴァリエーレ」暗がりに彼女のざらついた声が響いた。「わたしももう歳だから目が衰えてしまってね。でも、こんな目でも、あんたのような美男子は――とっくりと！――眺めさせてもらいたいじゃないか、ねえ？」

「ご婦人がたを悦ばせるべく相務めますよ」ベントリーは軽く応じた。

老女はくわっくわっと雌鶏のような声で笑った。「ああ《シ》、そうしておくれ。半分は自業自得なんだから」

ベントリーも声をたてて笑い、部屋を進んで暖炉のそばのテーブルに近づいた。暖炉ではわずかばかりの火が燃えていたが、部屋の明かりとしてはいかにも弱すぎた。シニョーラは彼を見た。顔の半分が炎に照らされ、もう半分は陰になっている。ベントリーが腰をおろすと、彼女は一本きりの蠟燭を引き寄せた。蠟燭の光が彼女の目鼻の上で不気味に踊った。彼女はそれから、黒い布でくるんだものをテーブルの真んなかから取り上げると、布を広げ、分厚いカードをひと組出してみせた。長年使いこんだ跡のあるカードだ。

「だめです」ベントリーは椅子をうしろへ押した。「だめですよ、シニョーラ。今夜はお相手できません。未来を占ってほしくなんかありません」

老女は薄笑いを浮かべた。「知るのが怖いからだろ、カヴァリエーレ」とつぶやくと、テーブルから離れ、足を引きずって炉床のほうへゆっくりと向かった。「みんなそうさ――賢明な者は」

ベントリーも立ち上がった。「シニョーラ・カステッリ、お褒めの言葉をどうも。でも、ぼくは賢明なんて言われたことはめったにないし、人生には驚きがあったほうが断然いいと思ってますよ」

彼女はそこで首をめぐらし、ぞっとするような表情で彼を見た。「あんたの奥方の腹の子どもは三月《みつき》だね、カヴァリエーレ」と言いきった。「結婚はあまりうまくいっていない。それに、驚きならもう一生ぶん味わったんじゃないのかい」

心臓が宙返りをして腹まで落ちるのがわかった。シニョーラは相変わらず自分となんの関わりもないことまでもお見通しなのだ。結婚の状況は想像がつくにしても、妻の妊娠はまだ公にはされていない。ほかにどんなことまで推測しているのだろう？　シニョーラのまえにいるのが苦痛になってきた。

しかし、相手は変わり者のばあさんというだけではないか。ベントリーは自分に思い出させた。キャムがフレデリカの妊娠をキャサリンに告げ、キャサリンがシニョーラに話したにちがいない。それだけだ、べつにどうということはない。炉棚のまえで彼女が足を止めるのを彼は見守った。細い肩と歳のせいで曲がった背中を。「応接間のご婦人がたを占ってはどうですか、マダム？　ヘリーンが大喜びすると思いますよ」

老女は最後にもう一度、軽蔑のまなざしを肩越しによこすと、丸めた紙をポケットから取りだし、籠型の火格子の上に紙の中身を振り落とした。片手を炉棚に置いて炉床に身を乗りだした。あんまり腰を低くかがめるので、暖炉のなかに転がりこむのではないかとベントリーは心配になった。赤く燃えた石炭がしゅうしゅう音をたてて、はじけはじめた。白い煙が形の定まらぬ渦を巻いて通風弁のほうへ流れだした。シニョーラ・カステッリはさらに腰を低く落とし、上へ向かうその空気のなかにカードのひと組を突きだした。

ベントリーは考えるより先に飛びだした。「なにをするんです、シニョーラ！」彼女の腰にすばやく腕をまわし、突きだされた手をつかんで引き戻した。「どういうつもりですか！」

老女はふてぶてしく笑うと、踵に重心を置いてそり返った。ベントリーは彼女の手首を締めつけながら腕の向きをあちこちに変えさせた。驚いたことに袖口の黒いレースすら焦げていなかった。

「どうだい、火傷でも見つかったかい、カヴァリエーレ？」くわっくわっと笑う。「いや、見つからないだろうね」

ベントリーは彼女の手首を放し、そっと肘をつかんだ。「運がよかったんですよ、シニョーラ」彼は老女を椅子へ導いた。「なんだってそんな真似を？」

シニョーラはどっこらしょっと椅子に腰掛けた。「カードのお浄めさ」と、声をひそめて言いながら肩越しの視線をよこした。「鮮明に見るにはこの方法しかないのさ」

ベントリーも椅子に戻った。「はばかりながら、マダム、ぼくには無意味に思えますけど」

シニョーラ・カステッリは骨張った指を彼に向けた。「あんたはただでさえ多くの邪悪なものに取り囲まれている。ほかの人間の占いのあとに居残った不運までもらわなくてもいいだろう」そう言いながら、シニョーラはテーブルにカードを叩きつけた。「さあ、おさわりよ、どうぞ《ペル・ファヴォーレ》。手に取って、撫でて、目に見えないもののほうへ心を向けてごらん」

ベントリーは彼女に目配せをした。「シニョーラ、ぼくの場合、外見の上品な女性にシャッフルしてもらうと、いつも最高の運が向いてくるんですよ。あなたがやってくれませんか?」

老女は叱りつけた。「臆病者が! タロット《イ・タロッキ》を怖がるイングランドの可愛い臆病者が。自分でおやり! 早く《スビト》! 妻と子どもを思い浮かべて」

ベントリーはテーブルのなかほどまで体を乗りだし、片肘をついた。「ぼくにはわかりませんね、シニョーラ、どうしてマックスはあなたの支配に耐えられるんでしょうか」彼は笑みを浮かべた。「あなたの美貌と魅力をべつにすればということだけど、もちろん」

しかし、彼女の目は――火明かりに照らされたほうの目は少なくとも――指示を出していた。「おやり!」と、歯の隙間から言う。「それがすんだら左手で左に三回カットをおし」

なにが自分に取り憑いていたのか、あとになってもベントリーは説明できなかったが、指が一瞬べつのだれかの指になったようだった。つぎに気づいたときには、いまいましいカードを操っていた。それからカットした。左手で。左に。

「ほら!」終わると、唸り声で告げた。

老女はふたたびカードをすくい上げると、驚くほどすばやい指の動きで混ぜ合わせた。さらに、慣れた手つきでカードを横二列に十枚ずつ並べ、六枚のカードを重ねて十字を作った。ベントリーはかすかに興味をそそられて、その手並みに見入った。シニョーラが客間でちょっとしたカードゲームをするのを見たことがあるし、占ってもらったことも一度あるのだ。テーブルに広げるカードのパターンは毎回ちがった。今回はじつに不思議な隊形だった。

上の一列のカードを几帳面にめくりながら、シニョーラは黒い目をちらりと上げてベントリーを見た。「わたしたちに見えるのは現在と未来なんだ、カヴァリエーレ。過去はすでにわかっているから。わかりすぎるほど。だろう?」

ベントリーは椅子に座ったまま、体の力を抜こうとした。「好きにしてください、マダム」

老女はひと声うめき、めくった上段の一列のカードを読み解きはじめた。ときおり止まっては、カードの一枚を指で叩いたり、ひとり言をつぶやいたりした。それから、下の一列をゆっくりめくった。と、彼女の顔が徐々に青ざめ、手が震えだした。くそっ。老女が心臓発作を起こさぬようベントリーは祈った。ド・ローアンだか、ド・ヴェンデンハイムだか、最近はなんと自称しているのか知ったことではないが、彼の祖母をここで死なせでもしたら、あいつにどんな目に遭わされることやら。

「おお、これは異なこと!」とシニョーラ。「過去が現在に流れこんでいる。わたしの意思とはかかわりなく」下の列の読み解きも今は終えていた。何枚かのカードは絵が上下逆さまであることにベントリーは気づいた。通常はそれがきわめて悪い知らせなのも知っている。

妙なことに占いのそうした細則を覚えていた。シニョーラはつぎは十字形に置いたカードへ進み、一番上のカードをめくった。それをよしと認める穏やかな声が喉の奥から発せられた。

「おお、すばらしい《エクセレンテ》！」

ベントリーはそのカードに目をやった。それは老女が円盤の騎士《イル・カヴァリエーレ・デイ・ディスキ》と呼ぶカード、五芒星形《ペンタクル》の騎士だった。色がすっかり褪せて見分けるのがやっとだが、そんなことはこの際どうでもいい。このカードは以前にも見たことがあった。カードに描かれているのは、赤のチュニックをまとった中世の騎士が白馬にまたがり、その暴れ馬を鎮めようと骨折っている姿だ。騎士の顔は隠れて見えず、体も、大きな厚い楯の陰になっている。

シニョーラはそのカードを指先でつついた。「白馬は純潔と予言の象徴だ。外に出ようともがく気高く優れた魂の象徴でもある。ただ、騎士がまとった赤のチュニックは――ああ、それはこっちの最初のカードにも見られる――」彼女は上の列の一枚にそっと触れた。聖杯《カップ》の3に。「これらは、あんたが罪とも戦っているんだ、ミスター・ラトレッジ。そして、あんたがこの楯のうしろに自分の本性を隠そうとしていることも表わしている」

ベントリーはなんとか笑ってみせた。「気高く優れた魂などと言われても、ぼくにはわかりかねますよ、マダム。ただ、罪のほうは当たらずとも遠からずかな」

「ああ、カヴァリエーレ、あんたは並はずれた勇者でありながら、並はずれた愚者でもある」彼女はつぎのカードをめくった。剣《ソード》の7。「ふむ、なるほど。衝動に駆られて行動すると今は危険か」と、ひとり言のようにつぶやく。「あんたはずっと待っている。でも、このカードは上下《ソットソープラ》――」

「逆さまってことですね」

「そう、覚《シ》えがいいね」シニョーラはその横のカードに触れた。「この両方でひとりの人間を表わす。権威ある地位の男だ。ひょっとして、その相手を恐れているのかい？　あるいは、その男の尊敬を失うのが怖いのかい？　ええい、いまいましい《マレディッイオーネ》、はっきり見えない！」彼女はすばやくつぎの二枚をめくった。「そうか、報復が怖いのか。しっぺ返しかね、イングランド式に言うと」

ベントリーはワイングラスの脚を持って、ゆるゆるまわし、「ほう、好奇心をそそられる」と、さほど関心がなさそうに言った。「で、その男の非道な計画は成功するんでしょうか？」

老女はうなずいた。「おそらくは《エ・プロバビーレ》。といっても、彼の運勢はここでは読めない、だろう？」

ベントリーは血の気が退くのを感じ、グラスを置いた。ある思いが――心の奥深くに抑えこんでいたので自分でも気づかずにいた恐怖が――不意に姿を現わしたのだ。だが、まさか……信じられない……

「心になにか浮かんだんだね、カヴァリエーレ」彼女は囁いた。耳を澄まさないと聞こえないくらいの小声で。「確かめることだ。罪の性質を自分が理解しているのかどうかを。ひょっとしたら、あんたにはそれができていないのかもしれない」

ベントリーはワイングラスをふたたび手に取り、グラスのポートワインをひと息で半分飲んだ。「なんの話だかわかりませんね、マダム」

シニョーラ・カステッリは薄笑いを浮かべた。「うまくいくよ《ヴァ・ヴェーネ》」彼女は肩をすくめて、つぎのカードをめくった。「だが、あんたはなにかから逃れたがっている。見えるよ――囚人の枷のようにあんたを過去に縛りつけている醜いものが」

「逃れたい過去の出来事なら数えきれないほどありますよ」彼はそっけなく応じた。

老女は上の列の一枚を指差した。男が血のはいった深鉢のまえに立っている薄気味悪い絵柄のカードだ。「これは、あんたが無駄な犠牲を払ってきたことを物語っている。それも一度ではなさそうだ。うわべの献身とむなしい後悔が見える。楯をおろさなければだめだ、カヴァリエーレ、この犠牲を終わりにしなければ」

ベントリーは我知らずテーブルに身を乗りだしていた。「どんな犠牲を？」

老女は下の一枚を指差して、かぶりを振った。おお、愛しい子《カーロ・ミオ》、わたしには言えない」

「それはひどい！」ベントリーは叫んだ。「それじゃ占いにもなんにもならないじゃありませんか」

シニョーラは片眉を軽く上げた。「おや、カードに相談したくなったのかい？」と挑発する。「ここに並べたカードから引きだされる真実があんたには見えているんだろう？　わかっていながら、わからずにいることが、ええ《シ》?」

ベントリーは髪を根もとからむしり取りたい気分だった。「話が堂々めぐりになりそうですね、シニョーラ」

老女は片方の肩をそびやかした。「人生はひとめぐりしかないんだよ、カヴァリエーレ」と、彼女の指がまた一枚のカードをめくった。剣《ソード》の6。腰をかがめた男がたくさんの重い剣を背負っている。「しかし、あんたの人生のひとめぐりには多くの邪悪なものがあった。純潔が奪い去られ、それと一緒に、生きる力もが消えてしまった。生きる喜びも。それが一時期、あんたを怒りの海に漂わせた。邪悪な出来事はあんたに重荷を背負わせ、無謀な行動を重ねさせた。シ、じつに無謀だったね。神から授かったものを軽んじるかのように」

このばあさんはとことん頭がいかれている、これ以上は聞きたくない、とベントリーは思った。「もうよしましょう、シニョーラ・カステッリ」彼はきつい声で言った。「時間も遅いですし、妻を休ませませんと」

老女は彼をねめつけた。「だったら、奥方を連れてお帰り、ミスター・ラトレッジ。彼女をいたわっておやり」テーブルの上でさっと手を払う仕種をした。「カードが教えているのは、つまるところそれなのさ。今あんたがやらなければならないことは、妻のために——いや、もう家族のためにといってもいい——一歩ずつまえへ進むことなのさ。自分のためにそれができないならば」

無礼な言葉がまた口から飛びだしそうになるのをこらえ、ベントリーは椅子をうしろへ押しやった。「ぼくが妻を殴るだろうとか、なぜだれもかれも勝手な思いこみをしているのか解せませんね」と、怒気をはらんだ声で言った。「ぼくは妻をいたわってますよ。自分の知るかぎりの方法で」

ベントリーの言葉に老女は穏やかに微笑んだ。「ああ《シ》、努力はしているようだね。気をお鎮めよ、カヴァリエーレ。では、最後にひとつ予見をしてあげよう」

「なにをですって？」

老女はかぶりを振った。「ひとつだけ質問してごらん、声に出して。心に重大な意味をもつことを。するとカードが答えを出してくれる。憂鬱なことや謎めいたことでなくてもいいんだよ」

いいとも、訊いてやろうじゃないか。ベントリーは真っ先に頭に浮かんだ最初の質問を却下し、つぎの質問を探そうとした。「いいでしょう、では、シニョーラ。生まれてくる子は男か女か教えてください。あなたの驚異のカードは果たして予見しくれますかね？」

「そんなのはおやすいご用だ」老女の手は十字の下のほうのまだめくられていないカードへ進んだ。それらをめくると、彼女は奇妙な沈黙に陥った。その沈黙がベントリーを不安にさせた。

「なにか？」我慢できずに彼は尋ねた。

「おお、カヴァリエーレ。わたしには言えない」永遠とも思える沈黙のあと彼女は囁いた。

「なんなんです！」ベントリーは怒声をあげた。「言えないんですか？　言いたくないんですか？」

シニョーラ・カステッリは首を横に振り、当惑のまなざしを彼に向けた。「言、え、ないんだ。見えないのさ。カードにもわからないのさ。こんなことは……ふつうは起こらない」老女はこめかみの銀髪に指先を押しつけて目を閉じた。「歳は取りたくないね、ミスター・ラトレッジ。わたしの腕が落ちたのかもしれないねえ？　この仕上げは次回に持ち越したほうがよさそうだ。もっと鮮明に見えるときに」

「いいですとも」ベントリーは動揺を残しつつ、グラスに残ったポートワインを飲み干すと、グラスを置いて勢いよく立ち上がった。

17 ミセス・ラトレッジ、詮索を始める

翌朝、フレデリカが食堂へ降りると、ヘリーンとアリアンが朝食を終えようとしていた。紳士の面々はすでにその日の仕事に出たあとだった。キャムは教区の用事でバジルと会うためにベルヴューへ、ベントリーは聖ミカエル教会の壊れた扉を修理するため屈強な男ふたりを引き連れて教会へ向かっていた。フレデリカは皿に料理をよそってはみたものの、あまり食欲がわかず、フォークでつついて少しずつ口に運んだ。

窓の向こうのなにかが目にはいった。視線を上げると、塗装工が邸内の馬車道に停めた荷馬車に足場の資材を積みこんでいるのが見えた。「見て!」アリアンがナプキンを投げて言った。「お母さまの古いお部屋の壁塗りが終わったんだわ」

食器台のまえでコーヒーをつぎ足していたヘリーンがテーブルに戻ってきた。「あら、ほんとう。あとはドレープ・カーテンを取り替えるだけね。フレデリカ、やっぱりあなたとベントリーはあの部屋へ移ったほうがいいんじゃないかしら」

フレデリカは自信のなさそうな上目遣いになった。「庭園の間に?」

「ええ」ヘリーンはにっこりした。「ちょっと覗いてみる?」

ヘリーンとアリアンの言うとおり、部屋は見事に改装されており、数分後にはフレデリカも同意した。三人はふたつの寝室と接している居間にはいった。居間の内装は様変わりしていた。ひびがはいったり紙がめくれたりしていた壁は、漆喰が塗り替えられて暖かみのある黄に彩色されていた。丁寧に磨かれたオークの飾り板には柔らかな光沢が生まれ、ジャコビアン様式の天井の繊細な円花飾り《ロゼット》は丁寧な作業で修復されていた。

「まあ、ヘリーン、なんてすばらしいんでしょう」フレデリカは言った。

ヘリーンは生地見本の束を抱えて窓辺に近づいた。「ええ。でも、ドレープ・カーテンに少しコントラストが必要だと思わない?」と、生地見本の一枚を持ち上げながら言った。

そこへ、顔を真っ赤にした洗い場女中《スカラリーメイド》のひとりが、開いたままの戸口に現われた。「あの、すみません、奥さま」と息せき切って言う。「厨房へ降りて、焼き串に刺す肉を見ていただけないかとミセス・ナッフルズが言ってるんですけど。薄すぎるので晩餐には出せないんじゃないかって」

「そう、わかったわ、行きます」ヘリーンは生地見本を窓辺のテーブルに置くと、アリアンのほうを向いた。「女性用の寝室のカーテンの生地をふたりで選んではどうかしら?」

アリアンは束になった見本の上から二枚をつかんで言った。「あたしはこれが好きだけどヘリーンが部屋を出ていった。「どう思う、フレディー?」

フレデリカは、ためらいと好奇心が入り交じった気持ちで慎重にドアを押し開け、そろそろと部屋にはいった。最初にこの部屋を訪れたときのことが、ベントリーが見せた恐ろしい表情が脳裏から消えないのだ。部屋のなかではペンキの匂いがライラックの匂いをしのいでいた。艶出し加工のされた更紗《チンツ》の古いカーテンは取りはずされ、ベッドの脇に山積みにされている。壁には波紋柄の青いシルクの布が掛けなおされ、床の隅に、黄と青の配色の真新しいアクスミンスター（イングランド南西部の町）製の絨毯が一部だけ広げられていた。

アリアンは壁を見てから、自分が持ってきた二種類の生地に目を移した。一方はジャカード織りの薔薇柄、もう一方は赤と象牙色のストライプだ。「まあ、カーテンの話はこれぐらいにしておこうっと」布をぽいとほうり、ベッドに腰を落として無作法なくらいマットレスをはずませた。「どっちみち色はフレディーが決めるべきよね。ここはあなたのお部屋になるんだもの、そうでしょ？」

「さあ、どうかしらね」フレデリカは部屋のなかをあてどなく移動した。「あなたはいいの？」

アリアンは頭を起こして、ぽかんとフレデリカを見つめた。「ええ？　いいけど。どうして？」

フレデリカはすばやく目をそらした。「ここはあなたを産んだお母さまの部屋だったと聞いたから」

「うん、そうよ」アリアンは言った。「でも、使ってよ、フレディー、あなたがよければ」

「ただ、ベントリーが自分の昔からの寝室を出る気になるかどうか」フレデリカは衣装簞笥の表面に片手を滑らせた。夫がその簞笥の両扉を叩きつけた光景が脳裏によみがえる。「やっぱり、このまま今の部屋を使うことになるんじゃないかしら。いっそのこと、アリアン、あなたがここを使ったら？」

「いくらなんでも、ここはあたしには広すぎる」アリアンはベッドから飛びだし、今は装飾的な小物をつまんだり、抽斗のなかを覗いたり、あちらこちら探索を始めている。「ひとりでなにをすればいいのかわからなくなっちゃうわ」

しかし、フレデリカはアリアンの言葉の最後のほうはほとんど聞いていなかった。ベッドの足もとに置かれた美しい長持ちに目を奪われていた。古いカーテンが山積みにされたその箱の蓋には、蔓と葉の手彫り装飾がほどこされ、中央で絡まった蔓と葉はモノグラムを形作っていた。

「C—L—H」フレデリカはつぶやき、埃を払った。「ごらんなさい、アリアン、きっとこれはあなたのお母さまが結婚まえから使ってらしたものよ」

アリアンは部屋の反対側からやってきた。「ああ、覚えてる、それ。お母さまのお嫁入りの道具だったの。その箱にお人形をしまいたかったのに鍵がなくなっちゃったのよね」

フレデリカは絨毯にひざまずき、長持ちをためつすがめつした。「でも、これは簡易錠ね。

素敵な長持ちだわ。ぜひあなたが使うべきよ。ちょっとわたしに試させて」

「開けられるの？」

フレデリカは笑った。「だめかもしれないけど」目を細めて錠前を覗きこむ。「ああ、大丈夫、これならなんてことないわ。ただの飾りみたいなものよ」と言って、レースのスカーフを留めている、真珠のついたピンを注意深く抜き取った。「チャタム・ロッジに同じような錠のついた古い長持ちがあったの」ピンで錠の鍵穴の奥を探った。「でも、鍵なんかなかったもの」

「それをそうやって開けたの？」アリアンはびっくりしている。

「ええ、ずっとそうしてたわよ。なにか拍子で錠が掛かってしまうと、ヘアピンやスカーフピンや、ときには縫い針を使って開けてたの」器用に手首をひねると、箱の内側でなにかがカチリと音をたててはずれた！　フレデリカはピンを脇に置き、アリアンと一緒に蓋を持ち上げた。蝶番が悲鳴をあげる。だが、開けてみると、なかは見かけより狭かった。上端の溝にはめこまれた浅箱に、虫に食われたショールが一枚、その下はウールの毛布二枚と、古いシルクのベッドカバーらしきもので埋まっていた。

「見て！」アリアンが叫んだ。「それ、お母さまのお気に入りだったの！」

「これが？」フレデリカは淡いピンク色のショールを浅箱から引き抜いた。かびとライラックの強烈な臭いがした。

アリアンは鼻をひん曲げた。「うわ、すごい臭い」ふたりが覗きこむと、羽のない銀灰色の小さな虫の大群が浅箱から退散した。「これじゃ、お人形を全部しまえないわね」アリアンはがっかりしたようだった。

「確かめてみましょうよ」フレデリカは膝をついたまま、浅箱を持ち上げ、脇にどけると、長持ちの底から毛布をすくい上げるようにして取りだした。ほかには古い本が三冊、布装丁の日記帳が一冊、左右不揃いなストッキングが数足。でも、やはりかなり狭い。アリアンのためにというよりは、むしろ自分が落胆して、それらを底に戻した。亡き母の形見を使えるようにしてあげられたらうれしかったのに。もっとも、アリアンはカサンドラ・ラトレッジを恋しがっているふうではなかった。

浅箱を溝にはめこみながら、フレデリカは長持ちをもう一度観察した。どうしてこんな変わった形をしているのかしら？　この長持ちはエヴィーが絵の具や油をしまうのに使っていた収納箱を思い出させる。「そうだわ！」片手が長持ちの一番下の刻み目のある抽斗に伸びた。引き手はないのだが、彫刻の模様が小さな引き手の代用になっているとわかると開けるのは簡単だった。

アリアンは興味津々《しんしん》で覗きこんだ。「ああ、そこにあるのもお母さまの日記帳よ」その口調は妙に淡々としている。「お母さまはいつも日記をつけてたから。お友達にもなにか書いてたけど」

アリアンのその口ぶりを信じていいなら、カサンドラはいつも多忙で、たったひとりの我が子と過ごす時間を充分にもたなかったのだろう。フレデリカはアリアンの肩に手を置いた。

「お母さまが恋しい?」

アリアンはフレデリカを見ようとしなかった。「ちょっとはね。ふたりでよく長い散歩をしたわ」

フレデリカは混乱した。アリアンと母親の関係はやはり密だったのかしら? アリアンは母親の日記帳もショールもすぐに見分けた。そうね、今はこのままそっとしておくべきなのだわ。わたしは自分の子ども時代の憧れをアリアンのそれと混同しているらしい。長持ちであれ日記帳であれ、ほかのなんであれ、母親を思い出すよすがとなるものが欲しければ、アリアンはわたしの手助けなど借りずに手に入れることができるのだから。

フレデリカは微笑むと、長持ちの蓋を閉めて立ち上がった。が、勢いよく立ちすぎたのだろう。足の下で床がくぼんだように思え、部屋がぐるぐるまわりだした。視界の周縁が灰色になった。

「フレディー?」アリアンの声がトンネルを通したように聞こえる。「フレディー、大丈夫?」

ベッドの支柱のひとつにつかまると部屋の回転が止まった。なんでもない。気のせいかもしれない。「大丈夫――だと思うわ」まだ支柱にしがみついて言った。

だが、そのとき、主廊下に面したドアが内側に開けられた。「やっと見つけたぞ、お転婆娘！」トレイハーン卿が戸口に立ち、娘に笑いかけている。「郵便が来たぞ。ヘンリエッタ・ミドルトンからの手紙をミルフォードが受け取った。だれに宛てた手紙だかわかるかい？」

アリアンはきゃっと声をあげて床で一回跳ね、父親にキスをすると、部屋から飛びだしていった。彼女の背中でドアが大きく揺れた。「おはよう、フレデリカ」伯爵が部屋のなかにはいってきた。

「おはようございます。ずいぶん早くバジルとのお仕事が終わったんですね？」

「ああ、たしかにそのようだな」トレイハーンは不意に哀しそうな顔になったが、すぐに明るさを取り戻した。「さて！　どうだろう、部屋はどんなふうだい？」

「素敵ですわ。居間の感じがすっかり変わって。もうごらんになりました？」

トレイハーンは少しばかりしょげた笑みを浮かべた。「まだだよ。わたしのギニー金貨がなにに遣われたか確かめようか？」

彼が居間に消えると、フレデリカはほっとしてベッドのへりに腰をおろした。戸惑いを覚えるほど膝がくがくしている。深呼吸をしながら、かなり長いことそこに座って伯爵の動きに耳を澄ましていると、彼は居間から紳士用の寝室へ移り、それからまた居間へ戻った。

重い瞼を伏せたのはほんの一瞬なのに、つぎに目を開くと、トレイハーンが戸口からこちらを見つめていた。彼の笑みが薄れた。「フレデリカ？」

トレイハーンは急ぎ足でベッドのほうへ歩いてきた。心配をかけまいとフレデリカは立ち上がろうとした。それがいけなかった。ふたたび目眩《めまい》に襲われ、膝から力が抜けた。「ああっ！」部屋の周縁が暗くなっていく。力強い二本の腕が体にまわされたと思うまもなく、まわりの世界がすさまじい速さで回転しながら遠ざかった。

「しっかりしろ、フレデリカ」遠くに声が聞こえる。「しっかり。わたしはここにいる」けれど、すべてが夢のなかの出来事のように感じられる。背後で怒鳴り声がした。頭のなかで滝が落ちるような声。重い足音をもかき消しそうだ。その足音が今は廊下から部屋へ近づいてくる。突然、伯爵の体がこわばるのがわかった。

「きさま、どういうことだ！」怒りをたぎらせた声が轟いた。


ベントリーは兄の腕に抱かれた妻を一瞥し、最悪の悪夢が現実となったことを悟った。フレデリカの片腕がキャムの首にまわされている。レースのスカーフが片方の肩から落ちている。彼女の顔は戸口と反対の方向を向き、頬が兄のシャツの胸に押しつけられている。頭のなかで怒りが爆発し、血の色の炎が燃えさかった。ベントリーはすばやく近づいてキャムの腕から妻をもぎ取った。

「彼女は具合が悪いんだ、馬鹿野郎」キャムは唸り、フレデリカは力なくベントリーにもたれかかった。

しかし、怒りと怯えがいっさいの論理を排除した。ベントリーは本能の命ずるままにフレデリカを自分の体に抱き取ると、彼女の膝の裏に片腕を滑りこませた。「その呪われた手をぼくの妻から離せ」彼は兄を怒鳴りつけ、妻を抱き上げた。「今度彼女に触れたら、キャム、その場で殺してやる」

兄の顔に浮かんだ表情は計り知れないものだった。「彼女は失神した」キャムは子どもに言い聞かせるように、ゆっくりと言葉を選んで言った。「だから、わたしが受け止めた」

「うるさい、黙れ。妻の面倒は自分で見る」

キャムは目を細め、「おまえは何度もそう言っているな」と冷たく応じた。「では、彼女をベッドに運んで、それを実行してくれ。わたしは医者を呼ぼう」

「医者？」

ようやく現実が怒りに介入しはじめた。腕のなかのフレデリカはほとんど死人のような重たさになっている。そこで真の恐怖に襲われた。彼女は目をつぶったままで、肌は羊皮紙のような土気色をしている。体のわずかな動きとうめき声が胸に伝わってくる。ベントリーは急いで向きを変えると、フレデリカの体をしっかりと抱いて部屋から出た。兄は早くも廊下の先を大股に歩いていた。両の拳を固め、背筋を硬直させて。ベントリーは階段を二段ずつ駆け上がった。

「ベントリー？」フレディーが囁いた。「自分で……歩けるわ」

の？」

「だめだ」きっぱりと、だが厳しくはない口調で言った。

「な、なにがあったの？」彼女は彼の肩から頭を起こそうとした。「なぜあなたが叫んでた

「つかまってろ、フレディー」階段の最後のひと続きを昇った。「ベッドに寝かせるから」

「いいのよ、そんな。病気じゃないんだもの」フレデリカは抗った。「ただちょっと……よくわからないんだけど――気が遠くなって」

「赤ん坊のせいさ」ベントリーは苦しげに言った。「きみをこんな状態にしたぼくのせいでもある」片膝を使って不自然な体勢でドアを押し開け、フレデリカをベッドにおろしたが、彼女は起き上がろうともがいた。ベントリーはその体をそっとベッドに押し戻し、口のなかで悪態をついた。

「大丈夫よ」フレデリカは手を伸ばして彼の顔を撫でた。「気を失ったことはまえにもあるの。お腹に赤ちゃんがいれば異常でもなんでもないのよ」

たしかにそのとおりだ。頭ではわかっていても、もはやそれが慰めにはならなかった。ほかにもなにか起こったらどうするのだ？　彼はフレディーの手を取って自分の口へ引き寄せると、唇を指の背に押しあてた。シニョーラ・カステッリの占いが思い出される――彼の単純な質問にシニョーラが答えられなかったことが。老女の顔に浮かんだ不安そうな表情を彼は見逃さなかった。血が凍った。、神よ、お願いですから、それだけはお赦しください。

そこへヘリーンが部屋に駆けこんできた。「キャムに会ったの。すごい勢いで階段を降りてきて」ベッドにおおいかぶさる。「ああ、可哀相に、フレディー！　吐き気がする？」「少ししたけど」フレデリカはまたも起き上がろうとした。

ヘリーンの心配そうな視線がベントリーに向けられた。「出血は、フレディー？」

フレデリカは顔を赤らめた。「してないわ」ふたりを安心させようと、なおも体を起こそうとしたが、ヘリーンが額に手をあてた。

「だめよ、まだ寝ていなくちゃ、可愛い子。キャムがドクター・クレイトンを呼びにいったから、異常がないことを祈りましょう」

どこにも異常はなさそうだとドクター・クレイトンが請け合ったのは、それから一時間足らずのことだった。ベントリーとヘリーンと医者の三人は部屋から廊下に出ると、ひそひそ声で立ち話をしたが、話をしながらもベントリーは両手の震えを止められなかった。彼女の具合が悪いと気づいたときには心底怯え、今は医者の言うことがほんとうかどうか不安でならない。妻に、あるいはお腹の子になにかあったら、どうしたらいいのだ。

「夫人を病人扱いしてはいけませんよ、ミスター・ラトレッジ」医者は分別がましく助言した。「わたしの診立てではなにも心配いりませんから」

「妻は無事なんだね？」ベントリーは語気荒く尋ねた。「赤ん坊も無事なんだね？　たしかなんですね？」

ドクター・クレイトンは微笑んだ。「無事も無事、ご安心ください、ミスター・ラトレッジ。最初の数ヵ月が危険を伴うのはたしかですが、ミセス・ラトレッジは失神発作を起こしただけです。もう一、二週間すれば、こういうことはほとんどなくなりますよ」

「まちがいないだろうね?」肩越しに悩ましげな低い声が聞こえた。振り向くと、廊下の暗がりに兄が立っていた。ドクター・クレイトンの言葉に気を取られるあまり、兄が近づいてくる足音が耳にはいらなかったのだ。

ヘリーンはすぐに夫のところへ行った。彼女はもう落ち着いて休んでるわ、キャム」夫の腕に手を掛けた。「こういうこともときにはあるのよ、わかるでしょ」

医者は革鞄を軽く叩いて、「そうですとも、閣下」と元気づけた。「とにかくよかったですな、ミスター・ラトレッジ。ご心配がありましたら、いつでも遠慮なく遣いをよこしてください」

「ああ、そうするよ。ありがとう」ベントリーは小声で言った。

「そうね、お世話さまでした、ドクター・クレイトン」とヘリーン。「玄関までお見送りしますわ」

ヘリーンと医者は廊下を進んで階段へ向かった。兄とともに残されたベントリーは無言で立ち尽くした。なんとも気詰まりな状況だったが、どうしようもない。彼はキャムを見て、ぎこちなく頭を傾けた。「さっきはひどいことを言ってすまなかった、許してくれ、キャム」

やっとのことでそう言った。「弁解はしない——少なくとも、苛立たせるようなことはもう言わない」

兄は長いこと黙ってその場に立っていた。両手を背中で組み、肩をこわばらせたまま。「それなら、あれは妻を心配するあまり口走ったのだということにしておこう」と、硬い口調で応じた。「では、わたしはこれで。片づけなくてはいけない仕事があるからな」

それだけ言うと、きびすを返して立ち去った。怒りと誤解による兄弟間の亀裂はまた一マイル深まって、ふたりのあいだに残された。

ちくしょう、今度はなにをやらかしたんだ？　ベントリーは自分の尻に回し蹴りを食らわしたい気分だった。だが、その足でついでにキャムも蹴飛ばしてやりたい気持ちはいかんともしがたい。兄を傷つけたい。兄の首を絞めたい。胸の悪くなるような屈折した思いがどうしても湧いてくる。兄にも責めを負うべき部分があると思えるから。今回のことに関してではない。そうではなくて、あることに関してだ。

いや、それもおかしい。あれは自分の犯した過ちだ。ちがうか？　絶えずトラブルを求めていたのだから。この身が災いを招いたのだから。ちがうか？

ああ、くそ、気が狂いかけているのだろうか？　キャムを追いかけて叫びたい——彼に言いたい、彼が知らずにいることを。しかし、ベントリーは叫ばなかった。そのかわり、自分がなにをしようとしているのか意識するより早く、兄に背を向け、あらんかぎりの力をこめて壁に拳を打ちこんだ。塗装にひびがはいり、漆喰がぱらぱらと落ちた。柔らかな白い粉がブーツのつま先に降りかかった。ベントリーはそれを食い入るように見つめた。仄白い粉。真っ黒なブーツ。拳から血が一滴落ちた。金色の絨毯の一点が鮮やかにぬるりと光る。けれど、痛みは感じなかった。ベントリーは対比する色――白と黒、金と赤――に神経を集中させながら、意思の力で呼吸をした。もう一回。ほかのいっさいの考えを頭から追いだそうとした。叫ぶのを意思の力でこらえた。

こういうことは得意だった。彼は叫ばなかった。

結局、フレデリカは晩餐には階下へ降りていかないことにした。ひとつにはみんなにひどく心配をかけたので気恥ずかしかったからだ。家族は一日じゅう階段を昇り降りして、体の状態を尋ねた。クウィーニーは蒸留室から食事を運んでくれたし、ミセス・ナッフルズもフレデリカの食欲をうながすために特別にレモンケーキを焼いてくれた。

もう気分はいいのだからと言っても、ベントリーはドアがノックされるたびに自分が出ていき、来た人を追い返すことをくり返した。片時もフレデリカのそばを離れず、ベッドに寝ていろと言い張った。そして、本を読み聞かせたり、まどろむ彼女を眺めたりしていた。そんな必要はないとは思う一方で、彼の気遣いにフレデリカは心打たれた。彼とのあいだでなにかがゆっくりと変わり、深まっているのを感じていた。

しかし同時に、ベントリーと彼の兄とのあいだには修復しなければならない大きな壁があるのではないかと思った。修復は早ければ早いほどいいと。また、自分がそばにいないほうが修復しやすいのではないかとも。そこで、夕暮れが迫るころ、夕食をひとりぶんだけ寝室へ運んでくれと頼み、ベントリーには階下で家族と一緒に食事をとるよう勧めたのだ。

ベッドでとなりに横たわっていたベントリーはげらげら笑って、彼女のために読んでいた小説を脇に置き、長いキスをたっぷりとした。「感謝の足りない子だな」彼の口はまだ離れようとしなかった。「きみはぼくから逃げられないんだぞ、わかってるだろ」

フレデリカは身に馴染んだ欲望の波が全身に広がるのを感じた。「一日じゅうわたしと部屋にこもってるなんて、完全に頭がおかしくなったんじゃない?」

ベントリーはまた笑った。彼女の下唇の膨らみを自分の唇で挟むと、ひとしきり吸ってから優しく嚙んだ。彼の口はそのまま喉へおり、嚙むのと味わうのを同時進行させながら、さらに下へ向かった。彼女がたまりかねて押しのけようとするまで。「だめよ！　わたしの気を散らそうとしても！」

彼は抜け目なく片手で寝間着の喉もとの紐を引っぱってほどいた。無理やり寝間着を着せたのは自分なのに。「薄情だな、フレディー、ぼくを利用して用がすんだら捨てるなんて」とつぶやきながら、唇を胸の膨らみに這わせた。

「あなたは女に捨てられたことなんか生まれてから一度もないでしょう、ベントリー・ラトレッジ」

彼は乳房から唇を離すと、彼女の乱れた黒髪を透かして見つめた。「それにしても、妻がもっと奉仕を求めてるのはこんなに明白なのに、どうしてほうっておけたんだろう?」寝間着の下のぴんと張った乳首に目をやりながらつぶやく。

フレデリカは目をきつく閉じた。「またわたしの気を散らす気ね。食堂へ行きなさいってば!」

彼は眠たげな彼女の黒い目を覗きこみ、「わかったよ」と、今度は真剣に言った。「なら、戻ってきたときに寝てると約束してくれ」

「約束するわ」

だが、彼が腰をずらしてベッドから離れようとすると、フレデリカは衝動的に引き留めた。

「ベントリー、あの――」

彼のまなざしがやわらいだ。「なんだい、フレディー?」

フレデリカはばつの悪そうな笑みを浮かべた。「ごめんなさいね、こんなに驚かせてしまって」

彼は体重を移してベッドの端に腰掛けた。「べつに驚かそうと思って倒れたわけじゃないだろ」掌で優しく髪を撫でる。「ぼくのほうこそ、きみをこんな目に遭わせて悪かったと思ってるよ」

フレデリカはかぶりを振って、唾を飲みこんだ。「こんな目だなんておかしいでしょ？ ……あなたを愛してるのに」と囁く。「あなたを愛してるのよ、ベントリー。やっと気がついたの。びっくりよね？」

ベントリーはいぶかるように彼女を見た。「フレディー――」

その先は言わせなかった。「もう、そんな目で見ないで！　そんなふうに笑いかけないで。可愛いけど聞き分けのない子を相手にするみたいに笑ってみせないで。わたしは子どもじゃないわ。聞いてる？」

ベントリーはしばらくなにも言わず、彼女の目をじっと見据えた。その目の向こうにあるものを見ようとするように。彼女の考えを見透かして、その向こうにあるものを覗きこもうとするように。それからふと、夢から覚めたかのように頭を振って身を乗りだし、唇を重ねてきた。無限の優しさがこもったキス。ようやく彼が頭を起こして体を引こうとすると、フレデリカはふたたび彼の手を取った。

「ベントリー？」

ベントリーはすぐさま向きなおった。「なんだい、フレディー？」

「わたしに……隠してることがあるんじゃない？」

彼の目が翳《かげ》った。「愛してると言ったそばからそれかい？」と、やや投げやりに訊き返す。「今のは賄賂《わいろ》だったのか、フレディー？　ぼくには通用しないぞ」

しかし、フレディーは引き下がらなかった。「質問に答えて」

ベントリーは信じられないというように首を振り、小声で毒づいた。「きみになにを隠すというんだ？　なにを疑ってる？　この世で一番誠実な恋人のように尽くさなかったっけ？」

「尽くしてくれたわ」フレデリカは唇をすぼめた。「そういう意味で訊いたんじゃないの」

ベントリーの表情が穏やかになった。「それなら、大事な疑問に対する答えは全部もう出てるだろう、フレディー」機嫌がなおったようだった。それを証明しようというのか、彼は頭をかがめて彼女の鼻の頭にキスをした。

「ねえ、ベントリー？」

「ああ？」

フレデリカは励ますように彼の手を強く握った。「お兄さまと仲直りできるわよね？　そうするつもりなんでしょ？」

彼の笑みに嘲りの色が浮かんだ。「そう簡単にはいかないのさ」

「どうして？　家族はいつでも仲良くやっていくべきよ」

ベントリーは神妙に彼女を見つめた。「今はきみがぼくの家族だ、フレディー、そうだろ？」そこで、彼女の気を散らすつもりか――あるいは自分の気持ちを紛らすつもりか――両肩に手を載せ、もう一度唇にキスをした。しかし、今度のは繊細な甘いキスではなかった。

性急な欲望に駆られた、それでいて、うしろめたさを引きずるようにけだるく遅々としたキスだった。フレデリカはそのキスに気を散らされた。まんまと。あれこれ思い悩んでいたことがいっぺんに頭から吹っ飛んでしまった。体がとろけていくのがわかり、もっと触れてほしいと言葉には出さず懇願した。

ベントリーは彼女をじらして上唇と下唇の隙間に何度も舌を往復させた。彼女が我慢できなくなると、低い声とともにするりと舌を差し入れ、ゆるやかな動きで口の奥を探った。そのうちフレデリカの手がせわしなく動きはじめ、彼の背中をおりて、せがむようにまさぐった。

彼はそこでそろそろと体を引くと、残念そうににやりと笑った。「おっと、フレディー、時計をごらん。きみのせいで晩餐に遅れてしまう」

「意地悪！」と言う彼女に、彼はふくみ笑いで応えた。「あなたという人は五分と真面目でいられないの？」

ベントリーは肩をすくめただけだった。晩餐のための身支度をすますと、颯爽とドアへ向かい、ちょっとだけ立ち止まって、もう一度キスをしてから出ていった。彼がいなくなるとフレデリカは部屋の片づけを始めた。少しは体を動かしたほうがいいだろうと思ったから。ドレスとシュミーズとスカーフが、さっきベントリーが椅子に投げたままになっていたので、それらを拾い集めて着替え室へ運んだ。真珠のスカーフピンがないことに気づいたのはそのときだった。

とたんに気落ちした。あのピンは誕生日プレゼントにウィニーからもらったものなのだ。ふと、アリアンの母親の長持ちの錠をはずすためにスカーフからピンを抜いたことを思い出した。どうしようかと迷ったのは一瞬で、すぐさま部屋着を羽織って廊下に出た。一日じゅうベッドに寝かされて、あれこれ考えているうちに、なぜだか説明がつかないが、あの長持ちの中身を知りたくてたまらなくなってきたのも事実だった。

みんなが晩餐の席についている今なら、部屋を抜けだして階段を降りるのはわけない。廊下は、壁に取り付けられた燭台の蠟燭が踊り場を照らしているだけなので暗かったが、何事もなくその寝室にたどり着いた。でも、部屋のなかは正真正銘、真っ暗だ。つま先を長持ちにぶつけ、思わず声に出して悪態をついた。膝をついて長持ちのまわりを手探りするとピンが見つかった。落としたところにそのままあった。フレデリカは少し休んで部屋着にピンを留めた。

それから立ち上がり――今回はゆっくりと――また考えなおして腰を落とし、長持ちの蓋を持ち上げた。衝動的に片手を毛布の下に突っこみ、カサンドラ・ラトレッジの日記帳とその下の本を、一冊ずつ取りだした。いくらかは罪悪感を覚えたが、それよりもトレイハーン卿の先妻に対する好奇心のほうが強くなっていた。彼女はどんな本を好んで読んでいたのかしら？　どんなふうに毎日を過ごしていたのかしら？　アリアンは母親を恋しがっているようには見えなかったけれど、彼女がどんな母親だったにせよ、なにをしたにせよ、カサンドラ・ラトレッジはもうこの世にいないのだ。それなら、ここにある古い本や日記帳の何冊かを退屈しのぎにぱらぱらとめくるぐらいのことをしても、だれの迷惑にもならないだろう。

ほどなくフレデリカはだれにも見咎められずに階上の寝室へ戻っていた。はやる思いでベッドの真んなかに本と日記帳を置き、かたわらに腰をおろした。一冊めは読み古しの時代がかった怪奇小説だったので脇にのけ、二冊めを手に取った。こちらはフランスの流行ファッションのスタイル画が載った雑誌だが、少なくとも十年は時代遅れだった。ページをめくり、ハイウエストのドレスや飛びだした羽根飾りや突きでた胸に忍び笑いを漏らし、それも脇に投げた。

つぎに手にした三冊めは、大判だけれど厚みはなかった。画集かしら。そう思って興味深く眺めた。けばけばしい赤色のモロッコ革の装丁で、背表紙にタイトルの刻印があったようだが、とうに擦れて消えていた。見返しの献辞を見るとおよそ二十年まえの日付だ。フレデリカはその仰々しい手書きの女文字を見つめた。

わたしの素敵なランドルフへ——

パリにはたくさんの愉しみがあるわ。そのひとつをあなたに持ち帰りました。

これに誘われて奮い立ちますように。

――変わらぬあなたの崇拝者、マリー

なんだか奇妙な献辞だ。この本はそもそもカサンドラのものではないらしい。マリーという名の女性がベントリーの父親に贈ったのだろう。フレデリカは肩をすくめ、なかほどのページをめくった。と、頭から目がこぼれ落ちそうになった。

なんなのこれは！ 画集にはちがいない。作成にひと財産がかかったと思われる色つきの素描の画集だが、そこに描かれている絵は春画以外の何物でもない。複数の貴婦人と紳士がおこなっている性技が恥ずかしげもなく描写されている。フレデリカの想像の域を超える吐き気をもよおしそうなものばかり。さらにページをめくると心臓が高鳴りはじめた。恐怖と罪の意識と、人間だけに許された快感から。神さま。心のなかでつぶやきながら、もっとよく観察しようと、あるページの向きを変えてみた。人間の体でこんなことがほんとうにできるの？

顔が火照った。この本に魅了されていることを知られぬように窓の外に投げ捨てたかった。フレデリカは淑女ぶった澄まし屋には育っていなかったが、愛する男女が互いを愉しませる方法がたくさんあることを知ったのは結婚してからだ。夫はそういう性技のすべてを本で学び、そのほとんどをすでに夫から教えてもらったと思っていた。ところが、本の向きを戻して新たなページをめくり、ふくよかなパリの貴婦人がふたりの男を同時に、しかも考えられないようなあなを使って愉しませている画が目にはいると、ベントリーですら、この本に載っている性技を全部知っているとは思えなくなった。

つぎの画は見かたによってはいっそう魅惑的だった。女が愛人にまたがっている。その男のほうは、頭の下で腕を組んで仰向けに寝ている。女は男の視線の先で乳房と股に自分でさわっている。上体を斜めに起こした男はさもありがたそうにその様子を眺めている。見開きのページでは、座ってシャンペンを飲んでいる男の膝のあいだに愛人がひざまずき、そそり立ったペニスを口にふくんでいる。

ページをめくるたびにフレデリカの眉山がひと目盛りずつ上がり、認めるのは恥ずかしいけれども、夫が戻ってきてくれるのを切実に願った。だが、ベントリーは妻がこんな本を見たことを咎めないだろうか？　画集は彼女に衝撃を与えると同時に無力感を味わわせた。男性を悦ばせるために学ばなくてはいけないことがたくさんあるらしい。そういうことを本能で知っていなければいけないのだろうか？　もしかしたら、わたしは夫を失望させているのでは？

フレデリカはゆっくりと本を閉じた。考えることは山ほどある。埃まみれの古い雑誌にはもう興味をなくしていた。困惑を覚えながらも目を開かれた気分で、ベッドの上の本をかき集めて着替え室の奥に押しこむと、一番優雅で高級な寝間着に着替えてベッドにもぐりこみ、夫の帰りを待った。

18　我らがヒーロー、不意を討たれる

ベントリー・ラトレッジに関するかぎり、兄以上に冷たくて頑固な男はこの世にいないというのは周知の事実だった。トレイハーン卿は生まれついての聖人君子であるらしく、歳を重ねるにつれてその傾向はますます強まった。兄はまた勤勉にして聡明、騎士道精神にも富んでおり、およそ人が称賛するすべての資質を持ち合わせていた。ただ、ベントリーにはそれが癪《しゃく》の種だった。兄の基準に達するのは端《はな》から無理だったから。〝無駄な努力はしない〟が若かりしベントリーの標語となった。

折に触れて厳しいお叱りを頂戴することはあっても、ベントリーのそんな態度をキャムが気にかけているふうには見えなかった。気にかけたとしても、どのみちキャムにできることはなかったのかもしれない。だが、ベントリーの心のどこかには、兄はせめて試すべきだったという思いがあった。といって、なにを試すのだ？　わからない。兄と自分を引き離した十二年の歳月よりはましなことをか？　ベントリーの目に映るキャムはつねにおとなだった。ジョーン流に言えば、〝なんでもできすぎる人〟だった。母亡きあと、キャムは一瞬でも自

分のことを本気で考えてくれたことがあっただろうかと思うこともある。キャムは弟の心配をするよりも、金持ちの女を妻とすること、父に好き勝手をさせないことだけに腐心してきたように思えた。

が、哀しいかな、現実には、家族を破滅から救うには、そのどちらも必要とされることだった。それでも、ときに、ラトレッジ家の外見の修復に忙殺されるあまり、キャムが家族の成り立ちをも揺るがす深い亀裂を無視しているように感じられた。兄に嫉妬していたわけではない。そうではなくて……腹が立ったのだ。無性に。で、本来なら関心を払ってくれるべき人に見放されたという狭量な恨みを抱きつづけているわけだ。

さあ、やっと本音を言ったぞ——少なくとも頭のなかでは。ベントリーはそう自分に言い聞かせながら、ゆっくりと階段を昇った。なんだかやけに説得力に乏しく、途方に暮れた少年じみて痛ましすぎる。声に出して言うくらいなら言葉を喉に詰まらせたほうがましだ。キャムに対して助けも愛も関心も求めたことは一度もないし、むろん、これから求めようなどというつもりも毛頭ない。ただ、近い将来、父親になるという現実が男の頭に妙な考えを引き起こしているのだろう。

今夜の晩餐は悲惨の一語に尽きた。キャムは冷ややかでよそよそしく、その埋め合わせをするようにヘリーンはうるさいほど活気に満ちていた。そのうちアリアンが友人のヘンリエッタから手紙が来たと言って、愚にもつかないおしゃべりに半時間を費やした。姪のたわいのない冗談によって、だれかの喉を絞めてやりたいという気持ちにさせられたのは後にも先にもはじめてだった。ミセス・ナッフルズの料理まで今夜は無残だった。鞍の革にも負けない頑丈な肉、添えられた大量の野菜は煮こみすぎ。

この悲惨な夜を救う唯一の希望は階上へ戻って妻と愛を交わすことだった。フレディーがその気になってくれるよう祈るしかない。いやはや、今や心底あの子を頼りにするようになっている。フレディーといるといやなものが見えず、未来だけを考えられるからだろう。

自分の複雑な感情を妻の体のなかで使いきるのは悪いことか？ かまいはしない。彼女が受け入れてくれるかぎり、やめようとは思わない。今まで安心や快楽や満足をもたらす行為を断わったことはほとんどなく、なんであれ結果として生じる罪をかぶって生きる道を選んできた。幸運にも、フレディーはいつでも受け入れてくれる。いや、積極的に望んでいる。彼女はきらめく瞳と温かい肌をもつ官能的な生き物だ。あの始まりのときから、彼女の情熱に悦びを与えられ、彼女の無邪気さに魅了された。

部屋に戻ると妻は起きていた。ベントリーは音をたてる陽気なキスをすると、景気づけのコニャックを少し飲み、それから炉端の椅子に腰をおろして靴を脱ごうとした。うれしいことに、とろんとした目に寝乱れた姿のフレディーが上掛けの下から現われ、絨毯の上をしずしずとこちらへやってきた。驚いたのは、彼の椅子のそばにひざまずいて靴を脱ぐのを手伝いはじめたことだった。「晩餐はどうだった？」と低い声で尋ねる。

「ひどいものだったよ」靴の片方を脱ぎながら、彼は認めた。

「ご愁傷さま」フレデリカはもう一方の靴を引っぱり、恥じらいの笑みを浮かべて上目遣いに彼を見た。「ひどい晩餐を忘れるのにわたしにできることがある?」

その声のかすれにそそられたベントリーは眉の片方を吊り上げて、しげしげと彼女を眺めた。女の微妙な立ち居振る舞いには少なからぬ経験を積んでいる。フレディーが合図を送っているのはあきらかだった。編んでいた髪は解かれ、流れ落ちる黒い瀑布《ばくふ》さながら肩のまわりに垂れている。彼の好みどおりに。ふっくらとした唇は誘っているように見えるし、濃い茶色の目の奥には息を呑ませるなにかがひそんでいる。さらには、一番薄地の寝間着に着替えていて、透けて見えるほど薄いローン地の優美な白いその寝間着を通して、この数週間で丸みを増した乳房を惜しげもなくさらしている。色の濃い乳首と薔薇色の乳輪が薄い生地の下で張りつめている。

「可愛いフレディー」ベントリーは優しく言った。「そんな乳房をもつきみは、男に自分の名前を忘れさせることもできるぞ」

フレデリカはにっこりして、淫らとしか形容しようのない目つきで彼をちらりと見た。続いて、両の掌で彼の腿の内側を撫で上げ、喉の奥から小さなよがり声をあげて彼を驚かせた。

「むむ。そのずる賢い手に用心しろよ、フレディー」

しかし、フレディーは聞く耳をもたなかった。彼に身をすり寄せて、寝間着の襟もとがはだけるにまかせた。豊満な乳房が揺れるのを、口の渇きを覚えながら見つめていると、彼女の両手がするすると上がってきて、親指が腿の奥の筋肉を揉みほぐしにかかった。ペニスをぴくぴくと引きつらせるには充分なところまで揉み進む。

おお。ベントリーはすでに目いっぱい勃起して、まるでだれかが決闘用の二銃身のピストルをズボンに押しこんだような状態になっていた。だが、フレデリカがさらに両手を上に滑らせて、ズボンの生地越しに一物をしごきはじめると、服を脱ぐまえに爆発してしまうのではないかと不安がよぎった。「フレディー」彼はしわがれ声で言うと、彼女の片手をつかんだ。「ベッドで待っていたほうがいい」

フレデリカは秘密めかした視線をよこし、「待てなかったら?」と、猫のように喉を鳴らした。

ベントリーは目をつぶり、「とにかく服を脱がせてくれ」と、くぐもった声で言った。「そうしたら、かならず、きみの苦しみを解き放ってあげるから。わかったね、愛しい人」

どうやら、わからなかったようだ。フレディーは膝立ちになると、片手を彼の首に巻きつけ、濃厚なキスをしてきた。ゆっくりとしたリズムで彼の口に舌を入れた。否応なしに彼の呼吸は荒くなった。じらすような間をおいてから、彼女は踵に尻をつけて座り、笑みを浮かべた。「あなたが服を脱ぐまで待ちたくないの」と囁き、彼のズボンの前立てをもてあそんだ。「今夜はちがうふうにしてみない?」

そこで彼は、彼女の指が進むにまかせた。このお転婆娘がどの程度こういうことを理解しているのか知りたかったので。いったいどんな悪魔が彼女に取り憑いたのだろう。フレディーは彼の思いを察したように片手を股に滑らせると、熱くなった睾丸《こうがん》を掌ですくい上げ、もう一方の手で器用にボタンをはずした。ベントリーはふたたび彼女の手をつかんだ。「おい、待て、フレディー」言葉がつかえる。「これがどういうことか、わかってるのか?」

フレディーは艶めかしい笑みで応えると、彼のシャツもズボンも乱暴に押しのけ、下穿きをもみくちゃにした。一物が布から解放されて飛びだした。上ぞりして今にも発射しそうな熱く硬いピストルが。さらに驚いたのは、フレディーが華奢な温かい手でその先端までなぞったのち、肉を引き戻すようにして亀頭をむきだしにしたことだった。全身に震えが走った。「うう、もうだめだ」自分のうめき声が聞こえた。

えもいわれぬ心地だ。彼女の愛撫は最初は穏やかに始まった。彼女のなかにはいろうとするときの彼の動きを巧みに真似て、もどかしいほど時間をかけてペニスをしごいた。なんて覚えが早いんだ、ぼくの美しい妻は。夫との触れ合いをくり返すうちに、みるみる上達していく——どんどん貪欲になっていく。熱くなった肉の上で指を動かしながら、その手を下へもぐらせて重みのある睾丸を揉みはじめる。手の動きが変わるごとに、彼は彼女を引き留めるつもりだった。やめさせたかった。けれど、彼女はその最中にも彼のズボンを腿の途中まで押し下げて踝に落としていた。ベントリーはとうとう椅子のへりまで尻をずらし、完全に彼女の手に身をゆだねた。

こんなあられもない格好で燃える暖炉のそばに座っているのは、いかにも退廃的で不道徳な気がした。晩餐のための衣装の上半分は乱れもなく身につけたまま、片手にはブランデーグラスを持ったまま。そんな彼の股ぐらに妻は哀願するも同然にひざまずいている。彼女を押しのけるべきであることは頭ではわかっていた。上流階級の娘としてきちんと育てられたフレディーにこんなやりかたで男に奉仕させるのはよくないと。これ以上望んではいけない、その口にペニスをふくんでほしいなどと思ってはいけないと。男がその種のことを望めば、金銭で願いを叶えてくれる女たちがいるのだから。だが、あまりにも気持ちがいい。ああ、まるで天国にいるようだ。今度はペニスを握ってしごいてくる。皮膚が張りつめるまで引っぱるので、全身に激しい震えが起こる。「あああ」ベントリーは思わず声を漏らし、頭をのけぞらせた。

そのときだ。彼が目を離した一瞬の隙に、妻は頭をかがめて彼のものを深く口に受け入れた。なめらかで淫らで温かな、言葉では言い尽くせない場所に引きこまれていく。「後生だ、フレディー！」ベントリーは椅子に掛けたまま、全身を硬直させ、かすれ声で言った。ブランデーを絨毯に飛び散らせて頭を起こすと、空いているほうの手で椅子の袖をつかんだ。最後に残った正気にしがみつこうとするように。彼はつかのま、妻の艶めいた唇が怒張した肉の上を滑るさまに見とれる贅沢を自分に許した。それから、しぶしぶグラスを脇に置くと、両の掌で彼女の顔を挟み、そっとその顔を起こさせた。

「フレディー」なんとか声をかけた。「それはしてはいけない、ほんとうに」

フレディーの目が大きく見開かれた。「やりかたがまちがってるの？」

まちがってる？　とんでもない。彼女の口から出されてぬらぬら光る我が一物を目にするだけで身を滅ぼしそうだ。ベントリーは目を閉じて、彼女の両手を優しく押した。「そうじゃない。これはちがうんだ、つまり――」適切な言葉を懸命に探した。「ぼくたちがしてはいけないことなんだ」

「そうなの？」ベントリーは妻の声に不安が兆すのを聞き逃さなかった。「これではあなたが愉しめないの？」

ベントリーは目を開けると、自分を叱咤《しった》して彼女に目を向けた。フレディーの口はピンク色に膨れている。まん丸に見開いた目は無邪気そのものだ。黒髪を肩に広げて、寝間着をしどけなく肩から落としていても、うぶを絵に描いたようではないか。どんなにか彼女が欲しいことか。しゃぶり尽くしてほしいことか。喉の奥まで押しこむところを、その顔を両手に挟んで眺めていたい。そうしてついに……ついに……

ああ、くそ、よせ。ろくでもない想像をするな。ペニスがなお執拗に引きつっている。ベントリーは唾を飲みくだし、祈るような気持ちで気力を振り絞った。「フレディー、ぼくはいつでも愉しんでるよ」ますます声がしわがれる。「だけど、きみはしてはいけない……こういうことは――」彼女にどう説明すればいいのかわからなかった。「いいかい、フレディー、こういうことは妻がすることじゃないんだ」

フレディーは疑わしげに彼を見た。と、不意に悟ったような目をした。「娼婦と遊ぶ日々はもう終わったのよ、ベントリー・ラトレッジ」破壊的なまでに優しげな警告の口調だ。「それを忘れないで。こちらを取るか、なしですますかどちらかにして」

ベントリーは驚き、首を横に振った。「ちがう、そういうことじゃない!」息を詰まらせて言う。「これからはもう――金輪際――考えもしないよ、そんなことは」しかし、この判断はつらかった。

「だったら、わたしにさせるべきよ」フレデリカはいたずらっぽく笑って、またも頭を下げ、彼の腿の内側を嚙んだ。

「あうっ!」ベントリーは悲鳴をあげた。「こら、フレディー、嚙むな!」

「あなたを思いどおりにしていいんでしょ?」その声にはガラスをも溶かす色気があった。

彼女の決意は固かった。その気持ちに応え、彼も目をつぶった。彼女の顔を両手で挟んで股間へ導いた。フレデリカはゆっくりとした絶妙のペースで熱いペニスを根もとまで口にふくんだ。彼は濡れた唇に肉がするりとくわえられるのを、尖った白い歯があてられ、ベルベットのような舌の奥へ進む感覚を心ゆくまで味わった。彼女の意のままになっていた。それは危険で、エロチックで、罰あたりな味わいだった。

妻はペニスの根もとに片手を添えながら、もう一方の手で腿の内側をさするという、巧みな技を駆使して愛撫を続けた。きゅっと力を入れた熱い口、徐々に強さを増す舌の動き。ちくしょう。信じられないが上手だ。長い甘美な時間が過ぎていく。早くもこらえきれなくなってきた。妻の肩をつかむ手に異様に力がこもり、もはや一刻の猶予もならない動きになる。やめなくては……やめなくてはいけない……今ここで。

「ああっ、フレディー！」ベントリーは肉を妻の口から引き剝がした。彼女の肩をぐいと下げて炉端の敷物に押し倒し、狂ったようにのしかかった。ズボンを無様に踝にまといつかせたまま。フレディーの寝間着が太腿の途中までずり上がった。容赦なくそれを腰のくびれまでたくし上げると、布の破れる音が聞こえた。彼は寝間着を引きちぎり、暗がりへほうった。彼女の両脚を片膝で押し開き、悦びの叫びとともに一気に挿入した。

下になったフレデリカの溶けた炎のような動きにも衝撃を受けた。両脚を彼の腰に巻きつけながら、腰を浮かせて彼を迎え入れた。物欲しげに体を震わせて密着しようとする。ひと漕ぎひと漕ぎ、ひと声ひと声、ふたりのリズムがひとつになった。彼女の目は大きく見開かれ、唇は薄く開かれている。

「お願い、ああ、お願い」彼女は懇願した。小刻みな体の震えが激しくなっていく。

そこでベントリーは願いを聞き入れてやろうとした。けれど、視界がぼやけ、全身が痙攣を始めている。フレディーの解放の瞬間は猛烈なスピードで近づいている。燃える炎が放つ光のなかで、フレディーが自分の下であえぎ、弓なりに体をそらせ、リズムに乗りながら絶頂を迎えるのを見守った。ついに彼女が叫んだ。二回。三回。深く鋭い悦びの声をあげつつ、彼の下で身を大きく揺らし、小刻みに震わせた。つぎの瞬間、彼の視界も真っ暗になった。そして彼女のなかで果てた。妻のなかで。

ああ、天国だ、こんなにもぼくは彼女を愛している。

それが、意識が戻ったときにまず頭に浮かんだことだった。もう少しで声に出して言いそうになった。でも、それを言うには今はいささか不適切に思えた。炉端の敷物の上に頭を置いて、彼女の豊かな乱れ髪のなかに鼻をもぐらせた状態では。ベントリーは深呼吸をして、石鹼と女体の火照りに匂い立つ妻の香りを吸いこんだ。フレディーはまだ片脚を彼の腰に巻きつけていた。なにが彼女のなかにはいりこんだのだろう。あんな、人生が一変するような体験に値するほどのことを自分がしたとは思えないが。あんなことを妻にさせるのは無礼だと——下品だとさえ——思いこんでいた。ほんとうにそうだろうか？　もはやわからない。

彼女は愉しんでいた。こちらが愉しんだのは神のみぞ知る。しかも、今この体の下にいる彼女は完璧に満足している。

朝になればたぶん今夜のことを後悔するのだろう。いったいなにがあんな大それた考えを若い妻の頭に吹きこんだのかといぶかるのだろう。そして、あれは女が生まれ持つ本能なのだと自分に言い聞かせ、それがまちがっていないことを願うのだろう。しかし、今は思い悩みたくない。彼はよろよろと起き上がって片膝をつくと、フレディーの体の下に腕を差し入れ、ベッドまで運んだ。

フレデリカの人生において幸福と安心は、豪勢すぎるごちそうのように運命の気まぐれによって小出しに与えられるものだと思えることがしばしばだった。ジョニー・エロウズの一件がまさにそうだが、運命が手を差し伸べてくれたと早々にわかることがよくある。かと思えば、祖母の屋敷の扉を閉めて立ち去った、あのおぞましい朝のように、失望が忘れえぬ致命的な痛手となることもあった。

けれど、ほかならぬ今朝、夜明けまえに目を覚ましたフレデリカは、幸福と安心と満足にどっぷり浸っていた。闇のなかで寝返りを打ってベントリーに近づくと、彼はまだ熟睡していた。両目を隠すように片腕を渡して仰向けに裸で寝ている。マットレスの三分の二と上掛けの全部を彼が占領しているので、ベッドの逆側のフレデリカは震えていた。部屋が寒いのだ。でも、ベッドから這いだして寝間着を探すのも火かき棒で暖炉の火をかき混ぜるのも億《おっ》劫《くう》だった。

眠気が覚めないうちは上掛けの下にもぐりこみ、体を丸めて夫に貼りついていよう。彼が眠ったまま鼻をこすりつけてきた。朝立ちのせいで上掛けがテントを張っている。フレデリカは片脚を彼の腿に引っかけた。近ごろの彼は非常識なほど早朝に起きだすことがなくなったので、朝のこの驚くべき現象を目に留めるようになっていた。夫が彼女をそっと仰向けにさせ、この現象を大いに活用することもままあった。

そんな愉しい想像をしながら彼の首筋に顔をすり寄せた。ベントリーが灰と煙の匂いをさせているのは、ゆうべ炉端の敷物の上で演じた一幕の名残《なご》りだ。汗の匂いと、眠りのなかにある男の麝香《じゃこう》の匂いも混ざっている。もしかしたら、わたしはあれでもまだ満ち足りていないのかしら。彼の腿に引っかけた脚をもう少し高い位置にずらす。そそり立ったものが膝をかすめると、体をくねらせてさらに近づき、彼の平らな腹に片手をあてがった。それから、その手をペニスの根もとの黒々とした陰毛まで伸ばした。

こんなふうに彼に触れる機会はめったになかった。でも、今朝は切なる願いがベントリーに通じたようだ。ペニスをこすると、彼は喉の奥で音をたて、じっとしていられないように動きだした。勢いづいたフレデリカは彼の上に半分這い上がってキスをした。うとうとしながらも彼は顔をこちらへ向けた。口が待ちきれない様子で、見えないなにかを探し求めている。

彼女はふたたびベルベットの手触りの勃起した温かいペニスを愛撫した。昨夜の記憶がよみがえり、興味をかき立てられた。あんな退廃的なやりかたで彼を愉しませるのはぞくぞくするほどスリルに満ちていた。要するに、うぶであることなど、結婚した女にはなんの役にも立たないのだ。昨日見た春画を脳裏に呼び戻す――愛人にまたがって自分にさわる姿と、それを眺める男。戦慄が背筋を駆けのぼる。試してみたら？　夫が思うほどうぶではないと実証できるかもしれない。

フレデリカはゆっくりと夫にまたがり、彼の左右の腰骨の脇に膝を置いた。ベントリーの顔が変化した。どこなく変わったように見えた。ふと不安を覚えたが、勃起したペニスには不安の要素は見あたらず、今もしきりに動いている。フレデリカはおそるおそる膝立ちになってから腰を落とし、ゆっくりと彼のペニスで自分を刺した。ベントリーはもぞもぞ動きながら、またも喉声を発した。フレデリカもため息混じりに悦びの声を漏らした。それからクリームを盗んだ猫みたいに満足そうに目をつぶって頭をうしろへ倒し、もう一度、彼の硬い一物の上に腰を沈めた。

その刹那、地獄の蓋が開いた。ベントリーは身の毛のよだつ声をあげて彼女を突き飛ばし、自分もベッドから飛びだした。まるで気がふれたように握り拳と肘を振りまわして向かってくる。と、なにかが恐ろしい力でフレデリカのこめかみをとらえ、胸の悪くなるような音をたてて頭がベッドの裾のフットボードに打ちつけられた。「さわるな、おりろ！」彼はわめいた。「おりろ！」

薄闇のなかに彼が立ちはだかった。べそをかいてしまったにちがいない。彼はふたたび突き飛ばそうとする動きを見せた。心臓が喉で脈打っている。口を利くのが怖い。動くのも怖い。

彼の体重の移動に応じてベッドが軋んで不吉な音をたてた。彼は自分の体でフレデリカをフットボードに釘付けにした。力のこもった手が荒々しく喉を滑る。「今後いっさい、ぼくに触れるな」地獄の底から剝がされたような、ひりついた耳障りな声。

フレデリカはフットボードに貼りついてうずくまった。「え、ええ、わかったわ」と、涙まじりに言う。正気を失っているのは彼とわたしのどちらなんだろう。「お願いだから、ベントリー、は、放して――」

彼女の声の響きに、ベントリーのなかでなにかが変化した。電光石火の早業で。彼の体ががくんと揺れるのを感じた。両手が首から離れた。気詰まりな長い沈黙が垂れこめた。ようやく彼が大きく息を吐きだした。「ああ、ちくしょう」

眠りから覚めたのだ、よかった。目を覚ましてくれた。安堵のあまり全身の力が抜けていく。ベントリーは体をそらせて踵で立った。薄暗いなかでも、燃えるような彼の視線が感じられた。彼はまたも激しい口調で悪態をつき、両手で髪をかきむしった。

「ベントリー？」そっと声をかけたが返事はなく、彼は腰を曲げてまえかがみになった。自分の頭を抱えこんで、突きだした肘を揺らしている。彼女を締めだしたいとでもいうように。懸命に自分の内側へ向かい、そのまま自分のなかに消え入ろうとするかのように。「ベントリー、なにか言って。お願いよ、なにか言ってちょうだい」

「フレディー？」ショックと怯えで言葉が詰まっている。「ああ、なんてことを」

フレデリカは安堵からぐったりとなった。やっぱり彼は夢のなかにいたのだ。だけど、なにが彼を目覚めさせたのだろう？　そう考えてはっとした。わたしがしたこと。彼にまたがったこと。それは、彼がわたしには一度もさせなかったことだ。というより、今までわたしたちがベッドでしたことは――少なくともわたしがしたことは――ランドルフ愛蔵の画集の淫らな画に比べたら、どれもみなおとなしい性技だ。そういえば、まえにも一度ベントリーに乱暴に押しのけられた、おぼろな――不快な――記憶がある。くそ、よせ！　そうやってぼくを息苦しくさせるな！　彼はそう言った。でも、あのときはこんなふうではなかった。

不意に温かいものが顔を伝うのを感じた。指先でこめかみに触れると、ねばついたものが指についた。夫が重い印章指輪をはめているのを思い出し、「ベントリー」と震え声で言った。「もうベッドから出るわよ、いい？　蠟燭をつけたいの」

彼は答えなかった。フレデリカは闇のなかを手探りし、ベッドのそばの蠟燭を灯した。それでやっとベントリーの手が自分の頭から離れた。彼は振り向き、目を上げてフレデリカを見た。寒々とした絶望の表情で。

こめかみの血に彼が気づいた瞬間、フレデリカもそれを察した。そして、自分がなにをしたのか完全に認識した彼が打ちのめされるのを見守った。彼の顔が崩れ、涙が目に溜まった。彼女に触れようと片手を伸ばす。だが、その手はベッドを挟んだ距離を埋められなかった。ふたりの結婚の行く末を象徴するように。

「ああ、ぼくはなにをしたんだ?」ベントリーは印章指輪についた血に目を落とした。「ああ、フレディー、今度はなにをやってしまったんだ?」

19　死者の声

フレデリカは人生が突如、現実から乖離《かいり》する感覚を味わった。恐怖は去ったものの、現実を理解する力も同時に奪われたようだ。蠟燭の数が増えていたが、だれが灯したのか思い出せない。ベントリーに導かれて暖炉のそばの椅子に座り、毛布でくるまれたのをぼんやりと覚えているだけだ。彼が手早く衣服を身につけ、洗面器を取ってくるのを眺めていた。髪とこめかみについた血を彼は海綿で拭き取ってくれた。優しさのこもった手つきで。

不思議なことに痛みはなかった。なにをされても感覚がないのだ。ベントリーは打ちひしがれた顔で彼女に言葉をかけつづけた。すまない。ほんとうにすまない。きみのせいじゃない。でも、そうした謝罪の言葉の裏で彼が怯えているのをフレデリカは感じ取った。心底怯えているのを。そうとわかっても慰めにはならなかった。

ベントリーが洗面用のフランネルの水を絞った。フレデリカは膝に目を落とし、自分の手が震えだしていることに気がついた。現実が戻ってきたのだ。どうすればいいの。なにも頭に浮かばない。まだ十九歳にもなっていないのに、お腹には子どもがいて、結婚した相手は

──その男性は、恐ろしい秘密を心に抱えているらしい。

なにかがおかしいというこの事実と対峙《たいじ》するときが来たのかもしれない。でも、それだけですむだろうか。

ベントリーはもう一度フレデリカのこめかみに指先で触れた。傷の程度を診るためなのに、彼の手もやはり震えている。「ああ、フレディー、傷が残るかもしれない」声が途切れた。嗚咽ではなかった。もっと悪い。「いつかきみに許してもらえる日がくるだろうか」

彼は向かい合わせの椅子に腰をおろし、彼女の両手を自分の手で包んだ。すまなそうに目を上げて彼女を見たが、それ以上はなにも言わなかった。フレデリカはかけるべき言葉を探し、「ベントリー」と小声で言った。「教えて、ベントリー、なにを考えてたの？　なんの夢を見てたの？」

瞬時に彼の目に戸がおろされた。「覚えていない」

嘘をついている。直感でわかった。「覚えてないの？」と穏やかに探る。「それとも、わたしには話したくないの？」

ベントリーははじかれたように椅子から立つと、片手を腰に、もう一方の手をうなじにあてて窓に歩み寄った。「やってしまったことについて弁解はできないよ、フレディー。今後いっさい弁解するつもりもない。そうなると、きみはぼくになにを言ってほしいんだい？　なにをしてほしいんだ？」

フレデリカの動揺は鎮まらなかった。「とにかく、ほんとうのことを話して」と迫った。「あなたを愛してるわ、ベントリー。だけど、わたしに隠し事をするのはやめて。あなた自身に対してもよ」

「隠し事？」彼は窓の外に目を据えていた。「ぼくがなにを隠してると思うんだ？」

フレデリカの感情の糸が切れた。「そんなのわからないわよ」と言い返す。「わかるわけないでしょ？　わたしにわかってることなんか、なにひとつないんだもの！　わたしはどうせ、無知なねんねだもの——よい妻になろうとした——あなたを悦ばせようとした結果が——これだもの！　今がどういう状況だかは、お互いわかってるはずよ」

ベントリーは窓から向きなおり、ふたりのあいだの距離を縮めた。フレデリカの手を取ると、彼女の目がまっすぐに見られるように片膝をついた。「フレディー、きみはよい妻だよ」

フレデリカはかぶりを振った。「そんな」恐ろしさに声が小さくなる。「そんなこと言わないで！　この結婚はふたりで選んだ道よ。わたしたちはすべてをこれに賭けたんじゃないの」

彼の唇が引き結ばれた。彼は首を横に振った。「フレディー、選んだのはぼくだ。触れただけで壊れてしまうおもちゃを子どもが選ぶように、ぼくはこの結婚を選んだ。きみが欲しかったから。たぶん昔から心のどこかできみに恋してたんだろうな。だから、これはチャンスかもしれないと思った——もしかしたら、これで——くそ、いったいなにを血迷ったんだ！　きみをほんとうに愛してれば、自分の望むことが最高の道だなどと自己欺瞞に走りはしなかっただろうに。そうだろう？　きみにはぼくとの結婚よりもいい選択肢がいくらでもあったんだから」

「なにを言ってるの、ベントリー？」

ベントリーはひざまずくのをやめなかった。彼の目は彼女を越えて、どこか遠くの一点を見ているようだった。「今なら身勝手な行動を取らずに正しいことができる。それぐらいの気遣いはできると言ってるのさ」と囁いた。「きみが望むなら、フレディー——つまり、ぼくと別れたければ——ふたりで交わした例の馬鹿げた契約できみを拘束しようとは思わないよ」

致命的な一撃を浴びたようなものだった。こめかみに傷が残るのとは比べものにならない。

「じゃあ、こういうことなの？」と叫ぶ。「諦めなくてはいけないの？　もう……終わりなの？」

「そうじゃない、そういうことじゃない、フレディー！　わからないかい？」

フレデリカはかぶりを振った。「わからない。わからないわよ」

ベントリーはしばし目を閉じてうつむいた。彼女の両手の甲に頭がつくまで。その手を彼はまだ握っていた。ずいぶん長く彼は黙っていた。頭を起こしたときには涙で目が光っていた。「きみが自分にとって最善だと思う道を選んでほしいんだ、フレディー。きみと子どもにとって最善の道を。それがなんであれ、ぼくは受け入れる。後生だからそうしてくれ」

フレディーは喉が締めつけられるのを感じた。「だけど、あなたはわたしの夫なのよ。わたしたちのどちらも安易な解決策を取るべきじゃないでしょう。あなたがわたしのことを少しでも愛してるなら、わたしがあなたを心から愛してるなら、この結婚を諦めるのは人の道に反するんじゃない?」

ベントリーの肩が下がった。ほっとしたからだろうと彼女は思いたかった。「それなら、ここを出なくてはだめだ、フレディー」ベントリーは優しく言った。「ぼくはここにはいられない。それに、ふたりきりになれば多少は事態が好転するかもしれない」

が、フレデリカは今にも泣きだしそうだった。「ここから出ていってもなにも変わらないわ!」と叫んだ。「それじゃ、あなたが抱えてる問題から逃げるのと同じよ、ベントリー。それをやめなくちゃいけないのに。わたしたちの問題を知りたいの。わたしはそれを解決したいの」

「もういいよ、フレディー。ぼくたちには問題なんかないんだよ。ゆうべきみはそれを解決しようとしたのか? ついさっきも? ぼくのためにいつもとちがうことをしようとしたのか? やめてくれ」

「わたしはただ、あなたが――あなたが、わたしをうぶな娘だと思うのをやめさせたかっただけ。あなたを悦ばせたかっただけ。怒らせるつもりなんかなかった」

ベントリーはまた彼女のこめかみの傷に触れた。「ぼくはぐっすり寝こんでたからね、フレディー」彼は静かに思い出させた。「熟睡してたから、自分のやってることがわからなかった」そこで、フレデリカを見るまなざしが強くなった。「なぜあんなことを思いついた？　なぜ自分は不充分だなんて感じたんだ？　きみは今のままで完璧なんだよ、フレディー」

フレデリカは床を見つめた。ベントリーはしゃべりつづけた。「フレディー、きみがゆうべ仕掛けたいたずらはたいしたものだった」優しい声だ。「ゆうべも思ったけど、そのことを話し合う必要がありそうだな」

フレデリカは疑わしげに彼を見た。「ど、どういう意味？　話し合うって？」

ベントリーは立ち上がるそぶりを見せず、彼女の手をきつく握りしめた。「きみはうぶな娘なんだぞ、フレディー――」

フレデリカは彼の言葉を遮った。「何度もそればかり言われたら、そのうちわたしの気が狂うわよ！　わたしはうぶな娘なんかじゃない。今まではそうだったとしても、今のわたしはちがう」

ベントリーの表情はこの会話を続けるのが苦痛だと語っていた。「だけど、事実は事実だろう、フレディー、きみがゆうべしたことは――」

「ええ、そうよ！」フレデリカは皮肉をこめて遮った。「あんなこと、わたしだっていやだったわ！」

ベントリーはしばらく押し黙った。自分の言ったことを吟味するかのように。「これは小言じゃないんだ、愛しい人」優しくそう言うと、立ち上がった。椅子に腰を戻して咳払いをした。「ただ、ゆうべのあのささやかないたずらは育ちのいいレディが知ってるはずのない種類のものだ。今朝きみがしたことも――いや、責めてるわけじゃない。ぼくなりに理解しようと……きみがどうして思いついたのか……つまり、ああいう……」

彼は最後まで言えなかった。フレデリカがその説明の手間をはぶいた。着替え室へ行き、ランドルフの愛蔵書を手に戻ってきて、彼の膝の上に置いた。それがなんだか彼は即座に察した。フレデリカがそう思ったのは、ただでさえ青ざめていた彼の顔から完全に血の気が失せたからだ。「こんなものをどこから持ってきた？」声の優しさも失われた。

「古い長持ちから。カサンドラの寝室にある長持ちよ」

赤色の革表紙に置いた彼の指の関節が真っ白になっていく。カサンドラの衣装簞笥を引き開けたのち、扉を叩きつけたときと同じだ。「フレディー」彼はしわがれ声でつぶやき、射ぬくような目で本を見つめた。「娼婦の趣味と素質をもつ妻が望みなら、そういう女と結婚していた」

その言葉の冷酷さにフレデリカは衝撃を受けたが、顔には出さなかった。「そう、あなたもたいした偽善者ね、ベントリー・ラトレッジ」

ベントリーの下顎が引きつりはじめた。「どういう意味だか説明していただけるかい？」

フレデリカはぱっと立ち上がり、彼を見おろした。「あなたはイングランド六州きっての色事師だと言われてるんでしょ。なのに妻になる女には――なにを求めてるの？　ただあなたの下に横たわるだけ？　あなたが求めるのはそういうこと？　わたしの誤解だったの？　わたしは動いちゃいけないの？　声をあげても？　育ちの悪い女にしかクリト――」

ベントリーは彼女の顔のまえに指を突きつけた。「もういい、そこまでだ、フレデリカ！」と唸った。「ここへ来て数週間、かならずしも修道士や修道女みたいな生活をしてきたわけじゃない。ああ、きみもぼくもここで大いに愉しんだ。だが、これだけは言っておく。二度と言わないからよく聞け。カサンドラ・ラトレッジは人を思いどおりに操る女狐で、血も涙もない性悪女《しょうわる》だったんだ。この家の者はあの女のことを思い出したくもないのさ。ぼくも、アリアンも。わけても兄貴は。あの女のことに首を突っこむな。あの女の部屋に近づくな。二度と名前を口にするな」この言葉を最後に、彼はドアへ向かった。ノブに手をかけてから、くるっと振り向き、彼女を真正面から見据えた。

「どこへ行くの？」フレデリカは弱々しく訊いた。

その問いにベントリーの苛立ちがゆるんだ。「きみのメイドを呼んでくる」と、肩を落として言った。「傷に膏薬《こうやく》を貼る必要があるだろう。殴ってすまなかった、フレディー、ほんとうに。殴るつもりはなかったんだ、ほんとうだ」

フレデリカは夫に近づいた。「戻ってくる?」

ベントリーは彼女を見なかった。「作業場で教会の扉板にかんなをかけてくる。この気持ちを発散させる必要がありそうだ、爆発するまえにね」

言うが早いかドアを引き開けたので、クウィーニーがあやうく部屋のなかへ倒れこむところだった。かろうじて戸口で踏みとどまるも胸の重みでつんのめり、まだふらついている。ベントリーが肩を押さえたが間に合わず、バランスを取ろうと手を振りまわした。その拍子に暖炉の箒が彼の顔を直撃した。

ベントリーは無言で彼女の体を支えてやり、顔についた煤を上着の袖で払うと、ゆっくりと歩み去った。

フレデリカは廊下の暗がりに消える夫のうしろ姿を見送った。クウィーニーが同情の表情で見つめていることに気づいたが、あとの祭り。まったく、昔も今も召使いはドアの向こうで立ち聞きするものなの? もっとも、そんな必要はなかっただろう。ベントリーの大声はドアの外まで筒抜けだっただろうから。フレデリカは顎をつんと上げた。「クウィーニー、あなたが想像してるようなことじゃないのよ」

クウィーニーはきびきびと仕事にかかり、炉床のまわりをせわしなく動きまわった。「あたしなんか想像する立場じゃありませんよ、マダム」

それから数分間、フレデリカは椅子に座って召使いの仕事ぶりを眺めながら、これからどうしようと考えにふけった。なにひとつ理解できない。一番わからないのが自分の気持ちだった。クウィーニーが掃除を終えたところへジェニーが慌てふためいて部屋へはいってきた。

「まあ、フレデリカさま！」と勢いこんで言う。「ミスター・ラトレッジから伺って――まあ、大変！」メイドはフレデリカの椅子の脇にひざまずき、女主人の髪をうしろへのけた。

「見た目ほどひどくはないのよ」フレデリカはそっけなく応じた。「でも、あえて言うなら、悪い夢を見てる最中の殿方を起こしてはいけないんだと学んだわ」

召使いふたりはどちらともなく心配そうにうっすらと微笑んで女主人を見た。なによ、だれもわたしを信じてくれないの？　フレデリカは顔が火照るのを感じた。ジェニーはなにやらぶつぶつつぶやきながら、着替え室へ移動して物色を始めた。クウィーニーはすかさず炉格子を所定の位置に戻し、挨拶もそこそこに部屋から出ていった。フレデリカは無性にひとりになりたくなった。きちんと考える必要があった。頭の奥にわだかまったなにかが彼女を悩ませていた。

ふと思いついて着替え室のジェニーを呼んだ。メイドは長い包帯を一本、片手に持って現われた。「はい、なんでしょう？」

フレデリカはにっこり笑って言った。「階下で濃いお茶を淹《い》れてきてくれない？　ああ、それとジェニー、お茶を飲んだら少し横になったほうがいいと思うの。膏薬なんか貼ったら、もっとひどい面相になるだけだもの。あとで鈴を鳴らして呼ぶわ」

ジェニーは納得のいかない表情を見せながらも、ちょこんと膝を曲げて辞去した。フレデリカはすぐにカサンドラの日記帳を取りに着替え室へ行った。なぜそうしたのか自分でもよくわからないのだが、夫と自分の関係が重大な分岐点にさしかかっているのだけはたしかだった。真の関係と呼べるものを築けるか、あるかなしかの関係が崩壊するのを静観するかの分かれ目だ。それに、なぜかカサンドラ・ラトレッジの亡霊がこの屋敷だけでなく自分の結婚にも暗い影を落としているという気がしてならない。

窓辺の椅子へ日記帳を持ってきた。クウィーニーがお茶のポットを持ってそっとはいってきたが、そそくさと立ち去った。フレデリカは元気づけになるよう祈ってお茶をひとくち飲んでから、まだ見ていない日記帳を開いた。それを開くのははじめてだが、緑色の布表紙にも、なかのページにも年月日ははいっていなかった。それどころか最初の六ページにはなにも書かれていない。がっかりして、ほかにも何冊か長持ちの下の抽斗に日記帳を押しこまれていたことを思い出しながら、もう一度その日記帳に目を落とした。これはカサンドラの最後の日記帳なのかしら？　表紙に日付を残すまでいかなかったほど新しいものだということ？

カサンドラが死んだのは何年まえだったのだろう。ページをめくり、流し読みを始めた。日記というより日々の記録といった趣だ。最初に文字が記されているページのタイトルは、〝水曜日〟。その下に、いくつかの出来事に関するメモ。ブルーのウールの乗馬服が届けられたが、一インチほど丈が短かったらしい。ミルフォードにシャンペンの備蓄の確認をしている。サファイアのブレスレットの留め金が不良で、至急修理が必要だった。そうした細々とした覚え書きが、黒っぽい色の角張った手書き文字で数パラグラフ続いていた。

二ページめの一番下にあるのは、その日に来た郵便の記録だ。カサンドラの父親からの手紙。二通めはフレデリカの知らない名前の紳士からのもの。〝イングランドに戻ったら、どうしてもわたしに会いたいと彼は言っている〟。さらに〝なんとか会う計画を立ててくれとのこと。来月、モーティマー・ストリートにて〟。

モーティマー・ストリート？トレイハーン卿のロンドンの住居があるところだ。いくらなんでも不道徳ではないかと思えるが、カサンドラは淡々と記している。その先を読んでも、五ページめまでは本人以外の人物に関する記述はなし。アリアンと過ごした時間についてひとことも触れていないばかりか、夫についての言及もなく、そのかわりに、村の生活や隣人の退屈さを書きつらねている。これを通して浮かび上がるのは、自己陶酔的で鈍感きわまりない女性の生活だ。〝日曜日〟のタイトルの下の奇妙な記述がフレデリカの目をとらえた。

〝今日のお説教のあとでトマスと会った〟とある。〝エペソ人への手紙／第一章七節、贖罪と罪の赦し！　彼の顔を見たら笑わずにいられなかった〟。

そのあと本題からそれ、コッツウォルズの天候、その天候が彼女の髪におよぼす悲惨な影響についての辛辣な感想が続いた。フレデリカは最後のページをめくった。本文は三パラグラフ。それで終わりだ。カサンドラの人生の最後の一日とおぼしき日は木曜日だったようだ。最初のパラグラフを読んだ。とたんに胃がねじれて固まった。もう一度読み返す。最後まで読み進むことを自分に強いた。確かめることを。

〝キャムが刈り取りをしているときにトマスが来た〟という書きだしで、唐突に筆調が不安定になっている。〝あの馬鹿はわたしを脅すつもりだ。なんて厚かましい男。都会が恋しい。今夜またベントリーに助けを求めた。でも、わたしの可愛い子は近ごろ強情で困る。考えが足りないのよ。懺悔《ざんげ》すれば心が落ち着くわよと言ってやった〟。

フレデリカは目をぎゅっとつぶり、荒い呼吸を懸命に鎮めようとした。これは……これではまるで……どういうことなの？　胸のむかつきをこらえて、最後の二パラグラフを読んだ。久しぶりに吐き気が喉までこみ上げてくる。寒気がする。寒すぎてなにも感じない。カサンドラの謎めいたメモの意味するところに疑いの余地はなかった。おぞましい疑惑が肺の空気を奪っていた。

日記帳が炎をあげて燃えだしたかのように、フレデリカはそれを振り捨てた。日記帳は重い音をたてて絨毯に落ちてから、側卓の下にもぐりこんだ。真実がなんであれ恐ろしい。知りたくない。もう知りたくない。でも、知ってしまった。行間を読み取るのは難しいことではなかった。そこに示された現実は夫が彼女に与えうるどんな傷よりもおぞましいものだった。不意に襲いかかった哀しみに、フレデリカはくじけそうだった。ベントリーが説明すべきことはたくさんある。彼の過去は過去だ。でも、これは……想像を絶する過去だ。両手が震えている。フレデリカは立ち上がった。着替え室へはいると、最初に目についた部屋着を引き抜いた。

蹄鉄工の炉が放つ熱い光を背に受けて作業台にかがみこんだベントリーは、かんなをなめらかに手前にもう一回引いた。刃の通り道を知らせるようにオークの長い削り屑が現われ、土間にはらりと落ちた。目にはいる汗を片手の甲でぬぐうと、彼は上体を起こした。炉のまえではアンガスじいさんが蝶番の新たなひと組となるはずの熱い金属《かね》を金槌で打ち伸ばしている。いっそのこと、この作業を延々と長引かせて新しい扉板を一枚完成させてやろうか。そんな皮肉な思いがベントリーの頭をかすめた。そうなると新しい板と新しい建具も必要になるから——よし、アンガスとふたりで森の木を鋸《のこぎり》で伐り倒そう。そうだ、生木を使うのを厭わなければ、何日でも作業場にこもっていられるかもしれない——これぞまさしく領主の仕事だろう。

アンガスじいさんが炉から顔をそむけた。革の前掛けの下に手を入れてごそごそやってハンカチを取りだしてから、肩越しに振り向いてベントリーを呼んだ。「門の穴の距離は？真んなかから真んなかまで測るのが決まりだよ、わかってるね？」

ベントリーは掛け釘から物差しをつかんで寸法を測ると、声を張りあげて数値を伝えた。

アンガスは唸り声で応じ、自分の工具を取って骨折り仕事を再開した。熱さと匂いと、槌が生みだす鋭い金属音のリズムまでが、ベントリーの五感を不思議なほど鎮めた。この場所にはこの場所にしかない安らぎがある。シンプルで目的のある男の行動圏。男の人生もこうあるべきなのだろう。ここにはむろん女はいないし、女の記憶もない。

ベントリーはかんなを手にして、またも考えこんだ。フレディーに対してやってしまったことを。思い出すとまだ怖気が走る。なぜ彼女を？　なぜ今？　寝る場所が百回変われば百回の悪夢に苦しめられてきた。百台のベッドでそれこそ百人の女とも寝た。が、女に手を上げて張り飛ばしたのははじめてだった。熟睡してアンガスの金槌ほどにも硬くなっているときに上に乗ってきた女がはじめてなのはいうまでもないが。

むろん、目下の問題はフレディーだ。彼女のせいではないけれども、彼女に頭のなかを引っかきまわされた。頼みの綱にしている距離を縮められ、耐えきれないレベルの親密さにまで引きずりこまれた。ふたりはひとつとなり、とアマースト牧師は言った。愛の行為の最中にフレディーの目を覗きこんで感じるのは、まさにそういうことだった。身も心も彼女とともにあり、そこにいささかも距離も置くことはできないし、肉体的な疼きのみを満足させることもできない。彼女は彼の心の疼きをもかきたてる。心と心で、魂と魂でつながっていたいという思いを。

この胸を、心のなかを開いてみせることは絶対にできないのに。だが、ことフレディーに関しては、もう止められないと思えた。であれば、単に時間の問題か。彼女がなにかに感づくか、なにかを見つけるまでのことか。あるいは答えられない質問で探りを入れてくるか。彼女は、彼の若い妻は、けっして馬鹿ではなかった。この問題以外では彼女の言い分が正しい。彼女は無知なねんねではない。騙しとおすのは難しいだろう。騙せるとでも思っていたのか？　それとも、シャルコートへ連れてきたのは、彼女の手を借りて亡霊を追い払おうという潜在意識の為せる技か？　愛がすべてに打ち勝つなどと愚かにも自分を納得させたからか？　結局、どれもうまくいかなかったではないか。なにしろ、彼女が自分の子を宿しているのを知らぬうちから彼女との結婚を決意した大馬鹿野郎なのだから。

「おい、おまえさん！」アンガスの声が物思いに割りこんだ。「目を覚ますかい？　それとも、夢の続きを見るかい？」

気がつくと、かんなをかける手が途中で止まり、中途半端な体勢で作業台に向かっていた。くるくる巻いた削り屑がかんなの台尻からぶら下がっている。ベントリーは削り残した個所に向かって悪態を吐きながら、力まかせにかんなの刃を手前に引いた。さらに二回でその部分もなめらかになった。あいにくと悪夢のほうはそう簡単には始末できないが、とにかく今は考えまいと思った。このオークの形を整えることだけを考えようと。このシンプルな仕事になんとか没頭しようと。

フレデリカが階上から降りてくると、トレイハーン卿は書斎にこもっていた。重々しいドアの向こうから声が聞こえる。怒っているような声だ。ノックしかけた手が落ち、ドアから離れようとした。だが、そのとき、情けない声が注意を惹いた。下を見ると、ドアのまえで子猫が一匹、力なく鳴いている。抱き上げて黄色い毛を頬に押しつけ、子猫をそこに置き去りにするのをためらっているところへ、運よくミセス・ナッフルズが通りかかった。

「おやおや、おちび、可哀相に！」ミセス・ナッフルズは猫なで声で語りかけ、エプロンの前ポケットに子猫をひょいと入れた。「執事の食料庫に連れていってやるからね」そこでフレデリカが悩みを話すと、ミセス・ナッフルズは彼女にも手を差しのべてくれた。シャルコートの職人たちの作業場は丘の麓の新しい穀物倉の先だと教えてくれた。

作業場は、長い一列の粗末な石造りの小屋で構成されていた。入口に扉のない小屋もいくつかあり、蹄鉄工の作業場もそうしたひとつで、白い煙が煙突から立ちのぼっている。完全に石で囲われ、両開きの四角い扉が付いている小屋もあった。丘の上からでも、さまざまな作業の音や罵り声が充分すぎるほど聞こえた。小径伝いにおりていく途中で、蹄鉄工の開かれた作業場の奥の、工具が収納されている別室も見えた。

夫は上半身裸で作業台にかがみこんでいた。背中の筋肉を汗が滴り落ちている。入口まで来て足を止めたときに、そのわけがわかった。炉から発せられる攪拌《かくはん》されたような熱気が石壁にあたって放射状に広がっているのだ。みんなからアンガスじいさんと呼ばれている使用人はフレデリカに向かってぞんざいに会釈すると、工具を置いて出ていった。入口に背中を向けたベントリーは、彼女が来たことに気づいていないふうで、扉板の下端にかんなをかけている。フレデリカはかなり長いことその場を動かず、夫の肩の太い筋肉が縮まってはほぐれるさまを眺めていた。そうやって彼は幾度となくかんなを木に滑らせ、ひゅん、ひゅんと、やわらかなリズムを刃に刻ませていた。こうして自分の肉体を使う作業を好むのはいかにも彼らしい。この作業について熟知しているようでもあった。

なにをしてもそうなのだが、彼の動きには努力せずとも生まれる物憂い優雅さがあった。それでいて、肉体の力強さは否定しようもなく、彫像のような腕をひと引きするたびに背中の筋肉がぴんと張って、かんなを手前に返すのだった。炉の熱と激しい動きで上半身が汗にきらめいている。肩からずり落ちたズボン吊り。たくましい腰まで下がったズボン。その暗い色合いが細い腰のくびれを際立てている。

男性美の見本のような男たちはこういうふうに女を惹きつけるのだろうか？ 比類なき性的魅力と体力で女の目をくらませ、その下に隠れているものを見えなくさせるのだろうか？ そうではない。夫が罪深いならず者であることはフレデリカも知っていた。でも、彼は自分の魅力で彼女をおびき寄せ、本質を見えなくさせようとしたのではないはずだ。フレデリカは小さく咳払いをした。「ベントリー？」

その声にベントリーの全身が硬直した。彼は背筋を伸ばすと、顔を半分こちらに向けて彼女を見た。横顔に残った汗の跡がまるで涙の筋のように見えた。けれど、彼はむしろ平然と立ち上がった。張りつめた感情を目の奥にちらつかせて。「ベントリー、話がしたいの」フレデリカは優しく言った。

夫が小声で毒づくのが聞こえた。それから、かんなを握った左手に力をこめ、ゆっくりと首をめぐらせて彼女と向き合った。かんなを下へ置き、片腕で顔を横にぬぐう仕種をすると、そっけなくうなずいて彼女の脇を大股に通り過ぎ、栗の木の木陰にはいった。静かな谷あいでは、鳥のさえずりと風の鳴る音しか聞こえなかった。ベントリーは木陰に置かれたベンチを手振りで勧めた。フレデリカが座ると、自分は生い茂った草のなかに腰をおろし、長い脚を彼女のまえに伸ばした。

だが、フレデリカはそのとき、夫の肉体的な魅力を忘れた。今、頭にあるのは自分がこれから果たすべきおぞましい務めのことだけだった。心臓が喉にあるように感じられた。恐怖と疑惑がよみがえり、ストラス・ハウスで彼とふたりきりにさせられて、自分の人生にこれから起こることを聞かされるのを待っているような錯覚に陥った。

ベントリーは両の上腕を草につけて上体をうしろへそらし、顎をちょっと上げてこちらを見た。彼の左手の甲が古い栗のいがを押しているのがわかったが、本人は気づいていないようだった。フレデリカはそれが気がかりでならなかった。考えてみると、そう思うのはこれがはじめてではない。ベントリーは……なんにせよ、感じることがないと思えるのだ。少なくとも、ほかの人間が感じるのと同じような感じかたをしないと。奇妙な目で彼を見つめてしまったにちがいない。

「思いきって言ってみろよ、フレディー」彼が言った。「待たされたところで悪い知らせがよくなるわけじゃない」

不意に胸のむかつきを覚え、フレデリカは慎みをなくした。「真実を知りたいの、ベントリー」囁き声で言う。「ほんとうにあなたとお兄さまの妻とのあいだには……情事《アフェール・ダムール》があったの？」

ベントリーは顔をそむけ、苦々しい、諦めとも聞こえる声で笑った。「さすが勘が鋭いね、フレディー。しかし、答えはノーだ。あれは情事でもなんでもない。ぼくはあの女が好きでさえなかった。だけど、彼女とファックしたさ、何度も。それがきみの訊きたいことなら」

全身が固まるのがわかった。「その言葉を遣わないで。いやらしい。胸がむかつく」

ベントリーは目を細めて、ふたたび彼女を見上げた。木漏《こも》れ陽が彼の顔にまだら模様をつくっている。「だが、実際、ぼくらがしたことは、いやらしくて胸がむかつくことだったんだよ、フレディー」彼は冷静に言った。「だから、その言葉しか遣えない。こんなことをきみに言いたくないけれども、人生は愉しくて気楽なことばかりじゃないんだ」

フレデリカはあんぐりと口を開けて彼を見つめるしかなかった。「信じられない、後悔してないの？」声が甲走った。「そんなふうに落ち着いて――どうして平然と言えるの？〝彼女とファックした〟だなんて！　まるでふつうの昔話みたいに——さもなきゃ、お天気の話みたいに！」

「カサンドラと寝るのは取るに足らないことだったという証しさ。おまけに彼女は天気と一緒で予想がつかないんだ」

　フレデリカはかぶりを振った。「いや」声がうつろになっていく。「やめて、ベントリー。取るに足らないことだったわけがないでしょう。お願いだから言って、そんなふうに平気で……姦淫の罪を犯したんじゃないと。むごすぎるわ。お兄さまの妻と通じるなんて。罪悪感を覚えてると言って。後悔してると。わずかでも恥じ入ってると。お願いだから」

　ベントリーはまたしても顔をそむけ、今度はしばらく口を利かなかった。「そいつは難しい注文だな、フレディー」ようやく口を開いた。「それについてはなにも考えてないから。考えるのを……自分に許さないようにしてるから」

「理解できないわ、あなたの考えが」

　ベントリーはしわがれ声で笑った。「そりゃあ、きみに理解できるわけがないよ。ぼくの頭は水門と同じでね、フレディー。いったん開くと、そのことを考えだすと、彼女がなにを……いや、そんなことはどうでもいい。考えたところでなにが変わる？　ぼくはそれをした。彼女が望むことをなんでもやった。それにキャムは、そうさ、キャムはどのみち気にもかけなかっただろうよ。もし、少しでも気にかけてたら気づいただろうけど。鼻先でそれが起こってたんだぞ。思い出したくもないほど長く続いてたんだぞ」

彼の声の響きには恨みがましさがあった。「ベントリー、なんだかお兄さまに見つけられたかったみたいな口ぶりね！」

ベントリーは振り向いた。「そんなことを言った覚えはない」と、険しい口調で言う。「キャムに話すなよ、フレディー。話したら許さない。いいな？」

フレデリカはゆっくりと首を振った。「そんなつもりはないわ。あなたがそうすればいいんじゃないかと思っただけよ、ベントリー」

彼の顎の筋肉が引きつった。「きみはいかれてる」

フレデリカは手を伸ばしたが、ベントリーはその手を取ろうとしなかった。「ベントリー、話すべきよ、家族のために」と囁く。「このことが原因だったのね、眠れなかったり悪夢を見たりするのは。あなたたち兄弟が反目してるのもそれが理由なんでしょ。姦淫は罪だけど、キャムの許しを請えば終わりにできるんじゃない？」

ベントリーの形のいい口が引き結ばれた。「終わるのはぼくが死んでからさ、フレデリカ」

フレデリカは大声で泣き叫びたかった。「わたしたちの結婚が終わってからともいえるわね。わたしはあなたを愛してるのよ、ベントリー。だけど、こんな抑圧された怒りや憎しみには耐えられない」

ベントリーは立ち上がった。「きみはぼくを愛してるんじゃないよ、フレデリカ。ぼくがきみに与えられることを愛してるだけだ。シーツにもぐって、きみを感じさせるそのやりかたを。ぼくが得意なのはそれだけだからね——それだけを得意としてきた男だからね——きみにもいつかわかるだろうけど」

「よして、ベントリー！」フレデリカは叫んだ。「そういうのはよして！　自分の心は自分でわかってるわ」

ベントリーは頭《こうべ》を垂れた、「子どもだな、フレデリカ」とつぶやく。「おまけに手のつけようがない阿呆だ。キャムに告白すれば関係がよくなるなんて考えてるなら」

フレデリカは譲らなかった。「でも、そうして。関係を回復して。そうでないとわたしは、誓って言うけど、ベントリー、この先あなたの妻ではいられない。それはできない！」

彼は今はうつろな目で虚空を見つめていた。「なるほど、そういうことなら、きみの勧める安易な解決法にも多少の説得力が生まれるな。最後はそういう話になるだろうと思ってた。それが一番いいのかもしれないね、フレディー、今朝の出来事を考えれば」

「ベントリー、ちがうわ！」フレデリカの声に怯えが混じった。

彼は首を横に振り、もう一度笑った。優しく、つらそうに。「ぼくはやはり結婚向きの男じゃないんだ。何週間かまえにきみがそう言ったんだぞ。それに、この問題はカサンドラで終わったわけでもない。ぼくが寝た人妻が彼女ひとりだとでも思ってるのか？」

「よして、ベントリー！　聞きたくないわ、そんなこと！」

「おいおい、フレディー、どうしてだい?」苦しげな笑み。氷のように冷たい目。「ぼくの評判はきみも知ってるだろう! ぼくはだれとでも寝る。色好みの後家だろうと、社交界の金持ち女だろうと、酒場の尻軽女だろうと、波止場の娼婦だろうと。むろん、女のご亭主を訪ねて謝る気なんかない。そこが肝腎だ、いいか? どうでもいいのさ。ぼくにとってどうでもいいことなんだ。かすり傷みたいなものなのさ。だから、フレディー、体のあっちこっちがむず痒くてね」

フレディーは憤りがむらむらとこみ上げるのを感じた。「そうなの? だったら、ジョーンとはなぜ寝ないの? わたしより彼女のほうがあなたと気持ちを共有してるように見えるけど。道徳心のかけらもないのなら、ヘリーンといつでも寝られるわね。そうだわ、そうしたほうがいい。彼女たちに飽きたら村の奥さんたちと始めればいいわ! そうすれば、年が明けるまで体が空く間もないでしょうよ」

突然の怒りに彼の筋肉という筋肉が張りつめるのがわかった。「口を慎め、フレディー」ベントリーは半身に振り返り、歯を食いしばった。「ぼくはきみに対して誠実を誓ったはずだ、そして柄にもなく、その誓いを守ってきた。こんな茶番の結婚は終わりにしよう。憎み合うようになるまえに」

「それがほんとうにあなたの望みなの?」フレデリカは囁いた。「終わらせるのが」

「今朝、そう言わなかったっけ?」

実際には、彼はひとこともそんなことを言っていなかった。でも、フレデリカは異を唱えることもできないほど傷ついていた。「じゃ、お兄さまと話す気はないのね？」もう一度尋ねる。彼が立ち去ろうとする気配をすでに察知していたけれど。「自分を憎むのをやめるために、プライドを捨てて許しを請うつもりはないのね？」

ベントリーはいきなり歩きだした。「天地がひっくり返ってもありえないよ、フレディー」そう言い捨てると、作業場へ向かった。

フレデリカはあとを追って作業場にはいり、彼が頭からシャツをかぶるのを見守った。涙が頬を流れはじめるのを感じながら。「なにしてるの？」彼はチョッキに腕を通した。「どこへ行くの？」

ベントリーは視線を上げてフレデリカを見据えた。「酔っぱらってくるよ、フレディー。正体をなくすまで飲んで、犬に吠えられてくる。そうやって生涯を送るつもりだ」それだけ言うと、指一本に上着を引っかけてから肩に掛けた。

が、重い足音が小径に響き、彼の出立《しゅったつ》は未然に阻まれた。フレデリカが目を上げると、足音荒く作業場へ向かってくるトレイハーン卿の姿が見えた。歩きながら早くも上着を脱いでいる。戸口の手前で立ち止まると、彼は憤怒に燃えた目で弟をねめつけた。今の話は聞こえてないわよね？　まさか、そんなことはないわよね？

「フレデリカ」鋭い口調で伯爵は言ったが、目は彼女を見ていなかった。「家へ戻れ」

フレデリカはわずかにあとずさりした。「今なんて?」

「家へ、戻れ」トレイハーンは唸った。「早く行け。この始末はわたしがつける」

ベントリーは上着を脇へ投げた。「おい、なんの権利があって、ぼくの妻に命令するんだ?」

トレイハーンは早くもシャツの袖をまくり上げていた。またしても恐ろしい展開になりそうだった。「早く行け、フレデリカ」彼はもう一度警告した。「きみを担いで運ぶ手間を取らせるな。どうしても戻らなければ、そうさせてもらうが」

ベントリーは兄に一歩詰め寄った。「とっとと失せろ、キャム! 聖人づらしやがって! 彼女はぼくの妻だ」

フレデリカの堪忍袋の緒が切れた。「いいえ。そうじゃないと思うけど」

ベントリーは目を眇めて彼女を見た。「フレディー!」

フレデリカは傷ついているのを悟られまいと高飛車に言った。「フレディーなんて気安く呼ばないで! あなたがわたしに離婚の宣言をして、まだ二分も経ってないのよ! 自分こそ——とっとと失せたらどうなの?」と言い捨て、くるりと背を向け、走るようにして立ち去った。胸の痛みと怒りに体が震えていた。

ベントリーは小径を戻る妻のうしろ姿を見送った。彼女は自分がなにを言ったかわかっているのだろうかと思いながら。兄がチョッキを脱いでも気づかなかった。それどころか、拳骨が飛んできても気づかなかった。だが、顎骨にそれがめりこむのは感じた。体がうしろへすっ飛び、背骨の下部を教会の扉板のへりにもろにぶつけた。ベントリーがバランスを失ってよろけると、キャムはシャツの襟をつかんで引き上げた。

ベントリーは自分がなにをしたのかをあえて兄に尋ねようとはせず——くそ、さっぱりわからない——ただ怒りを駆り立て、売られた喧嘩を買った。機敏な動きでつぎのパンチをかわすと、体を左右に揺すりながら近づいた。だれかの顔を思いきり殴りたい気分だった。キャムなら相手に不足なしだ。少しは運が残っているとみなしていいらしい。彼のパンチが鼻に命中するとキャムはのけぞり、鼻血が飛び散った。

「見下げ果てたやつめ！」キャムはがなり、赤い唾をぺっと吐き捨てた。「無邪気な若いレディたちの顔を殴るような真似は許されないということを教えてやる」挨拶代わりの一発を繰りだしたが、ベントリーはすばやくよけた。

「レディたちを殴った覚えはない！」と叫び返し、キャムの腹にローブローを一発お見舞いした。まともに食らったキャムは尻餅をつき、土間にぶざまに倒れこんだ。しかし、兄との喧嘩は数知れぬベントリーがここでカウントを取るはずもなかった。案の定、キャムはトム・クリブ（素手のボクサー。一八〇九～一八二二年までイングランドのチャンピオン）のごとく復活し、まず拳でベントリーの腹に一発決めた。つぎの膝蹴りはあやうくベントリーの睾丸を直撃するところだった。

「おおっ！」ベントリーは股間をかばった。だが、同時に頭を低くしてジャブを繰りだし、キャムとの距離を確保した。兄は敏捷に動いたが、ベントリーとて熟練だ。横隔膜へのブローはキャムにあばら骨を抱えこませ、げえげえと声をあげさせた。この隙を突いてキャムの顎をとらえ、彼を炉まで吹っ飛ばした。

このころには見応えのある殴り合いは見逃さぬ男、アンガスが作業場へ戻ってきていた。アンガスじいさんが年齢を裏切るすばやさで金槌を手につかむのと、金槌が置かれていた石にキャムの頭がぶつかって鈍い音をたてるのとはほとんど同時だった。

ベントリーはここぞとばかりにキャムの上におおいかぶさり、胸と胸を突き合わせて強引にうしろへ押しやった。髪の焦げた臭いがしてくるまで。石炭はまだごうごうと音をたてて真っ赤に焼けている。キャムは怒りに燃えた目で頭のうしろを見やった。炉のほうを。あと六インチも近づけばシャツに火が移りそうだ。

アンガスじいさんはやれやれという顔で金槌をほうった。「身内の殺し合いを見せられるのはごめんだぞ、若いの！」

しかし、キャムはまだノックアウトされていなかった。最後にひと声うめくと、膝を真上に突き上げた。

くそっ、またタマを狙ってきやがった！　ベントリーは息を詰まらせてキャムを放し、土間に崩れ落ちた。キャムは千鳥足で炉から離れ、蔑みの目で弟を見おろした。「今後――二度と――」息を切らして言う。「彼女に――手を――上げるな」

ベントリーはよろよろと膝立ちになった。「地獄へ堕ちろ、サー・ランスロット（アーサー王の王妃と姦通した円卓の騎士）！」唾を飛ばして言う。「正義づらした卑劣漢め！」

アンガスじいさんはぜいぜい喉を鳴らして笑いだしていた。あいにくとキャムはひと息ついていた。「おまえ！」と、アンガスに指を突きつけてわめく。「おまえは火の番をしていればいいんだ、根性曲がりのくそったれなスコットランドじじいめ！」

アンガスじいさんは音をたてて膝をはたいた。耳障りな笑い声がさらに大きくなった。

「けっ、呆れたね、キャム、彼にあたるなよ！」ベントリーは唸り、ふらつきながら立ち上がった。「少なくとも髪の毛はほぼ無事だったんだろ」

キャムは凄みを利かせた目をベントリーに向けたが、鼻から噴きだした血がその効果を減じていた。「おまえも！」シャツの袖口を鼻の下にあてながら歯を食いしばる。「万が一あの子にまた手を上げたら——いや、彼女を怒鳴りつけでもしたら——これぐらいではすまんからな。わかったか？　今度こそ、責任逃れはさせないぞ」

だが、ベントリーはもううんざりしていた。「あれは事故だったんだよ、キャム」上着を土間から拾い上げると、作業場の外に出た。「信じないならフレディーに訊けよ！　彼女が真実を語るほどいかれてるかどうかは神のみぞ知るだがね」

キャムは胸のまえで腕組みをした。「それで、おまえはどこへ行くつもりだ？」

「それもフレディーに訊いてくれ」ベントリーは厩舎へ向かって小径を歩きだした。

20 ミセス・ラトレッジ、誕生祝いを受け取る

夫が姿を消した日、フレデリカは彼の寝室に閉じこもって六時間泣きつづけた。背負った荷の重さから。それにもまして結婚を失った痛みから。なによりつらいのが、もうだれも信じられないということだった。ベントリーを——愛人としてだけでなく友人としても——信頼するようになった矢先だったのに。彼を憎まざるをえない今、そのことに気づくとは驚きだった。いや、憎むというのとはちがうかもしれない。彼がどんな人間であれ、愛しているのだから。これからも愛しつづけるのかもしれない。これほどまでの孤独と困惑に陥ったのは十八年の人生においてはじめてのことだった。

太陽が空を紫に染めて沈みはじめると、フレデリカはベントリーのハンカチーフを片手に握りしめてベッドから這いだした。彼の匂いがいやでも惨めさを増幅する。鼻をすすりながら窓辺に近づき、万が一と思って厩舎に通じる小径を見やった。だが、そこにはなにも見えなかった。夜の帳《とばり》がおりると、恐ろしいほどの静けさが垂れこめた。取り返しのつかない過ちを犯してしまったのではないだろうか。でも、相談したくてもその相手がいないのだ。へ

リーンとトレイハーン卿に相談するわけにはいかないのだから。ああ、家族に会いたい！とくにゾーイに。不思議なことにウィニーおばにも会いたかった。ウィニーは男というものを理解しているから、なにを聞いても驚かないはず。フレデリカはベッドへ戻り、ウィニーに手紙を書こうかと思いながら、うつらうつらした。

そうして遅い朝に起きだし、もう一度さめざめと泣いてから、冷たい水で顔を洗った。なにを言うべきなのか、なにをするべきなのかわからなかった。ベントリーの家族になんと言えばいいのかはもっとわからない。たぶん、話せるかぎりの真実を話すしかないのだろう。ベッドにもぐって自分を憐れむばかりではなんの解決にもならない。自己憐憫《れんびん》に浸っていられるのは自尊心が失われるまでのこと。今やすり減る一方の自尊心だけれど。

鈴を鳴らしてジェニーを呼んでから、カサンドラの本と日記帳をあの長持ちに戻そうとひとまとめにしていたのだが、ジェニーは伝言を持って現われた。「今朝、朝食のまえにベルヴューから馬丁がやってきましてね」と、フレデリカの寝間着の皺を伸ばしながら言う。「ベルヴューの奥さまが今日、フレデリカさまにお会いしたいとおっしゃったんだそうです。正午までは教会の聖具室にいらして、そのあとはご自宅に戻られるとか」

フレデリカは黙って身支度をしながら、ジョーンがなんの用事だろうと考えた。ベントリーが家を出たことをもう聞きつけたのかしら？　まさか夫がわたしと別れたことを村じゅうの人が知っているんじゃないでしょうね？　朝食をとるために重い足取りで階下へ降りると、ヘリーンだけがまだテーブルについていた。

「ベントリーに失望しないでね」フレデリカのコーヒーを淹れながら、ヘリーンは助言を口にした。「彼は戻ってくるわ。機嫌がなおると戻ってくるのはいつものことよ」

フレデリカは皿を押しやった。「戻ってきてくれないほうがいいかもしれないわ。結婚は気まぐれに脇へ押しやるには重要すぎる事柄だもの」

「あなたの言うとおりよ」ヘリーンは認め、椅子に腰をおろした。「だけど、彼はあなたを愛してる。きっとあなたの言うことが彼にもわかって、心から謝ってくるわよ。彼に時間を与えてくれないかしら」

フレデリカは視線を上げてヘリーンと目を合わせた。「彼はわたしを愛してると思う？」

ヘリーンは曖昧な笑みを浮かべた。「あら、愛していなければ、あなたと結婚しなかったはずよ、フレデリカ」自信たっぷりな口調だ。「信じて、ベントリーは自分で選んだことしかやらない人よ。おとなになってからはずっとそういう生きかたをしてきたの。子どものころの彼については、ほんとうに可愛らしい素直な少年だったということしか覚えてないけれど」

ヘリーンの言葉はフレデリカを混乱させた。「子どものころの彼を知ってるの？」

ヘリーンは顔を赤らめた。「ええ、わたしも少女時代の一時期、ここに住んでいたから」とつぶやいた。「ベントリーがまだよちよち歩きのころにね。大昔のゴシップを聞いたことはない？　わたしの母のマリーがランドルフの愛人だったという」

フレデリカは息を呑みそうになった。マリー？　でも、それはランドルフのいやらしい画集の見返しに書かれていた名前じゃないの！　マリーというのはヘリーンの母親だったの？　ヘリーンは真っ赤になった。「でも、わたしは十七歳でスイスの学校へ行って、それからキャムが結婚したでしょう。だから、家族には何年も会ってなかったの」

フレデリカはカップを置いた。「ちょっと失礼するわ」とつぶやき、椅子をうしろへ押しやった。「なんだか食欲がなくて。少し散歩をしてきます」

ヘリーンはテーブルの向こうから手を伸ばし、フレデリカの手に重ねた。「それじゃ、プライバシーを尊重するけれど」と優しく言った。「くよくよ悩むのは赤ちゃんのためによくないわよ、いいわね？　もしだれかと話したくなったら、いつでもそう言って」

フレデリカはうなずき、食堂をあとにした。ヘリーンはとても親切で、一分《いちぶ》の隙もない貴婦人だ。その彼女の母親が謎めいたマリーという女性だというのは意外だった。そこにも、ひた隠しにされた衝撃の物語があるにちがいない。深刻な暗い秘密を抱えていない人はシャルコートではヘリーンひとりなのだろうか。

朝の外気はかなり冷たかった。フレデリカはマントも羽織らず、ほとんど脇目も振らずに聖ミカエル教会まで歩いた。ジョーンは聖具室で聖歌隊のガウンのほころびを繕っていた。フレデリカに気づくとすぐにベントリーの従妹は針を置いて立ち上がり、両手を握る挨拶で迎えた。「ありがとう、来てくれて。来てくれないかもしれないと思ってたの。あんな……あんなことがあったあとだから。いえ、事情を全部知ってるわけじゃないのよ。ただ、ベントリーが言うには――」

フレデリカはジョーンの言葉を遮った。「彼に会ったのね？」と、強い調子で訊いた。

ジョーンは寂しそうに首を振った。「いいえ、会ってないわ」静かに答える。「でも、そのあなたのために用意してたものがあるの。たぶん、あなたの誕生日のお祝いなんじゃないかと思うけど、じつは、はっきりとは知らされてないのよ。ただ、ゆうべ遅くにベントリーからベルヴューに伝言があって、あなたに今日それを渡してくれと頼まれただけで。で、このあなたに宛てた手紙と一緒に渡すことになったの」

「わたしの誕生日？」フレデリカはジョーンが差しだす二通の封書を受け取った。「でも、誕生日は何ヵ月も先よ。ベントリーはその日を知らないんじゃないかしら」

「十二月だと聞いたわよ」とジョーン。「あなたの意見も訊かずにそんな大金を遣うのはどうかと忠告したんだけど」

「わたしの意見？」フレデリカはぽかんと封書を見つめた。一通は赤い蠟でベントリーの封印がほどこされたふつうの手紙。もう一通は分厚い書類で、丸められて青いリボンが結んである。

ジョーンは急に不安そうな様子を見せ、「ああ、やっぱりこれはよくないと思うわ」とつぶやいた。「わたしは過ちを犯そうとしてるのかもしれない。ベントリーがわたしをこんな立場に置いたのよ。横っ面を張ってやりたいわ」

フレデリカは倒れこむように椅子に座った。「これを……開けてみなくてはいけないの？」

ジョーンは肩をすくめた。「ええ、うちの執事が受けた伝言では。その丸めた封書のほうから先に開けてごらんなさい。彼が明確な意思でおこなったことよ」

フレデリカはリボンをほどいた。それは異なる捺印《なついん》と署名のある法的な書類だった。よく見ると不動産の権利証書だった。権利証書って……なんの？

「ベルヴューよ」ジョーンはフレデリカの心を読んだように言った。「ベルヴューの権利証書。ベルヴューはシャルコートのもともとの地所の半分なのよ。遺言でわたしの母が相続したのだけれど」そこで彼女は心なしか神経質な笑い声をたてた。「この土地はかならず一族が所有しなければならないの。そうでないと、わたしたちの祖父のジョンの亡霊がオーストラリアまでわたしを追いかけてくるわ」

フレデリカはいよいよわけがわからなくなってきた。「あの、申し訳ないけど、オーストラリアって？」

ジョーンは困ったような顔をした。「バジルとわたしはオーストラリアに移住するの。まあ、ベントリーったら、あなたに話さなかったのね？」

フレデリカはかぶりを振った。「ひとことも」

ジョーンは笑った。「まったく、彼らしいわ！　秘密にしてくれとわたしが言ったからよ、ええ。だけど、奥さんにも言わないでくれという意味じゃなかったのに！」

手のなかの権利証書が震えた。ジョーンとベントリーの秘密めいた会話の意味が部分的にせよ理解できた。「でも、わからない」フレデリカは囁いた。「つまり、わたしたちが……ベントリーが……ベルヴューを買ったということ？　わたしのために？」

ジョーンの顔に落胆の色が浮かんだ。「気が進まないのね？」彼女は叫んだ。「ベルヴューは広さもあるし、すばらしく優雅な住まいだと、もちろんわたしも思うけど、ベントリーはそれを確信してるふうだった。彼の話では、あなたはグロスターシャーがすごく気に入ったと言ったそうね。それに、自分の家を持てたらどんなにいいかって」

フレデリカは泣きだしたかった。「だけど、ベルヴューはあまりにもすばらしすぎるもの」と小声で言った。「たぶん、こんなに美しい住まいは今まで見たことがないわ」

ジョーンはほっとしたように椅子に座りなおして、ため息をついた。「ああ、よかった！それじゃ、あなたの住まいにするべきよ。一族以外の人にここを売ることは想像したこともなかったから、ベントリーの申し出はまさに天の賜物《たまもの》だった。じゃ、私信のほうも読んでみたら？　なにが書いてあるのか知らないけど、ベントリーが短気を起こして書いたのなら、どうせたわいもないことよ」

フレデリカは権利証書をジョーンの手に返そうとした。「ありがとう、ジョーン。でもね、ほんとにわからないの。つまり、しばらくエセックスへ帰ることになるかもしれないし」

ジョーンはフレデリカをじっと見つめた。「だめよ、そんな！　つま先ひとつでもグロスターシャーから出てはだめ！　ベントリーが心を入れ替えればいいだけのことでしょ」

フレデリカは興味を惹かれてジョーンを見た。「心を入れ替えなければならないことが彼にはあると思うの？」

が、ジョーンは目をそらして聖歌隊のガウンを畳みはじめた。「だれにだってあるわよ、そうじゃない？」煮え切らない答えを返す。「それが多いか少ないかというだけで」

フレデリカは勇気を奮って尋ねた。「あなたはカサンドラのことを知っているのね？　あなたとベントリーが話してるのを偶然聞いてしまったことがあるの、教会の会衆席で」

ジョーンの手が凍りついたように止まった。「そのことはわたしに訊かないで。お願いよ！　たしかに昔のわたしたちは、ベントリーとわたしは、どんな秘密も打ち明け合ってたわ。でも今は……ねえ、ちゃんと話すべきよ、自分の夫と」

「ごめんなさい。だけど、知りたいことがあっても、だれに訊けばいいのかわからなくて。その人がどうして亡くなったのかもわからないし」

ジョーンは一瞬押し黙り、束ねたガウンに目を凝らした。「わたしたちにもそれはわからないのよ。ただ、聞くに堪えない話が噂として乱れ飛んだの。カサンドラが長いことトマスを情夫にしてたっていう。トマスはわたしの夫の従兄で、前任の教区牧師よ」

フレデリカの眉が吊り上がった。「教区牧師?」

ジョーンは薄い笑みを浮かべた。「ひどい話でしょう? 彼女がその関係を終わらせるとトマスは恨んで、喧嘩になった。で、ランプがひっくり返された。わたしたちは事故だったと思ってるけど。その火事でカサンドラは死んだ」

「そんなことって」フレデリカは椅子に沈みこんだ。「それで、トマスは? トマスはどうなったの?」

ジョーンの視線がさっとガウンから上がった。異様なほど無表情な目だ。「それも知らないの?」聞こえるか聞こえないかの声で彼女は訊いた。「ベントリーが彼を殺したのよ。心臓を撃ち抜いて。そうするしかなかった。トマスは正気を失ってヘリーンとアリアンを人質にしたから。ベントリーからなにも聞いていないのね?」

フレデリカはつかのま呼吸ができなくなった。思考も止まった。四方から壁に押しつぶされたような感覚に襲われ、どうにか頭を振った。そのあとのことは、ジョーンに暇乞いを告げたのをかろうじて記憶しているだけだが、教会の内陣から玄関までとにかく戻った。扉が取りはずされたところに重い帆布が掛けられている。それを押し開いて通り抜けると、玄関の石段に座りこみ、動揺を鎮めようとした。

ああ、カサンドラのことをジョーンに訊かなければよかった。ベントリーはそのトマスという人を殺したの? なんて恐ろしい。だけど、彼にはそれしか選択肢がなかった。彼はどうにもならない立場に追いこまれていたらしい。いったいどんな思いだったろう？　今もどんな思いを抱えているのだろう？　彼の手紙のことを思い出し、ポケットからその封書を引き抜いた。力のこもった筆跡は見まがいようもなく彼のものだ。

愛しい妻へ
　きみと交わした契約を破ってしまったことは承知している。ぼくの名誉とは所詮そんなものだ。きみがすこやかにベルヴューでの暮らしを愉しんでくれることを祈る。もし気に入らなければ、ロンバード・ストリートの保険取引仲介業者に連絡してくれ。べつの不動産の購入も含め、諸費用の捻出をスタッダードにまかせてある。この件に関しては、どうかきみ自身がおこなってほしい。ぼくにはその資格がないと思えるから。子どもの誕生の知らせを心待ちにしているよ。できれば手紙で知らせてくれるとうれしい。住所は、ハムステッド、ノースエンド・ウェイ、ローズランズ・コテージだ。

敬愛をこめて
R・B・R

　両手がぶるぶる震えはじめた。フレデリカはもう一度その手紙を読んだ。ああ、神さま。こういうことだったのだ。彼は本気でわたしと別れたのだ。そして、そうさせたのはわたし。

わたしが理不尽な要求をしたから。どうしようもないことをどうにかしてくれと言いつのったから。今のわたしたちにも、わたしたちの将来にもほとんど関連がないことなのに。ほんとうにこれでいいの？　ああ、頭が混乱してなにもわからない！　ことあるごとに過去のあら探しをするのが結婚の意義ではないはず。人はだれしも今ここにある貞節と愛情を受ける価値がある。それこそが結婚の意義なのでは？

フレデリカはジョーンから手渡された権利証書の意味をもう一度考えた。ベントリーは先にベルヴューを買っていたの？　その事実に気づいてはっとした。ということは、彼らしい不器用なやりかたではあるけれど、将来に向けた計画を立てていたのだ。努力していたのだ。いろいろな方面で、物心の両面から。でも、その努力の甲斐《かい》があっただろうか？　今となってはわかりようがない。すべてをわたしがぶち壊してしまったから。昨日は自分の行動は正しいと確信していた。けれど、夫の顔に恐怖を見て——そして、生まれてこのかた、真の意味での孤独な夜をはじめて過ごして——その確信が揺らいでいる。

またも熱い涙がこみ上げるのを感じた。エセックスへ帰り、思うぞんぶん泣くべきなのだろう。けれど、泣くのはこれを最後にしようと思った。泣く暇があったら子どものことを考えよう、そのためにも家族のもとへ帰ろうと。弱いのかもしれないが、家族の支えなしにこのことを乗りきる自信はない。決心がついた彼女は立ち上がり、ベントリーの手紙をポケットに押しこんだ。

丘の櫟の木のそばに職人たちが集まっているのに気づいたのはそのときだった。そのうちのひとりが体の向きを変えると、荷馬車にショベルを投げこみ、馬を駆って村のゲートのほうへ向かって丘をくだりはじめた。墓の一番最後の一列の、ぽっかりと空いていたところに新たな墓碑が立てられているのがわかった。カサンドラの墓碑だ。なぜかその墓を見たかった。それを見ればつらさがいくらか薄れるだろうか？　過去は過去なのだとそれが証明してくれるだろうか？

丘の上に着いたときには、職人たちは丘をおりてゲートの門を掛けていた。フレデリカは櫟の木陰にひとり佇み、蜂蜜色のなめらかな墓碑を見おろした。墓のなかからも汚れた手を伸ばすことができるその人が恨めしかった。

結局、その墓を見てもなにも変わらなかった。フレデリカは哀しみに暮れて墓碑に背を向け、家路についた。が、丘を途中までくだったところでなにかが頭をかすめた。磁石に吸い寄せられるように引き返し、もう一度墓碑を見た。そこに刻まれた没年月日を……これはまちがっている。フレデリカは食い入るように見つめた。手が震えだす。草と新鮮な土の上にスカートを広げて膝をつき、身を乗りだして墓碑銘の最後の一行に手を触れた。カサンドラの没年の刻字に。彫りだされたばかりのざらついた手触りの石を震える指でなぞった。冷え冷えとした了解がゆっくりと身内に広がった。

神よ。ああ、神よ。まさかそんなことがあるわけがない。そうでしょう？　カサンドラ・

ラトレッジが十何年もまえに死んでいたなんて。だけど、もしそうなら、ベントリーはまだ……ほんの子どもだった。

キャムとカサンドラが結婚したとき、ベントリーはジェルヴェーと同じ歳ごろだったと、あの日、墓地でキャサリンは言っていた。カサンドラは子どもを育てるには不向きな人だったとも。

吐き気が喉で氾濫を起こし、息が詰まりそうだった。なんてこと！　ひどい誤解をしていたの？　わたしはてっきり……てっきり……いったいなにを考えていたんだろう？　最悪のことを。そう、夫が最悪のことをしたと思いこんでいたのだ。それでもまだ、彼の自分自身に対する思いこみほどはひどくはない。彼はその体験を、おぞましい恐怖を、突き放したように冷たく語っていた。自分以外の人間の話でもするかのように。

ぼくはそれをした。彼女が望むことをはなんでもやった。

きみに理解できるわけがないよ。ぼくの頭は水門と同じでね。いったん開くと……

いったん開くと……

フレデリカはまだ墓碑に触れていた。ふと恐怖を覚えて手を引いた。火傷でもしたみたいに。それから、ふらつきながら立ち上がり、逃げるようにして墓地をあとにした。石壁にはめこまれた扉を抜け、シャルコートまでの丘の斜面をのぼった。屋敷にはいると、いくつもの冷たく暗い廊下を早足で進み、いくつもの扉を押し開け、いくつもの階段をひたすらに駆け昇った。庭園の間には鍵が掛かっていなかった。部屋に飛びこむと、例の長持ちのまえに膝をつき、いっときの迷いもなく、下の抽斗を開けてカサンドラの日記帳を取りだした。一冊ずつ、両手に抱えきれなくなるまで。最後の二、三冊は開けた抽斗に置いたままにして階段を駆け降り、寝室へ向かった。部屋にはいると、張りだし窓の窓台に日記帳を積み上げた。

腰をおろし、最初につかんだ一冊からページを開くと、無我夢中で文字を追った。最初のうちはつかみどころのない間接的な記述ばかりで、決定的な証拠は見つからなかった。暗示的な内容と皮肉めかした挿話が数日おきに、ときには数ヵ月おきに、自分に酔った稚拙《ちせつ》な文章で綴られている。何時間も読みつづけるうちに胸のなかで心臓が鉛のように重くなった。ドアのノックにはいっさい応じなかった。午後になってからやっと、クウィーニーが運んできた昼食の盆を受け入れたが、それもお腹の子のためにそうしただけだ。料理を口に運びながら、ふたたび苦行を再開した。陽が落ちかかるころ、震える手で最後の一冊を閉じた。

カサンドラは馬鹿ではなかった。彼女は誘惑の巧者だった。巧みすぎる誘惑者だった。その邪悪なやりようは人間の理解を超えている。けれども、それはそこに記されていた。その行間に、だれが見てもわかるように。その真実が。その恐怖が。そこで起こっていることになぜだれも気づかなかったのだろう？　彼はまだ少年だった。彼を見ていてくれる人はひとりもいなかったの？　守ってくれる人は？

キャムはどのみち気にもかけなかっただろうよ。少しでも気にかけてたら気づいただろう

けど。

それが答えだ。答え以上だ。ひどい。屋敷にはたくさんのおとながいたんでしょう？　そのうちのひとりでも真実を見る勇気を出していれば。屋敷のどこか奥のほうで時計が六時を打った。死者を悼むように低く響く音。とうとうフレデリカは聖ミカエル教会の石段での誓いを破って泣きだした。これを最後にしようと、心の底から、魂の淵から、声を絞りだして泣いた。深い絶望のむせび泣きは彼女の肩を揺すり、あばら骨を傷つけた。けれど、今度は、今こうして泣いているのは自分のためではなかった。

郵便馬車が行き来するイングランドの街道沿いには、〈猫と革屋〉のような旅籠《はたご》が軒を連ねていた。ことさらみすぼらしくも、いかがわしくもなく、かといって上品に気取ってもいない。薄暗く狭いパブと簡素な食堂と六室の貸部屋から成り、チェストン・オン・ザ・ウォーターとグレイター・ロンドンの中間に位置する〈猫と革屋〉はベントリーの定宿《じょうやど》だった。ここならシラミのいない清潔なベッドを確保できるし、ぜひにと望めば、シラミのいない相手とそのベッドを温めることもできたから。また、事をすませたあとは、清潔さにおいてはやや劣るにしても、さいころやカードで賭博を気楽に愉しむこともできた。

しかし、その朝、目覚めたベントリーには昨夜の記憶がまったくなかった。それどころか朝なのかどうかも定かでない。知ったことか。でも、だれかが厚かましくも部屋のドアをどんどん叩いている。ええい、くそっ！　ベントリーはひと声うめいて寝返りを打った。

しかし、ドアを叩く音はますます大きく速くなり、ついには彼の頭に超弩《ど》級の入れ墨を彫ろうとするかのように襲いかかった。「ミスター・ラトレッジ！」と金切り声。「ミスター・ラトレッジ、もう正午を半分まわってます！　部屋を続けて取るのかどうか教えてくださいよ。それに、ゆうべの清算も残ってるんだ」

「ううむ」ベントリーはどうにか唸り声を返した。

宿の主人はこれを抵抗の意思表示と受け止めた。「ほんとに困るんですってば、お客さん！」声の高さが段階的に上がった。「この借金を清算してくれなきゃ。うちがとほうもない額の損害をこうむったんですから」

ベントリーは枕に頭をうずめた。「うるさい、くたばれ《ファック・イット・オール》！」と唸りはしたものの、突如として罪の意識に襲われた。なぜだ？　そこで思い出した。その言葉を遣わないでくれとフレディーが言っていたのを。それで、馬鹿げているとは思いつつも、彼女の願いを聞き入れるつもりだったのを。彼女は声が聞こえるほど近くにはいないのに。いや、この場合は、声が聞こえないほどか？　ちくしょう、頭がこんがらかってきた。それとも、昨夜しこたま飲んだらしいブランデーで、脳味噌が腎臓を通ってちびちびと流れでてしまったのだろうか。

しかし、浴びるほどの酒もなんの役にも立たなかったのではないのか？　全キリスト教国の酒を集めても妻を忘れさせることはできない。妻への恋慕を止めることも、口づけの味や、この手で包んだ手のぬくもりへの渇望を止めることもできない。なにも変わっていないのに、すべてがちがっている。一心同体。ふたりでひとつなのだ。

いつから、どんなふうにして、それが起こったのかはわからない。わかるのは、妻と別れるくらいなら自分の心臓をえぐりだしたほうがましだということだけた。彼女と離れたら、どうせ生き延びられないから。考える時間はあった。彼女がなにを求めているかを知るための時間は。だから今はわかる。もう帰るべきだと。許しを請うべきだと。まず——神よ、力をお貸しください——兄の許しを、つぎに妻の許しを請うのだ。彼女は選択肢を与えてくれなかった。まだ手遅れではないことを祈るしかない。

ドアの向こうで宿の主人が、割れた窓や壊れたテーブルや粉々になった陶器を数えあげはじめた。それらを運びだすのはあんたの義務だと言っている。欠けた炉棚をどうするかという問題もあるらしい。馬鹿な。いい歳をして物を壊すとは。いったいゆうべ、なにをしでかしたんだろう？　だれに危害を加えたんだ？　なにも思い出せなかった。おそらくは自分の意思でやったことだろうに。

すると、興奮してまくしたてている主人の声にべつの声が加わった。「ゆうべはちっとばかし騒ぎすぎたようですねえ、可愛いお人」元気な女の声だ。「心配いらないよ、ミスター・ラトレッジは現金をたんまりお持ちだから。さあ、その鍵をお貸しったら、ええ？」

憤慨した主人がたてる大きな音がドアの向こうから聞こえた。好奇心をそそられて、ベントリーはベッドに起き上がったようだ。廊下で取っ組み合いが始まったようだ。「ほら、聞き分けよく鍵をおよこしってば」唸り声やら体がぶつかる鈍い音やらの合間に女の声が挟まれる。「ちょっと、マダム！」主人ははあはあ言っている。「ここは上品な旅籠なんだよ！」「ああ、あたしだってお歳を召した女王みたいに上品さ。神よ、彼女を休ましめたまえ！」またも、どすんと鈍い音が一回、唸り声が数回聞こえたかと思うと、錠前に鍵が差しこまれる音がして、クウィーニーが部屋のなかに飛びこんできた。戦艦の船首さながら、大きな胸から先に。小柄な主人もすぐあとに続き、鼠捕りの使命を帯びた熱心すぎるテリアよろしく跳ねまわって、鍵を取り返そうとした。

いらついたクウィーニーはくるっと振り向き、主人の手のなかに鍵を叩きこんだ。「これでいいだろ。早くお行き。あたしはなかでちょいと個人的な用事があるんだよ」

「おおかたそんなところだろうさ」主人は吐き捨てるように言った。「だが、こっちにもいくら弁償してもらえるかっていう大事な問題があるんだ」

クウィーニーは大胆にもスカートの裾を持ち上げると、丸々としたミルク色の太腿をあらわにした。緑色のモロッコ革の財布がそこに括りつけられていた。主人はうっと声をあげ、目をそむけた。「ここは昔ながらの食事付きの貸部屋ってやつなんだろ」彼女はからからと笑いながら、財布から銀行券を一枚引き抜くと、主人の鼻先に突きつけた。主人は目にあてていた手をどけ、もう一度うっと声をあげた。「さあ、早く階下へお戻りな。あたしがその腕を一本へし折るまえに」クウィーニーは甘ったるい口ぶりでうながした。「それからポットに濃いコーヒーを沸かして、生卵ふたつに黒ビール一杯と一緒に運んでおくれ」

宿の主人は大急ぎで階下へ降りていった。ベントリーが危なっかしく片肘をつくと、上掛けが腰までずり下がった。「上着を」かすれ声で言い、震える指で床の衣服の山を指さす。「金はあとで返すよ、クウィーニー。だから出ていってくれ」だが、そう言ったとたん、部屋がぐるぐるまわりだしたので、ベッドに頭を戻さざるをえなかった。

「あたしひとりでお屋敷には帰れませんからね、ミスター・B。なぜって、あなたには親切にしてもらった恩があります。歳を食ってもクウィーニーはそれを忘れてやしませんよ」彼女はベントリーの肩の下に片腕を差し入れると、もう一度起き上がらせた。「さ、一緒に帰りましょうかね?」

「出ていけ、くそっ!」彼は唸った。「まだ服を着てないだろ!」

「おお、やだ!」クウィーニーはわざとらしく嫌悪の声をあげた。「繊細な神経のあたしには耐えられませんよ!」

それからまもなく、ベントリーは下穿き姿でベッドのへりに腰掛けていた。部屋の回転はほぼ止まっていた。クウィーニーが目を覗きこんでいる。「その格好じゃ、ちっとばかし無作法ですねえ、ミスター・B」と元気よく言う。「でも、熱いお湯に浸かって、さっぱりした服に着替えれば、いつもの素敵なお姿に戻るでしょう」

ベントリーはまえに落ちる顔を両手で受け止めた。脱兎のごとくシャルコートから逃げてきたので、着替えもなにも持ってきていないのだ。不潔な服、顎には無精ひげ。この風体での帰還はさぞや魅力的な光景となることだろう。フレディーが許す気になるとは思えない。

が、クウィーニーはドアのそばの旅行鞄を指し示した。「気づかれないように荷造りしたんですから」と誇らしげに言う。「剃刀と革砥《かわと》を入れるのを忘れちまったけど。ミルフォードが御者に言いつけて、あたしをここまで送らせたんです。貴婦人みたいにね。もちろん、見つけだすのにまる一日かかりましたけど」

ベントリーは立ち上がった。クウィーニーは戸口へ向かうと、たらいに湯を持ってくるよう大声で命じた。盆を手にした女給が急いで部屋にはいってくると、目にも留まらぬ早業で、なにやら恐ろしげな飲み物をジョッキに作り、無理やりベントリーに飲ませた。たらいが運ばれてきた。湯気の立つ熱い湯のはいった真鍮のバケツ数個があとに続いた。クウィーニーはその間ずっと彼を叱りつけながら、なだめすかしていた。

「いつから酔っぱらってたんです?」どこかの時点でそう訊いた。あなたがシャルコートからいなくなったこの二日間、ミセス・ラトレッジは取り乱して、そりゃ気の毒でしたよ」

二日間? 悪魔のような男は二日間もいったいどこにいたのだろう? どこかで拳闘の試合に賭けて、ひと儲けしたのをぼんやりと思い出せるだけだ。その先の記憶はまったくない。

「くそ、クウィーニー」彼はつぶやいた。「屋敷に戻らなくては」

クウィーニーはたらいのまえの幕を引くと、ベントリーをそのうしろへ押しやった。「そうそう、それがいいです、ミスター・B。あのかたはお屋敷から出ていくつもりですからね。奥さまが必死で引き止めてますけど」

下穿きを脱ぎかかっていたベントリーは凍りついた。「だれが出ていくって?」

「ミセス・ラトレッジですよ」クウィーニーの声がうつろに響いた。「あの小うるさい小間使いが屋根裏部屋から大きな旅行鞄をおろして、ふたりでおっそろしい勢いで荷造りしてます。夜明けとともに出ていく気なんですよ」

ベントリーは落胆に沈みこんだ。いったいなにを期待していたのだ? 「それなら、ぼくは受け入れるしかないだろうな、クウィーニー」とつぶやく。「フレディーとぼくとのあいだで……了解してることだから」

クウィーニーは鼻を鳴らした。「あなたはそれでいいでしょうよ」と吐き捨てるように言う。「でもね、あなたの妻にわかってるのは、お腹に赤ん坊がいて、その子を育てる手助けをしてくれるご亭主がいないってことだけなんですよ」

ベントリーはうめき声を漏らして、たらいの湯に足を突っこんだ。「そんなふうにいじめないでくれ、クウィーニー。頼むから」

「はいはい、ミセス・ラトレッジはお部屋に閉じこもって泣き暮らしてらっしゃいます。まちがいありません」クウィーニーは部屋の奥へ移動してもやめなかった。彼が脱ぎ捨てた服を手で伸ばし、持参した旅行鞄を開ける音が聞こえてくる。「食事にも手をつけようとしないし」深々とため息をつく。「あれじゃあ、小さいダニがせいぜい栗鼠《りす》の大きさにしか育ちゃしない、気の毒に」

子どもか。彼女はお腹の子のことを言っているのだ。

と、クウィーニーの声が険しさを増した。「だから、あたしは着替えを詰めてきたんです、ミスター・B。償いをしなくちゃいけません、なにがなんでも」

「やってみるよ」ベントリーは大急ぎで石鹸を体になすりつけた。その言葉に嘘はなかった。これ以上ここで飲んだくれていたら、自分がほんとうにだめになる。年齢のせいか、ただ嫌気がさしたのか、いくら遠くへ逃げても、暴れまくっても、問題から逃げることはもうできないと思った。第一、今回も逃げた結果どうなった？　オックスフォードシャーを通過することすらできなかったではないか。

とはいえ、二日間の泥酔もフレディーからの最後の要求の記憶を洗い流しはしなかった。だが、もし彼女の求めに応じたら、兄を失うことになる。しかし、現実には、すでに妻を失っている。そんな謎かけのような問答が次第に彼の頭を整理しはじめていた。

たしかにこれは悪魔との取引かもしれない。フレディーがやらせようとしていることは。それでも邪悪の量はまだしもこちらのほうが少ない。ぼくはキャムを愛している。おそらくは自分で認めるよりずっと。けれど、こんな堂々めぐりの惨めな人生を送るのはもううんざりだ。自分自身の家庭も、家も、家族ももたぬ生きかたには。そして、妻に未練を残さなければ、神よ、憐れみを垂れたまえ、このことを乗りきるために必要な量の酒を飲んだとしても、柩に土をかぶせるぐらいのことは家族がしてくれるだろう。

身じろぎもせずたらいに座りこんでいると、クウィーニーの声が意識のなかに割りこんだ。

「ミスター・B?」彼女の声はさっきより優しかった。「びしっと決めてくださいよ、可愛いお人。うちへ帰るにはそれが一番手っ取り早い方法なんですから」

「ああ、クウィーニー」ベントリーは囁いた。「今までおまえから聞いたうちで今のが一番もっともな言葉だ」

21 哀しみの終わりと新たな始まり

数時間後、ベントリーは兄の書斎のまえに立ち尽くしていた。ノックしようと意を決し、片手を上げるまではしたが、実行に移すのは至難の業だった。ここにギニー金貨が一枚あればと思わずにはいられない。いつもそうだ。この場所に立ち、今と同じように胃がむかつき、罪悪感と怒りで心臓が沈みこみ、そして例外なくトラブルを予測しているときは、コインを投げたくなる。

だが、今回は神の摂理だろうか、ドアが内側から引き開けられ、気がつくと兄と鼻を突き合わせて立っていた。兄の鼻はなんとも無残な様相を呈していた。二倍に腫れ上がり、青黒い痣《あざ》におおわれ、左目の下にはおまけのように黄色い筋が一本走っている。その道の達人のベントリーの診立てでは、骨が折れている。相当に重傷だ。腫れがひいても鼻の真んなかに瘤《こぶ》が残り、兄の美貌は永遠に戻らないだろう。こんな悲痛な思いでいなければ、いい気味だと兄に言ってやれるのに。

伯爵の表情を読み取ることはできなかった。「ずいぶんひどい顔をしているじゃないか」

キャムはベントリーに言うと、うしろへ一歩下がって彼を部屋のなかに入れた。「二日酔いか？　それともひげ剃りはもう流行遅れなのか？」

ベントリーは足の親指の付け根に体重を乗せて体を揺すった。「招かれざる客だったら、キャム、はっきり言ってくれていいんだよ」と静かに切りだす。

キャムは口をゆがめて微笑むと、暖炉のほうへ向かった。いつもの椅子に腰をおろし、向かい合わせの椅子を手振りで勧めた。机の下から子猫が飛びだした。キャムはあたりまえのように子猫をすくい上げた。子猫は今は肢もしっかりして尻尾も立派になっている。きれいな灰色のブチ猫だ。ベルヴューでも猫を飼いたい。ふとそう思った。万が一ベルヴューに妻とふたりで行くことができたら。ベントリーはドアを閉め、兄の勧める椅子に座った。

キャムは型どおりに咳払いをひとつした。「ベントリー、おまえがここへ来ればいつでも歓迎してきたのはわかっているだろう」と、片手で子猫を撫でながら言う。「おまえがいつも逆のことを言うのがわたしには理解できない。とにかく帰ってきたのはよかった。フレディーも安心しただろう」

ベントリーは視線を落とした。「彼女はまだ知らない」

キャムの唇が苛立たしげに引き結ばれた。「なんだと、ベントリー、彼女は心配で取り乱しているぞ！　早く顔を見せてやれ」

「それはできない」ベントリーは静かに言った。「今行っても彼女はぼくを受け入れないよ。

そのまえにやらなくてはならないことがあるんだ。それがすんだら、キャム、思いきり一発殴らせてやるよ、永遠に追放されるまえに。鼻を狙うといい」

キャムは鼻を鳴らした。「ああ、こっちはひどいことになっているからな。しかし、フリーショットの申し出は不要だ、ベントリー。フレデリカが痣をつくった事情は本人から聞いた」キャムは首を横に振り、唾を飲みくだした。「おまえが妻を殴るようなやつじゃないと心ではわかっていたのに。許してくれ。このところ神経がまいっているらしい」

「わかるよ」ベントリーはつぶやいた。「でも、今はその話はどうでもいいんだ」

「わたしにとってはどうでもよくはない。おまえに不名誉な罪を着せて非難し、それが勘違いだったんだからな」

「でも、その話には続きがあるんだ」

キャムは不思議そうにベントリーを見た。「じゃあ、その先を続けろ。なにが言いたい？」

しかし、ベントリーは言葉を見つけられなかった。息をつくのさえままならない。ちくしょう、少年のころから隠し通してきたことをどうやって告白すればいいんだ？「つまり――カサンドラのことだ」

その名を聞くなり、キャムの両の眉が恐ろしい勢いで吊り上がった。「彼女となんの関係がある？」

「過去は絶えず現在に流れこむとシニョーラ・カステッリは言ってる」と囁き声で言う。キヤムがこちらを見ると、ベントリーは目をつぶり、この告白で危うくなるすべてのものを思い浮かべた。いやしくもこの使命を果たすつもりなら、今こそ真実を語りはじめるべきだった。「正直に話したいんだ、キャム。これはきれい事ではすまされない話だ。カサンドラとぼくは——ぼくたちは……ぼくたちのあいだには……関係があった」

キャムは首を傾げた。「関係?」

「ああ」ベントリーは深呼吸をした。壁に押しつぶされる感覚がまた戻ってきた。「肉体——ああ、くそっ!——性的な関係があったんだよ」

キャムは椅子に掛けたまま背筋を正した。その拍子に子猫が床にぴょんと降りた。「カサンドラと、なんだと?」声がくぐもる。信じられないのだろう。「まさか……ベントリー、まさかおまえ——」

ベントリーは兄の言葉を遮った。「長い期間だ、キャム」恐慌をきたさないよう祈りながら続ける。「しかも、ぼくは、まちがったことだとわかってしていた。これはまちがってると感じていた。悪いことなんだと。どうやって正当化したのかわからない——つまり、自分の心のなかで。でも、正当化したんだろう。彼女はぼくが悪いのだと言った。たぶんそうだったんだろう。ぼくは質《たち》が悪いと彼女は言った——それもそのとおりだ。今はだれもがそう思ってるしね。もっとひどいのは、キャム、彼女が死んでうれしかったことだ。喜んだんだ。そのことも今は恥じてる」

「おまえはわたしの妻と寝ていたわけだ」キャムの声には感情がなかった。「いや、正確には、わたしの妻がおまえと寝ていたわけだな」

ベントリーはこっくりとうなずき、暖炉の奥の闇に目を凝らした。なけなしの集中力で、息を吐きだしてまた吸うことを自分に強いた。意思の力で恐怖を脇へ追いやろうとした。

「父上は知っていたのか?」伯爵の声が低い唸り声になった。「くそ、知っていたのか?」

ベントリーは兄を見られなかった。「ああ。いつも笑って、ぼくに目配せをしたよ。最高のジョークだと思ってたようだ。だけど、ぼくは一度も――くそっ、キャム――ジョークだなんて一度も思ったことはない。自分がなにを考えてたのかわからない。ただ、悪いことだとはわかってた。だけど、やめなかった。なぜだかわからないが」

キャムが椅子から飛びだし、狂ったように殴りかかってくるのを待ち受けた。けれど、キャムは心をかき乱されて、怒りを忘れているらしい。「ベントリー」一語一語ゆっくりと言う。「わたしの記憶が正しければ、おまえはまだ二十七になっていないよな?」

「ああ、まだ」

キャムの顔から血の気が退いた。「すると、妻が死んだときは――」ひと呼吸おき、曇りを晴らそうとするかのように頭を振る。「カサンドラが死んだときは、十六か?」

「それぐらいだ」

キャムのなかでなにかがはじけた。「それぐらい?」キャムは椅子から腰を浮かせて怒鳴

った。「それぐらいだなどと、いい加減なことを言うな、くそったれ！　答えろ、そのとき
おまえは何歳だったんだ？」
キャムが悪態をつきはじめるのはよくない徴候だ。「じゅ、十五だよ」ベントリーは小声
で言った。「でも、やめたのはそれよりずいぶんまえだ、キャム。そのときは神に誓ってや
めていた」
キャムは椅子に沈みこんだ。両手で椅子の肘掛けを握って、目を閉じた。感情の嵐が彼の
顔をゆがめた。「十五！」言いながら、頭のなかで計算している。「やっと十五になるかなら
ないかだろう、ちくしょう」
ベントリーは最後のひとことだけをかろうじて聞き分けた。キャムの顔色がいやな感じに
なっている。「すまない、キャム」兄が目を開いてくれることを願った。「告白してよかった。
フレディーの言うとおりだ。ぼくはこの秘密に生きながら食われていた。ときどき――よく
わからないけど――自分のなかでなにかが死んでるような気がすることもある」口ごもりな
がら続ける。もう止められない。言葉が加速して口からこぼれでる。「兄さんがぼくを憎ん
でるのはわかってる。そうさ、ぼくも兄さんに憎しみを感じることがある。父上はそういう
ふうにぼくらを競争させてたからね。あの手この手で」
「なんだと！」キャムの声が詰まった。「父上が彼女をけしかけたということか！」
ベントリーは肩をすくめた。「知っておいてもらいたいのは、キャム、ぼくが感じてるの

は嫉妬じゃないってことだ。誓ってもいい、嫉妬を感じたことは一度もない。兄さんの爵位や立場を羨《うらや》んだこともない、カサンドラとの結婚を羨んだことなどただの一度もない。このことにどれだけ苦しんできたかは言い尽くせない。だけど、今のぼくにはフレデリカがいる。ぼくは彼女にふさわしい男じゃないかもしれないが。だから、どうにかして彼女のために人生を築きたいのさ。ぼくたちの人生を、ふたりで。それなのに、彼女に嫌悪を抱かせてしまった。自分の妻に。おまけに、彼女はまだ知らないんだ――」声が詰まる。「くそ、最悪の部分を彼女はまだ知らない。彼女はすでに考えてるだろう、ぼくと別れるべきかどうかを。というより、約束したんだ、ぼくがすべてを打ち明けなければ別れると」

「打ち明ける?」キャムは喉の奥で奇妙な音をたてた。椅子からがばっと立ち上がると、大股に部屋を横切り、深い張りだし窓のまえへ行った。片手を首のうしろにあてがい、もう一方の手を窓台に置いて、窓の奥行きの途中まで上体を乗りだした。ここで殴りかかるべきかと思案しているのだろうか? キャムはしばらく死人のように固まっていた。苦しい感情を抑えるために肩だけが震えているように見えたけれど。自分の運命はどうなるのだろうという思いが湧くと、ベントリーは寒気と吐き気を覚えた。彼女がいつも脅していたとおりになってしまうのだろうか?

いいわよ、どうぞ、彼に言いつけなさいよ! カサンドラの艶めかしいピンク色の唇が動いてその言葉を発するのが今でも目に浮かぶ。頰にかかる彼女の熱い息も感じられる。**そう**

ね、あなたがわたしにしたことをそのとおりに彼に話すといいわ、ベントリー。わたしがあなたにしてあげたことも。だけど、それがどんな感じだったかも彼に話すのよ、可愛い子。街にほっぽりだされたら、自分の体を温めるのにその記憶がきっと必要になるだろうから。

ちくしょう！　ベントリーは目をつぶった。ぼくはなにを始めてしまったんだ？　やはり子ども時代から目をそむけなくてはいけないのか？　そこへ戻るのは許されぬことなのか？　キャムはこのことをだれに話すだろう？　ヘリーンに？　みんなにも？　彼は鉛の外套のように恥辱《ちじょく》をまとっていた。声に出して泣いたときから長い月日が流れたが、今また、目の裏に熱いものがこみ上げるのを感じていた。

いいわよ、告白なさいよ、全部。なめらかなその声が頭のなかに響く。さあ――彼に話しなさいよ、わたしたちのことを。なんのかんのいっても、あなたはあれがとっても上手なのよね。

「ベントリー、そのことにまったく気づかなかった自分に愕然としているよ！」窓辺からキャムがしわがれ声で言った。「今から思えば手がかりはあったんだ――用意周到なものだったんだろう、おそらく」キャムはまたも喉の奥で息が詰まるような奇妙な音をたてた。それでやっと兄は泣いているのだとわかった。

ベントリーは椅子から腰を上げかけた。「待てよ、キャム、そういうふうに考えるのは――」

が、キャムはいきなり振り返ってベントリーを真正面から見た。「考える?」声が詰まる。「わたしは考えていなかった! 見てもいなかった。それがそもそもの問題だったんだ。そうだろう? ああ、くそっ! くそっ! なぜ思いつかなかったんだろう? 間抜けにもほどがある。領地の教区牧師を誘惑した彼女が子どもを誘惑するということは、信じがたいことではないはずだろうが、ええ? だが、わたしはそれにも気づかなかった。恥ずかしいよ、ベントリー。我が身を恥じ入るばかりだ」

恐怖と混乱のなかにあるベントリーにはキャムのいわんとしていることが理解できなかった。「でも、キャム、ぼくは彼女がトマス・ロウの愛人だったことを知らなかったんだ」と口早に言った。「誓ってもいい、トマスと彼女の口喧嘩を立ち聞きするまでは知らなかった。だからといって、ぼくのしたことの醜悪さはこれっぽっちも薄れはしないけれども。自分には罪がないというふりをしたいさ。だけど、キャム、そうではないのは、もうお互いにわかってるだろ」

キャムは探るようにベントリーの顔を見た。その目は名状しがたい感情に燃えていた。「おまえは罪と放蕩の世界にさらされていた」両手が握り拳になる。「しかし、それはおまえの非だったのか? そうではない。それは父上のやったことだ。願わくは悪魔が地獄の炎に父上を投げこまんことを」

「でも、自分のしていることはわかってた」ベントリーは静かに言った。「わかってたんだ」

キャムはそこで彼に近づいた。大股の三歩で部屋を横切って。「そうか、わかっていたんだな?」と、ベントリーの顔に向かって囁いた。兄の頰は涙に濡れたままだ。「なら、教えてくれ、はじめてのときはいくつだった? 十一か? 十二か? 童貞だったのか? むろんそうだろうな。目を見ればわかる。おまえは年齢のわりに体が大きかったよな。そうだ、思い出すよ! 教えてくれ、ベントリー、どういうふうに始まったんだ? 彼女は最初になにをした? 体を撫でまわしたのか? キスをしてきたのか? わざと自分の体を見せたのか?」

今度はベントリーが目を閉じる番だった。「ああ、その全部さ」

神よ、それ以上のこともあった。胸がむかつくことも。むかつきながらも魅了され、性欲をかき立てられた。それらがいっぺんに起こったのだ。そうしたことを憎悪しながらも欲していた。何ヵ月ものあいだ、自分の体がべつの人間のものになったような感覚を味わった。罪深いおこないを傍観者として眺めているような感覚を。

キャムの手が万力のように肩を押さえこんだ。「それからなにがあった、ベントリー? つぎはどうなった? おまえをベッドへ誘いこんだのか? それとも、彼女がおまえのベッドにもぐりこんだのか?」

「ああ」ベントリーは声を詰まらせながら言葉を返した。「そっちだ」

「いつ? どうやって? 言え!」

ベントリーは首を横に振った。「だめだ、わからない」と囁く。「思い出せない。それが重要なことなのかい？」

「そうだ、むろん、重要なことだ！」兄は感情をむきだしにした。「言ってくれ！　おまえを失望させたわたしをそんな形で罰しないでくれ。おまえは自分のせいだと思っているんだろう？　それはちがうぞ、ベントリー。そうじゃない」

ベントリーの混乱は深まった。「ある朝、たぶん冬だったと思う、うっすらと雪が積もってた。なにかの……夢を見ながら目を覚ますと……だめだ、思い出せない！　どういうことかわかるだろう。目が覚めたら、そこが煉瓦みたいに硬く——わかるだろう。で、彼女がいたんだ、素っ裸で。神が創りし姿のままで。すでにぼくの上に……」その先はどうしても言えない。

キャムの指が肩に食いこんだ。「あの女、呪われるといい！」憤怒をこめた低い声。「神よ、あの淫売を地獄に堕としたまえ！」兄の体が怒りに震えているのがわかった。

「キャム？」

「いくつだった？」兄は懇願するように訊いた。

ベントリーはごくりと唾を飲みこんだ。「わからない」嘘ではなかった。「ほんとうにわからないんだ。十二になっていたかもしれない。まだなっていなかったかもしれない。それしかわからない。ああいうことを思い出すのは難しいんだ」

「ああいうことを思い出すのは難しいか、ベントリー」キャムは椅子に座りなおし、顔が両手に落ちるにまかせた。「そういうことを忘れるのは不可能だよ。だが、あまりのおぞましさに考えることもできない。だから、わたしたちは……それをしまいこんでしまう」

「しまいこむ？　どこに？」

キャムは自嘲的に笑った。「だれの心のなかにも小さな黒いクロゼットがあるらしい、ヘリーンに言わせれば」と、床に向かって言う。「そして、ときに、都合の悪いことをそのなかにしまいこみ、扉に鍵を掛けるんだと彼女は言う。しかし、隠したものはつねにそこにある。扉を押したり叩いたり、ノブをがちゃがちゃやったりしているわけだ。しまいには外に出てくる。それこそ無数の小さな形を取って外に出てくるんだ」キャムは視線を上げると、弟の目をまっすぐに見つめた。「だが、いいか、ベントリー。おまえに非はない。おまえはひとりぼっちだった。責任を負うべき、頼れるおとながいなかったんだ。わたしは忙しさにかまけ、キャサリンはまだ少女だった。父上は無用の長物だった。おまえがとにかく乗りきったのが不思議なくらいだ」

ベントリーはもはや耐えられなかった。「なぜそんなきれい事を言うんだ、キャム？」きつい口調になる。「頼むから、そんなふうにぼくを聖人に仕立てないでくれ！　ヘリーンの言う精神を病んだ人間と一緒にするのもやめてくれ。ぼくは今、死ぬ思いで秘密を打ち明けてるんだ。殴れよ！　蹴れよ！　失せろと言えよ！　自分がなにをしたかはわかってる。それを少しは愉しんでたってことも。そうにちがいない。だから続けられた」

「どちらかを自分で選べると思ったか？」兄は優しく訊いた。

まさか。選べるなどとは思いもしなかった。それこそが恐るべき真実だった。彼女の要求のすべてを、あの長く暗い廊下を進んで彼女の寝室まで幾度となくかよったことを彼は思い起こした。心臓が喉までせり上がり、両手がじっとり汗ばみ、不意に胸がきゅっと締めつけられたことを。すると、部屋の空気が全部吸い取られたかのように、息を吸うことができなくなった。耳のなかで血がどくんどくんと音をたてている。胃が裏返った。自分が一人前の男ではないような気がした。かといって子どものころの自分に戻ったというのでもなく、自分の弱さを認めざるをえなかった。自分は人の言いなりになる人間なのだと——そういう人間だったのだと——認めざるをえなかった。それは身の毛のよだつ自覚だ。屈辱的な自覚だ。その瞬間、会話がこれで終わることを願った。この会話を始めたことを悔やんだ。フレディーを黙って出ていかせるのはこれより難しかっただろうか？　苦痛はこれより少なかっただろうか？

「どちらかを自分で選べると思ったか？」キャムがもう一度言った。

フレディー。ああ、フレディー！　彼女を失うのは耐えられない。我が子を失うのは耐えられない。だから、キャムの忌まわしい質問に答えつづけなければならない。「い、いや、最初のうちは」と、途切れがちな声で認める。「彼女に言われた……くそ！　どうでもいいだろ、そんなこと？」

「どうでもよくはない、おまえにとって。それを言う必要があるんだ、ベントリー。その言葉を吐きだす必要がある」

息をさらに深く吸いこむと、熱いなにかがすさまじい力で目の裏を圧するのを感じた。

「ぼくは彼女を止められなかった」とかすれ声で言う。「その最初のときに彼女に屈してしまった時点で、ぼくは彼女のものになった。そして、彼女にはそれがわかってた。ぼくは自制が利かなくなり、彼女はそれをおもしろがった。笑いながらこう言った。男は、ほんとうに欲しくないとできないんだと」

「嘘っぱちだ！」キャムの声もかすれた。

「そうかな？　わからないのさ。ぼくにはそれをすることのほうがたやすく思えた。感じていながら感じていなくて、自分がどこかべつの場所にいるようなふりをするのがね。彼女が満足するまでそのふりをする。それから……ああ、キャム！　まるで発疹みたいだったよ。掻いたら肉がひりついて血がにじむとわかってても掻かずにはいられない。実際そうだった。そうだ、くそ、例外なくそうだった。もし、兄さんが知ったら、ぼくを憎むだろうと思った。彼女はそう言った。ぼくを屋敷から放りだすにちがいないと」

「なんてことだ。おまえはなんという目に遭わされたんだ」キャムはつぶやいた。

ベントリーは首を横に振った。「はじめのころはそうひどくはなかった。ただ……からかうだけで。関心を向けてくれたわけさ、キャム。ハンサムだとかチャーミングな若者だとか言って。でも、そのうち、か、体にさわりはじめた。変なことも言いだした。それから、ぼくを、だ、騙して……ふたりきりになるようにした。そこに両手を添えて、ぼくが同じようにして返さないと、かならずこう言った。あの人の足音が聞こえるわ、あの人の名前を呼ぼうかしら、それとも悲鳴をあげて、あなたが無理に体にさ、さわらせたんだと言おうかしら。そこで笑って、また言うんだ、からかっただけよって。だから信じようとした。でも、こんな話は信じないだろう、キャム？」

「信じるよ」キャムは哀しげに言った。「だが、これをおまえがだれかに話していればな」

今や額には玉の汗が噴きだしていた。「話したさ。真っ先にジョーンに言った。始まったときに。つまり——さわるのや、からかうのが。目が覚めたら体の上に……カサンドラがいた、あの最初の朝もジョーンに報告した。ジョーンは父上に話せと言った。で、そうしたよ、キャム！　でも、父上は笑い飛ばして、ぼくの背中を叩き、わたしが育てた本物の男はおまえだけだと言ったのさ。キャムはカサンドラを求めていないから、だれかがその仕事を代わりにやらなければいけないんだと、ぼくにとってもいい訓練になるだろうとも言った。だから、それからあとは、いっさい口を閉ざした」

キャムの拳が椅子の肘掛けに叩きつけられた。「父上はわたしを困らすためなら、おまえが傷ついてもよかったわけだな」

「さあね」ベントリーはもう一度肩をすくめた。「でも、ぼくが拒もうとすると、彼女はそれを……無邪気とはとらえなかった。そうではなく――こんな言いかたをして兄さんを侮辱したくはないけれども――あくまで肉体のつながりにしようとした。泣きわめいて、すごく寂しいと言った。で、ぼくを読書室や人気《ひとけ》のない廊下に追いつめては、さ、さわってきた。自分の体にもところかまわずさわって、こんなに欲しいのに、兄さんにはその気がないと……」

「そのとおりだよ。わたしにはその気がなかった」キャムはしわがれ声で言った。「怪しい血筋の跡継ぎをもうける危険を冒すつもりは毛頭なかった。彼女や彼女の友人たちがどんな種類の人間だったかはおまえも知っているだろう。たぶん、これは、彼らを追っぱらったわたしへの復讐の一部だったんだろう。最初はトマス・ロウ、彼に飽きるとおまえが標的となった。おまえを利用して、わたしに非難の矢を向けたんだよ、ベントリー」

ベントリーにはさっぱり理解できなかった。「そう――だろうか」

ふたたび兄の手が肩をつかんだ。「どれぐらい続いたんだ、ベントリー？」

「覚えていない」

キャムの表情が哀願の色を帯びた。「教えてくれ、ベントリー。わかるだろう？　わたしは知らなくてはいけないんだ。おまえを守るのはわたしの義務だった。この十五年間、おまえがわたしに腹を立てていたのは少しも不思議ではないよ」

ベントリーはかぶりを振った。もはや身も心も麻痺していた。なぜ兄はそんなにこだわるのだろうか。「キャム、ぼくはもう子どもじゃなかった。兄さんに守ってもらおうなどと思っちゃいなかった。それに、兄さんを責める気もなかった。なかったと思いたいよ。それとも責めたい気持ちがあったのかな？」

「あたりまえだ！」とキャム。「わたしはおまえを失望させた。おまえだって内心ではそう思っていたはずだ！　父上がどう言おうと、おまえはまだ子どもだった。わたしはわたしで、おまえは父上に似すぎていると自分に言い聞かせていた。それはおまえにはどうしようもないことなんだと」

ベントリーは目をつぶり、唾を飲みこんだ。「ぼくを憎んでないのか？」

「どうしておまえを憎める？」キャムは答えた。今は優しい声で。「憎んだことなど一度だってないぞ。おまえを愛しているんだ。わたしがしてきたことはすべて、わたしたちのためにやったことだ、おまえのために、キャサリンのために、自分のために。だがな、ベントリー、わたしはこのことでは永遠に自分を許せないだろう。農作物やら領地やら小作人やら、年がら年じゅう多忙だった。ラトレッジ家の財政や評判を始終気にかけていた。もっと気にかけるべき大事なことがあったというのに」

ベントリーは夢のなかに迷いこんだような気がした。「ぼくのなかではもう終わったことだよ、キャム」と嘘をついた。が、意外にも今回はそれが嘘とわかっていた。「正直なところ、その後はもっと変な体験もしたしね。世間には風変わりな欲望を抱いた女が大勢いるから、ぼくはそういう女たちを悦ばそうとした。どうかすると、カサンドラがぼくにさせたがったことも今じゃおとなしい部類にはいりそうだよ」

「そうか、おかしなものだな、ベントリー」キャムの声がまたも詰まりはじめた。

ベントリーは顔を少しゆがめて微笑んだ。「彼女の望みを全部叶えたわけじゃない。いつでも応じたわけじゃないんだ。いくつかのことを拒めたのなら——それなら、すべてを拒むことだってできたはずだろう？　なのに、ぼくは拒まなかった。彼女がぼくのまえにはロウを情夫にしてたと知るまでは。それを知って、なぜかそのことで……ひどく打ちのめされた。ひどくね。つまり、自分はランドルフ・ラトレッジの血を引いた不道徳なろくでなしだということはわかってた。どうあがいたところで何者にもなれないんだということは。そういう陰口はいくらでも聞こえてきたから。だけど、トマス・ロウは教区牧師だ！　神に仕える身だ。頭が多少混乱してたとしても、それがまちがったことなのはわかった」

「おまえは自分の価値を低く置きすぎる」キャムは穏やかに言った。

兄はほんとうに自分を責めていないということが、ようやくベントリーにもわかってきた。弟への復讐や罰はキャムの念頭にはないのだということが。彼は哀しみに打ちひしがれているようだった。キャムの言うとおりなのだろうか？　罪はカサンドラにあって、ぼくにはないのか？　キャムはぼくを失望させたのか？　そんなキャムをこの十数年、心のどこかで責めつづけていたのか？

「ロウと彼女の口喧嘩を立ち聞きしたとさっき言っただろ？」ベントリーは沈黙を破った。「ロウは、よりを戻すつもりがないなら兄さんにすべて話すと彼女を脅してたんだ、キャム――自分たちの情事のことだけじゃなく、なにもかもばらすと。そのあと彼女はパニックに陥って、ロンドンへ連れだしてくれとぼくに泣きついた」

「おまえに泣きついた？」キャムは目を上げた。「自分をロンドンへ連れだせと？」

「すでに綿密な計画を練ってあったのさ」ベントリーは苦々しい笑みを浮かべた。「ぼくがロンドンのどこかの学校でラテン語の勉強をしたがるという筋書きだった。将来、法律関係の仕事に就くための準備をしたいという野望が芽生えたと、彼女に言わされることになってた。そこで彼女はこう言うのさ、それなら自分も一緒に行こうと、モーティマー・ストリートに新居を構えるのが自分の責任だと思うと。ぼくが人生の目標を見つけたら兄さんは大喜びするとか、彼女を母親のように慕うことにも大いに満足して賛成するだろうとか言ってたよ」

「そこまで頭のおかしい女だったとは」キャムはつぶやいた。

「そのときには、実際に頭がおかしくなってたのかもしれない。ぼくが拒むと彼女は脅迫した。この屋敷から放りだされるだろうと、富も権力も蓄えた兄さんを止める力は父上にはないと」

「ああ、ベントリー！」

ベントリーは肩をすくめた。「ぼくは彼女の言うことを信じた。だが、運命が彼女を引き受けてくれた。そういうことだろ？　それから一週間もしないうちに彼女は死んだんだから。正義が果たされたんだと自分に言い聞かせたよ。遅かれ早かれ自分も同じ運命をたどるだろうと思った。振りおろされた斧が頭の上で止まってるような感じが何年も続いた」

キャムの両手が震えはじめた。「ベントリー、すまない。なんと言って詫びたらいいのかわからない」彼はふらふらと立ち上がった。「これからはなんでも話し合おう。わたしたちは話し合うべきなんだろう。しかし、今、おまえを必要としているのはフレデリカだ。おまえにもフレデリカが必要だ。どうしてこのことを彼女が知ったのかわからないが、このことをわたしに打ち明けるべきだという彼女の判断は正しかった」

ベントリーも立ち上がった。「この話は二度としたくないというのが正直な気持ちだよ、キャム、そっちがそれでよければだけど」

伯爵は首を横に振った。「わたしの口から言わなければならないこともあるさ」彼は肩を落としてドアのほうへ向かった。「言うのが十五年も遅すぎたけれども。おまえがこれ以上なにも言いたくないなら言う必要はない。これ以上質問をしておまえを苦しめるつもりもない。さあ、行け、ベントリー。妻を探しにいってこい。正しい関係を築くためにやらなければならないことはなんでもやるんだ。いいか、それはやる価値があるんだぞ」

兄が部屋からそっと出ると、ベントリーは自分こそがフレデリカを必要としているのだと身に染みて感じた。この展開に動揺していたが、恐慌の波がついに去ると喪失と悲哀に押しつぶされそうになった。妻に触れることでしかこれを消し去ることはできないのだ。

フレデリカの姿はどこにも見あたらず、そのかわりにベントリーが見つけたのは、彼の着替え室を引っかきまわしているジェニーだった。フレディーの旅行鞄がいくつか床に置かれていた。はちきれんばかりに中身が詰めこまれているが、蓋はまだ開いたままだ。ちょっとのあいだ様子を見ていたが、ついに叫ばずにいられなくなった。「ジェニー?」

その声に驚いて、ジェニーは小さな悲鳴をあげた。「まあ、ミスター・ラトレッジ」と言って、指先で胸を押さえた。「てっきり、あなたは――」

「どこかで酔いつぶれてると思った?」ベントリーはジェニーの言葉を引き取った。思いのほか陽気な声が出せた。「あいにくだったな、ジェニー。ミセス・ラトレッジはどこだい?」

「いらっしゃいません」ジェニーは疑心暗鬼の目を向けた。

「どこへ行った……?」

下唇が突きだされたが、やがてそうした態度も軟化した。「お散歩に出たきり戻ってらっしゃらないんです」

ベントリーは並んだ旅行鞄に視線を泳がせた。心臓をナイフでえぐられるも同然の光景だ。

「ここにある荷物を解け、ジェニー」と静かに言う。「ひとつ残らず中身を解いて、全部片づけろ」

ジェニーは不満そうに彼を見た。「わたしたちはうちへ帰るのだと伺ってます」笑みを浮かべようとしたが、喉の凝《しこ》りが邪魔をする。「ああ、そうなのかもしれないが」不意に目がかすんだ。「しかし、ジェニー、もしかしたら――もしかしたらだが――うちというのはここじゃないのか？ いずれにしても、その大荷物を解いてしまえば、慌てふためいてどこかへ出ていくことはなくなる。だろう？ ぼくはちょっと時間を稼いでくるけど、ジェニー、だれも部屋に入れるなよ」

ようやくジェニーの顔に気弱な笑みが浮かんだ。彼女はベントリーから顔をそむけると、束ねた衣類を旅行鞄から取りだしはじめた。ベントリーは部屋を出ていこうとした。だが、指がドアのノブに触れるのと同時にジェニーの声がして、彼の手をそこにとどまらせた。

「ミスター・ラトレッジ？」

ベントリーは振り向いた。「なんだい？」

ジェニーは膝をかすかに曲げて、ぎこちなくお辞儀をした。「フレデリカさまはベルヴューへ行かれたんじゃないでしょうか。手に封書を持ってらっしゃいました。丸めてあって、青いリボンで結んでありましたけど」

22　金の指輪

薄暮の丘の頂きにベントリーは腰をおろしていた。ブーツを履いた片脚の膝を立て、その上に腕を掛けて。自分の生きている世界が一望できる静かで小さなこの頂きは、彼の大のお気に入りの場所で、フレディーとピクニックに来たのもここだった。ふたりしてシャルコートを見つめながら、生まれてくる子の名前に思いをめぐらした。だが今は、シャルコートには背を向けて南を向いていた。ベルヴューのほうを。そこが自分の未来であることを祈りつつ。だが、この先はフレディー次第ということになるのだろう。おそらくは。

キャムとはなんとか和解することができたが、胸に抱えこんできた不安や予測と正反対の結果だったので、まだ呆然としていた。兄との和解の過程でフレディーの要求を実行に移した。なのになぜ、この絶望から逃れられないのだろう？　絶望がかけがえのない相棒だった期間が長すぎて、断ち切る方法を知らないのかもしれない。あるいは、過去の恐怖がよみがえってきたのかもしれない——今回は兄の質問によって否応なしに細部までありありと。

十五年も費やして恐怖の記憶を締めだしてきたというのに。可能なかぎりのあらゆる手段を講じた。ゆきずりの情事、酒浸り、不養生、放浪、怒り——なんであれ利用した。最大限に。今そのことを思い出したくはない。

　夕風が彼の髪をそよがせた。丘の裾の雑木林を縁取る長く薄い影はもう消えて、紫色の霞がかかっている。空には銀色の細い月。一番星も光っている。フレディーはいったいどこへ行ったのだろう？　この見張りが無駄でないように、なにもかもがうまくいくように祈った。数々の修羅場《しゅらば》をくぐってきたベントリーにもいまだに忘れられないことがある。キャサリン邸の読書室でのあのおぞましい一夜だ。おぼつかなげにタロットカードの上から去りかねていたシニョーラ・カステッリの手。シニョーラは彼の単純な質問に答えられなかった。彼女に未来が見えなかったのだ。馬鹿げているとは思いつつも、そのことに彼は怯えていた——もしあれが、未来がないという意味だったら？

　そのとき、雑木林のなかから人影が現われるのが見えた。華奢な女の人影が一定の速度で丘を上がってくる。肩を怒らせ、きびきびとした足取りで。ベントリーは立ち上がり、妻がこちらへ向かってくるのをしばらくじっと観察した。微風が彼女の髪をなぶるのを、彼女の動きにつれて葉影がその顔で移ろうのを。彼は自分に自信のない、ひょろりとした少年のころに戻ったような不安に襲われた。近くまで来ると、フレディーのまなざしが遠くに向けられた。彼女は彼を見ていなかった。ベントリーは言葉が出なかった。で、なにも言わず彼女に見とれた。フレディーはあまりに美しかった。あまりに……望ましかった。これほどまでにだれかを愛することができるものなのか？　どうすればもう一度やり直すことを彼女に説得できる？　キャムへのおぞましい告白だけでは彼女をつなぎ止められないとしたらどうするのだ？　彼女の気が変わっていたら？　彼女には心ない言葉をずいぶん浴びせてしまったから。

すると不意に、妻がこちらを見た。頭をぐいと起こし、目を大きく見開いて。急いで結ってきたのか髪が乱れている。スカートを片手で持ち上げ、胸の谷間に垂れたショールをもう一方の手で握りしめている。フレディーは一瞬、凍りついたようになった。「ああ！」と、息をはずませて言った。「ああ、よかった。ほんとうに。どんなに心配したか、ベントリー！」

彼女の言葉と、その言葉を優しく包む安堵が、今の自分に必要なのはそれだけであることをベントリーに伝えた。彼が臆病な笑みを浮かべて両腕を広げると、彼女はふたりのあいだの距離を埋めた。彼の腕のなかに飛びこみ、ウールの上着に頰を押しつけた。「ああ、ベントリー！　帰ってきてくれたのね」

ほっとするあまり肩が落ちた。彼女の髪に、続いて額に、かすめるような口づけをしてから、ほんのわずか彼女の体を離した。「ああ、帰ってきたよ。可愛いフレディー」彼は泣くまいと小声で言った。「どこであろうと、きみのいるところがぼくのうちだから」

フレデリカの目がすばやく彼の顔を探った。「じゃ、シャルコートからここへ来たの？」

と、不安そうに尋ねる。「もう行ってきたの?」

そこではじめてフレディーの不安の意味に気づいた。彼女の表情が薄れ、仕種も落ち着きをなくしたように見える。「ちょっとだけね」彼は答えた。

安堵の表情が彼女の顔をよぎった。「ベントリー、わたしが要求したことだけど。あなたが出ていくまえに言ったでしょう? よく考えてみたの。それで——」

「そのことなら、もう大丈夫だよ、フレディー」ベントリーは穏やかに遮った。

「でも、知っておいてもらいたいから」フレディーは早口に続けた。「わたしがまちがってたわ。大変なまちがいだった。気持ちがまったく変わったの。わかってくれる?」

消えかかる光のなかで、彼女の目に溜まった涙がかろうじて見分けられた。自分の涙をこらえることがますます困難になった。「泣くなよ、フレディーちゃん!」と、からかい口調で言い、頭をかがめてキスをした。「だめだよ、頼むから泣かないでくれ。きみが泣くたびに、ぼくは信じがたい馬鹿をやらかしてしまうんだから」

が、フレディーは彼のおどけに気をそらされなかった。「遅すぎたのね?」

夫が瞬きで涙を隠そうとするのを見て、フレデリカは罪の意識に襲われた。ベントリーの帰還をベルヴューの使用人のひとりから偶然に知らされ、彼の許しを請いたい一心で戻ってきたのだ。でも、ベントリーは青白い顔をして震えている。こんな夫を見るのははじめてだ。それどころか彼の存在を知った十何年もまえからこんな姿は一度も見たことがない。

「ああ、ベントリー！」

彼のなかにもう怒りはなかった。積年の疲労だけがそのまなざしに残っているだけだ。

「やったよ、フレディー」声がかすれる。「きみが言ったようにやった。今は心臓から重しが持ち上げられたような気分だ。キャムはぼくに非はないと言ってくれた。十五年間の思いこみが覆《くつがえ》されて、今はきみの言うとおりだったとわかる。打ち明けるべきだった、あのことから自分を解放するべきだったとね」

フレデリカはベントリーを見た。するとまた涙が目からこぼれた。「でも、わたしがあなたにそれを要求したのはやっぱりまちがってたわ」と囁く。「わたしはそのまちがいに気がつかなかったの！　ねえ、ベントリー、なぜ言わなかったの？　なぜ教えてくれなかったの？」

ベントリーはぽかんとして彼女を見た。「教えるってなにをだい、フレディー？」

「あなたはまだ幼かったってことを」声が詰まった。「ああ、わたしはなにを考えてたのかしら！」

ベントリーは彼女の肩をつかんだ。「だれと話をしたんだ、フレディー？　ジョーンか？　だれだ？」

彼の目をじっと見返して答える。「カサンドラとよ。彼女の日記帳を見つけたの。それを読めばすべてがわかるわ、自分がなにを知りたいかわかってる人には。なのに、わたしは、彼女のお墓に刻まれた没年を見るまで気づかなかった。思いもかけない恐ろしすぎる事実に。あなたはまだ少年だったのよね。子どもだったのよね」

ベントリーは笑った。ほろ苦い低い声で。「そうかな？　自分ではそうは思ってなかった。ぼくの父もそうは思ってなかった。彼は大がかりなジョークだと考えてたからね。きみには想像もつかないだろうよ、フレディー、あのころのぼくがどんなだったかは。ぼくは八歳から一気に十八歳になったのさ。たいていの人間が瞬きする間よりも速く」

フレデリカはゆっくりとかぶりを振った。「とにかく信じられない」と囁き声で言う。「どんな形であれ、無防備な子どもが不健全なものにさらされる危険があるんだってことが。でも、そういう目に遭うと、子どももそれを理解できるようになるの？　その子は道徳的に非難されるべきことをさせられてたわけでしょ、ベントリー。教会から見れば、彼女のしたことはまぎれもなく近親相姦よ」

ベントリーは彼女がそんな露骨な言葉を遣ったことに驚きを覚えた。「教会の見解はぼくにもわかってるさ、フレディー」

「そのころもわかってた？」

ベントリーは口ごもった。「わか——いや、わかってなかっただろうな」

フレデリカはベントリーの体をひっぱって草に腰をおろし、スカートの下で両膝を立てた。「あなたは自分を許さなくちゃだめよ、ベントリー」と静かに言う。「自分にはなんの落ち度もなかったんだってことを認めなくちゃだめ」

「いつかはそうなるさ、フレディー。きっといつかは認められるようになると今はわかるんだ」驚きをふくんだ優しい声だった。ふたりはつかのま黙りこんだ。地平線が暗くなり、星がひとつまたひとつと空に姿を現わした。ベントリーは自分の一族が八百年間守ってきた肥沃な農地を見渡した。空気が冷えてきた。夜がそこまで来ている。彼は吐息とともに妻の体に腕をまわし、ぴたりと脇に引き寄せた。「子どものころ、この場所が大好きだったんだ、フレディー」彼は静かに言った。「ここはぼくのエデンの園だった。ここには管理も規律もなくて勝手気ままにふるまえたから。母が恋しかった。といって不幸だったわけではない。孤独を味わったことも、つらい思いをしたこともないし、愛されてないと感じたこともなかった。あのころはね。ぼくにとって一番怖い脅し文句があるとしたら、このささやかな楽園から追放すると言われることだった」

「それを恐れてたの？」フレデリカは優しく訊いた。

ベントリーは彼女を見ずにうなずいた。「ああ」と囁く。「キャムはまさにそれをしようとしてるんだという彼女の言葉を真に受けて、彼はぼくの馴染んでる世界、愛してるものすべてから引き離そうとしてるんだと思いこんだ。いつかそうなるんじゃないかという怯えが絶えずあったんだろうな。それどころか、ときには彼をけしかけもした。その瞬間《とき》を待つのをやめにしたくて。キャムに憎まれてるとずっと思ってきた。いや、憎まれたかったんだ」

フレデリカは彼の背骨のなかほどに片手を置くと、緊張をやわらげようと何回かさすった。

「お義兄さまがあなたを憎むはずないじゃないの」

「そうなんだ」ベントリーは認めた。「なのになぜ、もう心配することはないんだってことが今も信じられないんだろう?」

「それは、あなたには自分を好きだったことが一度もないからよ」フレデリカは囁いた。

「でも、わたしはあなたが好き。愛してもいる。過去のことはもう終わったのよ」

夫は急に喉を詰まらせたような声を発した。「ありがとう、フレディー」と、素直な言葉で応じた。「彼女に平和を奪われてからというもの、この場所へ来ても、つかのまの平和さえ見つからなかった。ここにもほかのどこにも。長かった。彼女がぼくから奪ったのは純潔じゃなくて、それなんだ、フレディー。安らぎなんだよ。帰属感ともいえるな。だから絶えずどこかへ行った。チャタム・ロッジをたびたび訪れたのもそういうわけだ。あそこは平和だったから。きみたちにあるすべてが羨ましかったから。チャタムはまるで……ぼくが失ったもののようだったから。家族が大勢いて、喜びと愛に満ちた家だったからね」

フレデリカは首を傾げて彼を見上げた。驚いたように。「そんなふうに感じてたの? あなたは繊細な心の持ち主なのね」

ベントリーがそっけなく笑うと、それを遮った。「馬鹿みたいに聞こえるかもしれないけど、ほんとにそうだもの。わたしたちがなぜ、あなたみたいなならず者を家族のように迎え入れると思ってたの？　それはね、家族のだれひとりあなたを追いだそうなんて気にはならなかったからよ。エリオットでさえ。みんなあなたが好きだったからよ。心から好きだったのよ」

ベントリーは体の向きを変えて彼女を両脚のあいだに引き入れ、自分にもたれるようにうながした。「その友情がぼくには大切なものだったんだ、フレディー」そう言って、彼女の体に両腕を巻きつけた。「きみやガスや、だれであれ、きみの家族が思う以上にね。だから、あの夜……きみとああなったあと、ここで何日もぶらぶらしながら、きみの返事を待ちわびてた。で、返事が来ないとわかったときは……ああ、フレディー、すべてを失ったと思ったよ！　きみとのチャンスだけじゃなく、あの大切な帰属感をも！　家庭の安らぎをも」

フレデリカはもう一度首を傾げて彼を顧みた。「どういうこと、ベントリー？」

彼は照れくさそうに肩をすくめた。「だれにでも行くべき場所が必要だってことだろう、たぶん。行けばかならず歓迎してくれる場所が。ぼくにとってその場所はチャタム・ロッジだった。このシャルコートではなにもかも汚してしまった。なにしろ、ズボンのなかにペニスをしまっておけなかったんだから。また同じことをやらかして、そのうえきみを失ったのかと思うと——耐えられなかったよ」

フレデリカはこめかみを指で軽く押した。「ええ、でも、待ちわびてたという部分がわからないの。あなたはなにを待ちわびてたの？」

と触れる。

彼女にまわした腕につい力がはいった。「だから、きみの返事をさ」唇で彼女の頭にそっと触れる。

フレデリカは彼の腕のなかで振り返り、彼と面と向き合った。「返事——?」

「結婚の」あたりまえだろうというように彼は答えた。「ふたりでなにをしたにせよ、きみはぼくとは結婚したくないんだとわかって、さすがにこたえた。きみがあのことを隠したのは知ってる。きみが妥協した唯一の理由はお腹の子だってことも。ぼくが強引に結婚を進めてしまったしね。だけど、フレディー、きみが一緒にいてくれたら——ベルヴューでのぼくとの暮らしを始める気になってくれたら——ふたりできっとうまくやっていけると思う。きみを幸せにしたいんだ。もちろん、ぼくにはまだここで修復しなくちゃいけないことがある。でも、きみなしでそれができると思わない。きみと家族になりたいのさ。本物の家族に。どうだろうか?」

しかし、フレデリカは彼の話に半分もついていけなかった。「ベントリー、あなたから結婚の申し込みなんかひとことも受けなかったわよ。だって、あなたは——真夜中にわたし置いてきぼりにして、二度と連絡をくれなかったじゃない! わたしになにを——期待してたの? 朝、食堂に降りてみんなに宣言すればよかったの? あなたに処女を捧げましたって? まさか! そんなことをしたら、あなたはガスとエリオットに殺されてたわよ。そんなの耐えられなかった。だから、そうよ、隠したのよ。ほかにわたしになにができた?」

夫の体がこわばるのを背中に感じた。「フレディー、どういうことだ!」ぞっとするよう声。「真夜中にきみを置いてきぼりにした覚えはないぞ。屋敷を出たのは夜明けか、夜明けまえだ。きみの小間使いがいきなり部屋にはいってきたので、ぼくは裸同然で窓から飛び降りなければならなかったんだ！　あそこがどれだけ高いか知ってるか？　ええ？　あやうく脚の骨を折るところだったんだぞ！　おかげで二週間、足を引きずって歩く羽目になった」

驚きとともに喉の奥から笑いの発作がこみ上げた。「まあ、ベントリー！　夜中に出ていったんじゃなかったの？」

「ちくしょう、笑うな、フレディー！　痛い目に遭ったうえに、あらぬ疑いをかけられてたとは」

フレデリカは笑いをこらえようとしたが、夫が裸で三階の窓から飛び降りる姿が目に浮かぶと、しとやかさを装うのはいささか難しかった。「ベントリー、わたしとの結婚を考えてくれてたんだとわかってすごくうれしいわ。でも、わたしは全能じゃないもの。ひとこと言葉をかけるか書き置きでも残すかしてくれればよかったのに」

夫の怒りは今はだいぶおさまっていた。「だから、フレディー、そうしただろ！」彼は狐につままれたような顔をした。「求婚の手紙をきちんとしたためたじゃないか。一時間かけて、きみのところにあった便箋を一枚残らず使いきって書いた。その手紙を窓台の上に残した。くそ、まさかこう言うんじゃないだろうな……そんなものはどこにも——」

「そうだったの!」フレディーの目が大きく見開かれた。「だれがわたしの便箋を使ったんだろうって思ったのよ!　書き置きを残してくれたの?　どこに?　いつ?」

「あの朝だ!」とベントリー。「きみの手に渡らなかったのか?　ぼくとしては確かめなければならなかったのさ、きみが理解してるかどうか……ぼくの気持ちを。ひどい気分だったのはたしかだ。後悔したよ。だが、それだけじゃなかった。きみと結婚したいと思ったのさ、フレディー。きみから返事が来ないとわかるまでは、つきつめて考えないようにしてたのかもしれない。しかし、とにかく長い時間をかけてあの手紙を書いた。書いては破り、書いては破りして。やっと書き終えたと思ったら、小間使いが階段を上がってきた。くそ、もう少しで鉢合わせするところだったんだぞ」

フレデリカは胸がきゅんとして喉がふさがるのを感じた。彼はプロポーズの手紙を書いてくれてたのね?　きちんとした求婚の手紙だと彼は言った。フレデリカはその言葉を信じた。いろいろなことがあってここまで来た今も、そのことがなぜこれほど自分にとって大事なのかはわからないけれど、やはり大事なのだ。そう、それは大事なことなのだ。

「あなたはわたしを望んだのね?」涙がひと粒、鼻を滑り落ちた。「子どもだけでなく、わたしも望んだのね?　悔やんでないのね?　こうなったことを後悔してないのね?」

ベントリーはまだほとんど丸みを帯びていないフレデリカの腹に片手をあてがうと、掌で優しく円を描いた。「まあな、フレディー、後悔というなら、ぼくの人生は後悔だらけだけど――このことはどうかって？　きみとのことは？　するもんか、これからも絶対に後悔なんかしないよ」彼は咳払いをし、ぎこちない表情を浮かべた。「ちょっと、その手を貸せ」と、ぶっきらぼうに言う。

　フレデリカが興味津々で言われたとおりにすると、ベントリーは重い印章指輪をするりと自分の小指から抜いた。チャタム・ロッジでの運命の夜、月光を受けてきらめいていたあの指輪。結婚式でじっと見つめた指輪。こめかみに容赦ない擦り傷を負わせた指輪。消えゆく光のなかで、彼はその指輪をふたりのあいだに置いた。

「フレデリカ・ダヴィレス」と囁き声で言う。「ぼくと結婚してくれますか？」

　フレデリカは怪訝な笑みを浮かべた。「もうしてるでしょ」

　ベントリーは彼女の視線をとらえて、首を横に振った。「いや、あれはいろいろと不確定要素の多い結婚だった。きみを愛してる。今度こそ、いいときも悪いときもきみと夫婦でいたいと思う。永遠に。逃げだしも振り返りもしない」

「わかってる、ベントリー？」フレデリカは囁いた。「わたしはすでにそう望んだと思うけど。でも、答えはイエスよ。イエス。何千回でも言うわ、イエス」

　最後のイエスと同時に、ベントリーは指輪を彼女の指に滑らせた。結婚式で彼がはめた指輪の上にゆるく重なるまで。それから彼女の体を引き寄せて抱くと、深く長いキスをした。彼女が好きな角度に上体をかがめて。

キスが終わると——彼は何事もゆっくりと時間をかけて運ぶのが好きな男だから、キスの時間もとほうもなく長かった——フレデリカは頭をうしろへ倒して彼の片腕にあずけた。「ベントリー・ラトレッジ！」穏やかな驚きに満ちた声で囁く。「わかってるかしら？　あなたはわたしの知るどの男性よりも優しくて、どの男性よりも思いやりのある最高の人なのよ」

彼にそう語りながら、その言葉は真実だと思った。意地悪そうな笑みを浮かべていようと、だらしない服装をしていようと、彼にはだれにも負けぬ思いやりの心があるのだと。彼は昔からよき友人だった。それから、素敵な愛人になり、今度はすばらしい父親になろうとしている。要するに、彼はフレデリカがつねづね理想の夫に課した条件の長い長いリストを満たす男性なのだ——ただし、ひとつの条件を除いて。でも、それはもうなくてもいいのでは？

フレデリカは夫の目を覗きこみ、ストラス・ハウスに仕立て屋が来た日のことを思い出した。死ぬまで満たされぬ人生を送るのかと思うとむなしくて、エヴィーの胸で泣いたことを。泣きながら心のなかで自分に言っていた。ロマンチックな愛にめぐりあうことを期待していたのに、夢に描いた恋人を、安心感と深く愛されている実感を与えてくれる理想の男性をずっと待っていたのにと。あのとき求めていたのは、賢くて、地に足がついていて、深い尊敬に値する人——そして、かぎりなく平凡な人だった。

「そうよ、いいの！」フレデリカはつぶやいた。

泣き笑いをしながら肩をすくめ、彼の首に腕をまわした。ベントリー・ラトレッジはどうしたって平凡にはなりえない。何百万年待とうとそれだけは無理。だけど、すべてを手にできる女なんていないでしょう?

エピローグ　ありふれた物語

「親愛なるみなさま、あなたがたは、この子どもたちに洗礼を受けさせるべくここに集いました。主イエス・キリストが慈悲深くも彼らを受け入れ、彼らの罪を取り除いてくださるよう祈りました」洗礼式を務める牧師のミスター・プルドームの祈禱書を、エメラルド色の光がひとすじ横切っている。

牧師が名付け親たちにまえに出るよう身振りでうながすと、トレイハーン卿とラノック卿が正面に進みでて、彼らの妻もそのあとに続いた。ミスター・プルドームは咳払いをひとつして、「あなたがたは使徒信条に記されたキリスト教の教えを信じますか」と、おごそかに続けた。「この子たちがその教えによって導かれるよう努力しますか？」

キャサリンがかたわらでキャムを軽く突いた。が、むろんその必要はなかった。

「信じます」キャムは開かれた祈禱書にはほとんど目をやらずに答えた。「神の力添えにより、その任を果たすべく努力いたします」

プルドーム牧師は彼の領主に――つまるところ彼は教区牧師なのだから――微笑みかけた。

「彼らが神を畏れ敬う心をもって育てられるよう努力しますか？」牧師の笑みが深くなった。

「また、神の聖なる意思と掟に従うよう努力しますか？」

「神の力添えにより努力いたします」

　こうして問答が進み、最後にミスター・プルドームはその子を腕に抱いた。「この子に名前を」と、名付け親たちに言った。「ルチアナ・マリア・テレサ・ドス・サントス・ラトレッジ」キャムは異国の名前をまるで我が名のごとく完璧によどみなく口にした。ミスター・プルドームはその名を復唱しながら、片手を洗礼盤に浸した。ルチアナはただ喉を鳴らして、レースの襟の隅を口に突っこんだだけだった。教区牧師は赤ん坊を抱き換えて名付けの指示をくり返した。

「フレデリック・チャールズ・ストーン・ドス・サントス・ラトレッジ」キャムはなめらかにその名を言った。

　ちぇっ、可愛げのないやつ！　ベントリーは内心でつぶやいた。いつもどおり非の打ち所がない。

　実際には、一音節すらしくじった名付け親はひとりもいなかった。フレデリック・チャールズ・ストーン・ドス・サントス・ラトレッジは洗礼盤の上に体を差しだされても静かにしていた。だが、まだ髪の生えていない頭に冷たい水が振りかけられると、びくっとし、ぼんやりした寄り目の視線をプルドーム牧師に向けてげっぷをひとつした。それが天井の梁にこだました。

「神よ、我らを助けたまえ」フレディーが声をひそめて言った。新任の教区牧師は糊の利いた白いサープリスに飛んだものを拭き取った。「あの子はまちがいなくラトレッジ家の血筋だわ」

それから少しして、洗礼式に列席した人々が教会の庭に溢れでた。みんな外套や上着のまえをかき合わせ、身を切るように冷たい冬の空気のなかに足を踏みだした。ベントリーは石段の上で立ち止まると、ポケットをまさぐって十ポンド紙幣を一枚見つけた。「そら」彼はガス・ワイデンの手にそれを押しこんだ。「あの赤毛のオペラ・ダンサーに全部つぎこむなよ」

「なんだ、それは？」そこはかとない敵意をふくんだ低い声が背後に聞こえた。

ベントリーが振り向くと、ラノックが扉のそばにそびえ立っていた。ガスは臆することなくラノックににやりと笑ってみせた。「ラトレッジは十ポンド賭けたんですよ。名付け親が長ったらしい名前の全部を最後まで混乱なく言いきれないってほうに」うれしそうな声をたてて笑いながら、ガスは紙幣をポケットに押しこんだ。

「ベントリー！」フレデリカがベントリーに肘鉄を食らわせた。「そういうことをしないの！」

ベントリーは顔をしかめ、侘びしげな流し目を妻に送った。「少しは考えてるのか、フレディー、ふたりの子に食べ物と服をいっぺんに与えるにはいくらかかるか？　学校教育もあるんだぞ。社交界デビューに巡遊旅行に婚姻契約も。下手をしたら、ぼくたちのどっちかがコヴェント・ガーデンの舞台に立ち、残ったほうはオペラの舞台に幕がおりるまですりに励まなくてはならないかもしれない」

「神よ、お赦しください！」ラノックが背後でうめいた。彼は胸をぐっとつかむと、ふたりを押しのけて石段を降りた。ガスは目配せをよこしてから、小走りにエヴィーに近づき、彼女にだっこされた小さなルチアナを奪い取った。

　ベントリーは無作法をものともせずにフレデリカの腰に腕をまわし、ふたり寄り添って庭の芝に降り立った。「エリオットの血圧が上がるようなことを言わないで。エヴィーに一生恨まれるわ」フレデリカは陽気に諌めた。「それに、ストラス・ハウスでわたしに結婚を迫ったとき、自分は大金持ちだと言ったくせに」

「痛いところを突くな、可愛い奥さん」ベントリーは折り襟を手で撫でた。「こういった洗礼式の衣装にも、ケンブルの高級好みが反映されてる」

「ベントリー・ラトレッジ、あなたは大嘘つきね！」

　そのとき、ベントリーの片肘のあたりに人影が現われた。「円盤の騎士《カヴァリエーレ・デイ・ディスキ》」穏やかな低いかすれ声がした。「ごきげんよう《ボンジョルノ》」ベントリーはかすかな不安とともにゆっくりとそちらを向いた。シニョーラは週に一度キャサリンの屋敷を訪れているが、この洗礼式には出席していないはずだった。しかし、現に彼女はここにいる。どこからともなく彼のまえに現われ出《い》でたのだ。ベントリーは微笑んで腕を差しだした。「おはようございます、シニョーラ・カステッリ」

驚いたことに萎《しな》びた老女はにやにや笑っている。シニョーラがそんな笑顔を見せることがあろうとは思いもよらなかった。「双子！」老女はさも愉快そうに両手を打ち合わせた。「双子だよ！　またしても！　やはり血筋だねえ！」

ベントリーは温かい笑みを送り、「喜んでいただけたならうれしいですよ、マダム」と真摯に応じた。「ぼくも日ごろの口の悪さを棚に上げて手放しで喜んでるんです」

老女は肘でそっと彼を突いた。「肥沃な畑を手に入れたね、ラトレッジ」くわっくわっと笑う。「あれからよく考えてみたんだけどね、カヴァリエーレ、わたしの誤りだとわかったのさ」

「誤りとおっしゃいますと、マダム？　あなたがその言葉をご存じだというだけでたまげますが」

シニョーラは目を細くして彼を見た。「カードが質問に答えられなかっただろう？」と、腕を左右に大きく広げて言う。「だから、わたしは——いやはや《ディオ・ミーオ》！——占いの素質をなくしたと本気で思ったよ！　こんなすばらしいことを予見できなかったとは！　でも、あんたの姉さんのレディ・キャサリンは——そこで、はたと気づいた！　双子さ、双子、わたしのこの顔に鼻があるのと同じくらい自然なことじゃないか」

それはまことに印象深い鼻でもあったけれど。「じゃあ、予見していらしたんですか、マダム？」彼は興味津々で尋ねた。

老女はしたり顔でうなずいた。「ああ《シ》、彼女のカードを読んだときにね」と、眇《すがめ》て囁く。「だが、そこがちがうんだ、わかるかい、カヴァリエーレ？　わたしが読んだのは彼女のカードだ」

ふたりの会話を聞きながら、フレデリカはなぜか沈黙を守っている。ベントリーは腕に置かれた彼女の手を愛情をこめて強く握った。「だったら、お願いしたいですね、シニョーラ、あのよれたカードをこのフレディーからできるだけ遠ざけておいてください。彼女が今度出産するとしても、ぼくはむしろそのときまで知りたくない。今回のふたりでぼくの人生の幸運をあらかた遣ってしまいましたからね」

「おや、もう手遅れだよ！」老女はまた雌鶏のような笑い声をたてた。「手遅れ！　手遅れ！」

「手遅れ？」なにが手遅れなんだ？　まさかシニョーラは……

となりのフレディーが握られた手をそろそろと引き抜こうとしているのがわかった。ベントリーは肘をつかまえて彼女のほうを見た。フレディーは色を失って、目を合わせようとしない。

「言えよ」ベントリーはしわがれ声で言った。「言えよ、フレディー、この女性は頭がおかしいと。狂ってると。とうとう頭がいかれちまったと。言ってくれよ、まさか――きみは――もう――」

フレディーはゆがんだ笑みを浮かべて、かぶりを振った。「そうじゃないわ、わたしはただ占ってもらっただけよ！　ゆうべの晩餐のあと、あなたがマックスと銃器室へ行ってるときに」

「それで――？」彼は問い詰めた。

「それで」フレディーはしゅんとなった。「覚えてる？　いつかクリケットのチームの話をしたでしょ？」

老女はベントリーの上着の袖を引っぱり、「セッテさ、カヴァリエーレ！」と、うれしそうに叫んだ。「セッテ！　なんて縁起のいい数字だろう！　あんたたちはこの結婚で何回も祝福されるのさ。あの家が大きくてよかったねえ？」

「セッテ？」ベントリーは頭のなかに転がっているラテン語とイタリア語のわずかな知識と格闘した。「ウーノ《1》、ドゥーエ《2》、トレ《3》、クワットロ《4》、チンクエ《5》、セーイ《6》、セッテ《7》――」

老女は金色の柄の杖を持ち上げて宙に振りかざし、「そうさ《シ》、七だ！」と、さいころ賭博《ハザード》の興奮しすぎた見物人のように叫んだ。散り散りになりはじめた人々がいっせいに足を止めて振り向いた。ヘリーンが咳払いをした。ゾーイはふくみ笑いをしている。牧師のミスター・プルドームは教会の庭でのおふざけには賛成しかねると言いたげに、こわばった笑みを浮かべ、大股で引き返してきた。

老女は印象深い鼻に皺を寄せると、十字を切り、よたよたと歩き去った。

フレディーは案じるように夫の腕を叩いた。「お気の毒さまね！」ミスター・プルドームが近づいてくる。「子どもは七人ですって！　ガスに教えましょうよ。あなたに同情して、さっきの十ポンド札を返してくれるかもしれないわ」

しかし、ベントリーは見るまにショックから立ち直った。「もっといい考えがある」片手を滑らせて、彼女の尻を軽くつねる。「きみもぼくに同情するなら、昼食がすんだらさっそくチーム作りに取りかからせてくれないか？」

ベントリー・ラトレッジはそこで周囲のみんなの肝をつぶすことをした――いや、ほんとうに肝をつぶしたのは村の新参のプルドーム牧師だけだった。ベントリーは教会の庭で妻の腰をつかむと、音をたててキスをしてから彼女の体を抱き上げ、ぐるんぐるんとまわしたのだ。

訳者あとがき

十九世紀英国を舞台としたヒストリカル・ロマンスで日本でも着々とファンを獲得しつつある米国の人気作家、リズ・カーライルの『月夜に輝く涙』をお届けします。これは、カーライルの長編十七作のうちの第六作にあたる作品です。

今回のヒーローはこれまでの何作かに脇役として登場し、第四作『今宵、心をきみにゆだねて』（ヴィレッジブックス）では、謎に関わる重要な役どころを演じていたベントリー・ラトレッジ。あれから三年が経ち、ベントリーは今、二十六歳になっていますが、自他ともに許す博打好きで女たらしのならず者であることにかわりありません。相変わらず住まいも定まらず、友人の一家が構えるエセックスの屋敷に止宿することもたびたびのようです。

その屋敷には、幼くして両親を亡くし、親戚に引き取られて育った十八歳のフレデリカも暮らしています。フレデリカは婚約寸前だった男性の手ひどい裏切りに遭ったばかり。彼女の父はポルトガルの内戦で命を落とした軍人で、ポルトガル人の母と正式な結婚をしていませんでした。孤児であるうえに外国人の血を引く庶子という出自がこういう形で幸せを阻むのだとフレデリカには思えてなりません。
そんな彼女の苛立ちと、ほんちょっとの偶然が重なって、ある月夜に、エセックスの屋敷の庭園でふたりは結ばれてしまいます。でも、それは、お互いに心から願ってのことではありませんでした——

生い立ちのせいか十八歳のという年齢のわりにはおとなびたヒロインと、放蕩者の仮面の下に苦悩の影がちらつくヒーロー。前半のやむにやまれぬ契約結婚にいたるまでの紆余曲折《うよきょくせつ》においても、舞台がグロスターシャーのラトリッジ家に移ってベントリーの苦悩が深まってからも、リズ・カーライルはふたりの心理の噛み合いとずれを真正面から真摯に丁寧に描いています。俄然ミステリアスな展開となる終盤、あらゆる面からベントリーを理解し、絆を深めようとするフレデリカのひたむきな姿には、リズお得意のホットなシーンがホットであればあるほど、訳しながらなにか胸を打たれる思いがしました。そして、エピローグではしてやられたりの感とともに、にやにや笑いを禁じえませんでした。やはりリズ・カーライルは一流のエンターテイナーです。

時代は前作に引きつづきジョージ四世時代。ロンドン市街の改造や美術館の整備などで一応の評価はされているこの王さま、博打好き・女好き・大酒飲みという三拍子揃った放蕩者（ベントリーと似ていますが）として有名で国民の評判はさんざんだったらしく、緻密な時代背景でも定評のある作者の筆は、そんな国王にもおよび、ユーモアと皮肉たっぷりの台詞や場面を用意しています。実在の人物や場所にまつわる逸話も豊富です。また、この時代の上流階級をさまざまな役割で支えていた使用人たちは本作でも端役ながら存在感を示していますが、今回の助演賞は元娼婦の家女中、クウィーニーでしょうか。

リズ・カーライルの長編ではほぼ全作品で登場人物がリンクしているとされています。本作ではヒーロー側とヒロイン側の親戚が惜しげもなく投入され、その顔ぶれもひときわ華やか。オールキャストといってもいいほどです。一九九九年のデビュー作から第五作までのヒーローやヒロインが、通りすがりではなくストーリーにしっかりと絡んできますので、ここに少しご紹介しておきましょう。

たとえば、幼いフレデリカを引き取った従姉のエヴィーと、その夫であるラノック侯爵エリオットは、デビュー作の*My False Haert*の主人公。リズ・カーライルの世界はまずここから始まりました。

第二作『黒髪のセイレーン』(ヴィレッジブックス)の主人公で、ヒロインとの結婚によりラノックの縁戚となった軍人のコール・アマーストは、本作では頑固なラノックを諭す牧師として登場しています。年月を経て実直な人柄に丸みが加わったようです。

ベントリーの兄のキャム(トレイハーン伯爵)とその妻ヘリーンは、第三作の*Beauty like the Night*の主人公。

姉のキャサリンとその夫ド・ヴェンデンハイム卿は、第五作の*No True Gentleman*の主人公。ド・ヴェンデンハイムは、第四作『今宵、心をきみにゆだねて』では水上警察の主任警部、マクシミリアン・ド・ローアンとして犯罪捜査にあたっていました。

兄のキャム、姉のキャサリンに続いて末っ子のベントリーを主人公とした本作は、プロローグで、約八百年の家族の歴史が母方のキャムデン家の祖にさかのぼってダイジェストに紐解かれていることからも、ラトレリッジ家ものの集大成といった趣です。

一方のフレデリカ側には血のつながりのない〝親戚〟、未亡人のウィニーを筆頭とするワイデン一家がいます。ウィニーはかつてエヴィーの家庭教師、ウィニーの亡夫の兄弟とエヴィーの亡父（つまりフレデリカの父の兄）はビジネス・パートナーでした。だから、ウィニーはフレデリカにとって伯母でも叔母でもなく〝おば〟、その息子のガスとセオは〝いとこ〟。リズ・カーライルのHPのfamily trees（家系図）を見ればこうした関係が一目瞭然。彼らも Weyden〝cousins〟として家系図にちゃんと載っています。それにつけても、リズ・カーライルの蒔いた種からは、いくつもの家族が育ち、枝葉を伸ばし、広がりつづけています。興味のある方はぜひこちら（http://www.lizcarlyle.com/）をごらんください。知らず知らずリズ・ワールドにはまりこんでしまうかもしれませんよ。ファンとしては、数あるリズの作品がこつこつと翻訳され、ファミリー・ツリーの見通しがよくなることを切に願うものです。

——というわけで、その願いがちょっと叶ったのか、本作に続く第七作*A Deal with the Devil*も、二見書房から遠からずお目見えすることになりました。この『月夜に輝く涙』（原題*The Devil You Know*）はラトレッジ家ものの最終作（今のところ）であると同時に、タイトルに〝Devil〟が初出する作品でもあります。つぎなる〝悪魔〟は『今宵、心をきみにゆだねて』のヒロイン、セシリアの継息子として日本の読者にもすでに紹介ずみの、ウォルラファン伯爵ジャイルズ・ロリマー。殺人の汚名を着せられたヒロインが身分を偽ってヒーローと出会い、恋に落ちるという、こちらもなかなかダークな展開が期待できそうな一作です。どうぞお楽しみに。

二〇一一年二月

ザ・ミステリ・コレクション

月夜《つきよ》に輝《かがや》く涙《なみだ》

著者　リズ・カーライル
訳者　川副智子《かわぞえともこ》

発行所　株式会社 二見書房
東京都千代田区三崎町2-18-11
電話　03(3515)2311［営業］
03(3515)2313［編集］
振替　00170-4-2639

印刷　株式会社 堀内印刷所
製本　株式会社 関川製本所

落丁・乱丁本はお取り替えいたします。
定価は、カバーに表示してあります。

ISBN978-4-576-11032-5
http://www.futami.co.jp/

きらめく菫色の瞳
マデリン・ハンター
宋 美沙［訳］

破産宣告人として屋敷を奪った侯爵家の次男ヘイデン。その憎むべき男からの思わぬ申し出にアレクシアの心は動揺するが…。RITA賞受賞作を含む新シリーズ開幕

ほほえみを待ちわびて
スーザン・イーノック
阿尾正子［訳］

家庭教師のアレクサンドラはある事情から悪名高き伯爵ルシアンの屋敷に雇われる。つれないアレクサンドラに伯爵は本気で恋に落ちてゆくが…。リング・トリロジー第一弾

信じることができたなら
スーザン・イーノック
井野上悦子［訳］

類い稀な美貌をもちながら、生涯独身を宣言しているヴィクトリア。だが、稀代の放蕩者とキスしているところを父親に見られて…!? リング・トリロジー第二弾!

はじめての愛を知るとき
ジェニファー・アシュリー
村山美雪［訳］

〝変わり者〟と渾名される公爵家の四男イアンが殺人事件の容疑者に。イアンは執拗な警部の追跡をかわしつつ、歌劇場で出会ったベスとともに事件の真相を探っていく…

哀しみの果てにあなたと
ジュディス・マクノート
古草秀子［訳］

十九世紀米国。突然の事故で両親を亡くしたヴィクトリアは、妹とともに英国貴族の親戚に引き取られるが、彼女の知らぬ間にある侯爵との婚約が決まっていて…!?

罪深き夜の館で
シャロン・ペイジ
鈴木美朋［訳］

失踪した親友デルの行方を探るため、秘密クラブに潜入した若き未亡人ジェインは、そこで思いがけずデルの兄に再会するが…。全米絶賛のセンシュアル・ロマンス

青き騎士との誓い
アイリス・ジョハンセン
酒井裕美［訳］

十二世紀中東。脱走した奴隷のお針子ティーアはテンプル騎士団に追われる騎士ウェアに命を救われた。終わりなき逃亡の旅路に、燃え上がる愛を描くヒストリカルロマンス

ふたりの聖なる誓い
アイリス・ジョハンセン
阿尾正子［訳］

戦士カダールに見守られ、美しく成長したセレーネ。ふたりはある秘宝を求めて旅に出るが、そこには驚きの秘密が隠されていた…『青き騎士との誓い』待望の続篇！

罪深き愛のゆくえ
アナ・キャンベル
森嶋マリ［訳］

高級娼婦をやめてまっとうな人生を送りたいと願う美女ソレイヤ。ある日、公爵のもとから忽然と姿をくらますが…。若く孤独な公爵との壮絶な愛の物語！

囚われの愛ゆえに
アナ・キャンベル
森嶋マリ［訳］

何者かに突然拉致された美しき未亡人グレース。非情な叔父によって不当に監禁されている若き侯爵の愛人として連れてこられたと知り、必死で抵抗するのだが……

誘惑のタロット占い
ジャッキー・ダレサンドロ
嵯峨静江［訳］

花嫁を求めてロンドンにやってきたサットン子爵。夜会で占い師のマダム・ラーチモントに心惹かれ、かりそめの関係から愛しあうように。しかしふたりの背後に不吉な影が…！

ハイランドで眠る夜は
リンゼイ・サンズ
上條ひろみ［訳］

両親を亡くした令嬢イヴリンドは、意地悪な継母によって、〝ドノカイの悪魔〟と恐れられる領主のもとに嫁がされることに…。全米大ヒットのハイランドシリーズ第一弾！

黄昏に輝く瞳
キャサリン・コールター
栗木さつき［訳］

世間知らずの令嬢ジアナと若き海運王。ローマの娼館で出会った波瀾の愛の行方は……？ C・コールターが贈る怒濤のノンストップヒストリカル、スターシリーズ第一弾！

涙の色はうつろいで
キャサリン・コールター
山田香里［訳］

父を死に追いやった男への復讐を胸に、ロンドンからはるかサンフランシスコへと旅立ったエリザベス。それは危険でせつない運命の始まりだった……！ スターシリーズ第二弾

忘れられない面影
キャサリン・コールター
栗木さつき［訳］

街角で出逢って以来忘れられずにいた男、ブレントと船上で思わぬ再会を果たしたバイロニー。大きく動きはじめた運命を前にお互いとまどいを隠せずにいたが…。

ゆれる翡翠の瞳に
キャサリン・コールター
山田香里［訳］

処女オークションにかけられたジュールは、医師モリスによって救われるが家族に見捨てられてしまう。そんな彼女を、モリスは妻にする決心をするが…。スター・シリーズ完結篇！

黄金の花咲く谷で
アンシア・ローソン
宮田攝子［訳］

華やかな舞踏会より絵を描くのが好きな侯爵令嬢リリー。幻の花を求める貧乏貴族ジェイムズとともに未開の地へ旅立つが…。 異国情緒たっぷりのアドベンチャー・ロマンス

夜明けまであなたのもの
テレサ・マデイラス
布施由紀子［訳］

戦争で失明し婚約者にも去られた失意の伯爵は、看護師サマンサの真摯な愛情にいつしか心癒されていく。だが幸運にも視力が回復したとき、彼女は忽然と姿を消してしまい…